周本淳集

第五卷

诗话总龟 后集

［宋］阮阅 编撰

周本淳 校点

人民文学出版社

目 录

百家诗话总龟后集目录…… 1

百家诗话总龟后集卷之一
己集
　御制门………………… 1
　赓歌门………………… 4
　御燕门………………… 5
　荣遇门………………… 5
百家诗话总龟后集卷之二
　忠义门………………… 7
百家诗话总龟后集卷之三
　孝义门………………… 14
百家诗话总龟后集卷之四
　孝义门………………… 19
　宗族门………………… 21
百家诗话总龟后集卷之五
　仁爱门………………… 23
　友义门………………… 25

　幼敏门………………… 26
　志气门………………… 27
　述志门………………… 29
　求意门………………… 29
百家诗话总龟后集卷之六
　讽谕门………………… 31
　达理门………………… 34
百家诗话总龟后集卷之七
　达理门………………… 36
百家诗话总龟后集卷之八
　博识门………………… 42
百家诗话总龟后集卷之九
　狂放门………………… 47
　称赏门………………… 48
　称荐门………………… 50
　投献门………………… 51
　评论门………………… 52

百家诗话总龟后集卷之十	
评论门 …………… 54	

百家诗话总龟后集卷之十一
庚集
　评论门 …………… 59

百家诗话总龟后集卷之十二
　评论门 …………… 65

百家诗话总龟后集卷之十三
　评论门 …………… 71

百家诗话总龟后集卷之十四
　评史门 …………… 76

百家诗话总龟后集卷之十五
　评史门 …………… 81

百家诗话总龟后集卷之十六
　评史门 …………… 87

百家诗话总龟后集卷之十七
　评史门 …………… 93

百家诗话总龟后集卷之十八
　辩疑门 …………… 99
　正讹门 …………… 101

百家诗话总龟后集卷之十九
　隐逸门 …………… 106
　恬退门 …………… 111

百家诗话总龟后集卷之二十
　警句门 …………… 114
　句法门 …………… 117
　苦吟门 …………… 118

百家诗话总龟后集卷之二十一
　留题门 …………… 120
　寄赠门 …………… 123
　故事门 …………… 124
　书事门 …………… 125
　感事门 …………… 127

百家诗话总龟后集卷之二十二
辛集
　用事门 …………… 129

百家诗话总龟后集卷之二十三
　纪实门 …………… 136

百家诗话总龟后集卷之二十四
　用字门 …………… 141
　押韵门 …………… 144

百家诗话总龟后集卷之二十五
　效法门 …………… 148

百家诗话总龟后集卷之二十六
　节候门 …………… 153

百家诗话总龟后集卷之二十七
　咏物门 …………… 159

百家诗话总龟后集卷之二十八
　咏物门 …………… 166

百家诗话总龟后集卷之二十九
　咏茶门 …………… 169

百家诗话总龟后集卷之三十
　咏茶门 …………… 175

百家诗话总龟后集卷之三十一
壬集
格致门 …………… 181
效法门 …………… 184
诗病门 …………… 185
乐府门 …………… 186
百家诗话总龟后集卷之三十二
乐府门 …………… 189
百家诗话总龟后集卷之三十三
乐府门 …………… 199
百家诗话总龟后集卷之三十四
伤悼门 …………… 206
百家诗话总龟后集卷之三十五
伤悼门 …………… 210
寓情门 …………… 213
游宴门 …………… 214
百家诗话总龟后集卷之三十六
怨嗟门 …………… 216
百家诗话总龟后集卷之三十七
讥诮门 …………… 221
百家诗话总龟后集卷之三十八
箴规门 …………… 226
诙谐门 …………… 229
百家诗话总龟后集卷之三十九
神仙门 …………… 232

百家诗话总龟后集卷之四十
癸集
神仙门 …………… 239
百家诗话总龟后集卷之四十一
歌咏门 …………… 244
百家诗话总龟后集卷之四十二
鬼神门 …………… 249
百家诗话总龟后集卷之四十三
释氏门 …………… 254
百家诗话总龟后集卷之四十四
释氏门 …………… 260
百家诗话总龟后集卷之四十五
释氏门 …………… 265
百家诗话总龟后集卷之四十六
释氏门 …………… 270
百家诗话总龟后集卷之四十七
丽人门 …………… 274
百家诗话总龟后集卷之四十八
丽人门 …………… 279
百家诗话总龟后集卷之四十九
饮食门 …………… 285
器用门 …………… 288
百家诗话总龟后集卷之五十
技艺门 …………… 290
拾遗门 …………… 292

附录 …………… 297

百家诗话总龟后集目录

《后山诗话》　　　《蔡宽夫诗话》　　　《金坡遗事》
《石林诗话》　　　《黄常明诗话》　　　《艺苑雌黄》
《诗话隽永》　　　《东莱文集》　　　　《复斋录》
《归田录》　　　　《文正公目(日)录》　《韵语阳秋》
《东轩笔录》　　　《缃素杂记》　　　　《葛常之诗话》
《西清诗话》　　　《桐江诗话》　　　　《丹阳集》
《闽川名士传》　　《闻见录》　　　　　《谈苑》
《高斋诗话》　　　《胡氏诗话》　　　　《许彦周诗话》
《击壤集》　　　　《法藏碎金》　　　　《上蔡语录》
《横渠集》　　　　《龟山语录》　　　　《南山(轩)文集》
《晦庵诗集》　　　《吕氏家塾记》　　　《易学辩惑》
《漫叟诗话》　　　《学林新编》　　　　《侯鲭录》
《雪浪斋日记》　　《王直方诗话》　　　《宋子京笔记》
《杜诗正异》　　　《诗眼》　　　　　　《山谷集》
《东坡集》　　　　《言行录》　　　　　《渑水燕谈》
《正蒙书》　　　　《迂叟诗话》　　　　《吕氏童蒙训》
《冷斋夜话》　　　《隐居诗话》　　　　《三山语录》
《临川集》　　　　《挥麈录》　　　　　《林和集(靖)语录》

《倦游杂录》　《陈辅之诗话》　《遁斋闲览》
《文昌杂录》　《三山老人语录》　《东斋记事》
《唐子西记》　《南游集》　《刘禹锡嘉话》
《东皋杂录》　《夷坚志》　《上庠录》
《古今词话》　《夷白堂小集》　《侍儿小名录》
《阮户部诗》　《高道传》　《异闻录》
《龙川略志》　《回仙录》　《今是堂手录》
《东观馀论》　《太平广记》　《昭君图叙》
《云斋广录》　《江南录》　《植（树）萱录》
《洪驹父诗话》　《僧宝传》　《传灯录》
《山谷王梵志》　《麈史》　《诗说》
《集古录记》　《雪窦语录》　《陈了斋集》
《唐语林》　《青琐集》　《寄斋录》
《四六谈麈》　《金石录》　《乐府解题》
《元城语录》　《程氏遗书》　《淮海集》
《六朝事迹》

百家诗话总龟后集卷之一　己集

龙舒散翁阮阅宏休编
皇明宗室月窗道人刊
鄱阳亭梧程珖舜用校

御制门

王师围金陵，唐使徐铉来朝。铉伐其能，欲以口舌解围，谓〔太祖不文〕盛称其主博学多艺，有圣人之能。使诵其诗，曰：《秋月》之篇，天下诵传之。其句云云。太祖大笑曰："寒士语耳，吾不道也。"铉内不服，谓大言无实可穷也，以请。殿上惊惧相目。太祖曰："吾微时自秦中归，道华下，醉卧田间，觉而月出，有句曰：'未离海底千山黑，才到天中万国明。'"铉大惊，殿上称寿。《后山诗话》〔《渔隐丛话前集》卷二五〕

故事，进士期（朝）集，常择榜中最年少者为探花郎。熙宁中始罢之。太平兴国三年，胡秘监旦榜，冯文懿拯为探花，是岁登第七十四人，太宗以诗赐之曰："二三千客里成事，七十四人中少年。"始，唐以（于）礼部发榜，故座主门生之礼特盛，主司因得窃市私恩。上（本朝）稍欲革其弊，既更廷试，前一岁吕文穆

1

公蒙正为状头,始赐以诗,盖示以优宠之意,至是复赐文懿。然状头诗迄今诗(时)有,探花诗(郎)后无继者,惟文懿一人而已,最为科举之盛事也。《蔡宽夫诗话》〔同上后集卷一九〕

太平兴国七年十二月十七日大雪,御制《雪诗》并酒赐学士,诗云:"轻轻相亚凝如酥,宫树花妆万万株。今赐酒卿时一盏,玉堂闻话道情无?"又御制五七言诗赐苏易简,五言诗曰:"翰林承旨贵,清净玉堂中。应用咸依式,深岩比更崇。归家思值日,入内集英风。儒措门生盛,高明大化雄。"七言诗曰:"运偶昌时远更深,果然谷在我中心。从风臣偃光朝野,此日清华见翰林。举措乐时周礼法,思贤教古善规箴。少年学士文明世,一寸贤毫数万寻。"《金坡遗事》

《石林诗话》:杨文公在翰林,〔以谖佯狂〕去职,〔然〕真宗眷之不衰,〔闻疾愈〕即起为郡,未几,复以判秘书监召。既到阙,以诗赐之,曰:"琐闼往年司制诰,共嘉藻思类相如。蓬山昔日诠坟史,还仰多闻过仲舒。报政列城归觐后,疏恩高阁拜官初。诸生济济弥瞻望,铅椠咨询辨鲁鱼。"祖宗爱惜人才保全忠孝之意如此。〔文公后卒与寇莱公协定大策,功虽不终,其尽力于国亦无愧矣。〕《碧溪》〔《渔隐丛话前集》卷二五〕

大中祥符五年,杨亿为学士,季夏被疾,至十月方赴朝参,具状称谢,御笔状尾批七言二韵诗赐之,诗云:"承明迩侍究儒玄,苦学劳心疾已痊。善保兴居调饮食,副予前席待名贤。"《金坡遗事》

大中祥符二年春,真宗御制诗赐知贡举晁迥云:"礼闱选士古称难,都为升沉咫尺间。较艺清时公道在,抡才应得惠人寰。"五年二月又制诗赐知贡举晁迥云:"盛时选士贡闱开,殿宇闻风献艺来。心似权衡求实效,勿教蓬荜有遗才。"同上天禧三年正月九日，钱惟演承明殿面奉知举，真宗御制诗并序云："卜贤能之多士，允协盛猷；资侍〔一〕从之洪儒，聿〔二〕伸藻鉴。期申职业，用示篇章。"诗云："寅奉昌图绍庆基，选伦多士叶前规。乡闾荐拔期无滥，草泽搜罗讵有遗？德举况逢全盛日，计偕咸造广场时。春官任职当求善，宗伯抡材务得宜。侍从名儒当委任，艺文公道辩妍媸。佇伸衡鉴裁深念，允协《菁莪》乐育诗。"《金坡遗事》

〔一〕"侍"字依明钞本、缪校本补。

〔二〕"聿"，原作"书"，依明钞本改。

二月十八日将放榜〔一〕，赐诗并序，序云："详延造士，允叶于盛猷；乃眷儒臣，式分于重寄。论秀才〔二〕臻于显效，当官备著于纯诚。"诗云："四海为家宝绪隆，旁求文雅振儒风。命乡随计来多士，较艺抡材有泽宫。簪绂近臣当显任，丝纶深旨谕〔三〕丹衷。旰宵〔四〕汲汲予存念，凤夜孜孜尔徇公。名实岂惟衡鉴内，贤能皆萃网罗中。佇观翘楚登时用，布政分忧协庶功。"同上

〔一〕"榜"，原作"文"，依缪校本改。

〔二〕"才"，明钞本作"聿"，似胜。

〔三〕"谕"，原作"论"，依明钞本、缪校本改。

〔四〕"宵"，原作"霄"，依明钞本改。

真宗赋《御沟柳》诗，令宰相两省和进。陈执中诗曰："一度春来一度新，翠光长得照龙津。君王自爱天然态，恨杀昭阳学舞人。"其诗最尤者。《两朝宝训》〔一〕

〔一〕"两"，原作"西"，依明钞本改。"尤者"二字南图藏明钞本作一"著"字。

神宗遵太祖遗意，聚积金帛成帑，自制四言诗一章云："五季失图，猃狁孔炽。艺祖造邦，意有惩艾。爰设内府，基以募士。

曾孙保之,敢忘厥志!"每库以一字目之。又别置诗二十字分揭其上曰:"每虔夕惕心,妄意遵遗业。顾予不武资,何以成戎捷?"后来所谓御前封桩库者〔是〕也。上意用此以为开拓西北境土之资。始命王韶克青唐,然后欲经理银夏,复取燕云。元丰五年,徐禧水洛衄师之后,帝心弛矣。林宓《裕陵遗事》云〔《挥麈录后录》卷一〕

前辈云诗有夺胎换骨之说,信有之也。杜陵《谒玄元庙》,其一联云:"五圣联龙衮,〔千官列雁行。"盖纪吴道子庙中所画者。徽宗尝制哲庙挽词用此意作一联云:"北极联龙衮,〕秋风折雁行。"亦以雁行对龙衮,然语〔意〕中的,其亲切过于本诗,兹不谓之夺胎可乎?不然,则徒用前人之语,殊不足贵。且如沈佺期云"小池残暑退,高树早凉归",非不佳也;然正用柳恽"太液微波起,长杨早树秋"之句耳。苏子〔美〕云"峡束苍渊深贮月,岩排红树巧妆秋",非不佳也;然正用杜陵"峡束沧江起,岩排石树圆"之句耳,语虽工而无别也(意)。《艺苑雌黄》〔《渔隐丛话后集》卷一九〕

光尧初幸钱塘,有诗云:"六龙转淮海,万骑临吴津。王者本无外,驾言苏远民。瞻彼草木秀,感此疮痍新。登堂望稽山,怀哉大禹勤。"大哉之(王)言,布于天下,汉祖《大风》之歌,唐宗劲草之句,不足道也。《诗说隽永》〔同上〕

赓歌门

东莱《恭和皇帝幸秘书诗》:"麟阁龙旗日月章,中兴再见赭袍光。仰观焜耀人文盛,始识扶持德意长。功利从今卑管晏,浮华自昔陋卢王。愿求实学酬天造,肯效明河织女襄!"《文集》

〔《吕东莱文集》卷一一〕

御燕门

嘉祐七年冬,宴近(群)臣于群玉殿。英宗以皇子预坐,在舍人待制之后。岐公诗云:"翠辇生香容扈跸,黄金涂纸看挥毫。"介甫云:"何不言翠玉装舆?"岐公改之以进。《复斋漫录》〔《渔隐丛话后集》卷二一〕

神庙时,经月每夕有赤气见西北隅如火,至人定乃灭,人以为皇子生之祥。故禹玉作《大燕乐词》云:"未晓清风生殿阁,经旬赤气照乾坤。"未几,皇子生,大燕群臣于集英殿。《文正公日录》〔同上〕

荣遇门

苏参政易简取开封府解,时宋尚书白为试官,是岁状头登第。后十年白为翰林学士,易简以(亦)继召入,故易简赠白诗云:"天子昔取士,先后(俾)分媸妍。济济俊兼秀,师师鳞与鸾。小子最承知,同辈寻改观。甲等叨荐名,高飞便凌烟。遂使拜庆坐,果得超神仙。迄今才七岁,相接乘华轩。"庆历二年,欧阳文忠公为别头试官,王文恭公预荐,至嘉祐初,文忠在北门,文恭亦同院,仍同知贡举。故文恭诗有"十五年前门下客,最荣今日预东堂"之句。座主门生同列,固儒者盛事,而玉堂尤天下文学之极选,国朝以来惟此二人,前此所未有也。《蔡宽夫诗话》〔《渔隐丛话后集》卷二一〕

嘉祐二年,余与端明韩子华、翰长王禹玉、侍读范景仁、龙图梅公仪同知礼部贡举,辟梅圣俞为小试官。凡锁院五十日,六人者相与唱和,为古律歌诗一百七十馀篇,集为三卷。禹玉,余为校理时武成王庙所解进士也,至此新入翰林,与余同院,又同知贡举,故禹玉赠余云:"十五年前出门下,最荣今日预东堂。"余答云"昔时叨出(入)武成宫,曾看挥毫气吐虹。梦寐闲思十年事,笑谈今日一樽同。喜君新赐黄金带,顾我今(宜)为白发翁"也。天圣中,余举进士,国学南省皆忝第一人荐名。其后景仁相继亦然。故景仁赠余云"淡墨题名第一人,孤生何幸继前尘"也。圣俞自天圣中与为诗友,余尝赠云:"犹喜共量天下士,亦胜东野亦胜韩。"而子华笔力豪赡,公仪文思温雅而敏捷,皆勍敌也。前此有南省试官者,多窘束条制,不少放怀。余六人者,欢然相得,群居终日,长篇险韵,众制交作。笔吏疲于写录,僮史奔走往来。间以滑稽嘲谑,加于风刺,更相酬酢,往往哄堂绝倒。自谓一时盛事,此前(前此)未之有也。《归田录》〔同上〕

百家诗话总龟后集卷之二

忠义门

世人论渊明自永初以后,不称年号,只称甲子,与思悦所论不同。观渊明《读史九章》,其间皆有深意。其尤章章者,如《夷齐》、《箕子》、《鲁二儒》三篇,《夷齐》云:"天下(人)革命,绝景穷居。正风凌俗,爰感懦夫。"《箕子》云:"去乡之感,犹有迟迟。矧伊代谢,触物皆非。"《鲁二儒》云:"易代随时,迷变则愚。介介若人,特为正夫。"由是观之,则渊明委身蓬巷,甘黔娄之贫而不自悔者,岂非以耻事二姓而然也(耶)?《葛常之》〔《韵语阳秋》卷五〕

子美诗〔《游山寺》云〕:"虽有古殿存,世尊亦蒙(尘)埃。山僧衣蓝缕,告诉栋梁摧。"本即所赋〔事〕,自然及于乘舆蒙尘,股肱非材之意。〔岂非〕忠义所激,一饭不忘君耶!《黄常明》〔《䂬溪诗话》卷三〕

明宗召蜀中旧臣赋《蜀主降巨唐诗》,王偕等皆讥荒淫。独中丞牛希济曰:"唐主再悬新日月,蜀王难保旧山川。"明宗曰:"希济不忘(谤)君亲,忠孝也。"赐〔彩〕百段。余谓希济但能两解之辞而已。江革云:"不能杀身报主,得死为幸,誓不为人执

7

笔。"此可以厉臣子之节。《碧溪》〔卷二〕

诗人比雨如丝如膏之类甚多,至杜牧乃以羽林枪为比,恐未尽其形似。《念昔游》云:"云门寺外逢猛雨,林黑山高雨脚长。曾奉郊宫为近侍,分明攒攒羽林枪。"《大雨行》云:"四面明(崩)腾玉京仗,万里横亘羽林枪。"岂去国凄断之情,不能忘鸡翘豹尾中耶?《丹阳集》〔《韵语阳秋》卷三〕

柳迁南荒,有云:"愁向公廷问重译,欲投章甫作文身。"太白云:"我似鹧鸪鸟,南迁懒北飞。"皆褊忮躁辞,非畎亩惓惓之义。杜诗云:"冯唐虽晚达,终觊在皇都。""愁来有江水,焉得北之朝!"其赋张曲江云:"归老守故林,恋阙悄延颈。"乃心王室可知。《黄常明》〔《碧溪诗话》卷三〕

世俗夸太白赐床、调羹为荣,力士脱靴为勇。愚观唐宗渠渠于白,岂真乐道下贤者哉?其意急得艳词媟语以悦妇人耳。白之论撰,亦不过玉楼金殿、鸳鸯翡翠等语,社稷苍生何赖?就使滑稽傲世,然东方生不忘纳谏,况黄屋既为之屈乎?说者以谋谟潜密,历考全集,爱国忧民之心如子美语,一何鲜也!力士闺闼腐庸,惟恐不当人主意,挟主势驱之,何所不可,脱靴乃其职也。自退之为"蚍蜉撼大树"之喻,遂使后学吞声。余窃谓如论其文章豪逸,真一代伟人;如论其心术事业可施廊庙,李杜齐名真忝窃也。《碧溪》〔卷二〕

汲长孺、段太尉皆义勇奋不顾身之人,至于仁爱抚养〔则〕矜怜恻怛无所不至,所谓刚者必仁,仁者必勇也。尝观乐天云:"况多刚狷性,难与世同尘。"希文云:"吾生岂不幸,所禀多刚肠。"皆心中语也。白则有"敢辞为俗吏,且欲活疲民"。又云:"心中有念农桑苦,耳里如闻饥冻声。"范〔又〕有"寸怀如春风,思与天下共(芳)"。《赴姑苏》云:"岂辞云水三千里,由济疮痍

8

十万民。"与汲段正相似。《黄常明》〔《苕溪诗话》卷一〇〕

灵彻有"相逢尽道休官去,林下何曾见一人",世传为口实,凡语〔有〕及抽簪,即以此讥之。余谓矫饰罔人,固不足论,若出于至诚,时对知己一吐心胸,何害?观昌黎《送盘谷》云:"行抽手板付丞相,不待弹劾归农桑。"赠侯喜:"便当提携妻与子,南入箕□(颍)无还时。""如今便当去,咄咄无自痴。""如今更谁恨,可便耕灞浐。"此类凡数十,岂苟以饰口哉?其刚劲之操不少屈,所守素定故也。《苕溪》〔卷二〕

永叔尝[试]谒执政,坐中赋《雪诗》云:"主人与国共忧戚,岂惟喜悦将丰登。须怜铁甲冷彻骨,四十馀万屯边兵。"当时乃谓:"唐韩退之亦能道言语,其预裴晋公宴会,但云'园林穷胜事,钟鼓乐清时',不曾如此作闹。"殊不知老杜一言一咏,未尝不在于忧国恤人,物我之际,则淡然无著。《夏日叹》曰:"浩荡想幽蓟,王师安在哉!"《夏夜叹》曰:"念我荷戈士,穷年守边疆。"此仁人君子之用心,终食不可忘也。边兵之语,岂为过哉!如退之"始知神官未贤圣,护短凭愚要我敬","雪径抵樵叟,风廊折谈僧",真作闹诗也。《苕溪》〔卷九〕

余观《楚国先贤传》言汝南应璩作《百一诗》,讥切时事,编(遍)以示任(在)事者,皆怪愕以为应焚弃之。及观《文选》所载璩《百一》篇,略不及时事,何耶?又观郭茂倩《杂体诗》载《百一诗》五篇,皆璩所作。首篇言马子侯解音律,而以《陌上桑》为《凤将雏》。二篇伤翳桑二老无以葬妻子,而己无宣孟之德可以赒其急。三篇言老人自知桑榆之景,斗酒自劳,不肯为子孙积财。末篇即《文选》所载是也。第四篇似有风谏,所谓"苟欲娱耳目,快心乐腹服(肠),我躬不悦欢,安能虑死亡"。此岂非所谓应焚弃之诗乎?方是时,曹爽事多违法,而璩为爽长史,切谏其失，如此，所谓百一者，庶几百分有一补于爽也。而爽卒不悟，以及于祸。或谓以百言为一篇者，以字数而言也。或谓百者数之终，一者数之始，士有百行，终始如一者，以士行而言也。然皆穿凿之说，何足论哉！后何逊亦有《拟百一体》，所谓"灵辄困桑下，於陵拾李螬"，其诗一百十字，恐出于或者之说。然璩诗每篇字数各不同，第不过四十（一百）字尔。《丹阳集》〔《韵语阳秋》卷四〕

杜："扁舟空老去，无补圣明朝。"又云："报主心（身）已老。"以稷契辈人而使老弃闲旷，非惟不形怨望，且惓惓如此！彼遭时遇主，言听计从，复幸年鬓未暮，而不能摅诚戮力以图报效，良不愧此欤！《碧溪》〔卷四〕

"明朝有封事，数问夜如何？"此幸而得之，坐以待旦之意。"避人焚谏草，骑马欲鸡栖。"所谓"嘉谋嘉猷入告尔后于〔内，乃顺之于〕外，曰，斯谋斯猷，惟我后之德"也。《黄常明》〔《碧溪诗话》卷一〕

"一朝自罪己，万里车书通。"此与《无逸》《旅獒》，孟子格君心之非、汲长孺谏上多欲、魏郑公《十渐》、陆宣公之《奉天诏书》，无二道也。同上〔同上〕

昌黎〔《赠张道士》〕云："诣阙三上书，臣非黄冠师。臣有胆与气，不忍死茅茨。"韦应物《送李山人》云："圣朝多遗逸，披胆谒至尊。岂是贪（贸）宠荣，誓将救元元。"圣俞《赠师鲁》云："臣岂为身谋，而邀陛下眷。"皆急于得君，非为利禄计也。同上〔同上〕

杜〔《送严武》〕诗："公若登台辅，临危莫爱身。"《寄裴道州苏侍御》云："致君尧舜付君（公）等，早据要路思捐躯。"此公素所蓄积而未及施设者，故乐以语（告）人耳。夫全躯碌碌之臣

（人）果何能为！汲长孺云："天子置公卿，宁令从谀承意？纵爱身，奈辱朝廷何？"任选曰："褚彦回保妻子爱性命，遐能制之。"观此以验二诗，信〔而〕有证矣。自比稷契，岂为过哉！岑侍御《行军诗》："平生抱忠义，不敢私微躯。"范文正公云："一人谏诤司，鸿毛忽其身。"《碧溪》〔卷一〕

世人喜子美造次不忘君，尝观其祖审言《除夜》云："还将万亿寿，更谒九重城。"则教忠之家风旧矣。〔同上卷八〕

张尧佐以进士擢第，累官至屯田员外郎，知开州。会其侄女有宠于仁宗，册为修媛，尧佐遂骤迁擢，一日中除宣徽、节度、景灵、群牧四使。是时御史唐介上疏引天宝杨国忠为戒，不报。又与谏官包拯、吴奎等七人论列殿上，既而御史中丞留百官班，欲以廷诤，卒夺尧佐宣徽、景灵两使，特加介一（五）品服，以旌敢言。未几，尧佐复除宣徽使知河阳，唐谓同列曰："是欲与宣徽，而假河阳为名耳，我曹岂可中已耶？"同列依违不前，唐独争之，不能夺。仁宗谕曰："差除自是中书。"介遂极言宰相文彦博以灯笼锦媚贵妃而致位宰相，今又以宣徽使结尧佐，请逐彦博而相富弼。又言谏官观望挟奸，而言涉宫掖，语甚切直。仁宗怒，趣召两府，以疏示之，介犹诤不已。枢密副使梁适叱介使下殿，介诤愈切。仁宗大怒，玉音甚厉。众恐祸出不测。是时蔡襄修起居注，立殿陛，即进曰："介诚狂直，然纳谏容言，人主之美德，必望全贷。"遂贬青（春）州别驾。翌日，御史中丞王举正救解之，改为英州别驾。始，上怒未已，两府窃议曰："必重贬介，则彦博不安；彦博去，即吾属递迁矣。"既而果如其料。当是时，梅尧臣作《书窜》诗曰："皇祐辛卯冬，十月十九日。御史唐子方，危言初造膝。曰朝有巨奸，臣介所愤疾。愿条一二事，臣职敢妄率。宰相文彦博，邪行世莫匹。曩时守成都，委曲媚贵昵。银珰插左貂,穷腊使驰驿。邦媛将夸侈,中金赉十镒。为我寄使君,奇文(纹)织纤密。遂倾西蜀巧,日夜击(急)鞭扑。红丝纬金缕,排科斗八七。比比双莲华,篝灯戴星(心)出。几日成一端,持行如鬼疾。明年观上元,被服稳称质,璨然〔惊〕上目,遽尔有薄诘。既闻所从求(来),佞对似未失。且云奉至尊,于妾岂能必。遂回天子颜,百事容丐乞。臣今得粗陈,狡猾彼非一。偷威与卖利,次第推甲乙。是惟阴猾雄,仁断宜勇黜。必欲致太平,在列无如弼。弼亦昧平生,况臣不阿屈。臣言天下公,奚以身自恤。君旁有侧目,暗哑横诋叱。指言为罔上,废汝还蓬荜。是时白此心,尚不避斧锧。虽令御魑魅,甘且同饴蜜。既知弗可惧,复以强词窒。帝声亦大厉,论奏不容毕。介也容甚闲,猛士胆为栗。立贬海外春,速欲为异物。内外官汹汹,陛下何未悉!即敢救者谁,襄执左右笔。谓〔此〕倘不容,盛美有所咈。平明中执法,怀疏又坚述:介言或似强(狂),百岂无一实?恐伤四海和,幸勿苦仓卒。亟许迁英山,衢路犹嗟咄。翌日宣白麻,称快口盈溢。阿附连谏官,去若坏絮虱。其间因获利,窃笑等蛇鹬。英州五千里,瘦马行趺趺。毒蛇喷晓雾,昼与岚气没。妻孥不同途,风浪过蛟窟。存亡未可知,雨馆愁伤骨。饥仆时后先,随缘(猿)拾橡栗。粤林多蔽天,黄柑杂丹橘。万室通酿酤,抚远无禁律。醉去不须钱,醒来弄鸣瑟。山水仍奇怪,已可消忧郁。莫作楚大夫,怀沙自沉汨。西汉梅子真,出为吴市卒。市卒且不惭,况兹别乘秩。"始,尧臣作此诗,不敢示人。及欧阳修为编其集时有嫌避,又削去此诗,是以少人知者,故今全录焉。《东轩笔录》〔《渔隐丛话前集》卷三一〕

郑谷与僧齐己、黄损等共定今体诗格云:凡诗用韵有数格:一曰葫芦,一曰辘轳,一曰进退。葫芦韵者,先二后四;辘轳韵者,双出双入;进退韵者,一进一退:失此则缪矣。余按《倦游杂录》载唐介为台官,廷疏宰相之失,仁庙怒,谪英州别驾,朝中士大夫以诗送行者颇众,独李师中待制一篇为人传诵。诗曰:"孤忠自许众不与,独立敢言人所难。去国一身轻似叶,高名千古重于山。并游英俊颜何厚,未死奸谀骨已寒。天为吾君扶社稷,肯教夫子不生还!"此正所谓进退韵格也。按《韵略》:难字第二十五,山字第二十七,寒字又在二十五,而还〔字〕又在二十七。一进一退,诚合体格,岂率尔而为之哉!近阅《冷斋夜话》载当时唐李对答话言,乃以此诗为落韵诗,盖渠伊不见郑谷所定诗格有进退之说而妄为云云也。《缃素杂记》〔同上〕

唐介始弹张尧佐,谏官皆上疏。及弹文彦博,则吴奎畏缩不前,当时谓拽动阵脚。及唐争论于上前,遂并及奎之背约。执政又黜奎,而文潞公益不安,遂罢政事。时李师中诗送唐有"并游英俊颜何厚,未死奸谀骨已寒"之句,为奎发也。《东轩》〔同上〕

百家诗话总龟后集卷之三

孝义门

徐师川诗云:"楚汉纷争辨士忧,东归那复割鸿沟?郑君立义不名籍,项伯胡颜肯信刘。"谓项伯,籍之近族,乃附刘而背项,郑君以(已)为汉臣,乃违汉而思楚也。余尝论之曰:方刘、项之势雌雄未决也,其间岂无容容狡诈之士,首鼠两端,以观成败而为身谋者乎?项伯是也。其意以谓项氏得天下,则吾尝以宗族从军画策定计,岂吾废哉!刘氏得天下,则鸿门之会,吾尝舞剑以蔽沛公矣;广武之会,吾尝劝勿烹太公矣:刘氏岂吾废哉!高祖之封项伯,殆以此也。至郑君则不然,事籍,籍死属汉。高祖诸(令)故楚臣名"籍",郑君独不奉诏,乃尽拜名籍者为大夫而逐郑君。观此,则郑君与项伯贤佞可见。高祖或逐或封,皆徇情之好恶,则知戮丁公者,一时矫激之为也。王俭《七志》曰:宋高祖游张良庙,并命僚佐赋诗,谢瞻所赋冠于一时,今载于《文选》者是也。其曰:"鸿门销薄蚀,垓下陨欃枪。爵仇建萧宰,定都护储皇。肇允契幽叟,翻飞指帝乡。"则子房辅汉之策,尽于此数语矣。王荆公云:"素书一卷天与之,谷城黄石非吾师。固陵解鞍聊出口,捕取项羽如婴儿。从来四皓招不得,为我立弃商山芝。"用亦(亦用)此数事,而论议格调出瞻数等。东坡论子房袖椎之事,以谓良不为伊、吕之谋而特出于荆轲、聂政之计。以余观之,此良少年之锐气,未足以咎良也。圯上授书之后,所见岂前比哉!《葛常之》〔《韵语阳秋》卷九〕

予曾祖通议兄弟四人,取良辰、美景、赏心、乐事之义,作四并堂于东园,故通议诗云:"华圃控弦秋学(习)射,寒窗留烛夜抄书。良辰美景饶心事,欢日相并乐起予。"先祖清孝公兄弟六人,取三荆同林(株)之义作培(倍)荆亭于西园。当时篇咏无存者。清孝《安遇集》中有《培(倍)荆亭记》,其略云:西园椎轮无亭观之玩,伯兄欲纠合叔季,同耳目之适,于是基盈尺之高,宏(宇)一筵之广,列楹为亭,号曰培(倍)荆。至先人文康公罢官南阳,适当兵扰,复还旧栖,奉伯父工部居焉。别建二老堂于宅南。秦(眷)望、由(田)里诸山皆在目。植花竹于四隅,命某日治馔,往往乐饮竟日。某尝赋诗云:"去家才隔水一股,二老堂成三百弓。鸰原暮下沙水暖,雁行夜落霜天空。竹根酌酒不妨醉,花萼斫诗如许工。坐久兴阑筇竹杖,出门人指两仙翁。"同上〔同上卷一〇〕

月轮当空,天下之所共视,故谢庄有"隔千里兮共明月"之句,盖言人虽异处而月则同瞻矣(也)。老杜当兵戈骚屑之际,与其妻各居一方,自人情观之,岂能免闺门之念?而他诗未尝一及之。至于明月之夕,则遐想长思,屡形诗什。《月夜》诗云:"今夜鄜州月,闺中只独看。"继之曰:"香雾云鬟湿,清辉玉臂寒。"《一百五日夜对月》云:"无家对寒食,有泪如金波。"继之曰:"仳离放红蕊,想象颦青蛾。"《江月》诗云:"江月光于水,高楼思杀人。"继之曰:"谁家排(挑)锦字,烛灭翠眉颦。"其数致意〔于〕闺门如此,其亦谢庄之意乎?颜延之对孝武乃有"庄始知

隔千里兮共明月"之说,是庄才情到处,延之未能晓也。同上〔同上〕

魏武于诸子中独爱植,丁仪、丁廙、杨修之徒为植羽翼,几代太子丕。而植任(狂)性不自雕励,又太子御之有术,故易宗之计不行,盖非〔植〕逊丕、〔性〕也。洎文帝即位,植屡求试用,不报,益怏怏。帝欲害之,卞太后曰:"汝已杀任城,不得复杀东阿。"故止从贬爵。则植岂〔能〕无怨怼乎?尝观植所作《豫章行》云:"他人虽同盟,骨肉天性然。周公穆康叔,管蔡则流言。子臧孙(逊)千乘,季札慕其贤。"意谓己素为武帝所爱,忌之者故众(众,故)有管、蔡流言之说,然乃自以季札为比,亦诬矣。岂其掠美之言哉!同上〔同上〕

晋嵇康《赠弟秀才》四言诗云:"感悟驰情,思我所钦。"则以所钦为弟。陆机《赠从兄车骑》诗云:"寤寐靡安豫,愿言思所钦。"则以所钦为兄。又《赠冯文罴(罴)》诗云:"慷慨谁为感,愿言怀所钦。"则以所钦为友。〔同上〕

陆机作诗赠贾谧,几三百言,无非极其衷(褒)赞,方谧用事,生死荣辱人如反复手,其衷(褒)赞亦何足怪。然其间亦有寄意讥诮,人未能推其意者。按臧荣绪《晋书》:谧父韩寿,母,贾充少女也。充平生不议立后,〔后〕妻郭槐辄以外孙韩谧袭封,帝计(许)之,遂以谧为鲁公,则是贾谧非充子也。故机诗云:"诞育洪胄,纂戎于鲁。"言诞育,则以讥非己生也。又曰:"惟汉有木,曾不逾境。"谓橘逾淮则化为枳,言如螟蛉之化蜾蠃无异也。夫谧势焰熏灼如此,而机敢为廋词以狎侮之,真文人之习气哉!〔同上〕

王福畤之子勔、勮、勃皆有才名,故杜易简称为三珠树。其后助、劼、勸又皆以文显。勃于兄弟之间极友爱,自乡还虢诗云:

"人生忽如客,骨肉知何常。愿及百年内,花萼常相将。无使《棠棣》废,取譬人无良。"观此语意,岂兄弟〔中〕有不相能者耶?及观戒功、劲云:"欲不可纵,争不可常。勿轻小忿,将成大殃。"此二人者,似非处于礼义之域者。《棠棣》废之语(诗),疑为此二人设也。同上〔同上〕

杨六尚书,白乐天妻兄也。初除东川节度,代妻贺兄云:"觅得黔娄为妹婿,可能空寄蜀茶来?"又寒食寄诗云:"蛮旗似火行随马,蜀妓如花坐绕身。不使黔娄夫妇看,夸张富贵向何人!"皆责望之言也。同上〔同上〕

《文选》载嵇叔夜《赠秀才入军》诗,李善注谓兄喜秀才入军,而张铣谓叔夜弟不知其名。考五诗或曰"携我好仇",或曰"思我良朋",或曰"佳人不在",皆非兄弟之称。善铣所注恐未必然尔。同上〔同上〕

钱起《题杜牧林亭》诗云:"不须耽小隐,南阮在平津。"南阮谓杜悰也。史载悰更历将相,而牧困踬不自振,怏怏不平,以至于卒。审尔,以牧之岂肯受其料理哉!然宗族贵宦,河润者非一,枯菀升沉,时命存焉,何至怏怏如是!可以知牧之量不宏也。〔同上〕

李义山作《骄儿诗》,时衮师方三四岁尔。其末乃云:"儿应勿学耶,读书求甲乙。况今西与北,羌戎正狂悖。儿当速成大,探雏入虎窟。当为万户侯,勿守一经袟。"〔夫〕兵连祸结,生民涂炭,以日为岁之时,而乃望三四岁儿立功于二十年后,所谓"俟河之清,人寿几何"者也!同上〔同上〕

陶渊明《命子》篇则曰:"夙兴夜寐,愿尔之才。尔之不才,亦已焉哉!"其《责子》篇则曰:"虽有五男儿,总不好纸笔。""天运苟如此,且进杯中物。"《告俨等数(疏)》则曰:"鲍叔管仲,同

17

财无猜;归生伍举,班荆道旧。而况同父之人哉!"则渊明之子未必贤也。故杜子美论之曰:"有子贤与愚,何其挂怀抱。"然子美于诸子亦未为忘情者。子美《遣兴》诗云:"骥子好男儿,前年学语时。""世乱怜渠小,家贫仰母慈。"又《忆幼儿》(子)诗云:"别离经(惊)节换,聪惠(慧)与谁论。""忆渠愁只睡,炙背俯晴轩。"《得家书》云:"熊儿幸无恙,骥子最怜渠。"《元日示宗武》云:"汝啼吾手战。"观此数诗,于诸子钟情尤甚于渊明矣。山谷乃云:"杜子美困于三蜀,盖为不知者诟病,以为诎于生事,又往往讥宗武失学,故寄之渊明尔。俗人不知,便为讥病,所谓痴人面前不得说梦也。"同上〔同上〕

百家诗话总龟后集卷之四

孝义门

唐人与亲别而复归,谓之拜家庆。卢象诗云:"上堂家庆毕,顾与亲思(恩)迩。"孟浩然诗云:"明朝拜家庆,须着老莱衣。"《葛常之》〔《韵语阳秋》卷一〇〕

荆公初去临川诗云:"马头西去泪(百)沾襟,一望亲庭更苦心。已觉省烦非仲叔,安能养志似曾参!"赴调西笑(去)时诗也。非仲叔,则自伤不能养口体;不如曾参,则自伤不能养志也。人士(自)一官所驱乃尔,为志亦岂得已哉!后又有诗云:"古人一日养,不以三公换。"正为此尔。《葛常之》〔卷一〇〕

张剑州以太夫人丧剑州归,荆公予之诗并示女弟云:"乌辞反哺颠毛黑,鸟引思归口舌丹。"又有《张剑州至剑一日以亲忧罢》诗云:"白头反哺秦乌侧,流血思归蜀鸟前。"所赋皆一时之事,而语意重复如此,何耶?同上〔同上〕

陈绎奉亲至孝,尝作庆老堂以娱其母。介甫赠之诗云:"种竹常疑出冬笋,开池故合涌寒泉。"盖不独咏堂前景物,而孝感之事实寓焉。出冬笋暗用孟宗事,涌寒泉暗用姜诗事。同上〔同上〕

王稚川调官京师，母老，留鼎州，久不归侍。尝阅贵人歌舞，有诗云："画堂玉佩紫云响，不及桃源《欸乃歌》。"山谷次韵讽之曰："慈母每占乌鹊喜，家人应赋《陟岵歌》。"可谓尽朋友责善之义。谷至孝，奉母安康君至为亲涤厕牏，浣中裙，未尝顷刻不供子职。洎贬黔南，不能与亲俱，则《赠王郎》诗云："留我左右手，奉承白发亲。"《至赣上食莲有感》则曰："莲实大如指，分甘念母慈。"亦可见其孝诚矣。余闻无瑕者可以戮人，则其告稚川之语未为过也。老杜《送李舟》诗非不归重，而其中亦不能无讥焉，所谓"舟也衣彩衣，告我欲远适。倚门固有望，敛衣（衽）就行役。南登吟《白华》，已见楚山碧。何时太夫人，堂上会亲戚。"岂非讥其无方之游耶？孔子云："父母在，不远游，游必有方。"则山谷少陵之诗，皆孔子之意也。〔同上〕

人之事亲，当以敬为主。故孔子告子游曰："至于犬马，皆能有养，不敬，何以别乎？"束皙作《补亡诗》，于《南陔》、《白华》二篇每以为言。《南陔》曰："养隆敬薄，惟禽之似。"《白华》曰："竭诚尽敬，亹亹忘劬。"可谓得孔子之旨矣。今之人恃亲之爱己而忘其敬者多，故表而出之，以为事亲之戒。同上〔同上〕

李白《乐府》三卷，于三纲五常之道，数致意焉。虑君臣之义不笃也，则有《君道曲》一（之）篇。所谓："轩后爪牙常先太山稽，如心之使臂；小白鸿翼于夷吾，刘葛鱼水〔本无〕二。"虑父子之义不笃也，则有《东海勇妇》之篇，所谓："淳于免诏狱，汉主为缇萦。津妾一棹歌，脱父于严刑。生（十）子若不肖，不如一女英。"虑兄弟之义不笃也，则有《上留田》之篇，所谓："田氏仓卒骨肉分，青天白日摧紫荆。交柯之木本同形，东枝憔悴西枝荣。无心之物尚如此，参商胡乃寻天兵。"虑朋友之义不笃也，则有《箜篌谣》之篇，所谓："贵贱交结（结交）心不移，惟有严陵及光武。""轻言托朋友,对面九疑峰。""管鲍久已死,何人继其踪。"虑夫妇之情不笃也,则有《双燕离》之篇,所谓:"双燕复双燕,双飞令人羡。玉楼珠阁不独栖,金窗绣户长相见。"徐究自(白)〔之〕行事,亦岂纯于行义者哉!永王之叛,白不能洁身而去,于君臣之义为如何?既合于刘,又合于鲁,又娶于宋,又携昭阳金陵之妓,于夫妇之义为如何?至于友人路亡,白为权窆;及其糜(糜)溃,又收其骨:则朋友之义庶几矣。《送萧[三]十一之鲁兼问稚子伯禽》有"高堂倚门望伯鱼,鲁中正是趋庭处","君行既识伯禽子,应驾小车骑白羊"之句,则父子之义庶几矣。如弟凝锌侪(济)况绾各赠诗以致其雍睦之情,则兄弟之义庶几矣。惜乎二失既彰,三美莫赎,此所以不能为醇儒也。《韵语阳秋》〔同上〕

乐天及第后归觐,留别同年云:"擢第未为贵,拜亲方始荣。"此毛〔义〕得檄而喜之意也。论者以"春风得意〔马蹄〕疾"决非孟郊语,其气格亦不类。而白公亦有:"得意减别恨,半酣轻远程。翩翩马蹄疾,春风(日)归乡情。"此又不可晓也。《黄常明》〔《碧溪诗话》卷七〕

范文正公"雷霆日有犯,始可报吾亲",谁谓臣子忠〔孝〕难于两全也!"莅官不敬","战阵无勇",本非事亲事,《礼记》〔必〕以为非孝,公之谓欤!《黄常明》〔同上〕

宗族门

谢师厚生女,梅圣俞与之诗曰:"生男众所喜,生女众所丑。生男走四邻,生女各张口。男大守《诗》《书》,女大逐鸡狗。"又云:"何时集(某)氏郎,堂上拜媪叟。"盖戏师厚也。陈琳杜甫诗,及《杨妃外传》,其说异焉。琳痛长城之役,则曰:"生男戒勿举,生女哺用哺(脯)。"杜甫伤关西之戍,则曰:"生女犹是嫁比邻,生男埋没随百草。"杨妃专宠帝室,金印龜绶,宠遍于铦钊;象服鱼轩,荣均于秦虢。当时遂有"生女勿悲酸,生男勿喜欢,男不封侯女作妃,君看女却为门楣"之咏。而乐天《长恨歌》亦云:"遂令天下父母心,不重生男重生女。"今师厚之女敏(毓)质儒门,不过求贤士以为之配尔。纵不至负薪如瞿(翟)妇、饷春如孟光,亦岂能预知其必大富贵,亢(光)宗荣族如蒲〔津〕之妇人乎?宜其圣俞以为戏也。《韵语阳秋》〔卷一〇〕

《传》曰:学士大夫,则知尊祖矣。族之所在,祖之所自出也,其可不敬乎?陶渊明有《赠长沙公》诗,序云:"予于长沙公为族祖,同出大司马。昭穆既远,已为路人。"故其诗云:"同源分流,人易世疏。慨然晤叹,念斯厥初。礼服遂悠,岁月眇徂。感彼行路,眷焉踟蹰。"盖深伤之也。长沙公于渊明如此,而渊明乃以敩载(尊祖)自任,其临别赠言之际,有"进篑虽少(微),终左(焉)为山"之句。呜呼,渊明亦可谓贤矣。杜子美数访从孙济而不免于防猜。故其诗云:"所来为宗族,亦不为盘餐。""勿受外嫌猜,同姓古所敦。"观长沙与济,尊祖之义扫地矣。《韵语阳秋》〔卷二〇〕

百家诗话总龟后集卷之五

仁爱门

《孟子》七篇论君与民者居半,其馀欲得君,盖以安民也。观杜陵:"穷年忧黎元,叹息肠内热,""胡为将暮年,忧世心力弱。"《宿花石戍》云:"谁能扣君门,下令减征赋。"《寄柏学士》云:"几时高议排金(君)门,各使苍生有环堵。"宁令"吾庐独破受冻死亦足",而志在"大庇天下寒士",其仁心广大,异夫求穴之蝼蚁辈,真得孟子所存矣。东坡问老杜何如人,或言似司马迁,但能名其诗耳;愚谓老杜似孟子,盖原其心也。《碧溪》〔卷一〕

韦苏州〔《赠李儋》〕云:"身多疾病思田里,邑有流亡愧俸钱。"《郡中燕集》云:"自惭居处崇,未睹兹民康。"余谓〔有官〕君子当切切作此语,彼有一意供租,专事土木,而视民如仇者,得无愧此诗乎?同上〔同上卷二〕

贾生、终童欲轻事征伐,大抵少年躁锐,使经(绵)历老成,当不如此。昔人欲沉孙武于五湖,斩白起于长平,诚有谓哉。尝爱老杜云:"慎勿吞清(青)海,无劳问越裳。大君先息战,归马华山阳。"又有:"安得壮士挽天河,净洗甲兵长不用。""安得务农息战斗,普天无吏横索钱。""愿戒兵犹火,恩加四海深。""不眠忧战伐,无力正乾坤。"其愁歉(叹)忧戚,盖以人主生灵为念。孟子以善言阵战为大罪,我战必克为民贼。仁人之心,易地皆然。《黄常明》〔同上卷一〕

临川〔《送望之守临江》〕云:"黄雀百(有)头颅,长行万里馀。因君今(想因君)出守,暂得免苞苴。"使能行此言,则虐生类以饱口腹,刻疲民以肥权势者寡矣。其诗才二十字耳,崇(敦)仁爱、抑奔竞皆具焉,何以多为?〔同上〕

杜云:"筑场怜穴蚁(蚁穴),拾穗许村童。"人谓有仁爱民物意。临川《咏促织》云:"只向贫家促机杼,几家能有一钩丝!"愚谓世之严督征赋〔而〕不恤疲瘵之有无者,虽魁然其形,实微虫智尔。《碧溪》〔卷六〕

元结刺道州,承兵贼之后,征率烦重,民不堪命,作《舂陵行》,其末云:"何人采国风,我欲献此诗。"以传考之,结以人困甚,不忍加赋,尝奏免税租及和市杂物十三万缗,又奏免租庸十馀万缗,因之流亡尽归。乃知贤者所存不特空言而已。《丹阳集》〔《韵语阳秋》卷六〕

范文正《淮上遇风》云:"一棹危于叶,旁观欲(亦)损神。他年在平地,无忽险中人。"虽弄翰戏语,卒然而作,险(兼)济加泽之心,〔可见〕未尝忘也。《黄常明》〔《碧溪诗话》卷七〕

元道州《舂陵行》云:"所愿见王官,抚养以惠慈。奈何重驱逐,不使存活为?""逋缓违诏令,蒙责愿(固)所宜。"又云:"守官贵守道(五字作"亦云贵守官"),不爱能适时。"《贼退示官吏》云:"使臣将王命,岂不如贼焉?令被征敛者,迫之如火煎。谁知(能)绝人命,以作时世贤。"子美志之曰:"今盗贼未息,知民疾苦,得结辈十数人(公)为邦伯,万姓气吐(物吐气),天下少安,立可待已(矣)。"余谓漫叟所以能然者,先民后己,轻官爵、重人命故也。观其《石鱼诗》云："金鱼吾不须,轩冕吾不爱。"此所以能不徇权势而专务爱民也。杜"乃知正人意,不苟飞长缨",可谓相知深矣。同上〔同上卷六〕

友义门

苏武、李陵在武帝时,同为侍中,金兰之义素笃。武拘于匈奴,明年而陵始降。虽逆顺之势殊,悲欢之情异,然朋友之谊,此心常炯炯也。观陵海上劝武使降之言,非不切至,而武之所以告陵者,不过明吾忠义之心而已,而未尝一语及陵之叛。若告卫律者则不然,尽辞诟詈,归之于不忠不臣之科,而此以节义临之,几使恶死,此亦可以见于陵厚矣(也)。后武得归,陵置酒贺武曰:"今足下还归,扬名于匈奴,功显于汉室;虽古竹帛所载,丹青所画,何以过子卿?"故李太白《苏武》诗云:"渴饮月窟水(冰),饥餐天上雪。东还沙塞远,北怆河梁别。泣把李陵衣,相〔看〕泪成血。"盖亦是意[语]尔。《韵语阳秋》〔卷八〕

《石林诗话》〔载〕:元丰间东坡系狱,神宗本无意罪之。时相因举轼《桧》诗:"根到九泉无曲处,岁寒唯有蛰龙知。"且云:"〔陛下〕龙飞在天,轼以为不知己,而求知地下之蛰龙,非不臣〔而〕何?"得章子厚从而解之,遂薄其罪。而王定国《见闻录》云:东坡在黄州时,上欲复用,王禹玉以"岁寒惟有蛰龙知"激怒上意,章子厚力解遂释。予观东坡自狱中出,与章子厚书云:"某所以得罪,其过恶未易一二数。平时惟子厚与子由极口见戒,反复甚苦。某强狠自不以为然。"又云:"异时相识,但过相称誉,以成吾过,一旦有患难,无复相哀惜(者)。唯子厚平居遗我以药石,及困急,又有以救恤之,真与世〔俗〕异矣。"则知坡系

狱时，子厚救解之力为多，《石林诗话》不妄也。同上〔卷五〕

东坡归阳羡时，流离颠踬之馀，绝禄已数年，受梁吉老十绢百丝之贶，可见非有馀者。李宪仲之子廌以四丧未举而见公，则尽以赠之，且赠以诗曰："推衣赠（助）孝子，一溉滋汤旱。谁能脱左骖，大事不可缓。"章季默三丧未葬，亦求于公，公亦〔有〕以助之，有"不辞毛粟施，行自丘山积"之句。其高〔谊〕盖出于天资矣。同上〔卷二〇〕

幼敏门

《西清诗话》云：鲁直少警悟，八岁能作诗，《送人赴举》云："送君归去明主前。若问旧时黄庭坚，谪在人间今八年。"此已非髫稚语矣。〔《渔隐丛话前集》卷四七〕

《桐江诗话》云：〔世传〕山谷七岁，作《牧童》诗云："骑牛远远过前村，吹（短）笛风斜（吹）隔陇闻。多少长安名利客，机关用尽不如君。"〔同上〕

林杰幼而聪惠，言发成文，质莹凝脂，音清扣玉。六岁请举童子，父肃为当府大将，性乐善道，家[一]聚群书，又妙于手谈。当时名公多与之交。及有是子，益大其门。廉使崔侍郎手与之迁职，词云："家藏万卷，学富三冬。"杰五岁，父因挈行云云。后业词赋，颇振声光。有《仙客入壶中赋》云："仙客以变化随形[二]，逍遥放情。处于外，则一壶斯在；入其中，则万象皆呈。飞阁重楼，不是人间之状；奇花异草，无非物外之名。"至九岁，谒大夫卢贞[三]、常侍黎埴，无不嘉奖。寻就宾荐，日在宴筵。侍御李远、支使赵格深所知仰，不舍斯须。《和赵支使咏荔支》尤佳，云："金盘摘下排朱颗，红壳开时饮玉浆。"副使郑立《奇童

传》，制使刘潼序以贻之。《闽川名士传》

〔一〕"岁"至"家"十七字依明钞本补。

〔二〕"形"字依明钞本补。

〔三〕"贞"，原作"员"，依明钞本改。

王元之〔济州人〕年七八岁已能文。毕文简公为郡从事始知之。问其家，以磨面为生，因令作《磨诗》。元之不思以对："但存心里正，无愁眼下迟。若人轻着力，便是转身时。"文简大奇之，尝（留）于子弟中讲学。一日，太守席上出诗句"鹦鹉能言争似凤"，坐客皆未有对。文简写之屏间。元之书其下："蜘蛛虽巧不如蚕。"文简叹息曰："经纶之才也。"遂加以衣冠，呼为小友。至文简入相，元之已掌书命矣。《闻见后录》〔卷一七〕

志气门

《蔡宽夫诗话》云：太白之从永王璘，世颇疑之。《唐书》载其事甚略，亦不为明辨其是否。独其诗自序云："夜半（半夜）水军来，浔阳满旌旃。空名适自误，迫胁上楼船。从赐五百金，弃之若浮烟。辞官不受赏，翻谪夜郎天。"然太白岂从人为乱者哉！盖其学本出纵横，以气侠自任。当中原扰攘时，欲藉之以立奇功耳。故其《〔东〕巡歌》有"但用东山谢安石，为君谈笑静胡沙"之句。至其卒章乃云："南风一扫胡尘静，西入长安到日边。"亦可见其志矣。大抵才高意广，如孔北海之徒，固未必有成功，而知人料事，尤其所难。议者或责以璘之猖獗而欲仰以立事，不能如孔巢父、萧颖士察于未萌，斯可矣。若其志，亦可哀矣。〔《渔隐丛话前集》卷五〕

苏子由云：李白诗类其为人，俊发豪放，华而不实，好事喜名，不知义〔理〕之所在也。语用兵，则先登陷阵不以为难；语游侠，则白昼杀人不以为非：此岂其诚能也？白始以诗酒奉事明皇，遇谗而去，所至不改其旧。永王将据江淮，白起而从之不疑，遂以放死。今观其诗固然。唐诗人李、杜称首，今其诗皆在。杜甫有好义之心，白所不及也。汉高祖归丰沛，作歌曰："大风起兮云飞扬，威加海内兮归故乡。安得猛士兮守四方！"高帝岂以文字高世者！帝王之度固然，发于中而不自知也。白诗反之，曰："但歌大风云飞扬，安得（用）猛士守四方！"其不识理如此！老杜赠白诗有"重与细论文"之句，谓此类也〔哉〕。〔同上〕

《高斋诗话》云：荆公《题金陵此君亭》诗云："谁怜直节生来瘦，自许高才老更刚。"宾客每对公称颂此句，公辄颦蹙不乐。晚年与平甫坐亭上视诗牌曰："少时作此，题榜一传，不可追改。大抵少年题诗，可以为戒。"平甫曰："此扬子云所以悔其少作也。"〔同上卷三四〕

《石林诗话》云：荆公以意气自许，故诗语惟其所向，不复更为涵蓄，如："天下苍生待霖雨，不知龙向此中蟠。"又："浓绿万枝红一点，动人春色不须多。"又"平治险秽非无力，润泽焦枯是有才"之类，皆直道其胸中事。后为郡（群）牧判官，从宋次道尽假唐人诗集，博观而约取，晚年始尽深婉不迫之意。乃知文字虽工拙有定限，然必视其幼壮；虽公，方其未至，亦不能力强而遽至也。〔同上〕

《石林诗话》云：苏明允至和间〔来〕京师，既为欧阳文忠公所知，其名翕然。韩忠献诸公皆待以上客。尝遇重阳，忠献置酒私第，惟文忠与一二执政，而明允乃以布衣参其间，都人以为异礼。席间意气兀不少衰。明允诗不多见，然精深有味，语不徒发，正类其文。而（如）《读易诗》云："谁为善相应嫌瘦，后有知

音可发(废)弹。"婉而不迫,哀而不伤,所作自不必多也。〔同上卷三八〕

述志门

余尝(昔)官展(辰州),尝借诗集于士人,中有小篇(编)序云《成都〔集》,乃〕天庆中进士叶沉〔所〕作,止百篇,时有可观,如《闲居感怀》云:"身闲难报国,语直易伤时。"《村墅》云:"夜庭和月扫,秋户拂云开(关)。"亦可想见其胸襟也。〔《砭溪诗话》卷八〕

和靖与士夫诗未尝不及迁擢,与学子诗未尝不言登第。视此为何等,随缘应接,不为苟难亢绝如此。老杜云:"本无轩冕意,不是傲当时。""钟鼎山林各天性,浊醪粗饭任吾年。"道义重而〔不〕轻王公者也。阮孝绪,南平王〔致书〕要之不赴,曰:"非志骄富贵,但性畏庙堂。使麋鹿可骖,何异骥騄?"〔同上卷二〕

求意门

《复斋漫录》云:"书当快意读易尽,客有可人期不来。世事相违每如此,好怀百岁几回开。"其后又寄黄充,前四句云:"俗子推不去,可人废招呼。世事每如此,我生亦何娱。"盖无己得意,故两见之。〔《渔隐丛话后集》卷三三〕

胡氏评诗曰:鲁直《过平舆怀李子克(先)》诗:"世上岂无千里马,人中难得九方皋。"《题徐孺子祠堂》诗:"白屋可能无孺子,黄金(堂)不是欠陈蕃。"二诗命意绝相似,盖叹知音者难得耳。〔同上卷三二〕

29

苕溪渔隐曰:《锡宴〔清〕明日》绝句云:"宴罢回来日欲斜,平康坊里那人家。几多红袖迎门笑,争乞钗头利市花。"《清明日》绝句云:"无花无酒过清明,兴味都来(萧然)似野僧。昨日邻家乞新火,晓窗分与读书灯。"二诗何况味不同如此,亦可见其老少情怀之异也。〔同上卷一九〕

胡氏评诗曰:澶渊之役,王介甫以谓"丞相莱公功第一",张文潜以为"可能功业尽莱公"。大抵人之议论,各有所见,故尔不同。今具载二诗,识者当能辨之。介甫《澶州》诗云:"去都二百四十里,河流中间两城峙。南城草上(木)不受兵,北城楼橹如边城。城中老人为予语,契丹此地经钞虏。黄屋亲〔乘〕矢石间,胡马欲踏河冰渡。天(大)发一矢胡无酋,河冰亦破沙水流。欢盟从此到今日,丞相莱公功第一。"文潜《听客话澶渊事》诗云:"忆昔胡来动河朔,黄(渡)河饮马吹胡角。澶渊城下冰载车,边风萧萧千里赊。城上黄旗坐真主,夜遣六丁张猛弩。雷惊电发一矢飞,横射胡酋贯车柱。犬羊无踪大漠空,归来封禅告成功。自是乾坤扶圣主,可能功业尽莱公?"〔同上卷二〇〕

《谈苑》曰:余知制诰日,与余恕同考试。恕曰:"夙昔师范徐骑省为文,骑省〔其〕有《徐孺子亭记》,其警句云:'平湖千亩,凝碧乎其下;西山万叠,倒影乎其中。'他皆常语,近得舍人所〔作〕《涵虚阁记》,终篇皆奇语。自渡江来,未尝见此,信一代之雄文也。"其相推如此。因出义山诗共读,酷爱一绝云:"珠箔轻明拂玉墀,披香新殿斗腰肢。不须看尽鱼龙戏,终遣君王怒偃师。"击节称叹曰:"古人措辞寓意,如此之深妙,令人感慨不已。"〔同上卷一四〕

百家诗话总龟后集卷之六

讽谕门

　　唐文宗夏日联句,东坡谓宋玉对楚王雄风,讥其知己不知人也。公权小子,有美而无规,为续之云:"一为居所移,苦乐永相忘。愿言均此施,清阴分(及)四方。"或谓五弦之薰〔风〕解愠阜财,已有陈善责难[之]意。余谓不然。凡规谏之辞,须切直分明,乃可以感悟人主。故盗言孔甘,良药苦口。若以"薰风自南来"为陈善闭邪,但恐后世导谀侧媚,〔说〕持两可者,皆得以冒敢谏之名也。《苕溪》〔卷一〕

　　阳城德行道义为士林之所敬服。德宗以银印赤绶起于隐所,骤拜谏官,可谓贤且遇矣。故学生闻道州之贬,投业而叫阍;贤士怆驿名之同,摛辞而颂德:可以知其贤不诬也。然退之《净臣论》乃极口贬之,何哉? 其言曰:"今阳子实一匹夫,在谏位不为不久,而未尝一言及于政。视政之得失,若越人之视秦人之肥瘠。问其官,则曰谏议也;问其政,则曰:'我不知也。'有道之士,固如是乎?"考之本传,以谓他谏官论事苛细,帝厌苦。城漫(浸)闻得失且熟,犹未肯言。客屡谏之,第醉以酒而不答。盖其意有所待矣(也)。至德宗逐陆贽,欲相裴延龄,而城伏蒲之说(疏)始上,廷争恳至,累日不解。故元微之诗云:"贞元岁云暮,朝有曲如钩。""飞章八九上,皆若珠暗投。""且曰事不止,臣谏誓不休。"而白乐天亦云:"阳城为谏议,以正事其君。其手如屈轶,举必指佞臣。卒使不仁者,不得秉国钧。"柳子厚亦云:"抗志厉义,直道是陈。"盖退之《谏〔臣〕论》乃在止裴延龄为相之前,而三子颂美之言,乃在阳城极谏之后也(尔)。《丹阳集》〔《韵语阳秋》卷七〕

〔《渔樵闲话》载〕唐末有宜春人王毂,以歌诗擅名,尝作《玉树曲》,略云:"璧月夜,琼楼春。匣(莲)舌泠泠词调新。当时狎客尽封(丰)禄,直谏犯颜无一人。歌未阕,晋王剑上粘腥血。君臣犹在醉乡中,一面已无陈日月。"此调大播人口。毂未第时,尝于市廛中见有同人被无赖辈欧击,毂前救之,〔扬声〕曰:"莫无礼,便是解道'君臣犹在醉乡中,一面已无陈日月'者。"无赖闻之,惭谢而退,盖讥当时士大夫掩蔽人善,殆此小人不若。愚谓〔《渔樵》〕特假以自谕尔。无赖所以悔过从善,顿革凶暴之气者,非重其才也,非重其名也,盖重其言有补于治乱安危者也。〔《碧溪诗话》卷二〕

蔡宽夫云:"江湖多白鸟,天地有青蝇。"人遂以白鸟为鹭。〔而〕《礼记·月令》:群鸟养羞。郑氏乃引《夏小正》丹鸟白鸟之说,谓白鸟为蚊蚋。则知以对青蝇,意亦深矣。不然,江湖多白鹭,有何说耶?《碧溪》〔《渔隐丛话前集》卷一三〕

子美诗:"草有害于人,曾何生阻修。芒刺在我眼,焉能待时(高)秋。"其愤邪嫉恶,欲芟夷蕴崇之以肃清王室者,抱怀(怀抱)可见。临川有:"勿去草,草无恶,如比世俗俗浮薄。"此方外之语,异乎农夫之务〔去〕者也。《黄常明》〔《碧溪诗话》卷三〕

子美〔《观打鱼》〕云:"设网万鱼急。"盖指聚敛之臣,苛法侵渔,使民不聊生,乃万鱼急也。又云:"能者操舟疾若风,撑突波涛挺叉入。"小人舞智趋时巧宦数迁,所谓疾若风也。残民以逞不顾倾覆,所谓挺叉入也。"日暮蛟龙改窟穴,山根鳣鲔[一]随云雷。"鱼不得其所,龙岂能安居!君与民犹是也。此与六义比兴何异?"吾徒何为纵此乐,暴殄天物圣所哀。"此乐而能戒,又有仁厚意,亦如"前王作网罟,设法害生成",不专为取鱼也。退之《叉鱼》曰:"观乐忆吾僚。"异此意矣。亦如蕲簟云:"却(但)愿天日常炎曦。"故后人改之云:"岂比法曹空自私,却愿天日长炎赫。"《黄常明》〔同上〕

〔一〕"鳣鲔",原作"鲈鲔"依明抄本、廖校本改。

唐子西《上张天觉内前行》云:"内前车马拨不开,文德殿下宣麻回。紫薇侍郎拜右相,中使押赴文昌台。"此语善于叙事,质而不俚。又云:"周公礼乐未要作,致身姚宋亦不恶。向来两翁当国年,民间斗米才四钱。"此语善于讽谕,当而有理,皆可法也。《湖上》云:"佳月明作哲,好风圣之清。"《栖禅〔暮〕归》云:"草青仍过雨,山紫更斜阳。"语意俱新〔矣〕。〔《渔隐丛话后集》卷三四〕

李阳冰云:"太白不读非圣[人]之书,耻为郑卫之作。故其言多似天仙之辞。凡所著述,言多讽兴。自三代以来,《风》《骚》之后,驰驱屈宋,鞭挞扬马。千载独步,唯公一人。故王公趋风,列岳(侯)结轨,群贤翕习,如鸟归凤。卢黄门云:陈拾遗横制颓波,天下质文翕然一变。至今朝诗体,尚有梁陈宫掖之风,至公大变,扫地并尽,今古文集遏而不行;唯公文章横被六合,可谓力敌造化欤!"〔同上卷四〕

33

达理门

苕溪渔隐曰:裴说云:"读书贫里乐,搜句静中忙。"此二事乃余日用者。甘贫守静,自少至老,饱谙此味矣。〔《渔隐丛话后集》卷一七〕

《许彦周诗话》云:罗隐诗云:"只知事逐眼前过,不觉老从头上来。"此殊有味。〔同上卷一八〕

朱氏《复斋偶题》诗曰:"出入无时是此心,岂知鸡犬易追寻。请看屏上初爻旨,便识名斋用意深。"〔《朱文公集》卷二〕

东坡云:"'秋菊有佳色,挹露掇其英。泛此忘忧物,远我遗世情。一觞虽独进,杯尽壶自倾。日入群动息,归鸟趋林鸣。笑傲东轩下,聊复得此生。'靖节以无事为得此生,则见役于物者,非失此生耶!"〔《渔隐丛话前集》卷四〕

东坡《送山(小)本禅师赴法云》云:"是身如浮云,安得限南北。"此二句乃老杜《别赞上人》诗中全语,岂偶然用之耶?《题碧落洞》诗云:"小语辄响答,空山白云惊。"此语全类李太白。今印本误作"自雷惊",不惟无意味,兼与上句重叠也。后自岭外归,《次韵江晦叔》诗云:"浮云时事改,孤月此心明。"语意高妙,如参禅悟道之人,吐露胸襟,无一毫窒碍也。〔《渔隐丛话后集》卷二六〕

康节《天津感事吟》:"水流任急境常静,花落虽频意自闲。不似世人忙里老,生来(平)未始得开颜。"《击壤集》〔卷四〕

《先天吟》:"先天天弗为(违),后天奉天时。弗违无时亏,奉时有时疲。"同上〔卷一六〕

《身心(自馀)吟》:"身生天地后,心在天地前。天地自我

出,自馀何足言!"同上〔卷一九〕

　　康节《无忧吟》:"人生长有两般愁,愁死愁生未易休。或向利中穷力取,或于名上尽心求。多思惟恐晚得手,未老已闻先白头。我有何功居彼上,其间攘(掉)臂独无忧。"《击壤集》〔卷一三〕

百家诗话总龟后集卷之七

达理门

《否》卦:"包承,小人吉。"说者谓小人在下者包之,小人在上者承之,盖处《否》当然。杜云:"曲直吾不知,负暄候樵牧。""是非何处定,高枕笑浮生。""洗眼看轻薄,虚怀任屈伸。""寄谢悠悠世上儿,不争好恶莫相疑。"其寄傲疏放,摆脱世网,所谓两忘而化其道〔者〕也。《黄常明》〔《䂬溪诗话》卷五〕

漫叟《无为洞口》云:"洞傍山僧皆学禅,无求无欲亦忘年。"又:"无为洞口春水满,无为洞傍春云白。爱此踌躅不能去,念(令)人悔作衣冠〔客〕。"岑参《宿先(仙)游寺》云:"寄报乘轩客,簪裾尔何容!"临川《何(和)秀老》云:"解我葱珩脱孟劳,暮年甘与子同袍。"比之退之云"方将敛之道,且欲冠其颠","向风长叹不可见,我欲收敛加冠巾",异矣。六一有云:"自惭前引朱衣吏,不称闲行白发翁。"说者谓不言亦可。然次山《宿丹崖翁宅》诗〔亦〕云:"吾将求退与翁游,学翁歌醉在渔舟。官吏随人往来(未)得,却望丹崖惭复羞。"吁,〔非〕淫乎富贵者也。《䂬溪》〔卷六〕

东坡拈出陶渊明谈理之诗前后有三:一曰:"采菊东篱下,

悠然见南山。"二曰："笑傲东轩下，聊复得此生。"三曰："客养千金躯，临化消其宝。"皆以为知道之言。盖摘章绘句，嘲弄风月，虽工亦何补！若晓道者，出语自然超诣，非常人能蹈其轨辙也。山谷尝跋渊明诗卷云："血气方刚时，读此诗如嚼枯木；及绵历世事，如决定无所用智。"又尝论云："谢康乐庾义城之诗，炉锤之功，不遗馀力，然未能窥彭泽数仞之墙者，二子有意于俗人赞毁其工拙，渊明直寄焉。"持是以论渊明诗，亦以可（可以）知（见）其关键也。《丹阳集》〔《韵语阳秋》卷三〕

孟子所言皆精粗兼备，其言甚近，而妙义在焉。如庞居士云："神通并妙用，运水与搬柴。"此自得者之言，最为达理。若孟子之言则无适不然。如许大尧舜之道，只于行止疾徐之间教人做了。《龟山语录》〔卷四〕

或问言动非礼则何（可）以正（止），视听如何得合礼？曰："四者皆不可易，易则多非理（礼），故'仁者先难而后获'。所谓难者，以我视，以我听，以我言，以我动也。""仰面贪看鸟，回头错应人。"视听不以我也，胥失之矣。《上蔡语录》〔卷中〕

吕晋伯兄弟中皆有见处。一人作诗咏曾点事曰："函丈从容问且酬，展才无不至诸侯。可怜曾点推（惟）鸣瑟，独对春风咏不休。"同上〔卷上〕

或问邵尧夫云："谁信画前元有《易》，自从删后更无《诗》。画前有《易》何以见？"曰："画前有《易》，其理甚微，然即用孔子之已发明者言之，未有画前尽（盖）可见也。如云：神农氏之耒耜盖取诸《益》，日中为市盖取诸《噬嗑》，黄帝尧舜之舟楫盖取诸《涣》，服牛乘马盖取诸《随》，《益》、《噬〔嗑〕》、《涣》、《随》重卦也。当神农黄帝尧舜之时，重卦未画，此理真圣人有以见天下之赜，故通变以宜民，而《易》之道得矣。然则非画前元有《易》

乎?"《龟山语录》〔卷二〕

熙宁十年夏,康节感微疾,气日益耗,神日益明。笑谓司马温公曰:"雍欲观化一巡,如何?"温公曰:"先生未应至此。"康节笑曰:"死生亦常事耳。"张横渠先生喜论命,来问疾,因曰:"先生论命否?当推之。"康节曰:"若天命,则已知之矣。世俗所谓命,则不知也。"横渠曰:"先生知天〔命〕矣,载尚何言!"程伊川曰:"先生至〔此〕,他人无以为力,愿自主张。"〔康节曰:"平生学道,岂不知此?然亦无可主张。"〕时康节居正寝,诸公议后事于外,有欲葬近洛阳城者,康节已知,呼伯温入曰:"诸公欲以近城地葬我,不可,当从伊川先〔生〕茔耳。"七月初四日大书诗一章曰:"生于太平世,〔长于太平世〕死于太平世。客问年几何,六十又七岁。俯仰天地间,浩然独无愧。"以是夜五更捐馆。《闻见录》〔卷二○〕

张敬夫《元日》诗:"古史书元意义存,《春秋》揭示更分明。人心天理初无欠,正本端原万善生。"《南轩集》〔卷七〕

康节过士友家昼卧,见其枕屏小儿迷藏,以诗题其上云:"遂令高卧人,欹枕看儿戏。"盖熙宁间也。陈恬云:"《击壤集》不载。"同上〔《闻见录》卷二○〕

张横渠《圣心诗》:"圣心难用浅心求,圣学须专礼法修。千五百年无孔子,尽因通变老优游。"《横渠集》〔文集〕

五峰胡广仲诗:"幽人偏爱青山好,未(为)是青山青不老。山中出云雨太虚,一洗尘埃山更好。"朱氏陂(跋)云:"右衡山胡子诗也。初,绍兴庚辰,熹病卧山间,亲友仕于朝者,以书见招,某戏以两诗代书报之曰:'先生去上芸香阁时籍溪先生〔除〕正字,赴馆供职,阁长新峨豸角冠刘共甫〔自〕秘书丞除察官。留取幽人卧空谷,一川风月要人看。'一章。'瓮牖前头列画屏,晚来相对尽仪形。浮云一任闲舒卷,万古青山只么青。'二章。或传〔以〕语胡子,胡子谓其学者张敬夫曰:'吾未识此人,然观此诗,〔知其〕庶〔几〕能有进矣。特其言有体而无用,故为是诗以箴警之,庶其闻之而有发也。'明年,胡子卒。又四年,某始见敬夫而后获闻之,恨不及见胡子而请其目也。因序其本末而书之于策,以无忘胡子之意云。"见《诗集》〔《朱文公集》卷八一〕

邵尧夫先生居洛四十年,安贫乐道,自云未尝攒眉。所居寝息处为安乐窝,自号安乐先生,又为瓮牖,读书燕居。自平旦则焚香独坐,晡时饮酒三四瓯,微熏便止,不使至醉也。中间,州府以更法,不饷馈寓宾,乃为薄粥以代之,好事者或载酒以济其乏。尝有诗云:"斟有浅深存燮理,饮无多少系经纶。莫道山翁拙于用,也能康济自家身。"喜吟诗作大字书,然遇兴则为之,不牵强也。大寒暑则不出,每出乘小车,用一人挽之,为诗以自咏曰:"花似锦时高阁望,草如茵处小车行。"司马温公赠以诗曰:"林间高阁望已久,花外小车犹未来。"随意所之,遇主人喜客,则留三五宿;又之一家亦如之。或经月忘返,虽性高洁,而接人无贤不肖贵贱皆欢然如亲。尝自言:"若至大病,自不能支;其遇小疾,得有客对语,不自觉疾之去体也。"学者来从之问经义,精深浩博,应对不穷,思致幽远,妙极道数。间与相知之深者,开口论天下事,虽久存心世务者,不能及也。〔《渔隐丛话后集》卷二二〕

康节尝诵希夷之语曰:"得便宜事,不可再〔作〕;得便宜处,不可再去。"又曰:"落便宜是得便宜。"故康节诗云:"珍重至人尝有语,落便宜是得便宜。"盖可终身行之也。邵伯温《易学辨惑》〔《闻见录》卷七〕

涪陵谯天授《牧牛图诗》,一章言其崇明礼法,目无邪视,可否昭判,拣辨无舛,依见见正,色尘不迷,故能非礼勿视,如牛双目变白,畏鞭棰,警视不易,设有他恶,不能纵观矣。诗曰:"喜见双眸白,通身黑尚全。整思南亩稼,还忌牧童鞭,妄色无轻学[一],非观已屡悛。回光惟圣道,此外竟何缘?"二章言其外屏非闻,耳无邪听;入耳著心,但惟圣道;依闻审音,恶声不惑,故能非礼勿听。如牛角耳变白,耸耳低首,惟牧是聆,更无他念矣。诗曰:"耳角冰霜洁,须知听不讹。法言缘理辨,邪说自心诃。响外聆微旨,音中味太和。淫荒无复入,非礼末之何!"三章言其戒谨辞气,口无妄言;戏论[二]谗诬,不形声说;非先王之法言不敢道;扪舌[三]谨辞,修辞立诚,故能非礼勿言。如牛唇口变白,为牧所缠,不得妄鸣,惟渴饮饥食始得解释矣。诗曰:"白口缠圈索,言非驷莫追。心声休妄发,敬道复何疑?正信通神鉴,渊谈协礼[四]仪。能为天下则,诚自我无欺。"四章言其遵守礼法,中主惟敬;心无妄动,举必循理;精诚外发,照破邪行;素履而往,往而无咎,故能非礼勿动。如牛四足变白,犹恐散失,未舍鼻索矣。诗曰:"四足虽更白,犹宜鼻索拘。草田方缓执,禾径未相逾。步步无非履,心心向大途。见闻言动事,到此竟何殊!"五章言其学习美成,礼法文质,内外自然,克己复礼,归于至诚;不假行将,动容周旋,皆中乎礼,盛德之至;居德之盛,尚可形容,故如牛首尾变白,牧者置鞭闲坐,不执鼻索,放旷无拘,顿绝所犯矣。诗曰:"鼻索何劳执,长鞭已弃闲。大田随俯仰,古道任回环。乂草餐清野,仁泉饮碧湾。德纯非用牧,危坐对层山。"六章言其抑为不厌,好古敏求,积而至圣;思虑销陨,情识净尽[五];犹金鉴焉,不迎不将,应而不伤;心休世遘[六],超然绝疑;动静无意,但寓形于世而已。如牛全白,纯一不杂,人牛两息,灭意相拘矣。诗曰:"一饱心休息,安眠百不知。有形随处寄,毋意复何疑!用舍非关念,优游绝所窥。相忘人世外,惟有牧童儿。"七章言其逆顺难测,混同体用;随世态卷舒,例阴阳惨酢;损益盈虚,与时偕行;言不必信,行不必果,惟义所在;一切毋必,道合则从。犹如白牛,虽带圈索,已无牧人矣。诗曰:"圈索虽[七]牵执,从兹牧者亡。何心拘小节,平步蹈中常。饥饱随时[八]过,行藏任运将。春山春草绿,逢处可充肠。"八章言其仕止久速,咸契所宜;达节善变,出处无际;进退存亡,不失其正;独见几权,应世无固,不俟终日。犹如白牛随方运动,饮食无系矣。诗曰:"日暖随方去,天寒隐[九]有馀。当行非俟牧,可止便安居。饮食和粗细,周旋契疾徐。权几虽应用,岂外是如如。"九章言其无方无体,妙绝万物,不见有己;身心销复,与道混融;一切毋我,又何分别;随时应用,应物张机,无有本体;名言胡义,留为世训,警策后觉。犹如无牛可得,惟存鼻索,传示将来矣。诗曰:"相尽云何牧,心融孰是牛?我人依妄立,学行假名修。不见当先迹,宁知有后由。鞭绳应到此,聊为且□[一〇]留。"

〔一〕"学",明钞本作"举"。

〔二〕"论",原作"渝",依明钞本改。

〔三〕"扣舌",原作"依苦",依缪校本改。

〔四〕"礼",原作"初",依明钞本、缪校本改。

〔五〕"尽",原作"静",依明钞本改。

〔六〕"休",原作"体","通",原作"通",依明钞本改。

〔七〕"虽",原作"离",依明钞本、缪校本改。

〔八〕"时"字依明钞本补。

〔九〕"隐",明钞本作"稳"。

〔一〇〕"□",原作"有",当误,从清钞本缺,疑为"存"字。

百家诗话总龟后集卷之八

博识门

尝观临川"解我葱珩脱孟劳",尝不晓孟劳何等物。及观《谷梁传》注:孟劳,鲁之宝刀。《黄常明》〔《碧溪诗话》卷九〕

子美"於菟侵客恨",乃楚人谓虎於菟。"土锉冷疏烟",乃蜀人呼釜为锉。"富豪有钱驾大舸",《方言》:南楚江湘凡船大者谓之舸。"百丈谁家上水船",荆峡以竹为缆(缆为)百丈。"堑抵公畦棱",京师农人指田云几棱去声。"市暨瀼西颠。"夔人谓江水横通山谷处为瀼。子厚"桃笙葵扇安可当",宋魏之间谓簟为笙。"欸〔音袄〕乃〔音霭〕一声山水绿",乃楚人歌声。临川"窗明两不借",楚人以草履为不借。东坡"倦看涩勒暗蛮村",盖岭南竹名。艾(又)"蓬沓障前走风雨",注云:於潜妇人皆插大银栉,谓之蓬沓。又:"几思压茅柴,禁烟(网)日夜急。"山谷:"燕湿社公雨,莺啼花信风。"皆方言也。《黄常明》〔同上卷一〇〕

江汉有浒,以扞制泛滥,大涨则溢于平陆。水退浒见,舟人谓之水落糟(槽)。又滩石湍激,其中深仅可容舟者,谓之洪。若大水则不复问洪矣。临川"万里寒江正复槽","东江水(木)落水分洪"以此。亦谓水黄帽,谓云炮车,非遐征远涉,不能知

也。同上〔卷五〕

柳《读书》篇:"瘴疠扰灵府,日与往昔殊。临文乍了了,彻卷元(兀)若无。"盖尝《答许京兆书》云:"往时读书,不至底滞。今每读一传,再三伸卷,复观姓氏。"在宗元则为瘴疠所扰,它人乃公患也。同上〔卷三〕

东坡云:"东来贾客木绵裘,饮散金山月满楼。夜半潮来风又热,卧吹箫管到扬州。"集中题云《梦中作》。盖坡尝衣此,坐客误云木绵袄俗,饮散乃出此诗,且云,虽欲〔俗〕不可得也。坐客大惭。贾客事乃《南史》,孔觊二弟,颇营产业。请假东还。觊出渚迎之。辎重二十馀船,皆绵绢纸席之属,觊伪喜,〔因〕命〔且〕置岸侧,既而正色谓曰:"汝辈忝预士流,何至还东作贾客耶?"命烧尽乃去。《碧溪》〔卷六〕

"家家养乌鬼",沈存中以为鸬鹚,说者谓非也。元微之诗云:"病养(赛)乌称鬼,巫占瓦代(作)龟。"自注云:"南人染病,竞赛乌鬼;楚巫列肆,兢(悉)卖瓦卜。"此乃《戏效俳体二首》,其二亦云"瓦卜传神语",皆是处方言,则乌鬼非鸬鹚不疑(两字作"明")矣。〔《碧溪诗话》卷八〕

书史蓄胸中而气味入于冠裾,山川历目前而英灵助于文字。太史公南游北涉,信非徒然。观老杜《壮游》云:"东下姑苏台,已具浮海航。到今有遗恨,不得穷扶桑。""剑池石壁仄,长洲芰荷香。嵯峨闾门北,清庙映池塘。""越女天下白,鉴湖五月凉。剡溪蕴秀异,欲罢不能忘。归帆拂天姥,中岁贡(贡)旧乡。""放荡齐赵间","西归到咸阳"。其豪气逸韵可以想见。序《太白集》者称其隐岷山,居襄溪。南游江淮,观云梦,去之齐鲁,之吴之梁,北抵赵魏燕晋,西徙(涉)邠岐。从(徙)金陵,上(止)寻阳,流夜郎,泛洞庭,上巫峡。白自序亦曰:"偶乘扁舟,一日千里;或遇胜景,终年不移。"其恣横采览,非其狂也。使二公隐（稳）坐中书,何以垂不朽如此哉！燕公得助于江山,郑綮谓相府非灞桥,那得诗思,非虚语也。〔《䃤溪诗话》卷八〕

《学林新编》云:世传织女嫁牵牛渡河相会。某按《史记》、《晋·天文志》,河鼓星在织女、牵牛二星之间,世俗因傅会为渡河之说,媟渎上象,无所根据。《淮南子》云:"乌鹊填河成桥,而渡织女。"《荆楚岁时记》云:"七夕河汉间奕奕有光景,以此为候,是牛女相遇（过）也。"其说皆怪诞不足信。子美《牵牛织女》诗云:"牵牛出河西,织女处其东。万古永相望,七夕谁见同。神光意难候,此事终朦胧。"观子美诗意,不取世俗说也。七夕乞巧,见于周处《风土记》,乃后人编类成书,大抵初无稽考,不足信者多矣。〔《渔隐丛话前集》卷一一〕

《侯鲭录》云:"东坡作《雪诗》云:冻合玉楼寒起粟（粟）,光摇银海眩生花。"后见荆公云:"道家以两肩为玉楼,目为银海,是使此事否？"坡退曰:"惟荆公知此出处。"〔同上卷二九〕

苕溪渔隐曰:《缃素杂记》、《学林新编》二家辨证乘槎事,大同小异。余今采撷其有理者共为一说。按张茂先《博物志》曰:"旧说天河与海通。近世有人居海上者,每年八月见浮槎来不失期。赍一年粮乘之而去。十馀日中,犹观星月日辰。自后茫茫亦不觉昼夜。奄至一处,有城郭屋舍甚严,遥望宫中有妇人织,见[一]丈夫牵牛渚次饮之。惊问曰:'何由至此？'其人说以来意,并问此是何处,答曰:'君至蜀郡访严君平则知之。'因还。后以问君平,君平曰:'某年月日,有客星犯牵牛宿。'计年月,正是此人到天河时也。"所载止此而已。而《荆楚岁时记》直曰:张华《博物志》云:汉武帝令张骞穷河源,乘槎经月而去,〔至〕一处,见城郭如官府,室内有一女织,又见一丈夫牵牛饮河。骞问云:"此是何处?"答曰:"可问严君平。"织女取机楮(楮机)石与骞而还。后至蜀问君平,君平曰:"某年月日,客星犯牛斗。"所得楮机石为东方朔所识,亦(并)其证焉。按骞本传及《大宛传》,骞以郎应募使月氏,为匈奴所留,十馀岁得还。骞身所至者大宛、大月氏、大夏、康居,而传闻其旁大国五六,具为天子言其地形所有,并无乘槎至天河之说。而宗懔乃傅会以为武帝张骞之事,又益以楮机石之说,何耶?子美《虁府咏怀》诗曰:"途中非阮籍,槎上似张骞。"又《秋兴》诗曰:"奉使虚随八月槎。"如此类,前贤多用之,恐非实事。〔同上卷一一〕

杜子美诗喜用《文选》语,故宗武亦习之不置,所谓"熟精《文选》理,休觅彩衣轻",又云"呼婢取酒壶,续儿诵《文选》"是也。唐朝有《文选》学,而时君尤见[钦]重,分别本以赐金城,书绢素以属裴行俭是也。《外史梼杌》载郑奕尝以《文选》教其子,其兄曰:"何不教读《论语》?免学沈、谢嘲风弄月,污人行止。"郑兄之言盖欲先德行而后文艺,亦不为无理也。《丹阳集》〔《韵语阳秋》卷三〕

《雪浪斋日记》云:昔人有言:"《文选》烂,秀才半。"正为《文选》中事多可作本领尔。余谓欲知文章之要,当熟看《文选》,盖《选》中自三代涉战国、秦汉、晋魏、六朝以来文字皆有。在古则浑厚,在近则华丽也。苕溪渔隐曰:少陵《宗武生日》诗"熟精《文选》理",盖为是也。〔《渔隐丛话后集》卷二〕

诗话乃云:质之少陵《昔游》诗:"昔者与〔高〕李,同登单父台。"则知非吹台。三人能(皆)词宗,果登吹台,岂无雄词杰唱著后世耶?予窃哂其弗细考前诗而妄为云云,故具载之以显其误也。[一]〔同上前集卷一二〕

〔一〕此则前,底本有大段缺文。

苕溪渔隐曰：学者欲博读异书，余谓退之之《进学解》云："上规姚姒，浑浑无涯。《周诰》、《汤盘》，诘屈聱牙。《春秋》谨严，《左氏》浮夸。《易》奇而法，《诗》正而葩。下逮《庄》、《骚》，太史所录。子云相如，同工异曲。"若只读此足矣，何必多嗜异书！〔同上后集卷一〇〕

百家诗话总龟后集卷之九

狂放门

《剑阁》云:"吾将罪真宰,意欲铲叠嶂。"与太白"槌破黄鹤楼","划却君山好",语亦何异?然《剑阁》诗意在削平僭窃,尊崇王室,凛凛有忠义气,槌碎划却之语,但觉一味粗豪耳。故昔人论文字以意为主(上)。《碧溪》〔卷一〕

"性豪业嗜酒,嫉恶怀刚肠。饮酣视八极,俗物都茫茫。"此子美胸中语也。宜其孩弄严武,藐视礼法,而朱老、阮生皆预莫及(逆),《遭田父泥饮》至被肘而不悔,其内直外曲,强御不畏,矜寡不侮,非世所能测也。《碧溪》〔卷六〕

唐史载杜审言尝云"吾闷(文)当得屈宋作衙官",其孙乃有"读书破万卷,下笔如有神"。谓苏味道"见吾判且羞死",甫乃有"集贤学士如堵墙,看我落笔中书堂"。谓"为造化小儿所苦",甫乃有"日月笼中鸟,乾坤水上萍"。所谓"是以似之"也。同上〔卷六〕

《艺苑雌黄》云:"吟诗喜作豪句,须不畔于理方善。如东坡观崔白《骤雨图》云:'扶桑大茧如瓮盎,天女织绡云汉上。往来不遣风衔梭,谁能鼓臂投三丈?'此语豪而甚工。石敏若[《橘林文》中]《咏雪》有'燕南雪花大于掌,冰柱悬檐一千丈'之语,豪则豪矣,然安得尔高屋〔邪!虽豪,觉畔理。〕或云《咏雪》非敏若诗,见鲍钦止《夷白堂小集》。"苕溪渔隐曰:"《东坡集》载此诗是题赵令晏崔白大图,幅径三丈,故云:'往来不遭风衔梭,谁能鼓臂投三丈。'可谓善造语能形容者也。《画品》〔中止有李营丘《骤雨图》,从无崔白者,兼东坡此诗又云〕:'人间刀尺不敢裁,丹青付与濠梁崔。风蒲半折寒雁起,竹间的皪横江梅。'乃是崔白《冬景图》,《艺苑》以谓《骤雨图》误矣。余〔又观〕李太白《北风行》云:'燕山雪花大如席。'《秋浦歌》云:'白发三千丈。'其句可谓豪矣,奈无此理何?如秦少游《秋日绝句》云:'连卷雌霓挂(拱)西楼,逐雨追晴意未休。安得万妆相向舞,酒酣聊把作缠头。'此语亦豪而工矣。"〔《渔隐丛话后集》卷二六〕

郭功甫《金山行》造语豪〔壮〕,世多不见全篇,今录于左方:"金山杳在沧溟中,雪崖冰柱浮仙宫。乾坤扶持自古今,日月仿佛缠西东。我泛灵槎出尘世,搜索异境窥神工。一朝登临重叹息,四时想象何其雄!卷帘夜阁挂北斗,大鲸驾浪吹长空。舟摧岸断岂足数,往往霹雳搥蛟龙。寒蟾八月荡瑶海,秋光上下磨青铜。鸟飞不尽暮天碧,渔歌忽断芦花风。蓬莱久闻未成往,壮观绝致遥应同。潮生潮落夜还晓,物数交(与数)会谁能穷!百年形影浪自苦,便欲此地安〔微〕躬。白云南去供入(来入我)望,又起归兴随征鸿。"〔同上前集卷三七〕

称赏门

《王直方诗话》云:乐天有诗云:"醉貌如霜叶,虽红不是春。"东坡有诗云:"儿童误喜朱颜在,一笑那知是酒红。"郑谷有诗云："衰鬓霜供白,愁颜酒借红。"老杜有诗云："发少何劳白,颜衰肯更红?"无己诗云："发短愁催白,颜衰酒借红。"皆相类也。然无己初出此一联,大为当时诸公所称赏。〔《渔隐丛话前集》卷五一〕

《雪浪斋日记》云:高荷字子勉,山(上)谷诗云："点检金闺彦,飘零玉笋班。尚令清庙器,犹隔鬼门关。"大为山谷所喜。〔同上卷五二〕

杜子美襃称元结《舂陵行》兼《贼退后示官吏》二诗云："两章对秋月(水),一字偕华星。致君唐虞际,淳朴忆大庭。"又云："今盗贼未息,得结辈数十公,落落然参错为天下邦伯,天下少安,可立待矣。"盖非专称其文也。至于李义山乃谓"次山之作以自然为祖,以元气为振(根)",无乃过乎!秦少游《漫郎诗》云："字偕华星章对月,漏泄元气烦挥毫。"盖用子美义山语也。〔《韵语阳秋》卷六〕

《今是堂》〔《手录》云〕:高丽使过海,有诗云："水鸟浮还没,山云断复连。"时贾岛诈为梢人,联下句云："棹穿波底月,船压水中天。"丽使嘉叹久之〔自此不复言诗〕。《碧溪》〔《渔隐丛话前集》卷一九〕

张祜诗云："故国三千里,深宫二十年。"杜牧赏之,作诗云："可怜'故国三千里',虚唱歌词满六宫。"故郑谷〔云〕："张生'故国三千里',知者唯应杜紫薇。"诸贤品题如是,祜之诗名安得不重乎!其后有"解道澄江静如练,世间唯有谢玄晖","解道江南断肠句,世间唯有贺方回"等语,皆祖是意也。《葛常之》〔《韵语阳秋》卷四〕

诗人赞美同志诗篇之善,多比珠玑、璧玉、锦绣、花草之类,至杜子美则岂〔肯〕作此陈腐语也(耶)?《寄岑参》诗云："意惬

49

关飞动,篇终接混茫。"《夜听许十[一]诵诗》云:"精微穿溟滓(涬),飞动摧霹雳。"《赠卢居(琚)》诗云:"藻翰唯牵率,湖山合动摇。"《赠朱(郑)谏议》诗云:"毫发无遗恨,波澜独老成。"《寄李白》诗云:"笔落惊风雨,诗成泣鬼神。"《赠高適》诗云:"美名人不及,佳句法如何?"皆惊人语也。视馀子其神芝[之]与腐菌哉!《丹阳集》〔同上卷三〕

称荐门

温公自称为[迂]叟,香山居士亦尝以自号。其诗云:"初时被目为迂叟,近日蒙呼作隐人。"司马岂慕其洛居有闲适之乐耶?《碧溪》〔卷九〕

周美成邦彦,元丰初以太学生进《汴都赋》,神宗命之以官,除太学录。其后流落不偶,浮沉州县三十馀年。蔡元长用事,美成献《生日诗》,略云:"化行《禹贡》山川内,人在周公礼乐中。"元长大喜,即以秘书少监召,又复荐之。《挥麈录》

李白《赠崔侍御》诗云:"黄河三尺鲤,本在孟津居。点额不成龙,归来伴凡鱼。何当赤车使,再往召相如。"相如盖自谓也。观此不可谓白之(五字作"则白不可谓")无心于仕进者。然当时慢侮力士,略不为身谋,[旋]致贬逐而曾不悔。使其欲仕之心切,必不如是。先是,苏颋为益州长史,见白异之,曰:"是子天才英特,少益以学,[可]比相如。"故曰(白)诗中每以相如自比。《[赠]从弟之遥》曰:"汉家天子驰驷马,赤车蜀道迎相如。"《自汉阳病酒归》曰:"圣主还听《子虚赋》,相如却欲论文章。"《赠张镐》曰:"十五观奇书,作赋凌相如。"白自比为相如,非止一诗也。〔《韵语阳秋》卷六〕

吴迈远好自夸而嗤鄙他人，每作诗得称意语，辄掷地呼曰："曹子建何足数哉！"袁嘏谓人曰："我诗有生气。"亦以用心深苦，俄而有得，宜不胜其喜。子美云"语不惊人死不休"，贯休谓"得句先呈佛"，皆此谓（为此）也。〔《苕溪诗话》卷二〕

老杜高自称许有乃祖之风，上书明皇云："臣之述作沉郁顿挫，杨雄、枚皋可企及也。"《壮游》诗则自比游（于）崔、魏、班、杨。又云："气劘屈贾垒，目短曹刘墙。"《赠韦左丞》则曰："赋料杨雄敌，诗看子建亲。"甫以诗雄于世，自比诸人，诚未为过。至"窃比稷与契"则过〔矣〕。史称甫好论天下大事，高而不切，岂自比稷契而然耶？至云："上感九庙焚，下悯万民疮。斯时伏青蒲，廷争守御床。"其忠荩亦可嘉矣。《韵语阳秋》〔卷八〕

《复斋漫录》云："江公著初任洛阳尉，久旱微雨，作诗云：'云叶纷纷雨脚匀，乱花柔草长精神。雷车却辗前山过，不洒原头陌上尘。'温公于士人家见之，借纸笔修刺谒江，且为称荐，由此知名。"〔《渔隐丛话后集》卷二二〕

投献门

《王直方诗话》云：杭有西湖而颍亦有西湖，皆为游赏之胜。而东坡连守二州。其初得颍也，有颍人在坐云："内翰但只消游湖中，便可以了郡事。"盖言其讼简也。秦少章因作一绝献之云："十里荷花菡萏初，我公所至有西湖。欲将公事湖中了，见说官闲事亦无。"后东坡到颍，有《谢执政启》亦云："入参两禁，每玷北扉之荣；出典二邦，辄为西湖之长。"〔《渔隐丛话前集》卷四一〕

钱惟演为洛帅留守，始置驿贡花，识者鄙之。蔡君谟加法

〔造〕小团茶贡之，富彦国叹曰："君谟〔士人〕乃为此也（耶）！"坡作《荔支叹》曰："我愿天公怜赤子，莫生尤物为疮痏。雨顺风调百谷登，民不饥寒为上瑞。君不见武陵溪边粟粒芽，前丁后蔡相笼加。吾君盛德岂在此，致养口腹何陋耶！又不见洛阳丞相忠孝家，可怜亦进姚黄花。"补世之语，不能易也。尝爱李敬方《汴河直进船》诗云："汴水通淮利最多，人生为害亦相和。东南四十三州地，取尽脂膏是此河。"此等语皆〔可〕为多（炙）背之献也。〔《砚溪诗话》卷五〕

评论门

介甫〔梅〕诗："少陵为尔牵诗兴，可是无心赋海棠？"杜默云："倚风莫怨唐工部，后裔谁知不解衣（诗）。"曾不若东坡《柯丘海棠》长篇冠古绝今，虽不指名（明）老杜而补世（亡）之意，盖使来世自晓也。〔《砚溪诗话》卷八〕

乐天《九日思杭州》云："笙歌委曲声延耳，金翠动摇光照身。"子瞻《有怀钱塘》云："剩看新番眉倒晕，未应泣别脸消红。"黎元耆旧，何遽忘之也〔耶〕？徐考其集，白《送杭州姚（三字作"姚杭州赴任"）因思旧游》云："闾里固宜勤抚恤，楼台亦要数跻攀。"苏亦云："细雨暗（晴）时一百六，画桡鳌（鼍）鼓莫遗（违）民。"是未尝无意于民庶也。然白又有"故妓数人凭问讯，新诗两首倩流传"，坡又有"休惊岁岁年年貌，且对朝朝暮暮人"。大抵淫乐之语多于抚养之语耳。夫子称"未见好德如好色"，而伤之曰"已矣乎"，二公未能免俗，馀人不必言。〔同上〕

子瞻赋《浊醪有妙理》，首句云："酒勿嫌浊，人当取醇。"其末乃曰："浊者以饮吾仆，清者以酌吾友。"复立分别，则是浊醪

无妙理矣。岂非万斛汹涌不暇点校故欤!〔同上〕

司马温公〔《题赵舍人庵》〕云:"清茶淡话难逢友,浊酒狂歌易得朋。"虽造次间语,亦在于〔进〕直谅之益而退便僻之损也。〔同上卷一〕

《雪浪斋日记》云:读谢灵运诗,知其揽尽山川秀气;读退之《南山诗》,颇觉似《上林子虚赋》,才力小者不能到。李长吉、玉川子诗皆出于《离骚》,未可以立谈判也。皇甫持正云"吟诗未有刘长卿一字",唐人必甚重长卿,今诗十卷亦清丽。〔《渔隐丛话前集》卷二〕

《宋子京笔记》云:"古人语有椎拙不可掩者,乐府曰:'何以销忧,惟有杜康。'刘越石曰:'何其不梦周。'又有曰:'夫子悲获麟,西狩叹(涕)孔丘。'"虽有意绪,词亦钝朴〔矣〕。〔同上卷一〕

百家诗话总龟后集卷之十

评论门

杜云:"尔辈可忘年。""含凄觉汝贤。""送尔维舟惜此筵。""汝与山东李白好。"自世俗观之,则为简傲,诗简(家)不然,亦尝有云:"忘形到尔汝。"《黄常明》〔《䂩溪诗话》卷五〕

又《古柏》云:"不露文章世已惊,未辞剪伐谁能送!"先器识后文艺,与浮躁炫露者〔有〕异也。同上〔卷五〕

《古柏》云:"大厦如倾要梁栋,万牛回首丘山重,"此贤者难进而易退〔也〕,非其招不往者也。同上〔卷五〕

赵嘏《长安秋望》诗云:"残星几点雁横塞,长笛一声人倚楼。"当时人诵咏之以为佳作,遂有赵倚楼之目。又有《长安月夜与友人话归故山》诗云:"杨柳风多潮未落,蒹葭霜在雁初飞。"亦不减倚楼之句。至于《献李仆射》诗云:"新诺似山无力负,旧恩如水满身流。"则谬矣。《葛常之》〔《韵语阳秋》卷四〕

钟嵘称张茂先:"惜其儿女情多,风云气少。"喻凫尝谒杜紫薇不遇,乃曰:"我诗无绮罗铅粉,宜不〔售〕也。"淮海诗亦然,人戏谓可入小石调。然率多〔子〕美句,但绮丽大胜尔。子美"并蒂芙蓉本自双","水荇牵风翠带长",退之"金钗半醉坐添春",

牧之"春风十里扬州路",谁谓不可入黄钟宫耶?《黄常明》〔《碧溪诗话》卷三〕

昌黎〔《送刘师服》〕云:"携持令名归,自足贻家尊。"苏州《送黎尉》云:"只应传善政,朝夕慰高堂。"诚儒者迂阔之辞,然贪饕苟得污累其亲,孰若清白之为愈!同上〔卷三〕

东坡云:少陵《咏怀》诗:"杜陵〔有〕布衣,老大意转拙。许身亦〔一〕何愚,窃比稷与契。"子美自比稷契,人未必许也。然其又有诗云:"舜举十六相,身尊道更高。秦时任商鞅,法令如牛毛。"自是稷、契辈人口中语也。〔又云〕"知名不(未)必称,局促商山芝。"又云:"王侯与蝼蚁,同尽随丘墟。愿望第一义,回向心地初。"乃知子美诗尚有事在也。《碧溪》〔《渔隐丛话前集》卷一二〕

张籍《送区弘诗》云:"韩公国大贤,道德赫已闻。昨出为阳山,尔区来趋奔。韩官迁法曹,子送(随)至荆门。韩入为博士,崎岖从羁轮。"观其游从之久,疑得于韩者深也。然考其文章议论之际乃不得预籍、湜之列,何也?《韩集》有《送区弘南归》诗云:"我迁于南日周围,来见者众莫依希。爰有区子荧荧晖,观以彝训或从违。我念前人謦欬菲。落以斧斤引缠微(纆徽),虽有不逮驱骎骎。"观此数语,则韩虽以师道自任,而区受道之质盖有所未至也。其后又勉之以"行行正直勿脂韦,业成志立来顾顾",其诲之者至矣。集中又有《送区册序》,《韩文辨证》云:"册即弘也。"未知孰据尔。《丹阳集》〔《韵语阳秋》卷六〕

举人过失难于当,其尤者,臧孙之犯门斩关,惟孟椒能继(数)之。臧纥谓国有人焉,必椒也。其难如此。司马相如窃妻涤器,开巴蜀以困苦乡邦,其过已多,至为《封禅书》,则谗谄(谀)盖天性,不复自新矣。子美犹云:"竟〔无〕宣室召,徒有茂陵求。"李白亦云:"果得相如草,仍馀《封禅》文。"和靖独不然,曰:"茂陵他日求遗稿,犹喜曾无《封禅书》。"言虽不迫,责之深矣。李商隐云:"相如解草《长门赋》,却用文君取酒金。"亦舍其大论其细也。举其大者自西湖始。其后有讥其诡谀之态死而未已,正如捕逐寇盗,先〔为〕有力者所获,搤其吭而骑其项矣,馀人从旁助棰缚耳。《黄常明》〔《碧溪诗话》卷三〕

士人程文,穷日力作一论,既不限声律,复不拘诗(语)句,尚罕得反复折难使其理判然〔者〕。观《赴奉先咏怀五百言》,乃声律中老杜心迹论一篇也。自"杜陵有布衣,老大意转拙。许身一何愚,自比[以]稷与契",其〔心〕术祈向自是稷、契等人。"穷年忧黎元,叹息肠内热",与饥渴由己也(者)何异?然常为不知者所病,故曰"取笑同学翁"。世不我知而所守不变,故曰"浩歌弥激烈"。又云:"非无江海志,潇洒送日月。""当今廊庙具,建厦岂云缺。葵藿倾太阳,物性固莫夺。"言非不知隐遁为高也,亦非以国无其人也,特废义乱伦,有所不忍。"以兹误生理,独耻事干谒。"言志大术疏,未始阿附以借势也。为下士所笑而浩歌自若,皇皇慕君而雅志栖道(遁)。既不合时,而又不少低屈,皆设疑互答,屡致意焉。非巨刃有馀,孰能之乎!中间铺叙间关酸辛,宜不胜其戚戚,而"默思失业途(徒),因念远戍卒",所谓忧在天下,而不为小[一]己失得也。禹稷颜子不害为同道,少陵之迹江湖而心稷、契,岂为过哉!孟子曰:"穷则独善其身,达则兼善天下。"其穷也,未尝无志于国与民;其达也,未尝不抗其易退之节:密(蚤)谋先定,出处一致矣。是时(诗)先后周复,正合乎此。昔人目《元和贺雨诗》为谏书,余特目此诗为心迹论也。《碧溪》〔卷一〇〕

〔刘昭禹云〕"五言如四十个贤人,着一个屠酤不得。觅句者如掘得玉匣子,有底有盖,但精心必获其宝。"然昔人"园柳变鸣禽",竟不及"池塘生春草";"馀霞散成绮",不及"澄江静如练";"春水船如天上坐",不若"老年花似雾中看";"闲久(几)砚中窥水浅",不若"花落(落花)径里得沿(泥)香";"停杯嗟别久",不及"对月喜家贫";"枫林社日鼓",不若"茅屋午时鸡"。此数公未始不精心。似此,知全其宝者未易多得。《黄常明》〔同上卷五〕

愈《寄孟刑部联句》云:"美君如(知)道腴,逸步谢天械。"或问道果有味乎?余曰:如介甫:"午鸡声不到禅林,柏子烟中静拥衾。""竹鸡呼我出华胥,起灭篝灯拥燎炉。各据槁梧同不寐,偶然闻雨落阶除。"皆淡中意(泊中)味,非造此景(境)不能形容也。《黄常明》〔同上〕

张无尽《题武昌陵(灵)竹寺》云:"孟宗泣竹笋冬生,岂是青青竹有情。影响主张非别物,人心但莫负幽明。"语虽浅直,然当于理。乐天有(云):"馀霞散成绮"、"别叶乍辞风"等语丽矣,不过于嘲风雪弄花〔草〕而已。故《寄唐生》诗云:"非求宫律高,不务文字(章)奇。惟歌生民病,得愿(愿得)天子知。"《碧溪》〔卷一○〕

颜延之尝问鲍照己与灵运优劣。照曰:"谢五言如初发芙蓉,自然可爱。君诗铺锦列绣,亦雕绘满眼。"钟嵘《诗品》乃记汤惠休云:"谢如芙蓉出水,颜如错采镂金。"与本传不同。〔传〕又称延之尝薄惠休制作,以为委巷中歌谣耳。岂汤(惠)休因为延之所薄,遂有芙蓉错镂之语,故史取以文饰之耶?坡云:"辨才诗如风吹水,自成文理;吾辈与参寥如巧妇织锦耳。"取况亦类此。渊明所以不可及者,盖无心于非誉巧拙之间也。《黄常明》〔同上卷五〕

永叔以昌黎比介甫，云答（答云）："他日若能窥孟子，终身何敢望韩公！"吴季野以方贾谊，答云："俯仰缪恩方自歉，惭君将比洛阳人。"皆愤然不平，如恶无盐唐突。而谢景山赠文忠诗有"才如梦得今（多）为累，情似安仁久悼亡"，即开门当之。二公何抑扬之异也。同上〔卷五〕

子美《夜宴左氏庄》"检书烧烛短"，烛正不宜观书，检阅时暂可也。退之"短檠二尺便且光"，可谓灯窗人中（中人）语，犹有未便，灯不笼则损目，不宜勤且久。山谷"夜堂朱墨小灯笼"，可谓善矣。而虚堂非夜久所宜。子瞻："推门入室书纵横，蜡纸灯笼晃云母。"惯亲灯火，儒生酸态尽矣。同上〔卷三〕

张籍尝移书责退之与人商论不能下气。愈亦有云："我昔实愚蠢，不能降色辞。"余谓此乃书生常态。昔尝见太〔学〕中炉亭议题纷喧哄然，其后有二生坐是鸣鼓，岂直议礼家为聚讼哉！圣俞《谢永叔惠酒》云："贻诗（始时）语且横，既醉论益坚。曾不究世务，闲气争占（古）先。"诚有之也。同上〔卷七〕

岑参《寄杜拾遗》云："圣朝无阙事，自觉谏书稀。"退之《赠崔补阙》云："早生（年少）得途未要忙，时清谏疏尤宜罕。"皆缪承荀卿有听从无谏诤之语，遂使阿谀奸佞用以借口。以是知凡造意立言，不可不豫为天下来（后）世虑。《碧溪》〔卷一〕

《西清诗话》："人之好恶，固自不同。子美在蜀作《闷》诗，乃云：'卷帘唯白水，隐几亦青山。'若使余居此，应从王逸少语，吾当卒以乐死，岂复更有闷耶？"同上〔《渔隐丛话前集》卷七〕

王君玉云："子美之诗，词有近质〔者〕，如'麻鞋见天子'，'垢腻脚不袜'之句，所谓转石于千仞之山势也。学者尤之过甚，岂远大者难窥乎？"同上〔同上〕

百家诗话总龟后集卷之十一　庚集

评论门

　　翰苑作春帖子,往往秀丽可喜,如苏子容云:"璇霄一夕斗杓东,潋滟晨曦照九重。和气熏风摩盖壤,竞消金甲事春农。"邓温伯云:"晨曦潋滟上帘栊,金屋熙熙歌吹中。桃脸似知官宴早,百花头上放轻红。"蒋颖叔云:"昧旦求衣向晓鸡,蓬莱仗日下(下日)将西。花添漏鼓三声远,柳映春旗一色齐。"梁君觊诗云:"东方和气斗回杓,龙角中星转紫霄。圣主问安天未晓,求衣亲护玉宸朝。"皆佳作也。余观郑毅夫《新春词四首》,其一云:"春色应随步辇还,珠旒玉几照龙颜。紫云殿下朝元罢,便领(令)东风到世间。"其二云:"春风细拂绿波长,初过层城度建章。草色未迎雕辇翠,柳梢先学赭衣黄。"其三云:"晴晖散入凤凰楼,一行朱(珠)帘不上(下)钩。汉殿斗簪双彩燕,并和春色上钗头。"其四云:"小池春破玉玲珑,声触窗钩渐好风。闲绕阑干掐花树,春痕已着半梢红。"观此四诗,与帖子格调何异?岂久于翰苑而笔端自然习熟耶?《丹阳集》〔《韵语阳秋》卷二〕

　　张籍,韩愈高弟也。愈尝作《此日足可惜》赠之八百馀言,又作《喜侯喜至》之篇赠之二百馀言,又有《赠张籍》一篇二百言,皆不称其能诗。独有《调张籍》一篇,大尊李、杜而末章有"顾语地上友,经营无太忙"之句。《病中赠张籍》一篇有"半途喜开凿,派别失大江。吾欲盈其气,不令见麾幢"之句。《醉赠张彻》有"张籍学古淡,轩昂(鹤)避鸡群"之句。则籍有意于慕大,而实无可取者也。及取其集而读之,如《送越客》诗云:"春云剡溪口,残月镜湖西。"《逢故人》诗云:"海上见花发,瘴中闻鸟飞。"《送海客》诗云:"入国自献宝,逢人多赠珠。""紫掖发章句,青闱更咏歌。"如此之类,皆骈句也。至语言拙恶,如:"寺贫无施利,僧老足慈悲。""收拾新琴谱,封题旧药方。""多申请假牒,只送贺官书。"此尤可笑。至于乐府,则稍超矣。姚秘监尝称之曰:"妙绝《江南曲》,凄凉《怨女》诗。"白太傅尝称之曰:"尤攻(工)乐府词,举代少其伦。"由是论之,则人士所称者非以诗也。〔同上〕

应制诗非他诗比,自是一家句法,大抵不出于典实富艳尔。夏英公《和上元观灯》诗云:"鱼龙曼衍六街呈,金锁通宵启玉扃(京)。冉冉游尘生辇道,迟迟春箭入歌声。宝坊月皎龙灯淡,紫馆风微鹤焰平。宴罢南端天欲晓,回瞻河汉尚盈盈。"王岐公诗云:"雪消华月满仙台,万烛当楼宝扇开。双凤云中扶辇下,六鳌海上驾山来。镐京春酒沾(沾)周宴(燕),汾水秋风陋汉才。一曲升平人尽(共)乐,君王又进紫霞杯。"二公虽不同时,而二诗如出一人之手,盖格调(律)当如是也。丁晋公《赏花钓鱼》诗云:"莺惊凤辇穿花去,鱼畏龙颜上钓迟。"胡文恭(公)云:"春暖仙葽初靃靡,日斜芝盖尚徘徊。"郑毅夫云:"水光翠绕九重殿,花气浓薰万寿杯。"皆典实富艳有馀,若作清癯平淡之语,终不近尔。〔同上〕

颜延之、谢灵运各被旨拟《北上篇》,延之受诏即成,灵运久

而方就。梁元帝云：诗多而能者沈约，少而能者谢朓。虽有能（迟）速多寡之不同，不害其俱工也。〔同上〕

咸平景德中，钱惟演、刘筠首变诗格，而杨文公与之鼎立，绰号江东三虎。[一]诗格与钱、刘亦绝相类，谓之西昆体。大率效李义山之为，丰富藻丽，不作枯瘠语。故杨文公在至道中得义山诗百馀篇，至于爱慕而不能释手。公尝论义山诗，以谓包蕴密致，演绎平畅，味无穷而炙愈出，钻弥坚而酌不竭，使学者少窥其一斑，若涤肠而浣骨。是知文公之诗者（有）得于义山者为多矣。又尝以钱惟演诗二十七联如"雪意未成云着地，秋声不断雁连天"之类，刘筠诗四十八联如"溪笺未破冰生砚，炉酒新烧雪满天"之类，皆表而出之，〔纪之于《谈苑》。且曰："二公之诗，学者争慕，得其格者，蔚为佳咏。"可谓知所宗矣。文公钻仰义山于前，涵泳钱、刘于后，则其体制相同，无足怪者。小说载优人有以义山为戏者。义山服蓝缕之衣而出，或问曰："先辈之衣何在？"曰："为馆中诸学士挦扯去矣。"人以为笑〕并同上〔同上〕

〔一〕《韵语阳秋》卷二作"而杨文公与王鼎王绰号江东三虎"，"之""立"并"王"字之误。

诗之有思，卒然遇之而莫遏，有物败之则失之矣。故昔人言覃思、垂思、抒思之类，皆欲其思之来。而所谓乱思、荡思者，言败之者易也。郑綮诗思在灞桥风雪中驴子上，唐求诗所游历不出二百里，则所谓思者岂寻常咫尺之间所能发哉！前辈论诗思多生于杳冥寂寞之境，而志意所如，往往出于埃壒之外，苟能如是，于诗亦庶几矣。小说载谢无逸问潘大临云："近日曾作诗否？"潘云："秋来日日是诗思，昨日投（捉）笔得'满城风雨近重阳'之句，忽催租人至，令人意败。辄以此一句奉寄。"亦可见思难而败易也。〔同上〕

米元章赋诗绝少(妙)而人罕称之者,以书名掩之也。如《不及陪东坡往金山作水陆诗》云:"久阴障夺佳山川,长澜四隘鱼龙渊。众看李郭渡浮玉,晴风扫出清明天。颇闻妙力开大施,足病不列诸方仙。想应苍壁有垂露,照水百怪愁寒烟。"《栖云阁》云:"云出救世旱,泽浃云寻归。入石了不见,丰功已如遗。龙骞荐复起,抱石明幽姿。云乎无定所,隐者何当栖!"如此二诗,殆出翰墨畦径之表。盖自迈往凌云之气流出,非寻规索矩者之可到也。〔同上〕

韩退之《调张籍》诗曰:"刺手拔鲸牙,举瓢酌天浆。"魏道辅谓高至酌天浆,幽至于拔鲸牙,其用思深远如此。被(彼)独未读《送无本》诗尔。其曰:"吾尝示之难,勇往无不敢。蛟龙弄牙角,造次欲手揽。众鬼囚大幽,下觑袭玄窖。"言手揽蛟龙之角,下觑众鬼之窖皆难事,而无本"勇往无不敢"。盖作文以气为主也。则《调张籍》之句无乃亦是意乎!〔同上〕

余襄公靖尝在契丹作《胡语诗》云:"夜筵没逻臣拜洗,两朝厥荷情干勒。微臣稚(雅)鲁祝若(君)统,圣寿铁摆俱可忒。"没逻言侈盛,拜洗言受赐,厥荷言通好,干勒言厚重,铁摆言嵩高也。沈存中《笔谈》载刁(刀)约使契丹,戏为诗云:"押燕移离毕,看房贺跋支。钱行三匹裂,密赐十貔狸。"移离毕如中国执政官。贺跋支,执衣防阁人。匹裂,小木罂。貔狸〔如〕形如鼠而大,狄人以为珍馔。二诗可作对,故表而出之。〔同上〕

孟郊诗云:"食荠肠亦苦,强歌声无欢。出门即有碍,谁谓天地宽!"许浑诗云:"万里碧波鱼恋钓,九重青汉鹤愁笼。"皆是穷蹙之语。白乐天诗云:"无事日月长,不羁天地阔。"与二子殆霄壤矣。〔同上〕

作诗贵雕琢,又畏有斧凿痕;贵破的,又畏粘皮骨:此所以为难。李商隐《柳》诗云:"动春何限叶,撼晓几多枝。"恨其有斧凿痕也。石曼卿《梅》诗云:"认桃无绿叶,辨杏有青枝。"恨其粘皮骨也。能脱此二病,始可以言诗矣。刘梦得称白乐天诗云:"郢人斤斫无痕迹,仙人衣裳弃刀尺。世人方内欲相从,行尽四维无处觅。"若能如是,虽终日斫而鼻不伤,终日射而鹄必中,终日行于规矩之中而其迹未尝滞也。山谷尝与杨明叔论诗,谓以俗为雅,以故为新,百战百胜,如孙吴之兵;棘端可以破镞,如甘蝇飞卫之射。捏聚放开,在我掌握。与刘所论殆一辙矣。〔同上卷三〕

余读许浑诗,独爱"道直去官早,为(家)贫家(为)客多"之句,非亲尝者不知其味也。《赠萧兵曹》诗云:"客道耻摇尾,皇恩宽犯鳞。""直道去官早"之实也。《将离郊园》诗云:"久贫辞国远,多病在家希。""家贫为客多"之实也。〔同上〕

苏养直《清江曲》见赏于东坡,以为与李太白无异,所谓"属玉双飞水满塘,菰蒲深处浴鸳鸯"是也。既为前辈所赏,名已不没,而又作《后清江曲》一篇,岂养直尚恶其少作耶? 所谓:"呼儿极浦下筶箸,社瓮欲熟浮蛆香。轻蓑淅沥鸣秋雨,日暮乘流自相语。"如此等句,前曲〔《清江》〕似未到也。〔同上〕

自古文人虽在艰危困踬之中,亦不忘于制述,盖性之所嗜,虽鼎镬在前不恤也。况下于此者乎? 李后主在围城中,可谓危矣。犹作长短句,所谓:"樱桃落尽春归去,蝶翻金粉双飞。子规啼月小楼西。"文未就而城破。蔡约之尝亲见其遗稿。东坡在狱中作诗赠子由云:"是处青山可藏(埋)骨,他年夜雨独伤神。"犹有所托而作。李白在狱中作诗《上崔相》云:"贤相燮元气,再欣海县康。应念覆盆下,雪泣拜天光。"犹有所诉而作,是皆出于不得已者。刘长卿在狱中,非有所托诉也,而作诗云:"斗间谁与看冤气,盆下无由见太阳。"一诗云:"壮志已怜成白发,馀生犹待发青春。"一诗云:"冶长空得罪,夷甫不言钱。"又有《狱中见画佛》诗,岂性之所嗜,则缧绁之苦不能易雕章绘句之乐欤?〔同上〕

杜牧《赤壁》诗云:"折戟沉沙铁未消,自将磨洗认前朝。东风不与周郎便,铜雀春深锁二乔。"李义山集中亦载此诗,未知果何人所作也。俱同上〔同上〕

百家诗话总龟后集卷之十二

评论门

或问郑綮相国近有诗否？答云："诗思在灞桥风雪中驴子上，此处那得之？"《北梦琐言》载綮虽有诗名，本无廊庙之望。及登庸，内外惊骇。太原兵至渭北，天子震恐，渴于攘却。綮请于文宣王谥号中加一哲字，其不究时病率此类。愚谓此人止可置之风雪中令作诗也。《碧溪》〔卷二〕

王夷甫、蔡景节并号口不言钱，二子皆因弊矫之〔过〕者。衍以其妻贪淫（婪）黩货，至借侠士李阳以惧之。樽在临海，其婢纳女巫之赂，为百姓挝登闻鼓，其绝口盖有由。然如子美、张籍皆〔云"呼〕儿散写乞钱书"；太白"频将（颜公）三十万，尽付酒家钱"；岑参"闲居耐相访，正有床头钱"；小杜"清贫长欠一杯钱"；东坡"满江风月不论钱"；山谷"青山好去坐无钱"：曾不害诸公之高也。〔同上〕

孟郊诗最淡且古，坡谓"有如食蝤蜞，竟日嚼空螯"。退之论数子，乃以"张籍学古淡"，东野为"天葩吐奇芬"。岂勉所长而讳所短〔耶〕，抑亦东野古淡自足而不待学欤（耶）？并同上〔同上卷四〕

武元衡诗不多,集中有《酬严司空荆南见寄》诗两篇,一云:"金貂再领三公府,玉帐连封万户侯。"一云:"汉家征镇委条侯,虎节龙旌居上头。"皆续以"帘卷青山巫峡雨(晓),烟开碧树渚宫秋"。第三联一云:"刘琨坐啸风清塞,谢朓题诗月满楼。"一云:"金笳曾(尽)掩故人泪,丽句初传明月楼。"皆续以"《白雪》调高歌不得,美人相顾翠蛾愁"。人讶其大同,余谓乃元衡删润之本,集中两存之尔,当以前篇为正,后篇诚未工也。《丹阳集》〔《韵语阳秋》卷三〕

李太白、杜子美诗,皆掣鲸手也。余观太白《古风》、子美《偶题》之篇,然后知二子之源流远矣。李云:"大雅久不作,吾衰竟谁陈!《王风》委蔓草,战国多荆榛。"则知李之所得在《雅》。杜云:"文章千古事,得失寸心知。""骚人嗟不见,汉道盛于斯。"则知杜之所得在《骚》。然李不取建安七子,而杜独取垂拱四杰何耶?南皮之韵,固不足取,而王、杨、卢、骆亦诗人之小巧者尔,至有"不废江河万古流"之句,褒之岂不太甚乎?同上〔同上〕

少游赠坡诗云:"节毛零落毡餐雪,辨舌纵横印佩金。"语太不等。子瞻讥集句云:"天边鸿鹄不易得,便令作对随家鸡。"此诗正类此。《黄常明》〔《碧溪诗话》卷九〕

东坡文章妙一世,然在掖垣作吕吉甫谪词,继(既)而吕复用,遂纳告毁抹。在翰苑作《上清储祥碑》,继而蔡元长复作,遂遭磨毁。非特此也,苏叔党云:"昔公为《藏经记》,云(初)传于世,或以为非。在惠州作《梅花诗》,至有以为笑。"此皆士大夫以文鸣者,其说能使人必信,乃谬妄如此。信知识《古战场文》者鲜矣。子由尝跋东坡遗稿云:"展卷得遗草,流涕湿冠缨。斯文久衰弊,流泾自为清。科斗藏壁间,见者空叹惊。废兴自有

时,诗书付西京。"《韵语阳秋》〔卷二○〕

尝恨王子猷作此君语,轻以难名者告人,遂使庸夫俗子忘(妄)意其间,酤坊茗肆,适以污累之。谪仙云:"但得酒中趣,勿为醒者传。"此理信然。和靖《招灵魄(皎)》云:"百千幽胜无人见,说向吾师是泄机。"东坡云:"此味只忧儿辈觉,逢人休道北窗凉。""人生此乐须天赋,莫遣儿童取次知。"使子猷知此,必钳其喙也。《碧溪》〔卷二〕

老杜《畏人》有云:"门径从榛草,无心待马蹄。"又:"直须上番看成竹,客至从嗔不出迎。"将遗物离人矣。答严八乃云:"只须伐竹开荒径,拄杖穿花听马蹄(嘶)。"又有"草莱无径欲教锄"。亦如"厌就成都卜",而云:"凭将百钱卜,漂泊问君平。"自智者观之,则为游戏篇章,得失(大)自在;俗士拘泥,则〔前后〕〔全〕不相应也。东坡《答(谷)林塘(堂)》云:"古今正自同,岁月何必书!"《游香积山》又云:"寻幽恐(志)不继,书版记岁月。"萧思话先于曲阿起宅,有闲旷之致。子惠基尝谓所亲曰:"〔须〕婚嫁毕,当归老旧庐。"故元次山《招陶别驾》云:"无惑别(毕)婚嫁,竟为俗务牵。"退之云:"如今便可尔,何用毕婚嫁。"〔同上卷三〕

杜《茅屋为〔秋〕风所破歌》云:"自经丧乱少睡眠,长夜沾湿何由彻!安得广厦千万间,大庇天下寒士俱欢颜,风雨不动安如山。乌乎,何时眼前突兀见此屋,吾庐独破受冻死亦足。"白乐天《新制布裘》云:"安得万里裘,盖裹周四垠。稳暖皆如我,天下无寒人。"《新制绫袴(袄)成》〔云〕"百姓多寒无可救,一身独暖亦何情!心中为念农桑苦,耳里如闻饥冻声。争得大裘长万丈,与君都盖洛阳城。"皆伊尹自(身)任一夫不获之辜也。或谓子美诗意宁苦身以利人,乐天诗意推身利以利人,二者较之,少

67

陵为难。然老杜饥寒而悯人饥寒者也,白氏饱暖而悯人饥寒者也;忧劳者易生于善虑,安乐者易(多)失于不思,乐天疑(宜)优。或人又谓白氏之官稍达而少陵尤卑,子美之语在前,而《长庆》在后。达者宜急,卑者可缓也。前者唱导,后者和之耳。同合而论,则老杜之心盖(差)贤矣。〔同上卷九〕

老杜当干戈骚屑之时,间关秦陇,负薪采枏,饘糗不给,困踬极矣。自入蜀依严武始有草堂之居,观其经营往来之劳,备载于诗,皆可考也。其曰"万里桥西宅,百花潭北庄"〔者〕,言其地也;"经营上元始,断手宝应年"者,言其时也。"雪里江船渡,风前径竹斜。寒鱼依密藻,宿鹭起圆沙"者,言其景物也。至于"草堂堑西无树林,非子谁复见幽深",则乞树(桤)木于何少府之诗也;"草堂少花今欲栽,不问绿李与黄梅",则乞果栽(木)于徐少卿之诗也。王侍御携酒草堂则喜而为诗曰:"故人能领客,携酒重相看。"王录事许草堂资不到则戏而为诗曰:"为嗔王录事,不寄草堂资。"盖其流离贫窭之馀不能以自给,皆因人而成也。其经营之勤如此。然未及黔突,避成都之乱,入梓客阆,其心则未尝一日不在草堂也。《遣弟检校草堂》则曰:"鹅鸭宜长数,柴荆莫浪开。"《寄题草堂》则曰:"尚念四松小,蔓草勿(易)拘缠。"《送韦郎归成都》则曰:"为问南溪竹,抽梢合过墙。"《途中寄严武》则曰:"常苦(恐)沙崩损药栏,也从江槛落风湍。"每致意如此。及成都乱定,再依严武为节度参谋,复归草堂则曰:"不忍竟舍此,复来薙榛芜。入门四松在,步堞万竹疏。"则其喜可知矣。未几,严武卒,彷徨无依,复舍之而去。以史及公诗考之,草堂断手于宝应之初,而永泰元年四月严武卒。是年秋,公寓夔州云安县。有此草堂者,终始只得四载。而其间居梓、阆三年,公诗所谓"三年奔走空皮骨"是也。则安居草堂者仅阅岁而已。其起居寝兴之适,不足以偿其经营往来之劳,可谓一世之羁人也。然自唐至今已数百载,而草堂之名,与其山川草木禽兽赖(三字作"皆因")公诗以为不朽之传。则公之不幸,而其山川草木之幸也。《葛常之》〔《韵语阳秋》卷六〕

僧祖可,俗苏氏,伯固之子、养直之弟也。作诗多佳句,如《怀兰江》云:"怀人更作梦千里,归思欲迷云一滩",《赠端师》云:"窗间一榻篆烟碧,门外四山秋蕊(叶)红"等句,皆清新可喜。然读书不多故变态少,观其体格,亦不过烟云草树山川(水)鸥鸟而已。而徐师川作其诗引,乃谓"自建安七子、南朝二谢、唐杜甫、韦应物、柳宗元、本朝王荆公、苏、黄妙处,皆心得神解",无乃过乎!师川作《画虎行》,末章云:"忆昔予顽少小时,先生教诵荆公诗。即今老(耆)旧无新语,尚有庐山病可师。"〔不知何故〕爱其诗如是也。《丹阳集》〔同上卷四〕

元和十一年六月,武元衡将朝,夜漏未尽三刻,骑出里门,遇盗,死(薨)于墙下。许孟容谓国相横尸而盗不得,为朝廷耻,遂下诏募捕,竟得〔贼〕。始得张晏者,王承宗所遣;訾珍者,李师道所遣也。初,元衡策李锜之必反,已而锜果反就诛。由是诸镇桀骜者皆不自安,以致于是。刘梦得有《代靖安佳人怨》诗云:"宝马鸣珂踏晓尘,鱼文匕首犯车茵。适来行哭里门外,昨夜画堂歌舞人。"又云:"秉烛朝天遂不回,路人弹指望高台。墙东便是伤心地,夜夜秋萤飞去来。"余考梦得为司马时,朝廷欲澡濯补郡,而元衡执政,乃格不行。梦得作诗伤之,而托于静(靖)安佳人,其伤之也乃所以快之欤!《韵语阳秋》〔卷三〕

黄庶字亚夫,尝有《怪石》一绝传于世,云:"山鬼水怪着薜荔,天禄辟邪眠莓苔。钩帘坐对心语口,曾见汉家池馆来。"人士脍炙以为奇作。唐张碧诗亦不多见,尝有《池上怪石》诗云:

"寒姿数片奇突兀,曾作秋江秋水骨。先生应是压(厌)风雷,着向池边塞龙窟。我来池上倾酒尊,半酣书破青烟痕。参差翠柳(缕)摆不落,笔头惊怖(怪)黏秋云。我闻吴中项容水墨有高价,邀得将来倚松下。铺却双僧(缯)直难掉(道难),掉首空归不成话(画)。"二诗殆未易甲乙也。同上〔卷三〕

百家诗话总龟后集卷之十三

评论门

　　鲁直谓陈后山"学诗如学道",此岂寻常雕章绘句者之可拟哉!客有谓余言:后山诗其要在于点化杜甫语尔。杜云"昨夜月同行",后山则云"勤勤有月与同归"。杜云"林昏罢幽磬",后山则云"林昏出幽磬"。杜云"古人日已远",后山则云"斯人日已远"。杜云"中原鼓角悲",后山则云"风连鼓角悲"。杜云"暗飞萤自照",后山则云"飞萤元失照"。杜云"更觉追随尽",后山则云"林湖更觉追随尽"。杜云"文章千古事",后山则曰"文章平日事"。杜云"乾坤一腐儒",后山则曰"乾坤着腐儒"。杜云"孤城隐雾深",后山则曰"寒城着雾深"。杜云"寒花只暂香",后山则曰"寒花只自香"。如此类甚多,岂非点化老杜之语而成者?余谓不然。后山诗格律高古,真所谓"碌碌盆盎中,见此古罍洗"者,用语稍(相)同,乃是读少陵诗熟,不觉在其笔下,又何以足(足以)病公?《丹阳集》〔《韵语阳秋》卷二〕

　　《南史》载孝武尝问颜延之曰:"谢庄《月赋》何如?"答曰:"庄始知'隔千里兮共明月'。"帝召庄,以延之语语之,庄应声曰:"延之作《秋胡诗》,始知'生为久离别,没为长不归'。"〔《典

论》云:"文人相轻,自古而然。"〕同上〔同上〕

连绵字不可挑转用,诗人间有挑转用者,非为平仄所牵,则为韵所牵也。罗昭谏以"沉寥"为"寥沉",是为平仄所牵。《秋风生桂枝》诗所谓"寥沉工夫大"是也。又以"汎澜"为"澜汎",是为韵所牵,哭《孙员外诗》所谓"故侯何在泪澜汎"是也。《韵语阳秋》〔卷二〕

方干诗清润小巧,盖未升曹刘之堂,或者取之太过,余未晓也。王赞尝称之曰:"锻肌涤骨,冰莹霞绚;嘉肴自将,不吮馀隽。丽不葩芬(芬葩),苦不癯棘;当其得志,倏与神会。"孙邵(部)尝称之曰:"其秀也,仙蕊于常花;其鸣也,灵鼍于众响。"观其所作《登灵隐峰》诗云:"山叠云霞际,川倾世界东。"《送喻坦之》诗云:"风尘辞帝里,舟楫到山林。"此真儿童语也。《寄喻凫》云:"寒芜随楚尽,落叶渡淮稀。"如(而)《送喻坦之下第》又云:"过楚寒方尽,浮淮月正沉。"《赠路明府》诗云:"吟成五字句,用破一生心。"〔而〕《赠喻凫》又云:"才吟五字句,又白几茎须。"《称(湖)心寺中岛》云:"雪折停猿树,花藏浴鹤泉。"〔而〕《寄越上人》又云:"窗接停猿树,岩飞浴鹤泉。"《于使君诗》云:"月中倚棹吟渔浦,花底垂鞭醉凤城。"〔而〕《送伍秀才》诗又云:"倚棹寒吟渔浦月,垂鞭醉入凤城春。"〔观〕其语言重叠,有以见其窘也。至于"野渡波摇月,空城雨翳钟";"白猿垂树窗边月,红鲤惊钩竹外溪";"义行相识处,贫过少年时"等句,诚无愧于孙王所赏。〔同上〕

杜甫读苏涣诗则曰:"余发喜却变,白间生黑丝。"高适《观陈十六史碑》则曰:"我来观雅制,慷慨变毛发。"《韵语阳秋》〔卷二〕

李长吉云:"我生二十不得意,一生愁〔心〕谢如梧(枯)

兰。"至二十七而卒。陈无己《除夜》诗云："七十已强半,所馀能几何！遥知暮景(夜)促,更觉后生多。"至四十九而卒。语意不祥如此,岂神明者先受(授)之耶？《丹阳集》〔《韵语阳秋》卷二〕

老杜赋《萤火》诗云："幸因腐草出,敢近太阳飞？未足临书卷,时能点客衣。"似讥当时阉人用事于人君之前,不能主张文儒,而乃如青蝇之点素也。说者乃谓喻小有才而侵侮大德,岂不误哉！罗隐窃取其意,乃曰："不思曾腐草,便拟倚孤光。若道通文翰,车公业□(照肯)长！"其视前作愧矣。〔同上〕

《钱起集》前八卷,后五卷。鲍钦止谓昭宗时有中书舍人钱翊(珝),亦起之诸孙。今起集中恐亦有翊(珝)所作者。余初未知其所据也。比见《前集》中有《同程七早入中书》一篇云："不意云霄能自致,空惊鹓鹭忽相随。腊雪新晴百子殿,春风欲上万年枝。"《和王员外雪晴早朝》诗："紫微晴雪带恩光,绕仗偏随鹓鹭行。长信月留宁避晓,宜春花满不飞香。"二诗皆翊(珝)所作无疑,盖起未尝入中书也。集中又有《登彭祖楼》一诗,而《薛能集》亦载,则知所编甚驳也。〔同上〕

陈去非尝谓余言,唐人皆苦思作诗,所谓"吟安一个字,捻断数茎须","句向夜深得,心从天外归","吟成五字句,用破一生心","蟾蜍影里清吟苦,舴艋舟中白发生"之类是也。故造语皆工,得句皆奇,但韵格不高,故不能参少陵之逸步。后之学诗者,倘〔或〕能取唐人语而掇入少陵绳墨步骤中,此速肖(连胸)之术也。余尝以此语似叶少蕴。少蕴云："李益诗云：'开门风动竹,疑是故人来。'沈亚之诗云：'徘徊花上月,虚度可怜宵。'皆佳句也。郑谷掇取而用之,乃云：'睡深(轻)可忍风敲竹,饮散那堪月在花！'真可与李沈作仆奴。"由是论之,作诗者兴致先自高远,则去非之言可用；倘不然,便与郑都官无异。〔同上〕

73

荆公尝有诗云："功谢萧规惭汉第,恩从隗始上(诧)燕台。"或谓公曰："萧何万世之功,则功字固有来处,若恩字则未见有出也。"荆公答曰："《韩集斗鸡联句》孟郊云：'受恩惭始隗。'"则知荆公诗用法之严如此。然"一水护田将绿绕,两山排闼送青来"之句,乃以樊哙排闼事对护田,岂护田亦有所出耶？有好事者谓(为)余言,一日有人面称公诗,谓"自喜田园安五柳,但嫌尸祝扰庚桑"以为的对。公笑曰："伊但知柳对桑为的对,然庚亦是数,盖以十日数之也。"余谓荆公未必有此意。使果如好事者之说,则作诗步骤亦太拘窘矣。钱起《送屈突司马》诗云："星飞庞统骥,箭发鲁连书。"人多称其工。余恨庞统骥出处无星字,而鲁连书有箭字也。《赵给事〔中〕晚归不遇》诗："忽看童子扫花处,始愧夕郎题凤来。"前句不用事,后句用二事,皆非律也。《丹阳集》〔同上〕

诗家有换骨法,谓用古人意而点化之使加工也。李白诗云："白发三千丈,缘愁似个长。"荆公点化之则云："缲成白发三千丈。"刘禹锡云："遥望洞庭湖翠水(水面),白银盘里一青螺。"山谷点化之〔则〕云："可惜不当湖水面,银山堆里看青山。"孔稚圭《白苎歌》云："山虚钟响彻。"山谷点化之〔则〕云："山空响管弦。"卢仝诗云："草石是亲情。"山谷点化之〔则〕云："小山作友朋,香草当姬妾。"学诗者不可不知此。同上〔同上〕

沈存中云："退之《城南联句》云：'竹影金琐碎。'金琐碎者,日光也,恨句中无日字尔。"余谓不然,杜子美云："老身倦马河堤永,踏尽黄榆绿槐影。"亦何必用日字！作诗正欲如此。《葛常之》〔同上〕

自古工诗者,未尝无兴也,观物有感焉则有兴。今之作诗者,以兴近乎讪也,故不敢作,而诗之一义废矣。老杜《薏苣》诗云:"两句(旬)不甲拆,空惜埋泥滓。野苋迷没(汝)来,空山(宗生)实于此。"皆兴小人盛而掩抑君子也。至高适《题〔张〕处士菜园》则云:"耕地桑柘间,地肥菜常熟。为问葵藿资,何如庙堂肉?"则近乎讪矣。作诗者苟知兴之与讪异,始可与(以)言诗矣。〔同上〕

高适《别郑处士》云:"兴来无不惬,才大亦何伤!"《寄孟五》诗云:"秋气落穷巷,离忧兼暮蝉。"《送萧十八》云:"常苦古人远,今见斯人古。"《题陆少府书斋》云:"散帙至栖鸟,明灯留故人。"皆佳句也。《上陈左相》:"天地庄生马,江湖范蠡舟。"亦有含蓄。但庄子谓"天地一指,万物一马",而以天地为马,则误矣。并同上〔同上〕

山谷诗多用稻田衲,亦云曰(田)衣。王摩诘诗云:"乞饭从香积,裁衣学水田。"又云:"手中(巾)花氎净,香饭(粆)稻畦成。"岂用是耶?《丹阳集》〔同上〕

晋张翰忆吴中莼菜、鲈脍而归,而高适屡作越上用:如《送崔功曹赴越》云:"今朝欲乘兴,随尔食鲈鱼。"《送李九赴越》云:"镜水若(君)所忆,莼羹子(余)旧便。"人以为疑。余考《地理志》:汉吴县隶今会稽郡,则以鲈〔鱼〕作越上亦无伤也。《韵语阳秋》〔卷二〕

鲁直谓东坡作诗未知句法。而东坡《题鲁直诗》云:"每见鲁直诗未尝不绝倒。然此卷语妙甚(甚妙),〔而〕殆非悠悠者可识。能绝倒者已是可人。"又云:"读鲁直诗,如见鲁仲连李太白,不敢复论鄙事。虽若不适用,然不为无补。"如此题识,其许之乎?其讥之也?鲁直酷爱陈无己诗,而东坡亦不深许。鲁直为无己扬誉无所不至,而无己乃谓人言"我语胜黄语",何耶?同上〔卷二〕

百家诗话总龟后集卷之十四

评史门

安禄山反，永王璘有窥江左之意，子仪劝其取金陵。史称薛镠、李台卿等为璘谋主，而不及李白。《白传》止言永王璘辟为府僚，璘起兵，遂逃还彭泽。审尔，则白非深于璘者。及观《白集》有《永王东巡歌》十一首，乃曰："初从云梦开朱邸，更取金陵作小山。"又云："我王楼舰轻秦汉，却似天皇欲度辽。"若非赞其逆谋，则必无是语矣。白既流夜郎，有《书怀》诗云："半夜水军来，浔阳满旌旆。空名适自误，迫胁上楼船。从（徒）赐五百金，弃之若浮烟。辞官不受赏，翻谪夜郎天。"宋中丞《荐白启》云："遇永王东巡，胁行中道。"乃用白《述怀》意，以扶拭其过尔。孔巢父亦为永王所辟，巢父察其必败，洁身潜遁，由是知名。使白如巢父之计，则安得有夜郎之谪哉！老杜《送巢父归江东》云："巢父掉头不肯往（住），东将入海随烟雾。"其序云"兼呈李白"，恐不能无微意也。《黄常明》〔《韵语阳秋》卷九〕

唐穆宗时，令狐楚为相，为景陵使，以佣钱献羡馀，怨声系（载）路，致有衡州之贬。观《发潭州寄李宁常侍》诗云："君今侍紫垣，我已堕青天。委废从兹日，旋归在几年！"又有《答窦巩中丞》诗〔末句〕云："何年相赠答，却得在中台？"亦可见其去国惨伤之情矣。孔子曰："苟患失之，无所不至。"其楚之谓乎？观甘露之事则可见矣。当是时也，王涯等被系神策，仇士良白涯与李训谋逆，将立郑注。楚时以旧相在阙下，文宗召楚至，帝对楚悲愤，因付涯讯牒曰："果涯书耶？"楚曰："〔然〕涯诚有谋，罪应死。"呜呼，观望腐夫阉人而诬置人于死地，楚忍为之（是）乎？《甘露野史》乃言尚赖旧相令狐楚独为辩明。若以史为证，则《野史》之言未必公也。〔同上〕

杜牧之作《李和鼎诗》云："鹏鸟飞来庚子直，谪去日蚀辛卯年。由来枉死贤才士，消长相持势自然。"盖言郑注事也。方是时，和鼎论注不可为相，旋致贬谪，故牧之作诗痛之如此。议者谓辛卯年在宪宗之时，而〔宪宗未尝谪李甘，李甘仕文宗之时，而〕文宗时无辛卯也。岂牧之误乎！余谓牧之所云，非谓实庚子辛卯也。鹏集于舍，班固书庚子之日；日又（有）蚀之，诗人有辛卯之咏，借是事以明李甘之冤尔。〔同上〕

《杜牧之集》有《李给事诗二首》，其中有"纷纭白昼惊千古，铁锁（锸）朱殷几一空"之句，谓郑注甘露之事也。又有"可怜刘校尉，曾讼石中书"之句，牧之自注云："给事曾忤仇士良。"人遂以为给事者李石也。余尝考之，李石虽尝为给事，然劾郑注之事，史所不载，〔虽载〕语言忤仇士良，然亦在石拜相之后。石既拜相，则牧之诗题不应以给事为称，其非李石明矣。当时惟有李中敏与牧之厚善，尝因旱，欲乞斩注以申宋申锡之冤。帝不省，遂以病告归颍阳，令（今）牧之有"元礼去归缑氏学"之句，牧之自注云："因论郑注告归颍阳。"又史云：注诛，迁给事。其后仇士良以开府荫其子，中敏曰："内谒者安得有子！"士良惭恚，由是复弃官去。由是论之，则是中敏无疑矣。〔同上〕

唐太和末，阉尹恣横，天子以拥虚器为耻，而元和逆党未讨，帝欲夷绝其类。李训谓在位操权者皆碌碌，独郑注可共事，遂同心以谋。已而杀陈宏志于青泥驿，相继王守澄、杨承和、韦元素、王践言皆不保首领。又断（剧）崔潭峻之棺而鞭其尸，剪除逆党几尽，亦可谓壮矣。意欲诛宦囗（尹）乃复河湟，归河朔诸镇，天子向之。郑注虽招权纳贿，然出节度陇右，欲因王守澄之葬，乘群宦临送以镇兵悉诛之，谋亦未必不善。会李训先五日举事，遂成甘露之祸。世以成败论人物，故训注不得为忠。至李德裕谓不可与徒隶齿，亦太甚矣。按唐史，李甘与李中敏皆尝论郑注不可为相，故甘有封州之谪，而中敏有颍阳之归。杜牧之赠甘诗云："太和八九年，训注极虣虎。吾君不省觉，二凶日威武。喧喧皆传言，明辰相登注。和鼎顾予云：'我死有处所。'明日诏书下，谪斥南荒去。"又有赠中敏诗云："元礼去归缑氏学，江充来见大（犬）台宫。曲突徙薪人不会，海边今作钓鱼翁。"盖深痛二公之言不行，而训注得恣其谋也。盖当是时仇士良窃国柄，势焰熏灼，士大夫于议论之间不敢以训注为是，以贾杀身之祸，故牧之之诗如此。乌乎，东汉之季，柄在宦官，陈蕃之徒，以忠勇之资，谋殚其党，而事亦不遂。史载其名，殆如日星。而训注以当时士夫畏慑士良辈，遂加以奸凶之目，而史亦以为乱人，万世之下，无以自白，其深可痛惜哉。〔余〕家〔旧〕藏《甘露野史》三（二）卷及《乙卯记》一卷，二书之说特（时）相矛盾。《甘露野史》〔之〕言上令训等诛宦官，事觉反为所擒，而《乙卯记》乃谓训等有逆谋。盖《甘露史》出于朝廷公论而《乙卯记》附会士良之私情也。《乙卯记》后有朱实跋尾数百言，以《乙卯》所记为非是，其说与《野史》同，余故表而出之。《葛常之》〔同上〕

三良以身殉秦缪之葬，《黄鸟》之诗哀之，序诗者谓国人刺缪公以人从死，则咎在秦缪而不在三良矣。王仲宣云："结发事明君，受恩良不訾（訾）。临殁要之死，焉得不相随！"陶元亮云："厚恩固难忘，君命安可违？"是皆不以三良之死为非也。至李德裕则谓社稷死则死之，不可许之死，〔欲〕与梁丘据安陵君同讥，则是罪三良之死非其所矣。然君命之于前，而众驱之于后，为三良者虽欲不死，得乎？唯柳子厚云："疾病命固乱，魏氏言有章。从邪陷厥父，吾欲讨彼狂。"使康公能如魏颗不用乱命，则岂至陷父于不义如此哉！东坡《和陶》亦云："顾命有治乱，臣子得从违。魏颗真孝爱，三良安足希！"似与柳子之论合，而《过秦缪墓》诗乃云："缪公生不疏（诛）孟明，岂有死之日而忍用其良？乃知三子殉公意，亦如齐之二子从田横。"则又言三良之殉非缪公之意也。〔同上〕

韦苏州《睢阳感怀》诗有曰："宿将降贼庭，儒生独全义。"宿将谓许远，儒生谓张巡。盖当时物议以为巡死而远就虏，疑远畏死〔而〕辞服于贼，故应物云尔。〔然〕韩愈尝有言曰："远诚畏死，何苦守尺寸之地，食其所爱之肉，以与贼抗而不降乎？"斯言得矣。巡死后，贼将生致远于偃师，远亦以不屈死。则是远亦终死贼也。〔同上〕

李义山诗云："本为留侯慕赤松，汉廷方识紫芝翁。萧何只解追韩信，岂得虚当第一功！"是以萧何功在张良下也。王元之诗云："纪信生降为沛公，草荒孤垒想英风。汉家青史缘何事，却道萧何第一功？"是以萧何功在纪信下也。余谓炎汉创业，何为宗臣，高祖设指纵之喻尽之矣。他人岂容议耶？〔同上〕

盗杀武元衡也，白乐天为京兆掾，初非言责，而请捕盗以必得为期。时宰恶其出位，坐赋《新井篇》逐之九江。故因闻琵琶乃有天涯流落之感，至于泪湿青衫之上，何遽如此哉！〔余〕先文康公尝有诗云："平生趣操号安恬,退亦恬然进不贪。何事浔阳恨迁谪,轻将清泪湿青衫!"又云："及泉曾改庄公誓,胜母终回曾子车。素绠银床堪泪堕,更能赋咏独何如?"〔同上〕

左太冲、陶渊明皆有荆轲之咏,太冲则曰："虽无壮士节,与世亦殊伦。"渊明则曰："惜哉剑舞(术)疏,奇功遂不成。"是皆以成败论人者也。余谓荆轲功之不成,不在荆轲而在秦舞阳;不在秦舞阳而在燕太子。舞阳之行,轲固心疑其人,不欲与之共事,欲待他客与俱。而太子督之不已,轲不得已遂去。故羽歌悲怆,自知功之不成,已而果膏刃秦庭,当时固已惜之。然概之于义,虽得秦王之首,于燕亦未能保终吉也。故杨子云:"荆轲为丹奉於期之首、燕督亢之图,入不测之秦,实刺客之靡也,焉可谓之义也!"可谓善论轲者。〔同上〕

汉文欲轻刑而反重,议者以谓(为)失本惠而伤吾仁故(固)也。或又咎帝短丧为伤于孝。予观遗诏,率皆言为己损制,未尝使士庶皆短丧也。厥后丞相翟方进与薛宣服母丧皆三十六日而除。而颜师古注云:汉制,自文帝遗诏,国家遵以为常。则咎不在文帝矣。而王荆公诗云:"轻刑死人众,丧短生者偷。仁孝自此薄,哀哉不能谋。""轻刑死人众",则固然矣。"短丧生者偷",则似诬文帝也。俱同上〔同上卷五〕

百家诗话总龟后集卷之十五

评史门

老杜《北征》诗云:"忆昨狼狈初,事与古先别。不闻夏商衰,中自诛褒妲。"其意谓明皇英断,自诛妃子,与夏、商之诛褒、妲不同。老杜此语,出于爱君〔而〕曲文其过,非至公之论也。白乐天诗云:"六军不发无奈何,宛转蛾眉马前死。"非逼迫而何哉!然明皇能割一己之爱,使六军之情帖然,亦可谓知所轻重矣。故前辈有诗云:"毕竟圣明天子事,景阳赴井是何人。"《丹阳集》〔《韵语阳秋》卷十九〕

晋卢谌先为刘琨从事中郎将,段匹䃅领幽州,求谌为别驾。故琨《答谌》诗云:"情满伊何,兰桂移植。茂彼春林,瘁此秋棘。"言谌弃己而就匹䃅也。厥后琨命箕淡攻石勒,一军皆没,由是穷蹙不能自守,乃率众赴匹䃅。继为匹䃅所拘,知其必死矣,岂无望于谌哉?观《再赠谌》云:"朱实陨劲风,繁英落素秋。""何意百炼钢,化为绕指柔。"其诗托意欲以激谌而救其急,而谌殊不领(顾)也。琨既被害,谌始上表以雪其冤,终亦何所补耶?《丹阳集》〔同上卷七〕

汉元帝时弘恭、石显用事,京房、刘向皆深嫉之。尝上书力诋,盖薰、莸,冰、炭不能以共处,理之必然也。然房欲淮阳王为己助,代王作《求朝奏章》,向令外亲上疏,谓小人在朝以致地动。虽嫉恶之心切,然于忠实亦少贬矣。使二子果输忠于汉,当明目张胆论至再三可也。何暇为身谋而假之于他人哉! 故荆公诗云:"京房刘向各称忠,诏狱当年迹自穷。毕竟论心异恭显,不妨迷国略相同。"后之论人物者,倘取其心而略其迹则善矣。
《韵语阳秋》〔卷八〕

张祐《观狄梁公传》〔诗〕云:"失运庐陵厄,乘时武后尊。五丁扶造化,一柱正乾坤。"而山谷有"鲸波横流砥柱,虎口舌国宗臣"之句,可谓善论仁杰者。余谓仁杰不畏武后罗织之狱、三族之夷,强犯逆鳞,敢以庐陵王为请者;非特天资忠义,亦以先得武后之心故也。且张易之、昌宗,后之嬖臣也。欲归庐陵,事大体重,非二嬖之言,后孰信之? 吉顼能以危言撼二嬖,陈易吊为贺之计,故二嬖敢从容以请,而后意遂定,于是仁杰之谏得行。卒之遣徐彦伯迎庐陵王于房州者,由仁杰之言也。故史援吕温之言称之曰:"取日虞渊,洗光咸池,潜授五龙,夹之以飞。"乌乎,仁杰其忠且贤哉! 按《仁杰传》,始后欲立武三思,而《李昭德传》乃云洛阳人王庆之请以武承嗣为皇太子,昭德力争。今考三思本传不载为皇太子之说,而《承嗣传》云,洛州人请立承嗣为皇太子,岑长倩格辅元皆争不从,而不及昭德,岂有抵牾耶? 〔同上〕

裴度在朝,宪宗委任不疑,使破三贼。已而吴元济授首;王承宗割二州,遣子入侍;李师道被擒。两河诸侯,忠者怀,强者畏。克融、廷奏(凑)皆不敢桀〔骜〕。勋烈之盛,一时无与比肩者。惟李义山指为圣相,诗曰:"帝得圣相相曰度。"又曰:"呜呼圣皇及圣相。"亦过矣哉! 荀卿曰:得圣臣者帝,若舜禹伊尹周

公皆圣臣也。谓四人为圣臣则可,谓裴度为圣相,其可哉?〔同上卷三〕

唐明皇以英锐身致极治,以荒淫身致极乱。自古人君成败之速未有如明皇者。郑毅夫诗云:"四海不摇草,九重藏祸根。十年傲尧舜,一笑破乾坤。"盖是意也。开元之盛能致兵寝刑措之治者,实姚、宋辅政之功,明皇可以无疑矣。不三四年,遽使去位。及李林甫用事,则盘旋纠固至十八九年,败国蠹贤,无所不至。犹以为未足也,晚年顾力士曰:"海内无事,朕将吐纳导引,以天下事付林甫。"天下安得而不乱乎!并同上〔同上卷七〕

史载宋之问冉祖雍并赐死于桂州。之间(问)得诏震汗,不引决。祖雍请于使者曰:"之问有妻子,幸之(听)诀。"使者许之,而之问荒悸不能处家事。及考之文集,有《登大庾岭》诗云:"兄弟远谪居,妻子咸异域。"则之问赴贬时未尝以妻子行也。又有《发藤州》及《昭州》二诗,二州皆在桂州之南,则赐死之地非桂州明矣。岂史之误欤?《丹阳集》〔同上卷六〕

汉高祖置酒沛宫,酒酣击筑自歌曰:"大风起兮云飞扬,威加海内兮归故乡!安得猛士兮守四方。"时帝有天下已十二年,当思耆艾贤德与共维持,独专意猛士何哉?岂马上三尺嫚骂〔馀态〕未易遽革耶?治道终以霸杂盖有由然。其前年下诏曰:"贤士大夫吾能尊显之。"是年下诏曰:"与天下之贤豪士大夫同安辑之。"〔窃〕谓播告之辞,乃秉笔代言,非若耳热之歌,乃中心所欲也。〔《碧溪诗话》卷一〕

许汜不为陈元龙所礼,尝与刘备称之。备曰:"君有国士名望,无救世意,而求田问舍,言无可采,何缘当与君语?如小人欲卧百尺楼,卧君于地,何但上下床之间耶?"然介甫屡用之:"求田问舍转无成。""更觉求田问舍迟。"《读蜀志》曰:"无人语与

刘玄德,问舍求田意最高。"又有《游西霞庵》云:"求田此山下,终欲忤陈登。"岂非力欲转此一重案欤!〔同上卷二〕

老杜《北征》诗云:"经年至茅屋,妻子衣百结。恸哭松声回,悲泉共幽咽。平生所娇貌(儿),颜色白于(胜)雪,见爷背面啼,垢腻脚不袜。"方是时,杜方脱身于万死一生之地,得见妻儿,其情如是。洎至秦中,则有"晒药能无妇,应门亦有儿"之句。至成都则有"老妻忧坐痹,幼女问头风"之句。观其情悰,已非《北征》时比也。及观《进艇》诗则曰:"昼引老妻乘小艇,晴看稚子浴清江。"《江村》诗则曰:"老妻画纸为棋局,稚子敲针作钓钩。"其优游愉悦之情,见于嬉戏之间,则又异于在秦中(益)时矣。《葛常之》〔《韵语阳秋》卷一〇〕

白乐天作《八渐偈》云:"苦既非真,悲亦是假。"则世间悲欢人我,必能忘情。始宪宗欲以乐天为刺史,王涯以资浅为言,遂得江州司马。及涯败,作诗快之,有"当君白首同归日,是我青山独往时"之句。李德裕与乐天不见有隙,德裕贬崖州,亦作三绝快之。其一篇云:"乐天尝任苏州日,要勒须教用礼仪。从此结成千万恨,今朝果中白家诗。"盖尝以唐史考之。乐天卒于会昌之初,武宗时也。而德裕之贬,乃在宣宗大中年。则德裕之贬,乐天死已久,非乐天之诗明矣。以是准之,快王涯之句恐亦未必然也。《韵语阳秋》〔卷二〇〕

西伯将出猎,卜之,曰:"所获非龙非彲,非虎非罴。所获霸王之辅。"于是果遇太公于渭水之阳,载与俱归。此司马迁之说也。文王至磻溪,见吕尚钓,钩得玉璜,刻曰:"姬受命,吕佐检,德合于今昌来提。"此《尚书大传》之说也。太公钓于滋泉,文王得而王。此吕不韦之说也。吕望年七十,钓于渭渚。初下得鲂(鲋),次得鲤,刳腹得书,书文曰:"吕望封于齐。"此刘向之说也。太公避纣,居东海之滨,闻文王作,兴曰:"盍归乎来。""由文王至于孔子,五百有馀岁。若太公望则见而知之。"此孟子之说也。是数说者,皆言天产英辅以兴周,盖非碌碌佐命者之可拟。而司马迁乃摭或者之论,谓西伯拘羑里,散宜生、闳夭招吕尚求美女奇物献于纣而赎西伯。西伯既脱,三人有(又)阴谋修德以倾商政。此岂所以待太公也哉?欧阳詹云:"论兵去商虐,讲德兴周道。屠沽未遇时,何异斯川老?"余比赴官宜春,于寿昌道中见壁间题一诗云:"渔翁何事亦从戎,变化神奇抵掌中。莫道直钩无所取,渭川一钓得三公。"一以为倾商政,一以为钓三公,皆非知圣贤者。《韵语阳秋》〔卷八〕

李太白《至邯郸登城楼》诗云:"提携袴中儿,杵臼及程婴。空孤献白刃,必死耀丹诚。"是有取于二子甚重。袴中儿谓赵武也。然司马迁作赵、晋二世家自相矛盾。左氏所书又复不同,将何以取信于后世耶?《晋世家》之说曰:景公十七年诛赵同赵括,令庶子武为后。《赵世家》之说曰:景公三年,屠岸贾攻〔杀〕赵朔〔杀〕赵括等。朔同(之)友人程婴匿赵武于山中。至十五年,景公有议(疾)立赵武。左氏之说曰:鲁成公八年:"六月,晋讨赵同赵括,武从姬〔氏〕畜于公宫。以其田与祁奚。韩厥言于晋侯曰:'成季之勋,宣孟之忠,无后,为善者惧矣。'""乃立武而反其田。"按成公八年即晋景公十七年也。或云匿武于山中,或云畜武于宫中;或云十五年而后立武,或云未逾月而立武:皆未知所据也。〔同上卷七〕

杨雄之迹,曲诣新室,议之者众矣,此置而不论。雄之心如何哉?观《法言》之书,似未明乎大道之旨也。王荆公乃深许之,何耶?诗云:"寥寥邹鲁后,于子独(此归)先觉。"又云:"懦(儒)者陵夷此道穷,千秋止有一杨雄。"又云:"道真沉溺九流浑,独溯颓波讨得源。"又云:"子(杨)云平生人莫知,知者乃独称其辞。今尊子云者皆是,得子云心亦无几。"是亦(以)圣人许雄也。东坡谓雄以艰深之辞〔文〕浅易之说,与公矛盾矣。同上
〔同上卷八〕

百家诗话总龟后集卷之十六

评史门

孔子谓:"宁武子邦有道则知,邦无道则愚。其知可及也,其愚不可及也。"所谓及者,继也,非企及之及,谓宁武之愚而后人不可继尔。居乱世而愚,则天下涂炭将孰拯?屈原事楚怀王,不得志则悲吟泽畔,卒从彭咸之居。究其初心,安知拯世之意不得伸而至于是乎?贾生谪长沙傅,渡湘水为赋以吊之。所遣(遭)之时虽与原不同,盖亦原之志也。白乐天《咏史》诗乃谓:"士生一代间,谁不有浮沉。良时真可惜,乱世何足钦。乃知汨罗恨,未抵长沙深。"信如乐天言,则是以乱世为不〔足〕拯也,而可乎?议者谓谊所欲为,文帝不能用者,〔以绛灌东阳之属逸之尔。故谊之赋有云:"镆铘〕为钝,铅刀为铦;斡弃周鼎,宝康瓠兮。"观此是有憾于绛、灌、东阳者。虽然,勃也,婴也,敬也,皆素有长者之誉,必不肯害贤而利己。《楚汉春秋》别有绛灌,岂其是耶?《葛常之》〔《韵语阳秋》卷七〕

永和中,王羲之修禊事于会稽山阴之兰亭,"群贤毕至,少长咸集。"序以谓"虽无丝竹管弦之盛,一觞一咏,亦足以畅叙幽情",则当时篇咏之传可考也。今观羲之、谢安、谢万、〔孙〕绰、孙统、王彬之、凝之、肃之、徽之、徐丰之、袁峤之十有一人,四言五言诗各一首。王丰之、元之、蕴之、涣之、郗昙、华茂、庚友、虞说、魏滂、谢绎、庾蕴、孙嗣、曹茂之、华平、桓伟十有五人,或四言或五言各一首。王献之、谢瑰、卞迪、卓髦、羊模、孔炽、刘密、虞谷、劳夷、石绵、华耆、谢藤、王儶、吕系、吕本、曹礼十有六人,诗各不成,罚酒三觥。谢安五言诗曰:"万殊浑一象,安复觉彭殇!"而羲之序乃以[为]"一死生为虚诞,齐彭殇为妄作",盖反谢安一时之语[耳],而或者遂以为未达。此特未见当时羲之之诗尔。其五言曰:"仰视碧天际,俯瞰绿水滨。寥阒无涯观,寓目理自陈。大矣造化功,万殊莫不均。群籁虽参差,适我无非亲。"此诗则岂未达者耶?史载献之尝与兄徽之、操之俱诣谢安,二兄多言,献之寒温而已。既出,客问优劣。安曰:"小者佳。'吉人之词寡',以其少言,故知之。"今王氏父子昆季毕集,而献之之诗独不成,岂亦"吉人之词寡"耶?景祐中,[会]稽太守蒋堂修永和故事,尝有诗云:"一派西园曲水声,水边终日会冠缨。几多诗笔无停缀,不似当年有罚觥。"盖为献之等发也。

《葛常之》〔同上卷五〕

会稽、临安、金陵三郡皆有东山,俱传以为谢安携妓之所。按谢安本传:初,安石寓居会稽,与王羲之、许询、支遁游处,被召不至,遂栖迟东土(山)。唐裴冕与吕渭等《鉴湖联句》有"兴衰(里)还寻戴,东山更问东。"此会稽之东山也。本传又云:安石尝往临安山中,坐石室,临浚谷,悠然叹曰:"此与伯夷何远?"今馀杭县有东山。东坡有《游馀杭东西岩》诗,注云:即谢安东山。所谓"独携缥缈人,来上东西山"者是也。此临安之东山也。本传又谓,及登台辅,于土山营墅,楼馆林竹甚盛,每携中外子侄游集。今土山在建康上元县崇礼乡。[载]《建康事迹》云:安石于此拟会稽之东山,亦号东山。此金陵之东山也。李白有《忆东山》二绝〔云〕:"不到东山久,蔷薇几度花!白云他(还)自散,明月落谁家?""我今携谢妓,长笑绝人群。欲报山东(东山)客,开关扫白云。"不知所赋者何处之东山也。陈轩乃录此诗于《金陵集》中,将别有所据耶?《南史》载宋刘勔经始钟岭以为栖息,亦号东山。金陵遂有两东山矣。同上〔同上〕

韩愈自监察御史贬连州山阳(阳山)令。所坐之因,传记各异。《唐书》本传谓上疏论宫市,德宗怒,故贬。李翱《行状》谓为幸臣所恶,故贬。皇甫湜作《神道碑》谓贞元十九年关中旱饥,公请宽民徭,专政者恶之,故贬。按《文公集》宫市之疏不传,而《文公历官记》及《年谱》以谓京师旱,民饥,诏蠲租半。有司征求反急。愈与同列上疏言状,为幸臣所谮。幸臣者,李实也。予考退之自连山(阳山)移江陵诗云:"孤臣昔放逐,泣血追愆尤。汗漫不省识,恍如乘桴浮。或自疑上疏,上疏岂其由?"则所坐之因,虽退之犹疑之也。集中有《上京兆李实书》盛称其能,曰:"愈来京师,所见公卿大臣,未有赤心事上忧国如阁下者。"又云:"今年以来,不雨者百馀日,种不入土;而盗贼不敢起,谷价不敢贵,老奸宿赃,销缩摧沮。"亹亹百馀言,皆叙其敬慕之意。其后实出为华州,又有书云:"愈于久故游从之中,蒙恩奖知遇最厚,无与比者。"愈〔既〕为实所谮,不应此书拳拳如是。及观《江陵途中》诗云:"同官尽才俊,偏善柳与刘。或虑语言泄,传之落冤仇。"又《岳阳别窦司直》云:"爱才不择行,触事得谗谤。前年出官日,此祸最无妄。"又《和张十一忆昨行》云:"伾文未揃崖州炽,虽得赦宥常愁猜。近者三奸悉破碎,羽窟无底幽黄能。眼中了了见乡国,知有归日眉方开。"又有《永贞行》以快伾文之贬,其末云:"郎官清要为世称,荒郊(郡)僻野嗟可

89

矜。具书曰见非妄征,嗟尔既往宜为惩。"则知阳山之贬,伾文之力,而刘、李(柳)下石为多,非为李实所谮也。《葛常之》〔同上〕

韩偓《香奁集》百篇,皆艳词也。沈存中《笔谈》云,乃和凝所作,凝后贵,悔其少作,故嫁名于韩偓尔。今〔观〕《香奁集》有《无题诗序》云:"余辛酉年戏作《无题诗》十四韵,故奉常王公、内翰吴融、舍人令狐涣相次属和。是岁十月〔末〕,一旦兵起,随驾西狩,文稿咸弃。丙寅岁在福建,有苏昈以稿见授,得《无题诗》,因追咏(味)旧时,阙忘甚多。"予按《唐书》韩偓传,偓尝与崔嗣定策诛刘季述,昭宗反正,为功臣,与令狐涣同为中书舍人。其后韩全诲等劫帝西幸,偓夜追及鄠,见帝恸哭。至凤翔,迁兵部侍郎。天祐二年,挈其族依王审知而卒。以《纪运图》考之,辛酉乃昭宗天复元年,丙寅乃哀帝天祐二年。其序所谓丙寅岁在福建有苏昈授其稿,则正依王审知之时也。稽之于传,与序无一不合者。则此集韩偓所作无疑,而《笔谈》以为和凝嫁名于偓,特未考其详尔。《笔谈》云:偓又有诗百篇,在其四世孙奕处见之。岂非所谓旧诗之阙忘者乎？同上〔同上〕

汉史载韩信教陈豨反,有挈手步庭之议,且曰:"吾为公从中起。"汉十年,豨果反,高祖自将兵出。张文潜曰:"方是时,萧相国居守,而信欲以乌合不教之兵从中起,以图帝业。虽使甚愚,必知无成,信岂肯出此哉！"故其诗曰:"〔何待〕陈侯乃中起,不思萧相在咸阳。"又一诗云:"平生萧相真知己,何事还同女子谋！"则又责萧相不为信辨其枉也。余观班史,吕后与萧相谋,诈令人从帝所来称豨已破,群臣皆贺。相国绐信曰:"虽病,强入贺。"信入,吕后使武士缚信斩之。则斩信者相国计也。纵使其枉,相国其肯为辨之哉！信死则刘氏安,不死则刘氏危,相国岂肯以平日相善之故而误社稷大计乎？文潜后有一绝云:"登

坛一日冠群雄,钟室苍皇念蒯通。能用能诛谁计策?嗟君终日(自)愧萧公。"《丹阳集》〔同上卷七〕

汉成帝时张禹用事,朱云对上曰:"臣愿赐尚方斩马剑,断佞臣一人,以厉其馀。"上问:"谁也?"对曰:"安昌侯张禹。"上大怒曰:"居下讪上,罪死不赦。"御史将云下,云扳殿槛折,曰:"臣愿从龙逢比干游于地下。"如云者,可谓忠直有馀矣。后世思其人而不可得,则作为韵语,以声其美。肃宗时,元载用事,故杜子美诗云:"千载少似朱云人,至今折槛空嶙峋。"武后时,傅游艺用事,故卢照邻诗云:"昔有平陵男,姓朱名阿游。愿得斩马剑,先断佞臣头。"言当时立朝之士不能如云以二人之恶而告于上也。若二人者,奸谀百倍张禹矣。腥臊之血,岂足以污尚方之剑乎?朱(宋)景文云:"朱游英气凛生风,滨死危言悟帝聪。殿槛不修旌直谏,安昌依旧汉三公。"信乎,去佞如拔山也!〔同上〕

五王之诛二张也,张柬之启其谋,桓彦范任其事,敬晖、崔元㬜、袁恕己各效其力,坐使天后还政,中宗即阼,诚为社稷之奇勋。然尚有可恨者焉。薛季昶劝除武三思,〔而彦范乃谓如机上肉,留为天子藉手。〕彦范辈岂不知中宗非刚断之主乎!彼之意以为三思方烝乱韦氏,而中宗孱懦,一听其所为。苟诛三思,必不利于己,故不肯诛耳。不旋踵而自罹杀身之祸。实自取之也。张文潜云:"系狗不系首,反噬理必然。智勇忽迷方,脱匣授龙泉。区区薛季昶,先事仅能言。留祸启临淄,败谋岂非天!"〔同上〕

高祖《大风》之歌,〔虽止于二十三字,而〕志气慷慨,规模宏远,凛凛乎已有四百年基业之气。《史记·乐书》谓之《三侯章》,令沛得以四时歌舞宗庙。盖欲使后之子孙知其祖创业之勤,不可怠于守成尔。武帝《秋风词》、《瓠子歌》已无足道,及为赋以

91

伤悼李夫人,反复数百言,绸缪恋嫪于一女子,其视高祖岂不愧哉!《艺文志》《上自造赋》二篇,其一不得而见耶?并同上〔同上〕卷一九

百家诗话总龟后集卷之十七

评史门

老杜《课伯夷幸(辛)秀伐木》,则曰:"报之以微寒,共给酒一斛。"《遣信行修水筒》,则以浮瓜裂饼以答其恭谨。陶渊明告其子,则曰:"辄遣一力,助汝薪水之劳。此亦人子也,可善遇之。"盖古人之役仆夫,其忠厚率如此。《初学记》载王褒买便了为奴,作约使苦作,以致"听券而泪下,鼻涕长一尺",有"不如早归黄〔土〕陌,令蚯蚓钻额"之语。其少陵柴桑之罪人哉!《葛常之》〔《韵语阳秋》卷二○〕

建安七子惟刘公幹独为诸王子所亲。曹操威焰盖世,甄夫人出拜,诸人皆伏,而公幹独平视,虽输作而不悔,亦可嘉矣。故梅圣俞诗云:"公幹才俊或欺事,平视美人曾不起。自兹不得为故人,输作左校濒于死。"公幹尝有《赠从弟》诗云:"亭亭山上松,瑟瑟谷中风。风声一何盛,松枝一何劲!"其寄意如是,岂肯少屈于操哉!末篇又托兴凤凰,有"何时当来仪,将须圣明君"之句,则不以圣明待操矣。〔同上〕

杜甫《悲陈涛》诗云:"野旷天清无战声,四万义军同日死。"言房琯之败也。琯临败犹持重,而中人邢延恩促战,遂大败,故甫深悲之。甫为右拾遗,会琯罢相,上疏力救琯。肃宗大怒,诏三司推问。宰相张镐救之,获免。故《洗兵马行》云:"张公一生江海客,身长九尺须眉苍。"盖感其救己也。张无尽《孤愤吟》云:"房琯未相日,所谈皆皋夔。一朝陈涛下,覆没十万师。中原已纷溃,老杜尚嗟咨。"则老杜救琯之章,岂亦出于私情乎?〔同上〕

郑虔受安禄山伪命,洎贼平,与张通、王维并囚宣阳里,因善画祈于崔圆,遂得免死。老杜所谓"今如罝中兔","子云识字终投阁"是也。及虔贬台州,有诗云:"可念此公怀直道,也沾新国用轻刑。"如虔者可谓之怀直道乎?当是爱私之言尔。《八哀诗》亦云:"反复归圣朝,点染无涤荡。老蒙台州掾,泛泛浙江桨。"盖伤之也。〔同上〕

忘年交,谓虽年齿尊幼不侔而道义可为友也。如张鉴(镒)之于陆贽,崔廓之于李谦是已。鲁直云:"逐贫不去与忘年。"便以忘年作朋友用,盖有来处也。老杜《过孟仓曹》诗云:"清谈见滋味,尔辈可忘年。"则山谷所用岂苟云乎哉?〔同上〕

李白作《蜀道难》以罪严武,其末云:"所守或匪亲,化为狼与豺。朝避猛虎,夕避长蛇。磨牙吮血,杀人如麻。锦城虽云乐,不如早还家。"则武待白(客)之礼未必优也。武与杜甫情好甚厚。一朝以饮酒过度而武几杀之,则"不如早还家"之说乃白先见之明尔。陆畅谒韦皋于蜀郡,畅感韦之遇己,遂反其词作《蜀道易》云:"蜀道易,易于履平地。"〔同上〕

郎基在颍川,不置木枕;裴潜在兖州,不眠(取)胡床。居官清操,要当如是。白乐天在杭州,取天竺片石,受代携归。故其诗曰:"三年为刺史,饮冰复食蘗。唯向天竺山,取得两片石。此抵有千金,无乃伤清白。"暨守吴门,复取洞庭双石,一以支琴，一以贮酒。故《双石诗》有"万古遗水滨，一朝入吾手"之句。洎罢府，支琴石遂归履道旧居，故作诗云："天上定应胜地上，支机未必及支琴。"乌乎，泉石膏肓人士之逸韵，若乐天者，岂潘子义所谓"风流罪过"也耶？〔同上〕

君子为小人诬蔑〔沮抑〕，则其诗怨，故寓之于物以舒其愤。如朱昼《古镜诗》所谓"我有古时镜，初自怀（坏）陵得。蛟龙犹泥蟠，魑魅幸月蚀"是也。小人既败，君子得志之秋，则其诗昌，故寓之于物以快其志。如刘禹锡《磨镜篇》所谓"萍开绿池满，晕尽金波溢。山神妖气沮，野魅真形出"是也。黄子虚作《妒佳月篇》云："狂云妒佳月，怒飞千里黑。佳月了不嗔，曾何污洁白。支颐少待之，寒光静无迹。灿灿黄金盘，独照一天碧。"殆亦二子之意。俱同上〔同上〕

康节《〔观〕三皇吟》："许大乾坤自我宣，乾坤之外复何言！初分大道非常道，终（才）有先天永（未）后天。作法极微难着（看）迹，收功最久不知年。若教世上论功（勋）业，料得更无人在前。"《击壤集》〔卷一五〕

《〔观〕五帝吟》："进退肯将天下让，着何言语状雍容一作从容。衣裳垂处威仪盛，玉帛修时意思恭。物物尽能循至理，人人自愿立殊功。当时何故得如此？只被升（声）明类日中。"〔同上〕

《〔观〕三王吟》："一片中原万里馀，殆非屡德所能居。能一作宜。夏商正朔犹能布，汤武干戈未便驱。泽火有名方受《革》，水天无意（应）不成《需》。请观仁义为心者，肯作人间浅丈夫？"意一作应，请观一作详知。〔同上〕

《〔观〕五伯吟》："刻意尊名名愈亏，人人奔命不胜疲。生灵剑戟围中活，围一作林。公道货财心里归。虽则饣羊能爱礼，奈何鸣凤未来仪！东周五百馀年内，叹息唯闻一仲尼。"〔同上〕

《〔观〕七国吟》:"当其末路尚纵横,仁义之言固不听。肯为(谓)破齐存即墨,能胜坑赵尽长平。清晨见鬼未为怪,白日杀人奚足惊!加以苏张掉三寸,扼喉其势不俱生。"〔同上〕

《〔观〕嬴秦吟》:"轰轰七国正争筹,利害相摩未便休。比至一雄心底定,其如四海血横流!三千宾客方成梦,百二山河又变秋。谩说罢侯能置守,赵高元不是封侯。"〔同上〕

《〔观〕西(两)汉吟》:"秦破山河(河山)旧战场,岂期民复见耕桑!九千来里开封域,四百馀年号帝王。剥丧既而遭莽卓,经营殊不念高光。当时文物如斯盛,城复何由更有(在)隍!"〔同上〕

《〔观〕三国吟》:"桓桓鼎峙震雷音,绝唱高踪没处寻。箫鼓一方情味(未)畅,弓刀万里力难任。论兵狠石宁无意,饮马黄河徒有心。虽曰天时亦人事,谁知虑外失良金!"〔同上〕

《〔观〕西晋吟》:"承平未必便无忧,安若忘危非善谋。题品人才凭雅消,雌黄时事用风流。有刀难割(剖)公闾腹,无木可枭元海头。祸在夕阳亭一句,上东门笑(啸)浪悠悠。"〔同上〕

《〔观〕十六国吟》:"溥天之下号寰区,大禹曾经治水馀。衣到敝时多虮虱,瓜当烂处(后)足虫蛆。龙章本不资狂寇,象魏何尝荐乱胡!尼父有言堪味处,当时欠一管夷吾。"〔同上〕

《〔观〕南北朝吟》:"方其天下分南北,聘使何尝绝往还!偏霸尚存前典宪,小康犹带旧腥膻一作羶。洛阳雅望称崔浩,江表奇才服谢安。二百四年能并辔,谩将夷虏互为言。"〔同上〕

《有(观)隋〔朝〕吟》:"始谋当日已非臧,又更相承或自戕。蝼蚁人民贪土地,泥沙金帛悦姬姜。征辽意思縻(縻)荒服,泛汴情怀厌未央。三十六年都扫地,不然天下未归唐。"〔同上〕

《〔观〕有唐吟》:"天生神武奠中央,不尔群凶未易攘。贞观

若无风凛凛,开元安有气扬扬!凭高始见山河壮,入夏方知日月长。三百年间能混一,事虽成往道弥光。"〔同上〕

《〔观〕五代吟》:"自从唐李坠皇纲,天下生灵被扰攘。社稷安危凭(悬)卒伍,朝廷轻重系藩方。深冬寒木固不脱,未旦小星犹有光。五十三年更五姓,始知扫荡(除扫)待真王。"〔同上〕

《我宋(二字作"观盛化")吟二首》:"纷纷五代乱离间,一旦云开复见天。草木百年新雨露,车书万里旧山川。寻常巷陌犹簪绂,取次园林尽管弦。尽一作亦。人老太平春未老,莺花无害日高眠。"又:"吾曹养拙赖明时,为幸居多宁不知。天下英才中遁迹,人间好景处开眉。生来只惯见丰稔,老去未尝经乱离。一作闻鼓鼙。五事历将前代举,帝尧而下更(固)无之。"按《邵氏闻见录》:康节先公谓本朝五事自唐虞而下所未有者。一、革命之日市不易肆。二、克复天下在即位后。三、未尝杀一无罪。四、百年方四叶。五、百年无心腹患。伯温窃疑未尝经乱离为太甚。先公曰:"吾老且死,汝辈行自知之。"〔同上〕

张南轩《采菊亭诗引》曰:"陶靖节人品甚高,晋、宋诸人所未易及,读其诗,可见胸次洒落。八窗玲珑,岂野马游尘所能栖集〔也〕!前建安丞张君,精力未衰即挂冠,家于浏阳有年矣。葺小园为亭,面南山,来求予名,予名之曰'采菊[亭]',取靖节所谓'采菊东篱下,悠然见南山'。呜呼,靖节兴寄深远,特可为识者道耳。"诗曰:"陶公千载人,高标跨馀子。岂无济时念,敛荫独知止。归来卧衡门,无愠复何喜!九日天气佳,东篱撷芳蕊。举头见南山,佳处政在此。地偏心则远,意得道岂否!张侯谢银艾(鱼),筑室娱燕几。小亭才寻丈,景物自新美。颇闻方(双)瞳清,亦复强步履。不妨数登临,倚杖看云起。高咏悠然篇,飞鸿送千里。"《文集》〔卷一〕

97

《复斋漫录》云：东坡作《谏论》以（云）魏郑公以苏张之辩而为谏诤之术。且云：郑公之初实学纵横之术，其所以与苏张异者，心正尔。〔世〕或以东坡之论为不然。余读郑公《出关》诗云："中原还逐鹿，投笔事戎轩。纵横计不就，慷慨志犹存。策杖谒天子，驱马出关门。请缨羁南越，凭轼下东蕃。郁纡陟高岫，出没望平原。古木鸣寒鸟，空山啼夜猿。既伤千里目，还惊九折魂。岂不惮艰险，深怀国士恩。季布无二诺，侯嬴重一言。人生感意气，功名谁复论。"东坡实不见此诗，盖识见之明有以探其然耳。乃知读书未博未可以轻议前辈也。苕溪渔隐曰："余观《谏论》殆是老苏作，格力辞旨可以见矣，非东坡所作也。"
〔《渔隐丛话后集》卷二八〕

百家诗话总龟后集卷之十八

辩疑门

王丝字敦素,越之萧山人。景祐初为县令,会岁歉,丝每家支钱一千以济之,期以明年夏输绢一匹。邑人大受其惠,称为德政。由此当路荐之。盖是时一缣售价不逾其数尔。仕止郎曹典州而已。范文正公为作墓志,具载其事。至荆公当国,效其法,施之天下,号为和买。久之,本钱既不复俵,且有折帛之害。世误传始于王仪仲素。仪仲,文正公之子,早即贵达,未尝为邑,官至八座,没谥懿敏,国史本传可考。其子巩,字定国,与东坡先生游。李定字仲求,洪州人,晏元献公之甥。文亦奇,欲预赛神会而苏子美以其任子距之,致兴大狱,梅圣俞谓"一客不得食,覆鼎伤众宾"者也。其孙即商老彭,以诗名列江西派中。又李定字资深,元丰御史中丞,其孙方叔、正民,兄弟皆显名一时,扬州人。又李定,嘉祐、治平以来,以风采闻,尝遍历天下诸路计度转运使。官制未行,老于正卿,乃敦老如冈之祖,盖济南人也。同姓名者凡三人,世亦多指而为一,不可不辩。李豸阳翟人,东坡先生门下士,亦字方叔。两方叔俱以文鸣,诗章又多互传于世。〔《挥麈录》前录卷四〕

陈子昂《感遇诗》云:"乐羊为魏将,食子徇军功。骨肉且相薄，他人安得忠！"又曰："吾闻中山相，乃属放麑翁。孤兽犹不忍，况以奉君终！"一则忍于其子，一则不忍于麑。故鲁直《怀荆公》诗有"啜羹不如放麑，乐羊终愧巴西"。陈无己启亦用此事，所谓"中山之相，仁于放麑；乱世之雄，疑于食子"是也。然属麑于秦西巴者，孟孙也，非中山相也。子昂徒见乐羊中山事，遂误作孟孙用，无己亦遂袭之。鲁直以西巴为巴西，亦误矣。《丹阳集》〔《韵语阳秋》卷六〕

李白《古风》云："燕昭延郭隗，遂筑黄金台。剧辛方赵至，邹衍复齐来。"予考《史记》不载黄金台之名，止云昭王为郭隗改筑宫而师事之。孔文举《与曹公书》曰："昭王筑台，以尊郭隗。"亦不著黄金之名。《上谷郡图经》乃云：黄金台在易水东南十八里，燕昭王置千金于台上以延天下士，遂因以为名。皇甫松有《登黄金台》诗云："燕相谋在兹，积金黄巍巍。上者欲何颜，使我千载悲。"其迹尚可得而考也。〔同上〕

东坡诗云："玉奴弦索花奴手。"玉奴谓杨妃，花奴谓汝阳王琎也。及观《和杨公济梅花诗》乃言"玉奴终不负东昏"，何耶？按《南史》，东昏妃潘玉儿，当是笔误尔。〔同上〕

韩退之诗曰"《离骚》二十五"，王逸序《天问》亦曰："屈原凡二十五篇。"今《楚辞》所载二十三篇而已，岂非并《九辨》、《大招》而为二十五乎？《九辨》者，宋玉所作，非屈原也。今《楚辞》之目，虽以是篇并注屈原、宋玉，然《九辨》之序止称屈原弟子宋玉所作。《大招》虽疑原文，而或者谓景差作。若以宋玉痛屈原而作《九辨》，则《招魂》亦当在屈原所著之数，当为二十六矣。不知退之、王逸之言何所据耶？〔同上〕

杜子美《柏中允（丞）除官制诗》，旧注以为柏耆，又以为贞节。按杜诗云："纷然丧乱际，见此忠义（孝）门。蜀中寇亦甚，柏氏功弥存。三止锦江沸,独清玉垒昏。"当是有功于蜀者。方是时,段子璋反于上元,徐知道反于宝应,而贞节为邛州刺史数有功,则是贞节无疑矣。《杜集》又有《柏学士茅屋》、《柏大兄弟山居》诗,议者皆以谓贞节之居。然诗中殊不及功名之事,但皆称其为学读书尔。《茅屋》云:"古人已用三冬足,年少今开万卷馀。"《山居》云:"山居精典籍,文雅涉《风》《骚》。"疑是邛州立功之前。《丹阳集》〔同上〕

黄鲁直诗云:"世有捧心学,取笑如东施。"梅圣俞云:"曲眉不想西家样,馁腹还须(如)二子清。"《太平寰宇记》载西施事云:施,其姓也。是时有东施家西施家。故李太白《效古》云:"自古有秀色,西施与东邻。"而东坡《代人留别》诗乃云:"绛蜡烧残玉斝飞,离歌唱彻万行啼。他年一舸鸱夷子(去),应记侬家旧姓西。"似与《寰宇记》所言不同,岂为韵所牵耶?同上〔同上〕

张无尽尝和山字,云"安得将相似仲山",人疑之,以近人所常用皆山甫也。观《后汉志》"阳樊攒茅田",服虔注云:"楚仲山所居。"又杨修《答临淄侯笺》云:"仲山、周旦之俦。"只称仲山,何疑之有?《黄常明》〔《䂬溪诗语》卷五〕

坡记王凌过贾逵庙呼曰:"贾梁道,我,大魏之忠臣也。"及司马景王病,梦逵为祟。因为诗曰:"嵇绍似康为有子,郗超畔鉴似无孙。如今更恨贾梁道,不杀公闾杀子元。"盖怪梁道忠义之灵,不能自已其子充之恶。按《晋纪》,王、贾所杀者乃宣帝名懿字仲达,非景帝子元也。《䂬溪》〔卷九〕

正讹门

"天窥象纬逼,云卧衣裳冷。"世传古本作天窥,今从之。

《庄子》"以管窥天",正用此字。旧集以作阙,又或作关,今不取。盖先生诗该众美者,不惟近体严于属对,至于古风句对者亦然。观此诗可见矣。近人论诗,多以不必属对为高古,何耶？故详论之,以俟知者焉。《杜诗正异》

"海右此亭古,济南名士多。"济南实海右诸郡,旧集一作海右,今从之。正文作海内,非也。

"拂天万乘动,观水百丈湫。"拂字从一作。兼《画马诗》有云"翠华拂天来向东"。正文作沸,非也。

"君臣留欢娱,乐动殷樛嵑。"殷从上声。樛嵑出《文选》,音渴曷。《集韵》山貌。旧集作殷汤樛。音字皆误,盖缘汤字之讹,二字从而倒之。兼他诗二字误倒之者非一。

"岂知秋禾登,贫窭有仓卒。"别本未字一作禾[一],今从之。按此诗十一月作,禾字明矣。昌黎谓"年登而妻啼饥",实此意也。

〔一〕"未""禾"二字原互倒,依明抄本改。

"阴风西北来,惨淡随回纥。"纥字从一作鹘,唐史德宗朝始改名回鹘。正文非也。

"中兴诸将收山东,捷书夜报清昼同。"夜字从王介甫,谓捷书昼夜至也,旧作日,今不取。

"花门天骄子,饱肉气勇决。"诸诗之言花门者,皆回纥也。旧集作北门,盖由字画小误。唐以太原为北门,非谓回纥明矣。卒章申言花门也。

"渡河不用船,千骑常撇捩。"撇捩,疾貌。《大食刀歌》云:"鬼物撇捩辞坑[一]壕。"字意皆同,今从之。旧集作撇烈,非也。

〔一〕"坑",原作"沆",依清钞本缪校本改。

"婵娟碧藓静,萧摵寒箨聚。"藓字从别本,旧集作鲜,盖字

102

画小缺,而释者因云"婵娟碧鲜[一]皆谓竹也",尤谬。

〔一〕"鲜",原作"薛",依明钞本改。

"长夜苦寒谁独悲,杜陵野老骨欲折。"此成都诗,旧集作长安,非也。其夜字之讹,故误作安耳。况卒章之意明甚!

"南京乱初定,所向色枯槁。"色字从别本。他诗亦云"朝野色枯槁"。正文作邑,今不取。

"树枝有鸟乱栖时,暝色无人独归客。"栖字从一作。正文作鸣,今不取。言乱栖,则鸣可知矣。

"高皇亦明王,魂魄犹正直。"皇字旧集诸本皆作堂,近见别本作皇,今从之,乃与上下数联诗意相贯也。询之阆人,其汉高祠庙今尚存焉。

"别离重相逢,偶然岂足期。"足字旧集作定,盖由字画小讹,况上句已云"泄云无定姿"。

"悲台萧飒石巃嵷,哀壑杈枒浪呼汹。"浪字从[一]别本,考两句属对之工[二]当用一实字。又别本下句作"二鹰猛胸[三]绦徐坠",字亦未通。

〔一〕"从",原作"作",依明钞本改。

〔二〕"工",原作"二"依南图藏明钞本改。

〔三〕"鹰",原作"莺",依南图藏明钞本改,"胸"该本作"脑"。

"主守问家臣,分朋见溪畔。"耘者必分朋曹而进,故东坡《远景楼记》谓"耘者毕出,数百人为曹"者是也。旧作明,乃字小讹耳。

"风吹巨焰作,河汉腾烟柱。"诸本下句作"何掉腾烟柱",蜀本"何"作"河",近见别本,今从之,盖于词意通也。

"合昏排铁骑,清晓散锦幪。"幪字从一作[一]。他诗有云"驽骀怯锦幪",乃覆马之物,正文作幪,非也。

103

〔一〕"从一作"三字原空,依南图藏明钞本补。

"大火运金气,荆扬不知秋。"火字从一作,谓大火西流,《七月》诗也。正文作暑,今不取。

"终然契真如,得匪金仙术。"二句并从一作。正文作"终契如往还,得匪合仙术",今不取。

"几度寄书白盐北,故人赠我青丝裘。"丝字从一作。兼〔一〕别本正文止作丝字。此诗寄裴施州者,或谓裴冕,非也。按唐史,冕以宝应元年贬施州刺史,不数月移澧州,距此已六年矣。

〔一〕"兼",原作"缣",依明钞本改。

"配极玄都閟,凭高禁籞长。"籞字旧集诸本皆作蘌。按西汉《宣帝纪》云池籞者,其字从竹,今从之。

"尸乡馀土室,谁话咒鸡翁。"谁话从一作〔一〕。事见《列仙传》,正文作难〔二〕说,乃字之讹也。咒字一作䃂,音州,又音祝。

〔一〕"一作"二字原空,依南图藏明钞本补。
〔二〕"难",原作"鸡",依明钞本改。

"茂树行相引,连山望忽开。"茂字,连山字皆从一作,时归凤翔行在,正文连山作连峰,非也,雾树亦然。

"掖垣竹埤梧十寻,洞门对霤常阴阴。"霤字从别本。《文选》云"二堂对霤",此春深诗也,而诸本作雪,误矣。

"江上小堂巢翡翠,苑边高冢卧麒麟。"苑字从一作。正文作花,盖字画小讹。而说者云,一诗连用三花字不害为工,误矣。

"云断岳莲临大路,天晴宫柳暗长春。"大路,陕华间地名也。《晋书》,檀道济从刘裕伐姚泓至潼关,姚鸾屯大路以绝道济粮道。而蜀本正作大道,误矣。

"马娇朱汗落,胡舞白题斜。"朱汗已见他诗,旧作珠,乃衍文也。白题从一作。《西汉》云,斩胡白题将,字义与雕题同。

正文作蹄,非也。

"力疾坐清晓,来诗悲早春。"诗字从别本。考诗题与上下句意当从之。旧作时,非也。

"峡云笼树小,湖日荡船明。"荡字从一作,非久游江湖者不知此字之工。正文作落,盖字讹也。

"合观却笑千年事,驱石何时到海东。"题云《观造竹桥即日成》,句中合观字谓聚观桥成之速而笑驱石之诞。旧集诸本皆讹作欢,非也。〔同上〕

百家诗话总龟后集卷之十九

隐逸门

　　世人谓（论）渊明，皆以其专用肥遁，初无康济之念，能知其心者寡也。尝求其集，若云："岁月掷人去，有志不获骋。"又有云："猛志逸四海，骞翮思远翥。荏苒岁月颓，此心稍已去。"其自乐田亩，乃卷怀不得已耳。士之出处，未易为世俗言也。《韵语阳秋》〔《苕溪诗话》卷八〕

　　瓢之为器，贫者所用，故颜子以一瓢饮，而扬子比之山雌。文康公筑室泛金溪上，阖门千指，朝齑暮盐，未尝敢以贫为病。尝因溪结亭，号曰瓢饮，盖欲少见慕贤好古、安贫乐道之意。予尝有诗云："我不学许由隐烟雾，得瓢不饮惟挂树。又不学德义居虎丘，带瓢入市多骑牛。分无玉瓯囊古锦，病渴文园只瓢饮。不（下）瞰金溪新结亭，未须引吸如长鲸。但愿金溪化为酒，岁岁持瓢醉花柳。"〔《韵语阳秋》卷二〇〕

　　杜《寻苑（范）十隐居》云："侍立小童清。"义山《忆正一》云："炉烟销尽寒灯晦，童子开门雪满松。"子厚云："日午独眠（觉）无馀声，山童隔竹敲茶臼。"秀老云："夜深童子唤不起，猛虎一声山月高。"闲弃山间累年，颇得此数诗气味。〔《苕溪诗话》

卷四〕

陈抟负经纶才,历五季乱离,游行四方,志不遂,入武当山,后隐居华山。自晋汉以后,每闻一朝革命,颦蹙数日。人有问者,瞪目不答。一日,方乘驴游华阴市,闻太祖登极,惊喜大笑。问其故,又笑曰:"天下自此定矣。"太祖方潜龙时,抟尝见天日之表,知太平之有自矣。遁迹之初,有诗云:"十年踪迹走红尘,回首青山入梦频。紫陌纵荣争及睡,朱门虽贵不如贫。愁闻剑戟扶危主,闷见笙歌聒醉人。携取旧书归旧隐,野花啼鸟一般春。"岂浅〔一〕哉!邵伯温《易学辨惑》

〔一〕"浅"下明钞本有"丈夫"二字。

陈抟,周世宗尝召见〔赐号白云先生〕。太平兴国初,再召赴阙。太宗赐诗云:"曾向前朝出(号)白云,后来消息杳无闻。如今若肯随征召,总把三峰乞与君。"先生服华阳巾,草屦垂绦,以宾礼见,赐坐。《渑水燕谈》〔卷四〕

康节除秘书省校书郎颍州团练推官,辞,不许。既受命即引疾不起,且以诗答乡人曰:"平生不作皱眉事,天下应无切齿人。断送落花安用雨,装添旧物岂须春!幸逢尧舜为真主,且放巢由作外臣。六十病夫宜揣分,监司无用苦开陈。"《言行录》

后复再召,抟辞曰:"九重仙诏,休教丹凤衔来;一片野心,已被白云留住。"《辨惑》

种放别业在终南山,后生从之学者甚众。性颇嗜酒,躬耕种秫以自酿。所居有林泉之胜,殊为幽绝。真宗闻之,遣中使携画工图之,开龙图阁,召辅臣观焉,上欲(叹)赏之。其后复闻魏野居有幽致,帝亦遣人图之。故野有诗云:"幽居帝画看。"《渑水燕谈》〔卷四〕

张横渠《八翁吟》诗十首:"步虚声里八奇翁,八奇须信古英雄。宾朋未散山翁醉,听歌同入醉乡中。""傅岩岩下筑岩翁,幽通心与帝心通。忧勤未感思贤梦,相[一]霖何日见成功!""磻溪溪畔钓鱼翁,濯缨溪水听溪松。龟猷未告非熊兆,渔蓑堪笑老龙钟。""老原原上卜年翁,感天功业动天聪。流言未信成王悟,悟成全得起禾风。""龟山山下感麟翁,麟翁知己几时逢。自从颜孟希踪后,几人今日更希踪!""青牛西去伯阳翁,当年夫子叹犹龙。立言为恐真风丧,岂知言立丧真风。""寓言豪诞漆园翁,夸谈名理浩无穷。早知悬解人间世,争知悬解不言中!""一身无碍竺乾翁,遍圆身世戒身同[二]。船师从我乘桴去,顽空中与指真空。""褒斜谷口[三]卧龙翁,量如江海气如虹。不应三顾逢先主,至今千载慕冥鸿。""篮舆多病八吟翁,云宾溪[四]叟恣游从。清时无事青山醉,青山仍醉最青峰。[五]"

〔一〕"相",明钞本作"商"。

〔二〕"世"字原空,依清钞本补,南图藏明钞本作"负"。"戒"清钞本作"我"。

〔三〕"褒斜谷口",原作"褒中斜谷",依清钞本改。

〔四〕"宾溪"二字原空,依清钞本补。

〔五〕"峰"字依清钞本补。

处士魏野字仲先,陕州人。居于东郊,筑草堂,有水竹之胜。好弹琴,作诗清苦,多闻于时。前后郡中皆所礼遇。上祀汾阴召之,辞疾不至。野以诗赞公曰:"从前辅相皆频出,独在中书十五秋。泰岳汾阴俱礼毕,这回好伴赤松游。"公览之,喜形于色,以酒茗药物为答。素编先公遗札,有公自写此诗数本。《王文公正遗事》

旦得诗感悟,以疾屡辞政柄,遂拜太尉、玉清昭应宫使。又曰:魏野谓寇准曰:"自古功名盖世少有全者。"因与诗曰:"好去

上天辞将相,归来平地作神仙。"及贬,始悔不用野之言云。《仁宗政要》

《复斋漫录》云:晋皇甫谧《高士传》载,四皓见秦政虐,乃避入蓝田山,作歌曰:"汉之(莫莫)高山,深谷逶迤。烨烨紫芝,可以疗饥。唐虞世远,吾将安归!驷马高盖,其忧甚大。富贵之畏人,不如贫贱之肆志。"〔《渔隐丛话后集》卷一〕

林逋字君复,居杭州西湖之孤山。真宗闻其名,赐号和靖处士,诏长吏岁时劳问。逋工于画,善为诗,如〔"草泥行郭索,云木叫钩辀",颇为士大夫所称。又〕《梅花诗》云:"疏影横斜水清浅,暗香浮动月黄昏。"评诗者谓前世咏梅者多矣,未有此句也。及(又)其临终为句云:"茂陵他日求遗稿,尤喜初(曾)无《封禅书》。"尤为人称诵。自逋之卒,湖山寂寥,未有继者。《归田录》〔卷二〕

又《青箱杂记》云:逋,景祐初尚无恙。范文正公亦过其庐,赠逋诗曰:"巢由不愿仕,尧舜岂遗人?"又曰:"风俗因君厚,文章到老醇。"其激赏如此。《言行录》

武夷之溪东流凡九曲,而第五曲为最深。盖其山自北而南者,至此而尽耸。全石为一峰,拔地千尺。上小平处,微戴土生林木,极苍翠可玩。而四隙稍下,则反削而入如方屋帽者,旧经所谓大隐屏也……直屏下两麓相抱之中,西南向为屋三间者,仁智堂也。堂左右两室,左曰隐求,以待栖息。朱氏《隐求室》诗曰:"晨窗林影开,夜枕山泉响。隐去复何求,无言道心长。"丘氏诗曰:"抱□(膝)小窗深,读书空谷响。一笑有会心,纷纷自□长。"项氏诗曰:"种桑不疗寒,蓻粟长苦饥。饥寒□□(亦时)有,但使愿无违。"袁氏诗曰:"本是山中人,归作山中友。岂同荷蓧老,永结躬耕耦。浮云一出岫,肤寸弥九有。此志未可量,见之千载后。"刘平父诗曰:"宁怀栖遁情,闲袖经纶手。风云倘未期,猿鹤且为友。"万氏诗曰:"平生区中缘,中岁从黄绮。出处本无心,谁云今隐几?"黄子厚诗曰:"隐侧混樵牧,坚高存圣功。怀哉得所尚,一瓢从屡空。"〔《朱文公文集》卷九,他人和诗系本集编者辑〕

韩氏《次棹歌韵》:"宛宛溪流叠九湾,山猿时下鸟关关。钓矶茶灶山中乐,大隐屏边日月闲。"〔同上〕

淮南小山作《招隐》,极道山中穷苦之状,以风切遁世之士使无遐心,其旨深矣。其后左太冲、陆士衡相继有作,虽极清丽,顾乃自为隐遁之辞,遂与本题不合。故王康琚作诗以反之,虽正左陆之误,而所述乃老氏之言,又非小山本意也。十月十六日夜坐,许生("生"作"进之")挟琴过予书堂,夜久月明,风露凄冷,生挥弦度曲,声甚悲壮。既乃更为《招隐》之操,而曰:"谷城老人尝欲为予依永作辞而未就也。"予感其言,因为推本小山遗意,戏作一阕,〔又为一阕〕以反之,口授许生,写呈谷城老者〔及〕诸名胜,请共赋之,以备山中异时故事云:"南山之幽,桂树之稠,枝相樛,高拂千崖素秋。下临深谷之寒流。王孙何处,扳援久淹留!闻说山中,虎豹昼嗥;闻说山中,熊罴夜咆。丛薄深林鹿呦呦。猕猴与君居,山鬼伴君游。君独胡为自聊。音留。岁云暮矣将焉求。思君不见,我心徒离忧。""南山之中,桂树秋风,云冥濛。下有寒栖老翁。木食涧饮迷春冬。此间此乐,优游眇何穷?我爱〔阳〕林,春葩昼红;我爱阴崖,寒泉夜淙。竹柏含烟怕(悄)青葱。徐行发《商歌》(清商),安坐抚孤(枯)桐。不问箪(箪)瓢屡空,但把(抱)明月甘长终。人间虽乐,此心谁与同!"右《隐》(按:以上见《朱文公集》卷一,第一首作"招隐",第二首作"反招隐",文集无下二首)"南山之阿,桂树婆娑,云嵯峨。下荫连蜷旧柯。秋思渺渺秋风多。王孙不见,扳援时寤歌。岑寂空山,良宵月华。诘曲前溪,春流迅波,秀木盘纡杂青莎。猿猱慕熊罴,麋鹿友麠。荒忽淹留奈何,思君使我长咨嗟。人间岁月,惊心易蹉跎。""幽居中林,散发披襟,山钦崟,慰此栖迟素心。绿绮一曲传清音。超然忘世,谁能共浮沉。远汲寒溪,烟雨昼阴;独宿空斋,哀猿夜吟。竹柏摇风更萧森。春兰得芳纫,秋菊伴孤鬓。此意宁论古今。劝君与我同投簪。倘徉归去,歌谷云深。"
右《反招隐》

恬退门

《蔡宽夫诗话》云:乖崖少喜任侠,学击剑,尤乐闻神仙事。为举子时,尝从陈希夷欲分华山一半。希夷以纸笔蜀笺赠之。公笑曰:"吾知先生之旨矣,殆欲驱我入闹处乎?"然性极清介,居无妾媵,不事服玩。朝衣之外,燕处惟纱帽皂绦,一黄土布裘而已。至今人传其画象,皆作此饰。始及第时,尝以诗寄傅霖逸人云:"前年失脚下鱼矶,苦恋明时不忍归。为报巢由莫相笑,此心非是爱轻肥。"李顺之乱,乖崖帅蜀,有诗寄陈希夷云:"性愚不肯住山林,刚要清流拟致君。今日星驰剑南去,回头惭愧华山云。"皆〔见〕真(其)素志也。〔《渔隐丛话后集》卷一九〕

《复斋漫录》云:唐人诗:"有意效承平,无功答圣(盛)明。灰心缘忍事,霜鬓为论兵。道直身还在(泰),恩深(思屯)命转轻。梅盐非拟议,葵藿是平生。白日长垂照,青蝇谩发声。嵩阳旧田宅(地),终使谢(拟自)归耕。"中书后堂□(北)轩西壁有题灰心霜鬓之句者,验其笔迹,旧相李公迪之书也。李入相时,边兵未动,意在忍事之语。元献《中书即事》诗叙其事云:"惨惨高槐落,凄凄馀菊寒。粉墙多记墨,聊为拂尘看。"正为此也。苕溪渔隐曰:"《蔡宽夫诗话》以'灰心缘忍事,霜鬓为论兵'之句是裴晋公作,李文定尝亲书于中书壁间。"〔同上卷二〇〕

《蔡宽夫诗话》云:"正献公以清德直道闻天下,而风姿尤奇古。年近七十,发鬓皤然无一茎黑者。居相位未几,以岁旦请老,一章得谢,退居睢阳。欧阳文忠公未显时,正献推荐特厚。及文忠为留守,日与公酬唱,文公(忠)有答公见赠,末章云:'报国如乖愿,归耕宁买田。期无辱知己,肯逐利名迁?'熙宁初,文忠致政归汝阴,时正献捐馆已十有五年矣。文忠复用前诗题其祠堂云:'门生今白首,墓木已苍烟。报国如乖愿,归耕宁买田。此言今始践,知不愧黄泉。'"苕溪渔隐曰:"《昭陵诸臣传》云,庆历四年〔正献〕拜中书门下平章事。每内降与恩泽者,积数十而面纳上前。上尝谓谏官欧阳修曰:'外人知衍封还内降。吾居禁中,有求恩〔泽〕者,每以衍不可告之而止者,多于所封还也。'由是,侥幸〔者〕不悦,出知兖州。明年正旦上表曰:'臣年七十,愿还上印绶。'乃以太子少师致仕。议者谓故相一上章得请,以三少致仕,皆非故事。盖宰相贾昌朝疾之〔也〕。蔡宽夫云正献居相位未几,以岁旦请老,不言〔出〕镇东鲁,盖阙文也。"〔同上卷二一〕

《迂叟诗话》云:王太尉旦从车驾过陕,魏野贻诗曰:"昔时宰相年年替,君在中书十一(二)秋。西祀东封俱已了,如今好伴赤松游。"王袖其诗以呈上,累表请退,上不许。苕溪渔隐曰:"余按《三朝正史》云,旦登柄用十八年,为相仅一纪。素羸多疾,又以名位太重,忧畏不自安。连岁拜章求解。上素重其德望,闻其引退,甚不乐,优诏褒答,继以面谕。旦一日独对滋福殿,令左右扶掖而升,复求逊位。上睹其瘦瘁,悯然许之。则

《迂叟诗话》以为上不许,盖误矣。其《蔡宽夫诗话》云遂得谢,此言良是。"〔同上卷二〇〕

《刘(蔡)宽夫诗话》云:莱公自永兴被召,魏野以诗送之曰:"好去上天辞富贵,却来平地作神仙。"王文正从东封回,野亦寄以绝句云:"西祀东封今已了,好来相伴赤松游。"文正袖此诗求退,遂得谢。莱公晚岁南迁,世多言不能如文正用野言,盖志士仁人亦各有志。观莱公末年所为,岂愧文正也哉!山人处士,其言〔不得〕不如此,或用或不用,各系其人。要之,不溺于富贵以(与)贪得则一也。野有子,亦〔有〕父风。宋景文尝赠以诗云:"姓名高士传,父子少微星。"〔同上〕

百家诗话总龟后集卷之二十

警句门

　　唐卢纶与吉中孚、韩翃、钱起、司空曙、苗发、崔峒、耿沣、夏侯审、李端皆能诗,齐名,号大历十才子。宪宗尤爱纶文,至诏张仲素〔访〕其遗稿。故纶集中往往有赠诸人诗,所谓"旧箓藏云穴,新诗满帝乡"者,送中孚之诗也。"引水忽惊冰满涧,向田空见石和云"者,寄沣、端之诗也。"拥褐觉霜下,抱琴闻雁来"者,同沣宿旅舍之诗也。"风倾竹上雪,山对酒边人"者,题苗发竹间亭诗也。"桂树曾同折,龙门几共登"者,寄端、峒、曙、沣之诗也。司空曙亦有送中孚诗云:"听猿看楚岫,随雁到吴州。"耿沣寄曙云:"老医迷旧疾,朽药误新方。"李端寄纶云:"熊寒方入树,鱼乐稍离渊。"钱起答苗发《龙池》诗云:"暂别迎车雉,还随护法龙。"又赠夏侯审云:"诗成流水上,梦尽落花间。"诸人更唱迭和,莫非佳句。盖草木臭味既同,则金兰契分弥笃尔。史载郭暖(暧)进官,大集名士,李端赋诗最工,钱起曰:"素为尔,请以起姓别赋。"端立献一章,又工于前。起之妒贤徒增愧,而端之捷思为可服也。《丹阳集》〔《韵语阳秋》卷四〕

　　钱起与郎士元齐名,时人语曰:"前有沈宋,后有钱郎。"然郎岂敢望钱哉！起《中书遇雨》诗云："云衔七曜起,雨拂九门来。"《宴李监宅》云："晚钟过竹静,醉客出花迟。"《罢官后》云："秋堂入闲夜,云月思离居。"《对雨》云："生事萍无定,愁心云不开。"亦可谓奇句矣。士元诗岂有如此句乎？《赠孟少府新除江南尉》云："客路寻常随竹影,人家大抵旁山岚。"《题王季友半日村别业》云："长溪南路当群岫,半景东邻照数家。"此何等语？余读其诗尽帙,未见有可喜处。以是知不及起远甚。同上〔同上〕

"山阴野雪兴难来（乘）","佳辰强饮食犹寒",皆斡旋其语使就音律。近集（律）有"天上娇（骄）云未肯同","十年江海别尝轻","花下壶卢鸟劝提","与君盖亦不须倾",皆此法也。《黄常明》〔《砻溪诗话》卷三〕

《宾客集》："添炉捣鸡舌,洒水净龙须。"骆宾王："桃花嘶别路,竹叶泻离尊。"此体甚众。惟柳子厚《从〔崔〕中丞过卢少府郊居》一联最工,云："蒔药闲庭延国老,开尊虚室值贤人。"只似称坐客而有两意,盖甘草〔为〕国老、浊酒〔为〕贤人故也。梦得又有"药炉烧姹女,酒瓮贮贤人",近于汤燖右军矣。余尝为《郊行》诗云："江干食息呼扶老,木末扳缘讶宛童。"乃《古今注》秃鹙一名扶老,《尔雅》女萝（萝）谓之宛童也。又题一士人所居云："但遣一枝居巧妇,不殊大厦贺佳宾。"盖用《尔雅注》:鹪鹩俗呼巧妇,《炙毂子》雀一名佳宾,言集人屋如宾客也。乐天曾用巧妇对慈姑。[一]谢玄晖善为诗,任彦升工于笔,又云任笔沈诗。刘孝绰称弟仪与成（威）云三笔六诗,故牧之云："杜诗韩笔愁来读,似倩麻姑痒处爬（搔）。"近人□（兼）用之,临川云："闲时（中）用意归诗笔,静外（定）安生（身）比太山。"坡云："水洗禅心都眼静,山供诗笔总眉愁。"同上〔同上〕

〔一〕以下明钞本另起段,《砻溪诗话》同。

唐朝人士以诗名者甚众，往往因一篇之善，一句之工，名公先达为之游谈延誉，遂至声闻四驰。"曲终人不见，江上数峰青。"钱起以是得名。"故国三千里，深宫二十年。"张祜以是得名。"微云淡河汉，疏雨滴梧桐。"孟浩然以是得名。"兵卫森画戟，宴寝凝清香。"韦应物以是得名。"野火烧不尽，东风吹又生。"白居易以是得名。"敲门风动竹，疑是故人来。"李益以是得名。"鸟宿池中木（边树），僧敲月下门。"贾岛以是得名。"画栋朝飞南浦云，珠帘暮卷西山雨。"王勃以是得名。"华裾织翠青如葱，入门下马气如虹。"李贺以是得名。然观各人诗集，平平处甚多。岂皆如此句哉！古人尝（所）谓尝鼎一脔，可以尽知其味，恐未必然尔。杜子美云："为人性僻耽佳句，语不惊人死不休。"则是凡子美胸中流出者无非惊人之语矣。读其集者，当知此言不妄。殆非前数公之可比伦也。《葛常之》〔《韵语阳秋》卷四〕

李义山任弘农尉，尝投诗谒告云："却羡卞和双刖足，一生无复没阶趋。"虽为乐春罪人，然用事出人意表，尤有馀味。英俊陆（屈）沉，强颜低意，趋跖诺虎，扼腕不平之气有甚于伤足者。非粗知直己不甘心于病畦下者，不能赏此语之工也。《韵语阳秋》〔《苕溪诗话》卷一〕

郧子稍学作小诗，尝赋《梅花》云："玉屑装龙脑，云衣覆麝脐。何堪夜来雪，香色雨（两）凄迷。"《留友人》诗云："良友间何阔，春事遽如许。劳君下鸥沙，一叶系春渚。昨梦堕前世，再见欣欲舞。聊呼花底杯，酒面点红雨。狂歌谢贯珠，〔清论杂挥麈。〕《骊驹》夫（未）可歌，妙句须君吐。"观此数语，似粗知诗家畦径。学之不已必佳，但恐其中堕尔。同上〔《韵语阳秋》卷三〕

陆士衡《文赋》云："立片言以居要，乃一篇之警策。"此要论也。文章无警策,则不足以传世,盖不能竦动世人。如老杜及唐人诸诗,无不如此。但晋宋间人专致力于此,故失于绮靡而无高古气味。老杜句(诗)云:"句(语)不惊人死不休。"所谓惊人句(语)即警策也。《吕氏童蒙训》〔《渔隐丛话前集》卷九〕

句法门

前人文章各自一种句法。如老杜"今君起柂春江流,予亦江边具小舟","同心不减骨〔肉〕亲,每语见许文章伯",如此之类,老杜句法也。东坡"秋水今几竿"之类,自〔是〕东坡句法。鲁直〔之〕"夏扇日在摇","行乐亦云聊",此鲁直句法也。学者若能遍考前作,自然度越流辈。同上〔同上卷八〕

渊明退之诗句法分明,卓然异众,惟鲁直为能深识之。学者若能识此等语,自然过人。阮嗣宗诗亦然。〔同上卷一八〕

徐师川云:"作诗回头一句最为难道。如山谷诗所谓'忽思钟陵江十里'之类是也。他人岂如此,尤见句法安壮。山谷平日诗多用此格。"〔本条出处未详〕

徐师川(三字作"《吕氏童蒙训》")云:"为诗文常患意不属。或只得一句,语意便尽,欲足成一章,又恶其不相称。〔师川云:但能知意不属则学可进矣。凡注意作诗文,或得一两句而止,〕若未〔有〕其次句,即不若且休,养锐以待新意。若尽力须要相属,譬如力不敌而苦战,一败之后,意气沮矣。"〔《渔隐丛话前集》卷三五〕

王荆公好集句,尝于东坡处见古砚,东坡令荆公集句。荆公云:"巧匠斫山骨。"只得一句,遂逡巡而去。山谷尝有句云:"麒麟卧葬功名骨。"终身不得好对。同上〔同上〕

《庄子》文多奇变,〔如〕技经肯綮之未尝,乃未尝技经肯綮也。诗句时有此法,如昌黎"一蛇两头见未曾","拘管计日月","欲进又不可","君欲强起时难〔更〕"。东坡云"追兹霜雪(此雪霜)未","兹谋待君必","聊亦记吾曾"。馀人罕敢用。《黄常明》〔《砦溪诗话》卷五〕

苦吟门

山泽之儒多癯,诗人尤甚。子美有"思君令人瘦",乐天云:"形容瘦薄诗情苦,岂是人间有相人?"又云:"貌将松共瘦,心与竹俱空。"李商隐:"瘦尽东阳姓沈人。"掉头捻髭之苦,岂有张颐丰颊者哉!沈昭略尝戏王约以肥而痴,答以瘦而狂。昭略喜曰:"瘦已胜肥,狂已(应)胜痴。"同上〔同上卷一〇〕

〔旧说〕贾岛诗如"鸟从井口出,人从(自)岳阳来",贯休"此夜一轮满,清光何处无",皆经年方得〔偶〕句,以见其词涩思苦。若非好事者夸辞,亦缪用其心也。同上〔卷三〕

《后山诗话》云:荆公诗:"力去陈言夸末俗,可怜无补费精神。"而公平生文体数变,莫年诗益工,用意盖(益)苦。故言不可不谨也。〔《渔隐丛话前集》卷三六〕

《蔡宽夫诗话》云:司空图善论前人诗,如谓"元白为力勍气孱,乃都会之豪估","郊岛非附于寒涩,无所置才",皆切中其病。及自评其作,乃以"南楼山最秀,北路邑偏清"为"假令作者复生,亦当以着题见许",此殆不可晓。当局者迷,固人情之通患。如乐天所谓"属(劚)石破山,先观镵迹;发矢中的,兼听弦声"。使不见其诗而闻此语,当以为如何哉!〔同上卷一九〕

《冷斋夜话》云:贾岛诗有影略句,韩退之喜之,其《渡桑乾》

诗曰:"客舍并州三十霜,归心日夜忆咸阳。而今更渡桑乾水,却望并州是故乡。"又《赴长江道中》诗曰:"策杖离山驿,逢人问梓州。长江那可到,行客替生愁。"〔同上〕

《隐居诗话》云:孟郊诗蹇涩穷僻,琢削不暇,〔真〕苦吟而成,观其句法,格力可见矣。其自谓"夜吟晓不休,苦吟鬼神愁。如何不自闲,心与身为仇!"而退之荐其诗云"荣华肖天秀,捷疾愈响报",何也?〔同上〕

苏子由云:唐人工于为诗而陋于闻道。孟郊尝有诗云:"食荠肠亦苦,强歌声无欢。出门即有碍,谁谓天地宽!"郊,耿介之士,虽天地之大,无以容其身,起居饮食,有戚戚之忧,是以卒穷以死。而李翱称之,以为郊诗"高处在古无上,平处犹下顾沈谢"。至韩退之亦谈不容口。甚矣,唐人之不闻道也!孔子称颜子"在陋巷,人不堪其忧,回也,不改其乐"。回虽穷困早死,而非其处身之非,可以言命,与郊异矣。〔同上〕

百家诗话总龟后集卷之二十一

留题门

　　澧（醴）阳道旁有甘泉寺，因莱公、丁谓曾留行记，从而题咏者甚众，碑牌满屋。孙讽有："平仲酌泉曾顿辔，谓之礼佛遂南行。高台下瞰炎荒路，转使高僧薄宠荣。"人独（皆）传道。余独恨其语无别。自古以直道见黜者多矣，岂皆贪宠荣者哉！又有人云："此泉不洗千年恨，留与行人戒覆车。"害理尤甚。莱公之事，亦例为覆车乎？因过之，偶为数韵，其间有云："已凭静止鉴忠精，更遣清泠洗谗喙。"盖指二公也。《碧溪》〔卷九〕

　　黄州麻城县界有万松亭，连日行清阴中，其馆亭亦可爱。适当关山路，往来留题无数。东坡伤来者不嗣其意，尝有诗云："十年栽种百年规，好德助（无）人无（助）我仪。"又云："为问几株能合抱，殷勤记取《角弓》诗。"中坏（间）尝彻碑（牌）〔刻〕，有士题云："旧韵无仪字，苍髯有恨声。"不（亦）可录。《碧溪》〔卷九〕

　　张祜喜游山而多苦吟，凡所历僧寺，往往题咏。如《题僧壁》云："客地多逢酒，僧房却厌（献）花。"《题万道人禅房》云："残阳过远水，落叶满疏钟。"《题金山寺》云："僧归夜船月，龙出晓堂云。树影中流见,钟声两岸闻。"《题孤山寺》云:"不雨山长润,无云水自阴。断桥荒藓涩,空院落花深。"如杭之灵隐天竺,苏之灵岩楞伽,常之惠山善权,润之甘露招隐,皆有佳作。李涉在岳阳,尝赠其诗曰:"岳阳西南湖上寺,水阁松房遍文字。新钉张生一首诗,自馀吟着皆无味。"信知僧房佛寺题其诗〔以〕标榜者多矣。《葛常之》〔《韵语阳秋》卷四〕

温公治第洛中,辟园曰独乐。其心忧乐,未始不在天下也。其自作记有云:"世有人肯同此乐,必再拜以献〔之〕矣。"东坡赋诗云:"儿童诵君实,走卒知司马。"盖名(言)其得人心也。又云:"抚掌笑先生,年来学(效)喑哑。"疑未尽命名之意。同上〔《苕溪诗话》卷一〕

沈约命王筠作《郊居十咏》书于壁,不加篇题,约云:"此诗指物程形,无假题署。"老杜《赠李潮八分歌》云:"吾甥李潮下笔亲。""开元以来数八分,潮也奄有二子成三人。〔况潮小篆迫秦相。""巴东逢李潮","潮乎潮乎奈汝〕何?"退之《招杨之罘》:"之罘南山来,文字得我惊。""我令之罘归,失得柏与马。之罘别我去,计出柏马下。我自之罘归,入门思而悲。之罘别我去,能不思我为?""作诗招之罘,晨夕抱饥渴。"尝戏谓此二诗真不须题署也。《黄常明》〔同上卷五〕

子美诗:"诛茅初一亩,广地方连延。敢谋土木丽,自觉面势坚。经营上元初(始),断手宝应年。"(五六两句《苕溪诗话》在第二句下)又《题衡山县学堂》云:"筅头彗紫微,无复俎豆事。""乌乎已十年,儒服敝于地。""衡山虽小邑,首倡恢大义。""讲堂非曩造,大屋加涂塈。下可容百人,墙隅亦深邃。""林木在庭户,密干叠青翠。有井朱夏时,辘轳冻阶甃。""采诗倦跋涉,载笔尚可记。"岂不是《草堂县学纪(记)》?〔同上卷四〕

李翱、皇甫湜集中皆无诗,世传翱有"县君好砖渠"一诗并《传灯录》载《答药山》一偈。湜只有《浯溪留题》一篇而已。〔《韵语阳秋》卷三〕

《许彦周诗话》云:牧之《题桃花夫人庙》诗:"细腰宫里露桃新,脉脉无言度几春。至竟息亡缘底事,可怜金谷坠楼人。"仆尝谓此诗为二十八字史论。〔《渔隐丛话后集》卷一五〕

苕溪渔隐曰:牧之于题咏好异于人。如《赤壁》云:"东风不与周郎便,铜雀春深锁二乔。"《题商山四皓庙》云:"南军不袒左边袖,四老安刘是灭刘。"皆反说其事。至《题乌江亭》则好异而畔于理,诗云:"胜败兵家事不(不可)期,包羞忍耻是男儿。江东子弟多才俊,卷土重来未可知。"项氏以八千人渡江,败亡之馀,无一还者,其失人心为甚,谁肯复附之?其不能卷土重来,决矣。〔同上〕

《许彦周诗话》云:牧之作赤壁诗:"折戟沉沙铁未消,自将磨洗验前朝。东风不与周郎便,铜雀春深锁二乔。"意谓赤壁不能纵火,即为曹公夺二乔置之铜雀台上也。孙氏霸业,系此一战。社稷存亡、生灵涂炭都不问,只恐没(捉)了二乔,可见措大不识好恶。〔同上〕

《南唐书》云:韩熙载自江南奉使中原,为《感怀诗》题于馆壁云:"仆本江北人,今作江南客。再去江北游,举目无相识。秋风吹我寒,秋月为谁白?不如归去来,江南有人忆。"苕溪渔隐曰:"余家有韩熙载《家宴图》,图中题此诗后四句,尝以问相识间,云是古乐府。今观此书,方知其误也。"〔同上卷一八〕

苕溪渔隐曰:《题吴江三贤堂内陆龟蒙》诗云:"千首文章二顷田,囊〔中〕未有一钱看。却因养得能言鸭,惊破王孙金弹丸。"《谈苑》云:陆龟蒙居笠泽,有内养自长安使杭州,舟出舍下,弹[其一]绿头鸭。龟蒙遽从舍出,大呼曰:"此绿头(鸭)有异,善人言。口(适)将献天子,今持此死鸭以诣官。"内养少长宫禁,信然,厚以金帛遗之。因徐问龟蒙曰:"此鸭何言?"龟蒙曰:"常自呼其名。"《游道场山何山》诗云:"白水田头问行路,小溪深处是何山。高人读书夜达旦,至今山鹤鸣夜半。"汪彦章《何山何氏书堂记》云:寺有何氏书堂,图记相承以何氏为晋何楷。楷尝读书此山,后为吴兴太守,以其居为寺而名其山。〔同上卷二七〕

寄赠门

子美诗(寄李员外云):"远行无自〔苦〕,内热比何如?"寄旻(上人)云:"旧来好事今能否?老去新诗谁与传?"岑参云:"乔生作尉别来久,因君为问平生否?魏君校理复何如?前月人来不得书。""夫子素多疾,别来未得书。北庭苦寒地,体内今寒(何)如?"乐天《寄梦得》云:"病后能吟否?秋来曾醉无?"退之《赠崔立之》云:"长女当人(及)事,谁助出帨缡?诸男皆秀爽,几能守家规?"亦皆书一通也。〔《碧溪诗话》卷四〕

张均、张垍兄弟承袭父宠,致位严近,皆自负文材,凯觎端揆。明皇欲相均而抑于李林甫,欲相垍而夺于杨国忠。自此各怀觖望。安禄山盗国,垍相禄山,而均亦受伪命。肃宗反正,兄弟各论死。非房琯力救,岂能免乎?老杜赠均诗云:"通籍逾青琐,亨衢照紫泥。灵虬传夕箭,归马散霜蹄。"言均为中书舍人刑部尚书时也。赠垍诗云:"翰林逼华盖,鲸力破沧溟。天上张公子,宫中汉客星。"言垍尚宁亲公主禁中置宅时也。二人恩宠煊赫如是,则报国当如何?而乃戮乱天理,下比逆贼,反噬其主,

夫岂人类也哉？《黄常明》〔《韵语阳秋》卷七〕

杜甫累不第，天宝十三载，明皇朝献太清宫，飨庙及郊，甫奏赋三篇，帝奇之，使待制集贤院，命宰相试文章。故有《赠集贤崔于二学士》诗云："昭代将垂白，途穷乃叫阍。气冲新（星）象表，词感帝王尊。天老书题目，春官验讨论。倚风遗鹝（鹆）路，随水到龙门。"旧注：陈希烈韦见素为宰相，而崔国辅于休烈者皆集贤院学士也。故末句云："谬称三赋在，难述二公恩。"可谓不忘于藻鉴之重者矣。按唐史，是岁陈希烈为相，至八月见素代之。而《甫集》有上见素诗云："持衡留藻鉴，听履上星辰。"则甫之文乃（章）为见素所赏，非希烈也。同上〔同上卷五〕

牧之《赠阿宜》："一日读十纸，一月读十箱。"古人读书以纸计。范云就袁叔明读《毛诗》，日诵九纸。又袁俊家贫无书，每从人假借，必皆钞写，自课日五十纸为计。《碧溪》〔卷六〕

故事门

余尝论李广以私憾杀灞陵尉，□（其）褊忮险刻，决非长者。所以不侯，非直杀降之谴也。因观坡云："明年定起故将军，未肯先诛灞陵尉。"恐亦寓此意。〔《碧溪诗话》卷八〕

史传袭称兄弟为友于，故渊明诗云："再喜见友于。"子美云："友于皆挺拔。"又："山鸟山花吾友于。"《南史》：到荩从武帝登北顾楼赋诗，荩受诏便就，上以示其祖溉云："荩定是才子，番恐卿从来文章假手于荩。"后每和御诗，上辄手诏戏溉曰："得无贻厥之力乎？"退之《玉川诗》云："谁谓贻厥无基址。"二事正可对也。《碧溪》〔卷八〕

坡云："宾鸿社燕巧相违。"《月令》来宾事，常疑人未曾用

〔及〕,及观梦得《秋江晚泊》云:"莫霞千万状,宾鸿次第飞。"顾况云:"安得凌风翰,肃肃宾天京?"杜"别浦雁宾秋"。同上〔同上〕

东坡《游金山》诗云:"江山如此不归山,江山(神)见怪惊我顽。我谢江神岂得已,有田不归如江水。"盖与江神指水为盟耳。句中不言盟誓者,乃用子犯事,指〔水〕则誓在其中,不必诅神血口然后谓之盟也。《送程六表弟》云:"浮江溯蜀有成言,江水在此吾不食。"〔亦此意也。〕《黄常明》〔同上〕

老杜:"复见(道)诸山得银瓮。"〔旧〕注引《礼记》山出器车注。盖《瑞应图》曰:王者宴不及醉,刑罚中人,不为非,则银瓮出。昌黎:"我有双饮盏,其银得朱提。"见《汉志》朱提银八两为一流,注:朱提属犍为,乃邑名也。《碧溪》〔卷四〕

乐天以长庆二年自中书舍人为杭州刺史。冬十月至治,时仍服绯。故《游恩德寺诗》序云:"俯视朱绂,仰睇白云,有愧于心。"及难(观)《自叹诗》云:"实事渐销虚事在,银鱼金带绕腰光。"《戊申咏怀》云:"紫泥丹笔皆经手,赤绂金章尽到身。"以今观之,金带不应用银鱼,而金章不应用赤绂,人皆以为疑,而不知唐制与今不同也。按唐制,紫为三品之服,绯为四品之服,浅绯为五品之服,各服金带。又制,衣紫者鱼袋以金饰,衣绯者鱼袋以银饰。乐天时为五品,浅绯金带佩银鱼宜矣。刘长卿有《袁郎中喜章服诗》云:"手诏来筵上,腰金向粉闱。勋名传旧阁,蹈舞着新衣。"郎中亦是五品,故其身章与乐天同。《葛常之》〔《韵语阳秋》卷五〕

书事门

近世作文者多以紫荷囊作侍从事用。如宋景文诗所谓"荣观耸麟族,赋笔助荷囊"之类,□(承)袭而用者非一,而不知其误也。按《晋书·舆服志》书(云)文武百官皆有囊绶,八座尚书则荷紫,以生紫为袷囊缀之服外,加于左肩。则所谓荷紫者非芰荷之荷,乃负荷之荷也。《南史》载周舍尝问刘杳(杳)曰:"着紫荷囊,相传云挈囊,竟何所出?"杳曰:"《张安世传》云:持橐〔簪〕笔事孝武帝数十年。注曰:橐,囊也。"盖人徒见《南史》有"着紫荷囊"四字,遂作一句读之,殊未知《晋书》紫荷(荷紫)之义也。《丹阳集》〔《韵语阳秋》卷六〕

王俭少年以宰为(相自)命,尝有诗云:"稷契康虞夏,伊吕翼商周。"又字其子曰玄成,取仍世作相之义。至其孙训亦作诗云:"旦奭康世巧(功),萧曹佐氓俗。"大率追俭之意而为之,后官亦至侍中。同上〔同上〕

杜云:"十暑岷山葛,三霜楚户砧。""九钻巴噀火,三蛰楚祠雷。"其书岁月也新矣。乐天云:"吴郡两回逢九月,越州四度见重阳。""去年八月十五夜,曲江池畔杏园边;今年八月十五夜,湓浦沙头水馆前。"又:"前年九月(日)俆杭郡,呼宾命宴虚白堂。去年九月(日)到东洛,今年九月(日)来吴乡。两边蓬鬓一时白,三处菊花同色黄。"其质直叙事,又自(是)一格。《黄常明》〔《碧溪诗话》卷三〕

岑参《送颜平原诗序》云:"十二年春,有诏补尚书郎十数公为郡守。上亲赋〔诗〕觞群公于蓬莱,仍赐以缯帛,宠饯加等,故参为长篇述其事。"安禄山乱,明皇曰:"河北二十四郡无一忠臣耶?"及闻平原固守,乃曰:"朕不识真卿何如人,所为若此!前吕(日)宴赏真文具耳。"退之云:"偶然题作木居士,便有无穷求福人。"可谓切中时病。凡世之趋附权势以图身利者,岂问其人贤否,果能为国为民哉?及其败也,相推入祸门而已。聋俗无知

谄祭非鬼,无异也。《碧溪》〔卷二〕

感事门

《三山〔老人〕语录》:《登慈恩寺塔》诗,讥天宝时事也。山者,人君之象,"秦山忽破碎",则人君失道矣,贤否自(不肖)混淆而清浊不分,故曰"泾渭不可求"。天下无纲纪文章而上都亦然,故曰:"俯视但一气,焉能辨皇州!"于是思古之圣君不可得,故曰:"回首叫虞舜,苍梧云正愁。"是时明皇方耽于淫乐而不已,故曰:"惜哉瑶池饮,日宴昆仑丘。"贤人君子多去朝廷,故曰:"黄鹄去不息,哀鸣何所投?"惟小人贪窃禄位者在朝,故曰:"君看随阳雁,各有稻粱谋。"同上〔《渔隐丛话前集》卷一二〕

《西清诗话》云:退之《宿龙宫滩》诗云:"浩浩复汤汤,滩声抑更扬。"黄鲁直曰:"退之才(裁)听水句尤见工。〔所〕谓浩浩汤汤抑更扬者,非谪客里夜卧饱闻〔此〕声,安能周旋妙处如此耶?"《渔隐丛话》〔同上卷一六〕

东坡云:《南涧中》诗:"秋气集南涧,独游亭午时。回风一萧瑟,林影久参差。始至若有得,稍深遂忘〔疲〕。羁禽响幽谷,寒藻舞沦漪。去国魂已远(游),怀人泪空垂。孤生易为感,失路少所宜。索寞竟(竟)何事,徘徊只自知。谁为后来者,当与此心期。"柳仪曹诗忧中有乐,乐中有忧。盖绝妙古今矣。然老杜云:"王侯与蝼蚁,同尽随丘墟。"仪曹何忧之深也。〔同上卷一九〕

《蔡宽夫诗话》云:子厚之贬,其忧悲憔悴之欲(叹)发于诗者,特为酸楚。悯己伤志,固君子所不免,然亦何至是,卒以愤死,未为达理也。乐天既遇(退)闲,放浪物外,若真能脱屣轩冕

127

者,然荣辱得失之际,铢铢校量而自矜其达,每诗未尝不着此意,是岂真能忘之者哉! 亦能(力)胜之耳。惟渊明则不然,观其《贫士责子》与其他所作,当忧则忧,遇喜则喜,忽然忧乐两忘,则随所遇而皆适,未尝有择于其间。所谓超世遗物者,要当如是而后可也。观三人之诗,以意逆志,人岂难定(见)。以是论贤不肖之实,亦何可欺乎?〔同上〕

《隐居诗话》云:乐天《题海图屏风》诗略曰:"或者不量力,谓兹鳌可求。赑屃牵不动,纶绝沉其钩。一鳌既顿颔,诸鳌齐掉头。喷风激飞廉,鼓波怒阳秋(侯)。遂使江汉水,朝宗意亦休。"吾读此诗,感刘蒉、李训、薛文通等事,为之太息。〔同上卷二一〕

老杜所以为人称慕者,不独文章为工,盖其语默所主,君臣之外,非父子兄弟即朋友黎庶也。尝观韦应物诗及兄弟者十之二三。《广陵觐兄》〔云〕:"牧(收)情且为欢,累日不知饥。"《冬至寄诸弟》云:"已怀时节感,更抱别离酸。"《元日寄诸弟》云:"日月昧远期,念君何〔时〕歇!"《社日寄》云:"遥思里中会,心绪怅(恨)微微。"《寒食》〔云〕:"联骑定何时,吾今颜已老。"又云:"把酒看花想诸弟,杜陵寒食早(草)青青。"《初秋寄》云:"高梧一叶下,空斋归思多。"《闻蝉寄诸弟》云:"缄书报是时,此心方耿耿。"《登郡楼寄诸季》云:〔"追兹闻雁夜,重忆别离秋。"《怀京师寄》云〕"上怀犬马恋,下有骨〔肉〕情。"余谓观此集者,虽谗阋交愈,当一变而怡怡也。《黄常明》〔《碧溪诗话》卷一〇〕

百家诗话总龟后集卷之二十二　辛集

用事门

　　临川："慷慨秋风起,悲歌不为鲈。"眉山："不须更说知几早,直为鲈鱼也自贤。"反复曲折,同归一意。亦如"把酒祝公公莫拒,《缁衣》心为好贤倾";"我欲折繻留此老,《缁衣》谁作好贤诗"。共用一事,而造语居然不同。《碧溪》〔卷六〕

　　临川"道德文章吾事落",《南华》"夫子盍行耶,无落吾事。"乃柳诗有"惆怅樵渔事,今还又落然。"恐亦用此。同上〔卷六〕

　　杜"心迹喜双清","茶瓜留客迟",似非用事。观灵运《斋中诗》云:"矧乃归山川,心迹双寂寞。"竟陵王子良礼才好士,爱(夏)月客至为设瓜饮甘果。二诗盖用此。至若《棕拂子》云:"哑肤倦扑灭,赖尔甘伏膺。"虽等闲题目,无〔一〕字无出处。同上〔卷六〕

　　《坡集》有全篇用事者,如贺人生子曰(自)"郁葱佳气夜充间,喜见徐卿第二雏",〔至〕"我亦从来识英物,试教啼看定何如",戏子野买妾自"锦里先生自笑狂,身长九尺鬟眉苍",〔至〕"平生谬作安昌客,略遣彭宣到后堂",句句用事,曷尝不流便

哉！同上〔卷一〇〕

尝观临川《咏枣》止数韵。"馀甘入邻家，尚得谗（馋）妇逐。""贽享古已然，《豳诗》自宜录。"用"女贽枣脩"，"八月剥枣"；"虽（谁）云食之昏"，用范晔"枣膏昏蒙〔蒙〕"；"愿比赤心投，皇明倘加（予）烛"，用萧琛"陛下投臣以赤心，臣敢不报以战栗"。以是知凡作者须饱材料。传称任昉用事过多，属辞不得流便。余谓昉诗所以不能倾沈约者，乃才有限，非用事（事多）之过。同上〔卷一〇〕

李商隐诗好积故实，如《喜雪》云："班扇慵裁素，曹衣讵比麻！鹅归逸少宅，鹤满令威家。"又："洛水妃虚妒，姑山女谩夸。联辞虽许谢，和曲本惭《巴》。"一篇中用事者十七八。同上〔卷一〇〕

梦得诗（诗字作"《送周使君》"）："只恐鸣驺催上道，不容待得晚菘尝。"乃周彦伦答文惠太子问山中菜食云："春初早韭，秋末晚菘。"此以两字用事者。《送熊判官》云："临轩弄郡章，得人方付此。"乃用汉高弄印倪宽（睨尧）事，此一字用事者。《黄常明》〔同上卷三〕

韦应物诗（诗字作"《赠李侍御》云"）："心同野鹤与尘远，诗似冰壶彻底清。"又《杂言送人》云："冰壶见底未为清，少年如玉有诗名。"此可为用事之法，盖不拘故常也。同上〔同上〕

〔介〕甫《宜春花（苑）》诗云："无复增修事，君王惜费金。"乃暗用汉文惜百金之产而罢（辍）露台事。同上〔卷五〕

沈庆之谓上曰："为国譬如治家，耕当问奴，织当问婢，陛下欲治（伐）国而与白面书生谋之，事何由济？"梦得《送李策》云："春风深（深春风）日静，争长幽鸟鸣。仆夫前致辞，门有白面生。"同上〔同上卷六〕

130

坡："蓝尾忽惊新火后，遨头要及浣花前。"注及(引)乐天"三杯蓝尾酒，一楪胶牙饧"。观《长庆集》此诗题云："七年元日对酒。"非钻火时事也。宋文景(景文)《守岁》云："且尽灯前蓝尾杯。"《碧溪》〔卷九〕

师旷(史赵)释绛县老人年数云"亥有二首六身"，盖离拆亥字点画而上下之，如算筹纵横然。则下其二首为二万，六身各一纵一横，为六千六百六十，正合其甲子之日数。传以明旷之博物（五字作"赵之明历"）。刘宾客《送人赴绛州》云："午桥群吏散，亥字老人迎。"义山《赠绛台老驿吏》云："过客不劳询甲子，惟书亥字与时人。"可谓善使事矣。亦如近诗《送人洪州》云："干斗气沉人(龙)已化，置刍人去榻犹悬。"《送人鄂州》云："黄鹤晨霞傍楼起，头陀青(秋)草绕碑荒。"《送人襄阳》云："四叶表闾唐尹氏，一门逃世汉庞公。"虽邻封密迹(迩)，不可移也。《碧溪》〔卷九〕

凡作诗有用事出处，有造语出处。如"五陵衣马自轻肥"，虽出《论语》，总合其语乃潘岳"裘马悉轻肥"。"柳絮才高不道盐"，虽谢女事，乃借张融以《海赋》示人，人评其赋"但不道盐耳"。"红袖泣前鱼"，本《战国策》〔事〕，〔其语〕乃陆韩卿《中山王孺子妾歌》"安陵泣前鱼"。坡作《太白画像》诗云："大儿汾阳中令君，小儿天台坐忘身(真)。"其事乃用白交汾阳于伍行(行伍)中，竟脱白于祸；天台司马紫(子)微谓白有仙风道骨，可与神游八极之表。所造之语乃《祢衡传》云："大儿孔文举，小儿杨德祖。"同上〔同上〕

坡游武昌，见农夫皆骑秧马，较之伛偻而作者劳佚相绝。尝作《秧马歌》叙述甚详。唐子西至罗浮始识此器，作诗云："拟向明时受一廛，着鞭常恐老农先。行藏已问吾家举，从此驰名四十

年。"亦巧于用事。《黄常明》〔同上卷一〇〕

坡和〔刁景纯暨〕柳子玉〔暨景纯〕冈字韵诗,至七篇云:"屡把铅刀齿步光,更遭华衮照尨凉。"乃用子建《七启》云:"步光之剑,华藻繁缛。"《左传》"尨凉冬杀"。虽第一韵众人所更易,而七篇未尝改,又贯穿精绝如此。《黄常明》〔同上卷九〕

东坡在儋耳时,余三从兄延(讳)讳(延)之,自江阴担簦万里,绝海往见,留一月。坡尝诲以作文之法曰:"儋州虽数百家之聚,州人之所须,取之市而足。然不可徒得也,必有一物以摄之然后为己用,所谓一物者,钱是也。作文亦然。天下之事散在经子史中,不可徒使,必得一物以摄之,然后为己用。所为(谓)一物者,意是也。不得钱不可以取物,不得意不可以用事,此作文之要也。"吾兄拜其言而书诸绅。尝以亲制龟冠为献,坡受之,而赠以诗云:"南海神龟三千岁,兆叶朋从生庆(爱)喜。智能周物不周身,未免人钻七十二。谁能用尔作小冠,峚嵝耳孙创其制。今君此去宁复来,欲慰相思时整视。"今集中无此诗,余尝见其亲笔。后坡归宜兴,道由无锡洛社,尝至孙仲益家。时仲益年在髫龀。坡曰:"孺子习何艺?"孙曰:"学对属。"坡曰:"试对看。"徐曰:"衡门稚子璠玙器。"孙应声云:"翰苑仙人锦绣肠。"坡抚其背曰:"真璠玙器也,异日不凡。"二事皆吾乡人士所知,辄记于此。《韵语阳秋》〔卷三〕

"谒帝似冯唐","垂白冯唐虽晚达","冯唐毛发白","长卿多病久","我多长卿句(病)""病渴污官位",杜以其为郎故用之。若他人老与病〔者〕,恐不可概使。同上〔《苕溪诗话》卷四〕

用〔自〕己诗为故事,须作诗多者乃有之。太白云:"《沧浪》吾有曲,相子棹歌声。"乐天:"须知菊酒登高会,从此多无二十场。"《明年》云:"去秋共数登高会,又被今年减一场。"《过概

（栗）里》云："昔尝咏遗风，著为十六篇。"盖居渭上酝熟独饮，曾效渊明体为十六篇。《又赠微之》云："昔我十年前，曾与君相识。曾将秋竹竿，比君孤且直。"盖旧诗云"有〔节〕秋〔竹〕竿"也。坡赴黄州过春风岭有两绝句。后诗云："去年今日关山路，细雨梅花正断魂。"〔至海外又云："春风岭下淮南村，昔年梅花曾断魂。"〕又云："柯丘海棠吾有诗，独笑山林谁敢侮！"又《有（画）竹》云："吾诗固云尔，可使食无肉。"同上〔同上〕

唐谚云："槐花黄，举子忙。"东坡有"强随举子踏槐花"，"槐花还似昔年忙"，谷云"槐催举子踏花黄"是也。〔同上〕

世传五月十三日为竹迷日，凡种〔竹〕多以五月。杜云："东林竹野（影）薄，腊月更须栽。"则唐人植竹用季冬月也。又云："平生憩息地，必种数竿竹。"尝欲辟小轩以必种名（目）之。前辈戏语以郊外呵喝、月下烛龙皆谓之杀风景。介甫《戏示颖叔》云："但怪传呼杀风景，岂知禅客夜相投。"盖用此也。同上〔同上〕

老杜"途穷反遭俗眼白"，本用阮籍事，意〔谓〕我辈本宜以白眼视俗人，至小人得志，疾视君子，是反遭其白眼（眼白），故倒用之，亦如"水清反多鱼"，乃倒用"水至清则无鱼"也。梦得"酾我莫忧狂，老来无逸气"，乃倒用黄（盖）次翁"无多酾我"。"寄谢嵇中散，予无甚不堪。"倒用《绝交论》。坡云："后生可畏吾衰矣，刀笔从来错料尧。"周昌以赵尧刀笔吏，后果无能为，所料信不错，而云"错料尧"，亦以涉讥谤倒用尔。又有"穷鬼却相（须）呼"，"乃知饭后钟，阇黎盖具眼"，"他年《五君咏》，山王一时数"，皆倒用也。《峚溪》〔卷四〕

坡云："通家不隔同年面，得路方知异日心。"乃唐人责同年不赴期集，辞云："紫陌寻春，尚隔同年之面；青云得路，不（可）知异日之心。"任昉《别谢云（言）扬》诗云："讵念耋嗟人，方深老夫托。"《报刘孝绰》云："讵慰鳌嗟人,徒深老夫托。"略改一两字,岂以会意处欲常用之耶？临川有"莫林摇落献南山"。又云："大(木)落冈峦因自献。"如云："名誉子真矜谷口,事功新息困壶头。"又："未爱京师传谷口,但知乡里胜壶头。"昔人行事措意默与己合,则喜用之。马少游欲乘下泽,御款段,不去乡里；虽自谋独善,亦可为贪躁之戒。伏波"在浪泊(泊),下潦上雾,仰视飞鸢跕跕堕水中,卧念少游平生时语,以为何可复得"。故坡云："何须更待飞鸢堕,方念平生马少游！"又："大夫行役家〔人〕怨,应念乡居(归乡)马少游。""雪堂唯(亦)有思归曲,为念平生马少游。"以其可喜,不直押韵也。《碧溪》〔卷四〕

律诗有一对通用一事者："更寻嘉树传,莫忘《角弓》诗。"乃《左传》韩宣子聘鲁,尝赋《角弓》及誉嘉树,鲁人请封殖此树以无忘《角弓》。介甫："久谙郭璞言多验,老比颜含意更疏。"乃景纯欲为颜含筮,含曰："年在天,位在人。修己而天不与,命也；守道不回,性也。人自有性命,无劳蓍龟。"同上〔卷四〕

古人作诗有用经传全句,《选》诗："小人计其功,君子道其常。"乐天："疾恶如巷伯,好贤如《缁衣》。"乃两句浑用之。杜(韩)云："无妄之忧勿药喜"；〔杜〕"谁谓荼苦甘如荠","富贵于我如浮云。"近人亦多用史语,坡云："人言卢杞似奸邪,我见郑公但妩媚。"尝观《南史》载王宜兴云"为劫不须伴",甚似一侧韵五言,但无题目耳。同上〔卷四〕

昔人用五马事,多因游邀动出处方用之。如老杜赋《王阆州饯萧遂州》云："二天开宠饯,五马烂生光。"其宾主出(去)住分矣。又《送李梓州》"五马何时到",《赠严武》"五马旧曾谙小径",《送贾阁老出汝州》"人生五马贵"。太白云："五马莫留连。"岑参云："门外不须催五马。"戎昱"五马几时朝魏阙",子厚

"五马助征骈",乐天"五马无由入酒家",东坡"鼓吹未容迎五马",介甫"尚得史(使)君驱五马"。近人于太守安居闭(闲)阁例称五马,此理恐未安也。《丹阳集》〔《碧溪诗话》卷二〕

百家诗话总龟后集卷之二十三

纪实门

唐文皇聚一时名流天策（二字作"册"）府，始有十八学士之号。后来凡居馆殿者皆称之。国朝以来，任（仕）于外非两制，则虽帅守监司止呼寄禄官。惟通判多从馆中带职出补，如蔡君谟湖州、欧阳文忠公滑州、王荆公舒州、东坡先生杭州，如此之类甚多。刘贡父赴泰倅诗云："壁门金阙倚天开，五见宫花落早梅。明日扁舟沧海去，却寻云气望蓬莱。"盖在道山五载，然后得之。学士之称施于外者，县（由）通判而然。今外庭过呼，大可笑也。《挥麈录》〔前录卷三〕

老杜《送殿中杨监赴蜀见相公》云："豪俊贵勋业，邦家频出师。相公镇梁益，军事无孑遗。"以是知边鄙之臣，贪功生事，结祸招衅，皆有以致之。一得忠臣处之，生灵受赐矣。《黄常明》〔《碧溪诗话》卷五〕

《文选》载王粲《公宴诗》，注云：此侍曹操宴也。操未为天子，故云公宴耳。操以建安十八年春受魏公九锡之命，公知众情未顺，终其身不敢称尊，而粲诗已有"愿我贤主人，与天享巍巍"之语，则粲岂复有心于汉耶？粲尝说刘表之子琮曰："曹公，人

杰也,将军卷甲倒戈以归曹公,长享福祚,万全之策也。"厥后操以粲为军谋祭酒,则以腹心委之矣。《韵语阳秋》〔卷八〕

或云韦应物乃韦后之族,凭恃恩私,作里中横。故《韦集》载《逢杨开府》诗云:"少事武皇帝,无赖恃恩私。身作里中横,家藏亡命儿。武皇升仙去,把笔学题诗。两府始收迹,南宫谬见推。"夫武皇平内乱,杀韦后,不应后之族敢于武皇之时豪横若此,正恐非私后族尔。李肇《国史补》言应物性高洁,鲜食寡欲,所居焚香扫地而坐。与《杨开府诗》所述不同,岂非武皇仙去之后折节悔过之时耶!〔同上卷四〕

曾文清吉父,孔毅父之甥也,早从学于毅父。文清以荫入仕。大观初以铨试合格五百人为魁,用故事赐进士出身。绍兴中,明清以启赞见云:"传经外氏,早侍仲尼之闲居;提笔文场,曾宠平津之为首。"文清读之喜曰:"可谓着题矣。"后与明清诗云:"吾宗择婿得羲之,令子传家又绝奇。甥舅从来多酷似,弟兄如此信难为。"徐敦立览之笑云:"此乃用前日之启为体修报耳。"同上〔《挥麈录·后录》卷一一〕

老杜卒于大历五年,享年五十九,当生于先天元年。观其《献大礼赋表》云:"臣生陛下淳朴之俗,行四十载矣。"以此推之,天宝十载始及四十,则是献《大礼赋》当在天宝九载也。本传以谓天宝十三载因献三赋,帝奇之,待制集贤院,误矣。其后又进《西岳赋》,序云"上既封太山之后三十年",按史开元十三年乙丑封太山,至天宝十三载始及三十年,则是进《西岳赋》在天宝十三载也。老杜有《赠献纳使田舍人》诗云:"舍人退食收封事,宫女开函近御筵。晓漏追随青琐闼,晴窗点检白云篇。"末句云:"杨雄更有《河东赋》,唯待吹嘘送上天。"其云"更有《河东赋》",当是献《西岳赋》时也。《丹阳集》〔《韵语阳秋》卷六〕

羊叔子镇襄阳，尝与从事邹湛登岘山，慨然有泯□（湮灭）无闻之叹，岘山亦因是以传，古今名贤赋咏多矣。吴兴东阳二郡亦有岘山。吴兴岘山去城三里，有李适之洼尊在焉。东坡守吴兴日，尝登此山，有诗云："苕水如汉水，鳞鳞鸭头青。吴兴胜襄阳，万瓦浮青冥。我非羊叔子，愧此岘山亭。悲伤意此（则）同，岁月如流星。湛辈何足道，当以德自铭。"东阳岘山去东阳县亦三里，旧名三丘山。宋殷仲文素有时望，自谓必登台辅。忽除东阳太守，意甚不乐。尝登此山，怅然流涕。郡人爱之，如襄阳之于叔子，因名岘山。二峰相峙，有东岘西岘。唐宝历中，县令于兴宗结亭其下，名曰涵碧。刘禹锡有诗云："新开潭洞疑仙府，远写丹青到雍州。"即其所也。《葛常之》〔同上卷五〕

张籍居韩门弟子之列，又以愈荐为国子博士，东坡所谓"汗流浔籍走且僵，灭没倒景不可望"者。而籍作愈祭诗乃云："公文为时师，我亦有微声。"而后之学者或号为韩张，何耶？《丹阳集》〔同上卷六〕

陈后主起临春、结绮、望仙三阁，极其华丽。后主与张丽华孔贵妃各居其一，与狎客赋诗，互相赠答，采其艳丽者，被以新声，奢淫极矣。隋克台城，后主与张孔坐视无计，遂俱入井，所谓胭脂井是也。杨修诗云："擒虎戈矛满六宫，春花无树不秋风。苍惶益见多情处，同穴甘心赴井中。"李白亦云："天子龙沉景阳井，谁歌《玉树后庭花》？"今胭脂井在金陵之法宝寺。井有石栏，红痕若胭脂。相传云后主与张孔泪痕所染。石栏上刻后主事迹，八分书，乃大历中张著文。又有篆书"戒哉戒哉"数字。其他题刻甚多，往往漫灭不可考，寺即景阳宫故地也，有井在焉。好事者往来不绝，寺僧频厌苦之。张芸叟尝有诗戏僧云："不及马嵬袜，犹能致万金。"〔同上卷五〕

马少游常哀兄援多大志，曰："士生一世，但取衣食裁足，乘下泽车，御款段马，乡里称善人，斯可矣。致求赢馀，但自苦尔。"故援在浪泊（泊）西里，当下潦上雾，云气熏蒸，仰视飞鸢跕跕在（堕）水中之时，辄思其言，以谓"念少游语何可得也！"洎武陵五溪蛮作乱，刘尚军没，而援贪进不止，方且据鞍矍铄，被甲请行，遂底壶头之困。刘梦得《经伏波神祠诗》有"一以功名累，翻思马少游"之句，可谓名言矣。壶头在武陵，当是梦得为司马时经历，故篇首言"蒙蒙篁竹下，有路上壶头。"《韵语阳秋》〔卷八〕

武帝见颜驷庞眉皓首，问："何时为郎？何其老也！"对曰："文帝好文，而臣好武；景帝好老，而臣尚幼（少）；陛下好少，而臣老矣。"老于为郎，此事尤著。切（窃）怪老杜屡伤为郎白首，每称冯唐而不（罕）及驷。〔愚谓驷〕生既不遇三君，身后复不遇老杜，可笑也已。《碧溪》〔卷四〕

子美世号诗史，观《北征》诗云："皇帝二载秋，闰八月初吉。"《送李校书》云："乾元元年春，万姓始安宅。"又戏友二诗："元年建巳月，郎有焦校书。""元年建巳月，官有王直司（司直）。"史笔森严，未易及也。《黄常明》〔《碧溪诗话》卷一〕

《〔张〕舍人遗织成褥段》云："服饰定尊卑，大哉万古程。煌煌珠宫物，寝处祸所婴。锦衣（鲸）卷还客，始觉心和平。"其意在明分守，警贪饕，屏斥玩物，严道气（义）之大节，岂直专为诗哉！就中和平之语，尤可人意。世有豪横凶人，强委馈于善士而不能骤绝之，其心愧耻，虽欲和平，不可得也。《碧溪》〔卷一〕

诸史〔列〕传首尾一律，惟左氏传《春秋》则不然，千变万状，有一人而称目至数次异者，族氏、名字、爵邑、谥号皆密布其中，而寓诸褒贬，此史家祖也。观少陵诗，宜（疑）隐〔寓〕此旨。若云"杜陵有布衣"，"杜曲幸有桑麻田"，"杜子将北征"，"臣甫愤所切","甫也东西南北人","有客有客字子美",盖自见其居里名字也。"不作河西尉","白头拾遗徒步归","备矣(员)均(窃)补衮","凡才污省郎",补官迁徙(陟),历历可考。至叙他人亦然,如云"粲粲元道州",又云"结也实国桢",凡例森然,诚《春秋》之法也。《碧溪》〔卷一〕

〔辰〕人以藤代篘,酒名钩藤,俗传他处即不可用。或谓但心(恐)酝造之法异耳,所在皆可。乐天《忠州春〔至〕》诗云:"闲拈旧叶题诗咏,闷取藤枝引酒尝。"是(则)巴蜀亦有之。《黄常明》〔同上卷八〕

百家诗话总龟后集卷之二十四

用字门

子美有"同学少年多不贱","小径升堂旧不斜","群仙不愁思","夕烽来不近",皆人所不敢用,甚类《周礼》"凡师不功",《左传》"仁而不武","晋人闻有楚师,师旷曰不害。""楚归而动不后。"才(本)以易无字尔,而语势顿壮。《黄常明》〔《碧溪诗话》卷七〕

杜诗有用一字凡数十处不易者,如"缘江路熟俯青郊","傲睨俯峭壁","展席俯长流","杖藜俯沙渚","此邦俯要冲","四顾俯层颠","旄头俯渊(涧)瀍","层台俯风渚","游目俯大江","汀槛俯鸳鸯",其馀一字屡用若此类〔甚〕多,不可(能)〔具〕述。同上〔同上〕

张文潜《法云怀无咎》云:"独觉欠此公。"或传其(某)生语文潜独(自)以欠字为得意。然梦得《送皇甫》云:"从兹洛阳社,吟咏欠书生。"乐天:"可怜闲气味,惟欠与君同。""得君更有无厌意,犹恨尊前欠老刘。"退之云:"今者诚自幸,所怀无一欠。"张何得意之有!同上〔同上卷三〕

贾岛携新文谒韩愈,云:"青竹未生翼,一步万里道。安得西北风,身愿变蓬草。"可见急于求师。愈赠诗云:"家住幽都远,未识气先感。来寻吾何能,无殊嗜昌歜。"可见谦于授业。此皆岛未儒服之时也。洎愈教岛为文,遂弃浮屠学,举进士。《摭言》载岛初赴名场,于驴上吟"鸟宿池中树,僧敲月下门"。遇权京尹韩吏部呵喝(呼唱)而不觉,洎拥至马前,则曰:"欲作敲字,又欲作推字。神游诗府,致冲大官。"愈曰:"作敲字佳矣。"是时岛识韩已久矣。使未相识,愈岂肯教其作敲字耶?《丹阳集》〖《韵语阳秋》卷三〗

凡聚落相近,期某旦集,交易哄然,其名为虚。柳云:"〔绿荷〕包饭乘虚人。"临川云:"花间人语趁朝虚。"山谷〔云:"笋〕叶裹盐同趁虚","〔趁虚〕人集春蔬好〔趁虚〕"。《黄常明》〖《碧溪诗话》卷五〗

数物以个,谓食为吃,甚近鄙俗。独杜屡用。"峡口惊猿闻一个","两个黄鹂鸣翠柳","却绕井边(栏)添个个"。《送李校书》云"临歧意颇切,对酒不能吃","楼头吃酒楼下卧","但使残年饱吃饭","梅熟许同朱老吃"。盖篇中大概奇特可以映带者也。坡云:"笔工效诸葛散笔(卓),反不如常笔,正如人学老杜诗,但见其粗俗耳。"同上〖同上卷七〗

"野饭射麋新",本名状郊居。然《左氏》楚人致晋师,晋人逐楚,乐伯馀一矢,麋射(射麋)以献。又晋师及荧泽,魏锜射麋以献楚潘党,曰:"子有军功(事),无乃不给于鲜?"皆饭于野而射〔麋〕新事也。又"市喧宜近利",亦止(指)称东屯所居。盖齐侯欲更晏子宅曰:"湫溢(隘)嚣尘。"晏子辞曰:"近市,小人之利也。"市(亦)喧而近利事。〔其〕馀惟(虽)一两字暗贯经传者,可胜数哉!同上〖同上〗

杜云:"南风作秋声,杀气薄炎炽。"盖用《易》"雷风相薄",

《左氏》"宁我薄人,无人薄我",《军志》"先人有夺人之心;薄之也"。同上〔同上〕

刘禹锡谪连州,作《畲田行》云:"何处好畲田,团团缦山腹。""下种暖灰中,乘阳拆芽蘖(蘖)。"又作《竹枝词》云:"银钏金钗来负水,长刀短笠去烧畲。"尝观辰沅亦然。瘠土之民,亦(宜)倍其劳,而耕反卤莽也。梦得《蛮子歌》云:"蛮貊(语)钩辀音,蛮衣〔斑〕烂布。熏狸掘沙鼠,时节祠盘瓠。忽逢乘马客,恍若惊麕顾。腰斧上高山,意行无旧路。"宾客谪居朗州,而五溪习俗,尽得之矣。《黄常明》〔同上〕

《杜集》多用经书语,如"车辚辚,马萧萧"未尝外入一字。如"天属尊《尧典》,神功协《禹谟》";"卿月升金掌,王春度玉墀";"济(霁)潭鳣泼泼(发发),春草鹿呦呦":皆浑然严重。如天陛赤墀,植璧鸣玉,法度森严(锵)。然后人不敢用者,岂所造语肤浅不类耶?同上〔同上〕

作诗在于练字,如老杜"飞星过水白,落月动沙虚",是练中间一字。"地拆江帆隐,天清木叶闻",是练末后一字。《酬李都督早春》诗云:"红入桃花嫩,青归柳叶新。"若非"入"与"归"二字,则与儿童之诗何异?《葛常之诗话》[一]

〔一〕今本《韵语阳秋》未见。

"霄汉瞻佳士,泥途任此身。"只任字即人不到处。自众人必曰叹曰愧,独无心任之,所谓视如浮云不易其介者也。继云:"秋天正摇落,回首大江滨。"不(大)知大(并)观,傲睨天地,汪汪万顷,奚足云哉!〔《砺溪诗话》卷一〕

坡有"白衣送酒舞渊明",人有疑舞字太过者。及观庾信《答王褒饷酒》云:"未能扶毕卓,尤足舞王戎。"盖有所本。《黄常明》〔同上卷八〕

杜子美《西郊》诗云"无人竞来往",或云"无人与来往",或云"无人觉来往","竞"、"与"皆常谈,"觉"字非子美不能道也。盖炀者避灶,有道者之所惊;舍者争席,隐居者之所贵也。《丹阳集》[一]

〔一〕今本《韵语阳秋》未见。

旧〔说〕贾浪仙抒思"僧敲月下门",或引推(手)作推势,遂冲尹节,世传为美谈。旧于太学得江御史诗一轴,有督人和诗云:"直饶锻炼(公补)经时序,若是推敲总可删。"以是知雷同〔相〕从,非善学也。《碧溪》〔卷四〕

旧观《临川集》"肯顾北山如慧约,与公西崦劚莓苔",尝爱其劚字最有力,后读《〔杜〕集》"当为劚青冥","药许邻人劚",退之"诗翁憔悴劚荒棘","窨豁劚株橛",子厚"戒徒劚云根",虽一字之法,不无所本。同上〔卷四〕

杜诗四韵并绝句,味之皆觉字多,以字字不闲故也。他人虽长篇若无可读,正如贤人君子并处朝廷,但一二相助,已号〔为〕得人。若不能为有无者,纵累个百辈蔑如也。〔同上〕

秦少游"雨砌堕危芳,风轩纳飞絮"之类,李公择以为谢家兄弟得意不能过也。〔《渔隐丛话前集》卷五〇〕

潘邠老云:"七言诗第五字要响,如'返照入江翻石壁,归云拥树失山村',翻字、失字是响字也。五言诗第三字要响,〔如〕'圆荷浮小叶,细麦落轻花',浮字、落字是响字也。所谓响者,致力处也。"予窃以为字字当活,活则字字自响。《吕氏童蒙训》〔同上卷一三〕

押韵门

《孔毅夫杂记》云:"退之诗好押狭韵累句以示工,而不知重叠用韵之为病也。《双鸟》诗押两韵（头）字，《李花》诗押两花字。"苕溪渔隐曰："《读皇甫湜公安园池诗》亦押两闲字：'日夜不得闲'，'君子不可闲'。盖退之好重叠用韵以尽己之诗意，不恤其为病也。"〔《渔隐丛话前集》卷一七〕

《学林新编》云：杜子美《饮中八仙歌》曰"知章骑马似乘船"，又曰"天子呼来不上船"；一曰"眼花落井水底眠"，又曰"长安市上酒家眠"；一曰"汝阳三斗始朝天"，又曰"举觞白眼望青天"；一曰"皎如玉树临风前"，又曰"苏晋长斋绣佛前"，又曰"脱帽露顶王公前"。此歌三十二句，而押二船字，二眠字，二天字，三前字。近时论诗者曰："此歌一首是八段，不嫌于重用韵也。"某案子美此歌，以《饮中八仙歌》五字为题，则是一歌也。此歌首尾于船字韵中押，未尝移别韵，则非分为八段。盖子美古律诗重用韵者亦多，况于歌乎！如《园人送瓜》诗曰："沉浮乱水王（玉），爱惜如芝草。"又曰："园人非故侯，种此何草草！"一篇押二草字也。《上后园山脚》诗曰："蓐收困用事，玄冥蔚强梁。"又曰："登高欲有往，荡析川无梁。"一篇押二梁字也。《北征》诗曰："维时过（遇）艰〔虞〕，朝野少暇日。"又曰："老夫情怀恶，呕泄卧数日。"一篇押二日字〔也〕。《夔府咏怀》诗曰："虽云隔礼〔数〕，不敢坠周旋。"又曰："淡交随聚散，泽国绕回旋。"一篇押二旋字也。《赠李八秘书》诗曰："事殊迎代邸，喜异赏朱虚。"又曰："风烟巫峡远，台榭楚宫虚。"一篇押二虚字也。赠李邕诗曰："放逐早联翩，低垂困炎厉。"又曰："哀赠终消（萧）条，恩波延揭厉。"一篇押二厉字也。《赠汝阳王》诗曰："自多亲棣萼，谁敢问山陵！"又曰："《鸿宝》全（今）宁秘，丹梯庶可陵。"一篇押二陵字也。《喜薛璩岑参迁官》诗曰："栖迟分半菽，浩荡逐浮萍。"又曰："仰思调玉烛，谁定握青萍？"一篇押二萍字也。《寄贾岳州严巴州两阁老》诗曰:"讨胡愁李广,奉使待张骞。"又曰:"如公尽雄隽,志必在腾骞。"一篇押二骞字也。子美诗如此类甚多。虽然,子美非创意为此者,盖有所本也。按《文选》载《古诗》曰:"《晨风》怀苦心,《蟋蟀》伤局促。"又曰:"音响一何悲,弦急知柱促。"一篇押二促字也。曹子建《美女篇》曰:"明珠交玉体,珊瑚间木难。"又曰:"佳人慕高义,求贤良独难。"一篇押二难字也。谢灵运《述祖德》诗曰:"段生蕃魏国,展季救鲁人。"又曰:"外物辞所赏,励志故绝人。"一篇押二人字也。又《南圃》诗曰:"樵隐俱在山,由来事不同。"又曰:"赏心不可忘,妙善冀能同。"一篇押二同字也。又《初去郡》诗曰:"或可优贪竞,岂足称达生。"又曰:"毕娶类尚子,薄游似邴生。"一篇押二生字也。陆士衡《拟古》诗曰:"此思亦何思,思君徽与音。"又曰:"惊飙褰反信,归云难寄音。"一篇押二音字。又《豫章行》曰:"泛舟清川渚,遥望江山阴。"又曰:"寄世将几何,日昃无停阴。"一篇押二阴字也。阮嗣宗《咏怀诗》曰:"何当行路子,磬折忘所归。"又曰:"黄鹄游四海,中路将安归!"一篇押二归字。江淹《杂体诗》曰:"韩公论(沦)卖药,梅生隐市门。"又曰:"太平多欢娱,飞盖东都门。"一篇押二门字。王仲宣《从军诗》曰:"连舫逾万艘,带甲千万人。"又曰:"我有素餐责,诚愧《伐檀》人。"一篇押二人字。古人诗自有体格,杜子美亦效古人之作耳。韩退之《赠张籍》诗一篇押二更字、二阳字。又《岳阳楼别窦司直》诗押二向字。又《李花》诗押二花字。又《双鸟》诗押二州字、二头字、二秋字、二休字。又《和卢郎中送盘谷子诗》押二行字。又《示爽》诗押二愁字。又《叉鱼》诗押二销字。《寄孟郊》诗押二奥字。《此日足可惜诗》押二光字。白乐天《渭村退居》诗押二房字。《梦游春》诗押二行字。《寄元微之》诗押二夷字。《出守杭州路次蓝溪》诗押二水字。《游悟真寺》诗押二槃字。其馀诗人如此叠用韵者甚多,不可具举,意到即押耳,奚独于《饮中八仙歌》而致怪耶?子瞻《送江公〔著〕》诗曰:"忽忆钓台归洗耳。"又曰:"亦念人生行乐耳。"自注曰:"二耳义不同,故得重用。"盖子瞻自不必注。〔同上〕

圣祖上自嫌名书(七字作"县字有平去二音")。如宫县之县者言(乐)架也。若州县之县,则别无他音。尝观颜延之《侍皇太子释奠宴诗》曰:"献终袭吉,郎宫广宴。堂设象筵,庭宿金县。"沈约《侍宴诗》曰:"回銮献爵,摐金委奠。肆士辨仪,胥人掌县。"二人押韵皆作州县之县用,何耶?沈佺期《哭苏眉州诗》云:"家爱(忧)方休杼,皇慈更彻县。"则当作平声押。《丹阳集》〔《韵语阳秋》卷六〕

《刘禹锡嘉话诗(录)》云:作诗押韵须要有出处,近欲押一饧字,六经中无此字,唯《周礼》吹箫处注有此一字,终不敢押。予按禹锡《历阳书事》诗云"湖鱼香胜肉,官酒重于饧。"则何尝按《六经》所出耶?《洛阳伽蓝记》载河东人刘白堕善酿酒,盛暑晒(曝)之日中,经旬不坏,当时谓之鹤觞。白堕乃人名。子瞻诗云:"独看红蕖倾白堕。"石林《避暑录》云:"若以白堕为酒,则醋浸曹公、汤烰右军可也。"予按《文选》魏武帝《短歌行》云:"何以解忧,惟有杜康。"康亦作酒人,而《选》诗遂以为酒用,东坡岂祖是耶。《苕溪》〔同上卷五〕

百家诗话总龟后集卷之二十五

效法门

李商隐《咏淮西碑》云："言讫屡颔天子颐。"虽务奇崛，人臣言不当如此。乘舆轩陛自不敢正斥，如老杜"天颜有喜近臣知"，"虬须似太宗"，可谓知体矣。东坡《赠写御容》诗云："野人不识日月角，仿徨（佛）尚忆重瞳光。天容〔玉色〕谁敢画，老师古寺昼闭房。"盖遵此法。《碧溪》〔卷二〕

杜牧之诗字意多[一]用老杜，如《观东兵长句》云："黑稍[二]将军一鸟轻"，盖用子美"身轻一鸟过"也。《游樊川》诗云："野竹疏还密，岩泉咽复流。"盖用子美"微[三]雨止还作，断云疏复行"也。盖其心景慕之切则下语自然相符，非有意于蹈袭。故其论杜诗云："天外凤凰谁得髓，何人解合续弦胶？"岂非自以为得髓者耶？东坡赠孔毅父诗云："天下几人学杜甫，谁得其皮与其[四]骨。""前生子美只君是，信手拈得俱天成。"学杜甫而得其皮骨者鲜矣，又况其髓哉！《丹阳集》[五]

〔一〕"意多"，原作"多意"，依南图藏明钞本乙。

〔二〕"稍"，原作"稍"，据《杜樊川集》校改。

〔三〕"微"字依缪校本补。

〔四〕"其"字原缺,据《东坡集》校补。

〔五〕《韵语阳秋》未见此条,待考。

沈攸之晚好读书,手不释卷,尝叹曰:"早知穷达有命,恨不十年读书。"东坡《再和刘景文介亭长篇》云:"早知事大谬,恨不十年读。"《苕溪》〔卷九〕

王元之《到任表》有"全家饱暖,尽荷君恩"之语,到今传诵。永叔用为诗云:"诸县丰登少公事,全家饱暖荷君恩。"梦得亦尝有云:"一生不得文章力,百口空为饱暖家。"白云:"不才空饱暖,无力及饥贫。"《苕溪》〔卷九〕

乐天云:"身闲当得(贵)真天爵,官散无忧即地仙。"盖用颜蠋"晚食当肉,早眠当富,无事当贵"也。〔同上卷九〕

临川爱眉山《雪诗》能用韵,如云:"冰下寒鱼渐可叉。"和:"羔袖龙钟手独叉。"盖子厚尝云:"江鱼或共叉。"又云:"入郡腰常折,逢人手尽叉。"《黄常明》〔同上卷七〕

退之咏蚊蝇云:"凉风九月到,扫不见踪迹。"梦得《聚蚊》云:"清商一来秋日晓,羞尔微形饲丹鸟。"圣俞云:"薨薨勿久恃,会有东方白。"王逢原《昼睡》云:"蚊虫交纷始谁造,一一口吻如针锥。噆人肌肤得腹饱,不解默去犹鸣飞。虽然今尚尔无奈,当有猎猎秋风时。"小人稔恶,岂漏恢网,但可侥幸目前耳。《左氏》曰:"天之假助不善,非右之也。将厚其恶而降之罚也。"其是之谓乎?《黄常明》〔同上〕

"柳色黄金嫩,梨花白雪香。"阴铿诗也,李太白取用之。杜子美《太白诗》云:"李侯(白)有佳句,往往似阴铿。"后人以谓以此讥之。然子美诗有"蛟龙得云雨,雕鹗在秋天"一联,已见《晋书·载记》矣。如"冰肌玉骨清无汗,水殿风来暗香满",孟蜀主诗,东坡先生度以为词,昔人不以蹈袭为非。《南部烟花录》:"夕阳如有意,偏傍小窗明。"唐人方域诗。《新唐书·艺文志》有《方域诗》一卷。《烟花录》一名《大业拾遗记》,文词极恶,可疑。而《大业幸江都记》自有诗一(十二)卷,唐著作郎杜宝所纂,明清〔家〕有之,承平时扬州印本也。《挥麈录》〔《挥麈馀话》卷一〕

诗体如八音歌、建除体之类,古人赋咏多矣。用十二神为诗者始见于沈炯,山谷亦尝效为之。余友人莫之用,其祖戢尝以辩舌说贼脱百人于死,意其后必昌,而之用乃贫不能以自存,天理殆难晓也。余尝以此格作诗赠之云:"抱犬高眠已云足,更得牛衣有馀燠。起来败絮拥悬鹑,谁羡龙髯织冰縠!踏翻菜园底用羊,从他春雷吼枯肠。击钟烹鼎莫渠爱,小芼自许猴葵香。半世饥寒孔移带,鼠米占来身渐泰。吉云神马日匝三,樗蒲肯作猪奴态。虎头食肉何足夸,阴德由来报宜奢。丹灶功成无跃兔,玉函方秘缘青蛇。"《丹阳集》〔《韵语阳秋》卷三〕

坡有"欲吐狂言喙三尺,怕君嗔我却须吞",尝疑其语太怪。及观《杜集》亦有"临风欲恸哭,声出已复吞";韦苏州"高歌长安酒,中愤不可吞"。《苕溪》〔卷六〕

杜云:"卿到朝廷说老翁,漂零已共(是)沧浪客。"又:"朝觐从容问幽仄,勿云江汉有垂纶。"其后梦得《送陈郎中》云:"若问旧人刘子政,而今懒拙每如初(七字作"如今头白在商於")。"《送慧则》云:"休公久别如相问,楚客逢秋心更悲。"小杜:"江湖酒伴如相问,终老烟波不计程。""交游问(话)我凭君道,除却鲈鱼更不闻。"商隐《寄崔侍御》云:"若向南台见莺友,为言垂翅度春风。"临川:"故人亦(一)见如相问,为道方寻《木雁编》。""归见江东诸父老,为言飞鸟会知还。"圣俞:"倘或无忘问姓名,为言懒拙皆如故。"坡:"单于若问君家世,莫道中朝第一人。"皆有

所因也。《黄常明》〔同上卷五〕

韦应物诗拟陶渊明而作者甚多,然终不近也。《答长安丞裴税》诗云:"临流意已凄,采菊露未晞。举头见秋山,万事都若遗。"盖效渊明"采菊东篱下,悠然见南山","此怀(间)有真意,欲辨已忘言"之句也。然渊明〔摆〕落世纷,深入理窟,但见万象森罗,莫非真境,故因见南山而真意具焉。应物乃因意凄而采菊,因见秋山而遗万事,其与陶所得异矣。《葛常之》〔《韵语阳秋》卷四〕

苕溪〔渔隐〕云:退之《有(赤)藤杖》诗:"空堂昼眠倚户牖,飞电着壁搜蛟螭。"故东坡《铁拄杖》云:"入怀冰雪生秋思,倚壁蛟龙护昼眠。"山谷《笻竹杖赞》:"涪翁昼寝,苍龙挂壁。"皆用退之诗。《苕溪》〔《渔隐丛话前集》卷一八〕

杜云:"嗜酒狂嫌阮,知非〔晚〕笑蘧。"近集有"素书款款谁怜杜,采笔遒遒独胜江","榻畔烟花常叹杜,海中童卯尚追徐","河鱼溃腹空号楚,汗足流骸(骸)始信吴",皆用此格。《苕溪》〔卷四〕

《西京杂记》载司马相如将聘茂陵人女为妾,卓文君作《白头吟》以自绝,相如乃止。《乐府诗集》谓《白头吟》〔者〕,疾人以新间旧,不能至白首,故以为名。余观张籍《白头吟》云:"春天百草秋始衰,弃我不待白头时。罗襦玉珥色未暗,今朝已道不相宜。"李白《白头吟》云:"妾有秦楼镜,照心胜照井。愿持照新人,双双可怜影。"其语感人深矣。至刘希夷作《白头吟》乃云:"寄言全盛红颜子,须怜半死白头翁。此翁白头真可怜,伊惜(昔)红颜美少年。"则是言男为女所弃而作,与文君《白头吟》之本意异矣。《韵语阳秋》〔卷六〕

老杜《赠李秘书》:"触目非论故,新文尚起余。"太白《酬窦公衡》云："曾无好事来相访,赖尔高文一起余。"韦苏州:"每一睹之子,高咏尚起余。"昌黎《酬张韶州》:"将经贵郡烦留客,先惠高文谢起余。"岂非用事偶合? 数公非蹈袭者。《苕溪》〔卷九〕

元白齐名,有自来矣。元微之写白诗于阆州西寺;乐天写元诗百篇,合为屏风:更相倾慕如此。如(而)乐天必言微之诗得己格律顿(更)进,所谓"每被老元偷格律"是也。然微之《江陵放言》与《送客岭南》诗乐天皆拟其作,何耶? 东坡尝效山谷体作江字韵诗,山谷谓坡"收敛光芒,入此窘步",余〔于〕乐天亦云。《丹阳集》〔《韵语阳秋》卷三〕

仲长统云:"垂露成帏,张霄成幄,沉灈当餐,九阳代烛。"盖取无情之物作有情用也。自后窃取其意者甚多。张志和则云:"太虚为室,明月为烛。"王康琚则云:"华条当圜屋,翠叶代绮窗。"吴筠则云:"绿竹可充食,女萝可代裾(裙)。"刘伶则云:"日月为肩牖,八荒为庭衢。"皆是意也。李义山《无题》诗云:"春蚕到死丝方歇,蜡烛成灰泪始干。"此又是一格。今效此体为俚语小词传于世者甚多,不足道也。《丹阳集》〔同上〕

皮日休《杂体诗序》曰:《诗》云:"蟏蛸在东。"又曰:"鸳鸯在梁。"双声起于此也。陆龟蒙诗序曰:叠韵起自梁武帝云:"后牖有朽柳。"当时侍从之臣皆唱和,刘孝绰云:"梁王长康强。"沈休文云:〔"偏眠船舷边。"庾肩吾云〕"载载(硙)每碍隶。"自后用此体作为小诗者多□(矣)。如王融所谓"园衡(蘅)炫红蕍,湖行(荇)晔黄华",温庭筠所谓"栖息销心象,檐楹溢艳阳",皆效双声而为之者也。陆龟蒙所谓"琼英轻明生,竹石滴沥碧",皮日休所谓"康庄伤荒凉,坐(土)房部伍苦",皆效叠韵而为之者也。南北朝人士多喜作双声叠韵,如谢庄、羊戎、魏收、崔岩辈戏谑谈谐之语,往往载在史册,可得而考焉。《丹阳集》〔同上卷四〕

百家诗话总龟后集卷之二十六

节候门

　　徽宗宣和七年十二月二十一日敕(就)睿谟殿张灯,预赏元霄(宵),曲燕近臣。命左丞王安中、中书侍郎冯熙载为诗以进。安中云:"上帝通明阙,神霄广爱天。九光环日月,五色丽云烟。紫袖开三极,琼璇列万仙。希夷尘境断,仿佛玉经传。妙道逢昌运,真王抚契贤。龟图规《大壮》,龙位正纯《乾》。穹昊亲无间,皇居掇自然。刚风同变化,祥气共陶甄。层观星潢上,重阛斗柄边。摩空七雉峻,冠峤六鳌连。梦想何尝到,阶升信有缘。昕朝初放仗,密宴忽闻宣。清禁来鸣珮,修廊入并肩。兽铺金半阖,鸾障绣微褰。霁景留庭砌,雷文绘桷梴。宫帘波锦漾,殿榜字金填。花拥巍巍座,香浮秩秩筵。高呼称万亿,《韶》奏侍三千。华岁推尧历,玄玑候舜璇。冰霜知腊后,梅柳认春前。造化应呈巧,芳菲已斗妍。檪枝雕槛小,多叶露桃鲜。错落飞杯斝,锵洋杂管弦。承云歌历历,回雪舞翩翩。黼幄祥氛合,铜壶永漏延。镐京方置醴,羲驭自停鞭。上(乃)圣情深渥,诸臣意更虔。宗藩亲鲁卫,相苔拱闳颠。侧弁恩光浃,中觞诏跰旋。宝熏携满袖,御果得加边(笾)。要赏嬉游盛,仪追步武遄。腾身复道表,送日夹城暎（瑛）。仰挥苍龙象，旁临艮岳颠。讴歌纷广陌，箫鼓乐丰年。赫奕攒轻幰，珍奇集市廛。博卢多祖跣，饮肆竞蹁跹。蕃衍开朱邸，崔嵬照彩椽。桥虹弯蠹蠹，江练泮溅溅。击柝周庐晚，张灯别院先。馀霞摇绮晕，列宿舍珠躔。浩荡三山岛，棱层十丈莲。再趋天北极，却立榻东偏。既用家人礼，仍占圣制篇。呪觥从酩酊，蟾魄待婵娟。转盼随亲指，环观得从穿。曲屏江浪鬣，巨柱赤虹缠。光透垂枝井，晶衔带壁钱。萧台千级峻，重屋八窗全。就席花墩匝，行樽紫袖揎。交辉方烁烁，起立复阗阗。邃宇会宁过，中宵胜赏专。铺陈尤有韵，清雅不相沿。户箔明珠串，栏缸水碧桼。规模商甒铸，款识鲁壶镌。秦曲移筝柱，唐妆俨鬓蝉。窄襟珠缀领，高朵翠为钿。喜气排寒沍，轻飔洗静便。层琳籍玑组，方鼎炷龙涎。玛瑙供盘大，玻璃琢盏圆。暖金倾小榼，屑玉酿新泉。帝子天才异，英姿棣萼联。频看挥斗碗，端是吸鲸川。推食俱均逮，攘餐及坠捐。海螯初破壳，江柱乍离渊。宁数披绵雀，休论缩颈鳊。南珍夸飣饾，北馔厌烹煎。赐橘怀赪卵，酡颜醑宝船。言归荷慈惠，末节笑拘挛。放钥严扃启，笼纱逸足牵。冰轮挂银汉，夜色映华鞯。人识重熙象，功参独断权。五辰今不忒，六气永无愆。天纪承三古，时雍变八埏。比闾增板籍，疆场罢戈鋋。文轨包夷夏，弦歌遍幅员。恢儒荣藻荐，作士极鱼鸢。庆胄贻谋显，多男景福绵。迂衡常穆穆，遵路益平平。亭障今逾陇，耕耘久际燕。信通鹏海涨，威窜犬戎膻。东拟封云岱，西将款涧瀍。琳科宣蕊笈，玉府下云轩。帝籍勤初播，宫蚕长自眠。茧丝登六寝，秬米秀中田。庙鹤垂昭格，坛光监吉蠲。灵芝滋菌蠢，甘醴涌潺湲。合教庞风革，颁经众疾痊。雨随亲祷降，河避上流迁。执契皇猷洽，波（披）图福物骈。太和输橐籥，妙用绝蹄筌。此际君臣悦，应先简册编。《雅》称鱼罩罩，

《颂》述鼓咽咽。讵比千龄遇,犹闻四始笺。羁臣起韦布,陋质愧驽铅。骤俾陪机政,由来出眷怜。恩方拜纶绛,报未效尘涓。密席叨临劝,凡踪穿曲拳。虽无三峡水,曾步八花砖。渝望知难称,才悭合勉旃。钧天思尽赋,剩续白云笺。"熙载云:"化工欲放阳春到,先教玄冥戮衰草。凝冰封地万木僵,谁向雪中探天巧!璇玑星回斗指寅,群芳未知时已春。人心荡漾趁佳节,灯夕独冠年华新。升平万里同文轨,井邑相连通四裔。兰膏竞吐夜烘春,和叔回车避羲嗐。巍巍九禁倚天开,温风更觉先春来。试灯不用雨花落(俗),迎阳为却寒崔嵬。宣和初载元冬尾,瑞白才消尘不起。穆清光赏属钦邻,锦绣云龙颁宴喜。初闻传诏开睿谟,步障几里承金铺。调音度曲三千女,正似广乐陈清都。遏云妙唱韩娥侣,回云(雪)飞花称独步。千春蟠木效红英,献寿当筵岂金母!上林晚色烟霭轻,景龙游人欢笑声。霞裾月佩拥仙仗,翠凤挟辇趋平成。铜华金掌散晶彩,翠碧重重簇珠玮。先从前殿望修廊,日出绮霞红满海。神光通透云母屏,骊龙出舞波涛惊。煌煌黼座承天命,座下错落如明星。榻前玉案真核旅,兽炭银炉夜初鼓。宪天重屋讶云屯,崇道箫台疑蜃吐。前楹火柱回万牛,蔺卿璧碎色光浮。周围照耀眼界彻,冰壶漾月生珠流。点点金钱尽御(衔)璧,豹髓腾辉黎银砾。丝簧人籁有机缄,缴绎清音传屋壁。须臾随跸登会宁,如骖鸾鹤游紫清。彩蟾倒影上浮空,纤云不点惟光明。四壁垂帘〔玉非〕玉,银釭吐艳相连属。梦楣横带碧玻璃,一朵翠云承日毂。万光闪烁争吐吞,烛龙衔耀辉四昆。又如电母神鞭驰,金蛇省(着)壁不可扪。端信奇工通造化,岂比胡人能幻假?丹青漫数顾虎头,盘礴解衣催(未)容写。此时帝御钧天台,紫垣两两明三台。尚方饮器万金宝,古玉未足夸云雷。帝旁侍女云华品,玉立仙标及时韵。四音促柱泛笙箫,应有翔鸾落千仞。龙瓶泻酒如流泉,御厨络绎纷珍鲜。塌(榻)边争欲供天笑,快倒颇类虹吸川。厌厌夜饮方欢浃,玉漏频催鼓三叠。金门初下醉归时,正见冰轮上城堞。微臣去岁陪清班,恶诗误辱重瞳观。小才易穷真鼠技,再赋愈觉相如悭。"履道彦为二集中今不复印行,故录于此。《挥麈》〔后录卷四〕

《荆楚记》云:屈原以五月五日投汨罗而死,人伤之,以舟楫拯焉。故武陵竞渡用五月五日,盖本诸此。刘梦得云:今举楫相和之音皆曰"何在",盖所以招屈原也。诗曰:"湘江五月平堤流,邑人相将浮采舟。灵均何在歌已矣,哀谣振楫从此起。"又有《招屈亭诗》,所谓"曲终人散空愁暮,招屈亭前水东注"是也。今江浙间竞渡多用春月,疑非招屈之义。及考沈佺期《三月三日独坐驩州》诗云:"谁念招魂节,翻为御魅囚。"王绩《三月三日赋》亦云:"新开避忌之席,更作招魂之所。"则以上巳为招屈之时,其必有所据也。予观《琴操》云:介子推五月五日焚林而死,故是日不得发火。而《异苑》以谓寒食始禁烟,盖当时五月五日以周正言之尔。今用夏正,乃三月也。屈原以五月五日死,而佺期王绩以上巳为招魂之节者,亦岂是耶!〔《韵语阳秋》卷一九〕

岁时有祓除不祥之具,而元日尤多,如桃版、苇索、磔鸡之类是也。饮屠苏酒亦所以祓瘟攘恶,而法必自幼饮,何耶?顾况《岁日口号》云:"还丹寂寞羞明镜,手把屠苏先少年。"白乐天《元日赠刘梦得》诗亦云:"与君同甲子,岁酒合谁先?"元日饮酒则先卑而后尊,自唐以来已如此矣。《四时月令》云:进椒酒次第当从小起。而董勋告晋海西公云:小者得岁,故先酒贺之;老者失岁,故后与酒。似亦不为无理。并《丹阳集》〔同上〕

先文康公晚岁卜居于宝溪之上,建观禊堂于水滨。绍兴癸丑,与客泛舟修禊甚乐,距永和癸丑,不知其几癸丑也,因与客相与推算。自永和九年岁，甲子一周为晋义熙九年，又一周为宋元徽元年。自后梁大通五年，隋开皇十三年，唐永徽四年〔间〕、开元元年、大历八年、大和七年、景福二年，周显德二年，本朝祥符六年、熙宁六年皆岁在癸丑，凡七百八十年矣。乃作诗以纪其事云："快雨霁亭午，晴曦作春妍。邻曲饶胜士，共开浮枣筵。中流慊啸咏，隐浪金壶偏。红芝初出水，捧剑疑来前。缅怀兰亭会，七百八十年。可怜右军痴，生死情缠绵。由来彭殇齐，顾或谓不然。吾党殆天放，卜夜就管弦。尺六细腰女，舞袖轻回旋。且毕今日欢，不期来者（日）传。"同上〔同上〕

上巳日于流水上洗濯祓除去宿垢，故谓之祓禊。禊者洁也。王逸少作《兰亭记（序）》云："永和九年，岁在癸丑，会于山阴之兰亭，修禊事也。"当其群贤毕集游目骋怀之际，而感慨系之，乃有"一死生为虚诞，齐彭殇为妄作"之语，议者以此咎羲之之未达也。同上〔同上〕

自冬至一百五日至寒食，故世言寒食皆称一百五。杜子美《一百五日夜对月》云："无家对寒食，有泪如金波。"姚合《寒食书事》诗云："今朝一百五，出户雨初晴。"则是诗人例以百五日为寒食也。或者乃谓自冬至至清明凡七气，至寒食〔止〕一百三日，殊不知历家以馀分演之也。司马彪《续汉书》云：介子推焚林而死，故寒食不忍举火，至今有禁烟之说。卢象所谓"子推言避世，山火遂焚身，四海同寒食，千秋为一人"是也。太原一郡旧俗禁烟一月，周举为郡守，以人多死，移书〔子〕推只禁烟三日。子美《清明》诗云："朝来新火起"，又"家人钻火用青枫"，皆在寒食三日之后，则知禁烟止于三日也。而韩翃有《寒食即事》诗乃云："春城无处不飞花，寒食东风御柳斜。日暮汉宫传腊烛，青（轻）烟散入五侯家。"不待清明而已传新火，何耶？元微之《连昌宫词》云："初过寒食一百六,店舍无烟宫树绿。""念奴觅得又连催,特敕宫中许燃烛。"一百六在清明前寒食之后,是时店舍已无烟,而宫中燃烛乃一时之权宜尔。或云,龙星,木之位也,春属东方,心为大火,惧火盛故禁火,是以寒食有龙忌之禁,则所谓禁烟,又未必为子推设也。同上〔同上〕

百家诗话总龟后集卷之二十七

咏物门

《杜集》及马与鹰甚多,亦屡用属对,如:"老骥倦知道,苍鹰饥易驯。""老骥思千里,饥鹰待一呼。""老马倦知道,苍鹰饥着人。""骥病思偏秣,鹰愁怕〔苦〕笼。""放蹄知赤骥,捩翅服苍鹰。""老骥倦骧首,饥鹰愁易驯。"《骢马行》云:"吾闻良骥老始成,此马数年人更惊。"又"不比俗马空多肉","一洗万古凡马空"。《杨监出画鹰》云:"干戈少暇日,真骨老崖嶂。为君除狡兔,会见翻鞲上。"《王兵马〔使〕二角鹰》云:"安得汝辈皆其群,驱出六合枭鸾分。"《画鹰》云:"何当击凡鸟,毛血洒平芜!"馀尚多有之,盖以〔致远〕壮心,未甘伏枥;嫉恶刚肠,尤思排击。《语》曰:"骥不称其力,称其德也。"《左氏》曰:"见无礼于其君者,如鹰鹯之逐鸟雀也。"少陵有焉。〔《苕溪诗话》卷二〕

周颙有云:性命之在彼极切,滋味之于我可赊。今人以活禽而资口腹者,比比皆是也,是诚何心哉?或曰:"羊豕大身,难于刲割;蚶蛤微命,易于烹熬。"如是,则性命之小者尤不幸也。钟岏(岘)尝告其师何子季曰:"车螯蚶蛎,眉目内关,唇吻外缄。不悴不荣,曾草木之不若;无声无臭,与瓦砾其何算!故可长充庖厨,永为口实。"何其仁于大而忍于细欤！山谷信佛甚笃,而晚年酷好食蟹,所谓"寒蒲束缚十六辈,已觉酒兴生江山"。又云:"虽为天上三辰次,未免人间五鼎烹。"乃果于杀如此,何哉？东坡在海南,为杀鸡而作疏；张乖崖之在成都,为刲羊而转经。是岂爱物之仁不能胜口腹之欲耶？山谷谈无碍禅,苏张行有为法,亦各其所见尔。〔《韵语阳秋》卷一九〕

永叔:"堪笑区区郊与岛,萤飞露湿吟秋草。"以为二子之穷。〔然〕子美亦有:"暗飞萤自照,水宿鸟相呼。""幸因腐草出,敢近太阳飞！"虽吟咏微物,曾无一点穷气。〔《碧溪诗话》卷四〕

临川:"萧萧出屋千寻玉竹也,霭霭当窗一炷云香也。"皆不名其物。然子厚"破额山前碧玉流泉也",已有此格。近诗"蕨芽已作小儿拳",退之已有"初拳几枝蕨"。〔同上〕

竹未尝香也,而杜子美诗云:"雨洗娟娟净,风吹细细香。"雪未尝香也,而李太白诗云:"瑶台雪花数千点,片片吹落春风香。"《葛常之》〔《韵语阳秋》卷四〕

韩退之《双鸟诗》多不能晓,或者谓其诗有"不停两鸟鸣,百物皆生愁";"不停两鸟鸣,大法失《九畴》,周公不为公,孔子不为丘"之句,遂谓排释老而作,其实非也。前云"一鸟落城市,一鸟巢岩幽",后云"天公怪两鸟,各捉一处囚",则岂谓释老耶？余尝观东坡作《李白画象》诗云:"天人几何同一沤,谪仙非谪乃其游。挥斥八极隘九州,化为二鸟鸣相酬。一鸣一息三千秋。"……"縻之不得刿肯求！"且(则)知所谓双鸟者退之与孟郊辈尔。所谓"不作(停)两鸟鸣"等语,乃审(雷)公告天〔公〕之言,甚其辞以潜(赞)二鸟尔。落城市,退之自谓,落岩幽,谓孟郊辈也。"各捉一处囚",非囚禁之囚,止言韩孟各居天一方尔。末云"还当三千秋,更起鸣相酬",谓贤者不当终否,当有行其言

者。〔同上卷六〕

《老杜〔补遗〕》云：鲍当《孤雁诗》云："更无声接续，空有影相随。"孤则孤矣。岂若子美"孤雁不饮啄，飞鸣尤念群，谁怜一片影，相失万重云"，有（含）不尽之意乎？〔《渔隐丛话前集》卷九〕

王谊伯谓"西川有杜鹃，东川无杜鹃"盖是题下注，断自"我昔游锦城"为句首。子瞻谓杜备诸家体，非必牵合程度，诗意盖讥当时刺史有禽鸟不若者。明皇已后，天步多棘，凡尊君者有为（为有）也，怀二者为无也。鲁直亦云："臣结春秋二三策，臣甫杜宇再拜诗。忠臣衔愤痛切骨，后世但识琼瑰辞。"今观此篇叙鸿雁羔羊，礼自（二字作"有"）太古尊亲君上之意，为明皇设不疑。至于《杜鹃行》乃云："虽同君臣有旧礼，骨肉满眼身羁孤。"又云："尔惟摧残始发愤，羞带羽翮伤形愚。"指斥骂詈，殊无致严之语，莫不皆有所主也？《黄常明》〔《碧溪诗话》卷一〇〕

东坡〔云〕：南都王谊伯书江滨驿垣，谓子美诗历五季兵火，多舛缺奇异，虽经其祖父所理，尚有疑阙者。谊〔伯〕谓"西川有杜鹃，东川无杜鹃，涪万无杜鹃，云安有杜鹃"，盖是题下注，断自"我昔游锦城"为首句。谊伯误矣。且子美诗备诸家体，非必牵合程度侃侃者然也。是篇句处凡五杜鹃，岂可以文害辞，辞害意耶！原子美之意（诗），类有所感，托物以发者也。亦"六艺"之比兴，《离骚》之法欤！按《博物志》：杜鹃生子，寄之他巢，百鸟为饲之，故江东所谓"杜宇曾为蜀帝王，化禽飞去旧城荒"〔是也〕。且禽鸟之微，犹知有尊（四字作"有识"），故子美诗云"重是古帝魂"，又曰"礼若奉至尊"。子美盖讥当时刺史有不禽鸟若也。唐自明皇以后，天步多棘，刺史能〔造次〕不忘〔于〕君〔者〕，可得而考也。严武在蜀，虽横敛刻薄，而实资中原，是"西川有杜鹃"耳。其不虔王命，负固以自抗，擅军旅、绝贡赋如杜

161

克逊在梓州为朝廷西顾之忧,是"东川无杜鹃"耳。至于涪万云安刺史,微不可考。凡〔其〕尊君者为有也,怀二者为无也,不在夫杜鹃真有无。谊伯以为来东川,闻杜宇声〔繁而急〕,乃始疑子美跋毫纸上语。又云,子美不应叠用韵。子美自我作古,叠用韵无害于诗,仆所见如此。谊伯博学强辩,殆必有以折衷之。《苕溪》〔《渔隐丛话前集》卷七〕

《花卿》云:"用如快鹘风始(火)生。"《南史》曹景宗谓所亲曰:"昔在乡里,与年少辈托(拓)弓弦作霹雳声,放箭如饿鸱〔叫〕,觉耳后生风,鼻尖出火。"子美盖不拘泥于鸱鹘之异也。《黄常明》〔《苕溪诗话》卷五〕

柳子厚《牡丹》曰:"欹红醉浓露,窈窕留馀春。"坡云:"殷勤木芍药,独自殿馀春。"留与殿重轻虽异,〔用〕各有宜也。杨中立《梅诗》曰:"欲驱残腊变春(东)风,只有寒梅作选锋。"颇恨不与殿军商确(榷),正一的对。同上〔同上〕

西湖"浮动"、"横斜"之句,最为前辈击节,常恨未见全篇。〔及〕得其集观之,云:"众芳摇落独暄妍,占尽风情向小园。疏影横斜水清浅,暗香浮动月黄昏。霜禽欲下先偷眼,粉蝶如知合断魂。幸有微吟可相狎,不须檀板共金樽。"其卓绝不可及专在十四字耳。又有七年(言)数篇,皆无如"池水倒窥疏影动,屋檐斜入一枝低","雪后园林才半树,水边篱落忽横枝"之句。《苕溪》〔卷六〕

"千里莼羹,未下盐豉",盖言未受和耳。子美"豉化莼丝熟",又"豉添莼菜紫",圣俞《送人秀州》"剩将(持)盐豉煮紫莼",鲁直"盐豉欲催莼菜熟"。同上〔卷九〕

巴峡中有吐绶鸡,比常鸡差大,嗉藏肉绶,长阔几数寸,红碧相间极焕烂。常时不见(可)见,遇晴日则向阳摆之。顶首先出两肉角,亦二寸许,然后徐舒其绥,逾时乃敛。李文饶诗所谓"葳蕤散绥轻风里,若御(衔)若垂何可拟"是也。文饶云:"出剡溪。"今询之越人,不复有。予尝自峡中携至苏州,人皆不识。则知山川风气所产,古今亦有不同也。《蔡宽夫诗话》〔《渔隐丛话前集》卷二〇〕

真珠鸡生夔峡山中,畜之甚驯,以其羽毛有白圆点,故号真珠鸡,又名吐绶鸡,生而反哺,亦名孝雉。每至春夏之交,景气和暖,领下出绶带方尺馀,红碧鲜然。头有翠角双立,良久悉敛于嗉下,披其毛不复见。或有死者,割其颈臆间,亦无所睹。苕溪渔隐曰:"广右闽中亦有吐绶鸡,余在二处,见人〔家〕多养之,不独巴峡中有也。王荆公有绝句云:'樊笼寄食老低摧,组丽深藏肯自媒!天日清明聊一吐,儿童初见互惊猜。'"《倦游录》〔同上〕

李卫公诗云:"五月畲田收火米,三更津吏报朝鸡。"颇似少陵句。王荆公诗云:"纷纷易变浮云白,落落难钟老柏清(青)。"山谷蟹诗:"已标天上三辰次,未免人间五鼎烹。"此皆得老杜句法。《雪浪斋日记》〔同上〕

唐故事,中书省植紫薇花,历世循用之,不以为非。至今舍人院紫薇阁前植紫薇花,用〔唐〕故事也。乐天诗云:"独坐黄昏谁是伴,紫薇花对紫薇郎。"按《天文志》,紫薇,大帝之坐也,天子之常居也,主命主度也。何关紫薇花事!《缃素杂记》〔同上卷二一〕

尝见曲中使柳三眠事,不知所出。后读玉溪生《江之嫣赋》云:"岂如河畔牛星,隔岁止闻一过;不比苑中人柳,终朝剩得三眠。"注云:"汉苑中有柳,状如人形,号曰人柳,一日三起三倒。"《漫叟诗话》〔同上卷二二〕

玉溪生《牡丹》诗"锦帐佳人",乃《越绝书》中事。退之《灯

花》诗全似老杜,所用黄里事见《前汉》黄屋注中。荆公诗曰:"溪边饮啄白浮鸠。"浮鸠出《晋志》。《雪浪斋日记》〔同上〕

牧之《和裴杰新樱桃诗》云:"忍用烹驿酪,从将玩玉盘。流年如可驻,何必九华丹!"唐人已用樱桃荐酪也。苕溪渔隐曰:"《摭言(遗)》载唐新进士尤重樱桃宴。刘覃及第,大会公卿,和以糖酪,人享蛮画一小盎。则唐人用樱桃荐酪,此事又可验矣。《高斋诗话》〔同上卷二三〕

老杜《樱桃》诗云:"西蜀樱桃也自红,野人相赠满筠笼。数回细写愁仍破,万颗匀圆讶许同。"此诗如禅家所谓"信手拈来头头是道"者。直书目前所见,平易委曲,得人心所同然,但他人艰难不能发耳。至于"忆昨赐沾门下省,退朝擎出大明宫;金盘玉箸无消息,此日尝新任转蓬",其感兴皆出于自然,故终篇遒丽。韩退之有《赐樱桃》诗云:"汉家旧种光明(明光)殿,炎帝还书《本草经》。岂似满朝承雨露,共看传赐出青冥。香随翠笼擎偏重,色照银盘写未停。食罢自知无补报,空然惭汗仰皇扃。"盖学老杜前诗,然搜求事迹,排比对偶,其言出于勉强,所以相去甚远。若非老杜在前,人亦安敢轻议!《诗眼》〔同上〕

温庭筠小诗尤工,如"墙高蝶过迟",又:"蝶翎朝(胡)粉重,鸦背夕阳多。"又《过苏武庙》诗云:"归日楼台非甲帐,去时冠剑是丁年。"《雪浪斋日记》〔同上〕

温飞卿《晚春曲》云:"家临长信往来道,乳燕双双拂烟草。油壁车轻金犊肥,流苏帐晓春鸡报。笼中娇鸟暖犹睡,帘外落花闲不扫。衰桃一树近前池,似惜容颜镜中老。"殊有富贵佳致也。《苕溪渔隐》〔同上〕

韩偓诗云:"鹅儿唼喋雌(栀)黄嘴,凤子轻盈腻粉腰。"事见崔豹《古今注》云:蛱蝶大者为凤子。《西清诗话》〔同上〕

〔陈〕传道尝于彭门壁间见书一联云:"一鸠鸣午寂,双燕话春愁。"后以语东坡:"世谓公〔作〕,然否?"坡笑曰:"此唐人得意句,仆安能道此?"苕溪渔隐曰:余尝用此语作《春日》一联云:"话尽春愁双紫燕,唤回午梦一黄鹂。"同上〔同上卷二四〕

陈恭公执中,以卫尉寺丞知梧州,驿递上疏,乞立储贰。真宗嘉其敢言。翌日临朝,袖其疏以示执政,叹奖久之,召为右正言。然为王冀公所忌。一日,真宗赋《御沟柳》诗宣示宰相两省,皆和进。恭公因进诗曰:"一度春来一度新,翠光长得照龙津。君王自爱天然色,恨杀昭阳学舞人。"《东轩笔录》〔同上卷二五〕

红梅清艳两绝,昔独盛于姑苏,晏元献始移植西冈第中,特珍赏之。一日,贵游赂园吏,得一枝分接,由是都下有二本。公尝与客饮花下,赋诗曰:"若更迟开三二月,北人应作杏花看。"客曰:"公诗固佳,待比(北)俗何浅也?"公笑曰:"顾伧父安得不然?"一坐绝倒。王君玉闻盗花事,以诗遗公云:"馆娃宫里(北)旧精神,粉瘦琼寒露蕊新。园吏无端偷折去,凤城从此有双身。"自尔,名园争培接,遍都城矣。苕溪渔隐曰:王介甫《红梅》诗云:"春半花才发,多应不奈寒。北人初未识,浑作杏花看。"与元献之诗暗合,然介甫句意俱工,胜元献远矣。《西清诗话》〔同上卷二六〕

百家诗话总龟后集卷之二十八

咏物门

欧阳文忠公极赏林和靖"疏影横斜水清浅,暗香浮动月黄昏"之句,而不知和靖别有《咏梅》一联云:"雪后园林才半树,水边篱落忽横枝。"似胜前句,不知文忠何缘弃此而赏彼?文章大概亦如女色,好恶止系于人。苕溪渔隐曰:王直方又爱和靖"池水倒窥疏影动,屋檐斜入一枝低",以谓此句于前所称,真可处伯仲之间。余观此句略无佳处,直方何为喜之?真所谓一蟹(解)不如一蟹(解)也。山谷〔《渔隐丛话前集》卷二七〕

为诗当饱参,然后臭味乃同,虽为大宗匠者亦然。月观横枝之语,乃何逊之妙处也。自林和靖一参之后,参之者甚多。《雪浪斋日记》〔同上〕

唐人《牡丹》诗云:"红开西子妆楼晓,翠揭麻姑水殿春。"若改春作秋,全是莲花诗。林和靖《梅花》诗云:"疏影横斜水清浅,暗香浮动月黄昏。"近似野蔷薇也。《陈辅之诗话》〔同上〕

凡咏梅多咏白,而荆公诗独云:"须捻黄金危欲堕,蒂团红腊巧能妆。"不惟造语巧丽,可谓能道人不到处矣。又东坡咏梅一句云"竹外一枝斜更好",语虽平易,然颇得梅之幽独闲静之趣。凡诗之咏物,虽平淡巧丽不同,要能以随意造语为主。公后复有诗云:"遥知不是雪,为有暗香来。"盖取苏子卿云"只言花似雪,不悟暗(有)香来"之意。公在金陵又有和徐仲鞏文(文鞏)字韵《梅诗》二首,东坡在岭南有暾字韵《梅诗》三首,皆韵险而语工,非大手笔不能到也。《遁斋闲览》〔同上〕

"驿使前时走马回,北人初识越人梅。清香莫把酴醾比,只欠溪边月下杯。"此梅二丈《京师逢卖梅花绝句》,吾随(虽)后辈,犹及与之周旋。览其亲书〔诗〕,如见其抵掌谈笑也。《东坡诗话》〔同上〕

韩持国虽刚果特立,风节凛然,而情致风流,绝出时辈。许昌崔象之侍郎旧第,今为杜君章所有。厅后小亭仅丈馀,有海棠两株,持国每花开,辄载酒日饮其下,竟谢而去,岁以为常。至今故吏犹能言之。余尝于小亭柱间得公二绝句,其一云:"濯锦江头千万枝,当年未解惜芳菲。而今得向君家见,不怕春寒雨湿衣。"尚可想见当时气味。韩忠献公尝帅蜀,持国兄弟皆侍行,尚少,故前句云尔。其二云:"长条无风亦自动,柔艳着雨更相宜。"漫其后句。苕溪渔隐曰:郑谷《海棠》诗云:"秾丽最宜新着雨,妖娆全在欲开时。"前辈以谓此两句说尽海棠好处。今持国"柔艳着雨更相宜"之句,乃用郑谷语也。至于东坡作此诗则词格超逸,不复蹈袭前人。其诗有:"嫣然一笑竹篱间,桃李漫山总粗俗。""自然富贵出天姿,不待金盘荐华屋。朱唇得酒晕生脸,翠袖卷纱红映肉。林深雾暗晓光迟,日暖风轻春睡足。雨中有泪亦凄怆,月下无人更清淑。"元丰间,东坡谪黄州,寓定惠院,院之东小山上有海棠一株,特繁茂。每岁盛开时,必为携客置酒,已五醉其下矣,故作此长篇。平生喜为人写,盖人间刊石者自有五六本。云:"轼平生得意诗也。"《石林诗话》〔同上卷二八〕

《隐居诗话》云:"吕士隆知宣州,好以事笞官妓,妓皆欲逃去而〔未得〕也。会杭州有一妓到宣,其色艺可取,士隆喜之,留之使不去。一日,郡妓复犯小过,士隆又欲笞之,妓泣诉曰:'某不敢辞罪,但恐杭妓不能安也。'士隆憨而舍之。圣俞因作《莫打鸭》一篇曰:'莫打鸭,打鸭惊鸳鸯。鸳鸯新向池北落,不比孤洲老秃鹙。秃鹙尚欲远飞去,何况鸳鸯羽翼长!'盖谓此也。〔同上卷三一〕

咏物诗不待分明说尽,只仿佛形容,便见妙处。如鲁直《酴醾》诗云:"露湿何郎试汤饼,日烘荀令炷炉香。"义山《雨》诗云:"摵摵度瓜园,依依傍水轩。"此不待说雨,自然知是雨也。后来鲁直无己诸人多用此体。《吕氏童蒙训》〔同上卷四七〕

苕溪渔隐曰:裴璘《咏白牡丹》诗云:"长安豪贵惜春残,争赏先开紫牡丹。别有玉杯承露冷,无人起就月中看。"时称绝唱。以余观之,语句凡近,不若胡武平《咏白牡丹》诗云:"璧堂月冷难成寐,翠幄风多不奈寒。"其语意清胜,过裴璘远矣。如皮日休《咏白莲》诗云:"无情有恨何人见,月冷风清欲堕时。"若移作《咏白牡丹》诗有何不可,深(弥)更清(亲)切耳。曼卿《咏小桃二绝句》云:"生色深红绶带长,宫帘寒在井栏香。母家升上瑶池品,先得春风一面妆。""本分桃花寒食前,小桃长是上春天。二乔二赵俱倾国,女弟娇强意自先。"其模写命意,岂不佳哉!〔同上卷三二〕

《王直方诗话》云:或有称《咏松》句云"影摇千尺龙蛇动,声撼半天风雨寒"者。一僧在坐曰:"未若'云影乱铺地,涛声寒在空'。"或以语圣俞,圣俞曰:"言简而意不遗,当以僧语为优。"〔同上〕

百家诗话总龟后集卷之二十九

咏茶门

库部林郎中说,建州上春采茶时,茶园人无数,击鼓声闻数里。然一园中才间垄,茶品已相远,又况山园之异耶?苕溪渔隐曰:欧阳永叔《尝新茶》诗云:"年穷腊尽春欲动,蛰雷未起驱龙蛇。夜闻击鼓满山谷,千人助叫声喊呀。万木寒痴睡不醒,惟有此树先萌芽。"余官富沙凡三春,备见北苑造茶,但其地暖,才惊蛰,茶芽长已(已长)寸许。初无击鼓喊山之事。永叔诗与《文昌》所纪,皆非也。北苑茶山凡十四五里,茶味惟均,[亦]岂有间垄茶品已相远之说耶?"《文昌杂录》〔《渔隐丛话后集》卷一一〕

欧公《和刘原父扬州时会堂绝句》云:"积雪犹封蒙顶树,惊雷未发建溪春。中洲(州)地暖萌芽早,入贡宜先百物新。"注云:"时会堂,造贡茶所也。"余以陆羽《茶经》考之,不言扬州出茶。惟毛文锡《茶谱》云,扬州禅智寺,隋之故宫。寺在(枕)蜀冈,其茶甘香,味如蒙顶焉。第不知入贡之因起于何时,故不得而志之也。《苕溪渔隐》〔同上〕

东坡《汲江水煎茶》诗云:"活水还须活火烹,自临钓石取深清。大瓢贮月归春瓮,小杓分江入夜瓶。"此诗奇甚,道尽烹茶之要。且茶非活水则不能发其鲜馥。东坡深知此理矣。余顷在富沙，尝汲溪水烹茶，色香味俱成三绝。又况其地产茶为天下第一，宜其水异于他处，用以烹茶，水功倍之。至于浣衣，尤更洁白，则水之轻清益可知矣。近城山间有陆羽井，水亦清甘，实好事者为名之。羽著《〔茶〕经》，言建州茶未得详，则知羽不曾至富沙也。同上〔同上〕

建安北苑茶始于太宗〔朝〕，太平兴国二年，遣使造之，取象于龙凤，以别庶饮，由此入贡。至道间，仍添造石乳。其后大小龙茶又起于丁谓而成于蔡君谟。谓之将漕闽中，实董其事，赋《北苑焙新茶诗》。其序云："〔天下〕产茶者将七十郡〔半〕，每岁入贡，皆以社前、火前为名，悉无其实。惟建州出茶有焙，焙有三十六。三十六中惟北苑发〔早〕而味尤佳。社前十五日即采其芽，日数千工，聚而造之，逼社即入贡。工甚大，造甚精，皆载于所撰《建安茶录》，仍作诗以大其事云。""北苑龙茶著，甘鲜的是珍。四方惟数此，万物更无新。才吐微茫绿，初沾少许春。散寻萦树遍，急采上山频。宿叶寒尤在，芳芽冷未伸。茅茨溪口焙，篮笼雨中民。长疾勾萌拆，开齐分两均。带烟蒸雀舌，和露叠龙鳞。贡作（作贡）胜诸道，先尝只一人。缄封瞻阙下，邮传渡江滨。特旨留丹禁，殊恩赐近臣。啜口（为）灵药助，用与上樽亲。头进英华尽，初烹气味醇。细香胜却麝，浅色过于筠。顾渚惭投木，宜都愧积薪。年年号供御，天产壮瓯闽。"此诗叙贡茶颇为详尽，亦可见当时之事也。又君谟《茶录序》云："臣前因奏事，伏蒙陛下谕臣先任福建转运使日，所进上品龙茶最为精好。臣退念草木之微，首辱陛下知鉴，若处之得地，则能尽其材。昔陆羽《茶经》，不第建安之品；丁谓《茶图》，独论采造之本。至于烹试，曾未有闻。辄条数字（事），简而易明，勒成二编，名曰

《茶录》。"至宣政间,郑可简以贡茶进用,久领漕试(计),创添续入,其数浸广,今犹因之。细色茶五纲,凡四十三品,形制各异,共七千馀饼。其间贡新试新龙团、胜雪、白茶、御苑、玉芽,此五品乃水拣,为第一,馀乃生拣,次之。又有粗色茶七纲,凡五品。大小龙凤并拣芽,悉入龙脑和膏为团饼茶,共四万馀饼。东坡《题汝公诗卷》云:"上人问我留连意,待赐头纲八品(饼)茶。"即今粗色红绫袋八饼者是也。盖水拣茶即社前者,生拣茶即火煎(前)者,粗色茶即雨前〔者〕,闽中地暖,雨则(前)茶已老而味加重矣。山谷《和扬王休点密云龙诗》云:"小壁(璧)云龙不入香,元丰龙焙承诏作。"今细色茶中却无此一品也。又有石门乳吉香口三外焙,亦隶于北苑,皆采摘茶芽送官焙添造,每岁糜金共二万馀缗,日役千夫,凡两月方能迄事。第所造之茶,不许过数,入贡之后,市无货者,人所罕得。惟壑源诸处私焙茶,其绝品亦可敌官焙,自昔至今,亦皆入贡。其流贩四方,悉私焙茶耳。苏黄皆有诗称道壑源茶,盖壑源与北苑为邻,山阜相接才三(二)里馀,其茶甘香,特在诸私焙之上。东坡《和曹辅寄壑源试焙新芽(茶)诗》云:"仙山灵雨湿行云,洗遍香肌粉未匀。明月来投玉川子,春风吹散(破)武林春。要知玉雪心肠好,不是膏油首面新。戏作小诗君一笑,从来佳茗似佳人。"山谷《谢送碾赐壑源拣芽》诗云:"矞云从龙小苍璧,元丰至今人未识。壑源包贡第一春,御(缃)奁碾香俱(供)玉食。睿思殿中(东)金井栏,甘露荐枕(碗)天开颜。桥山事事囗(严庀)百局,衮司(补衮)诸公省中宿。中人传赐夜未央,雨露恩光照官烛。右丞似是李元礼,好事风流有泾渭。肯怜天禄校书郎,亲敕家庭遣分似。春风饱食(识)太官羊,不惯腐儒汤饼肠。搜搅十年灯火读,令我胸中书传香。已戒应门牛马走,客来问字莫载酒。"《苕

溪渔隐》〔同上〕

建州，陆羽《茶经》尚未知之，但言福建等十二州未详，往往得之，其味极佳。江右日近（左近日）方有蜡面之号，李氏别令取其乳作片，或号曰京挺、的乳及骨子等，每岁不过五六万斤。迄今岁出三十馀万斤，凡十品，曰龙茶、凤茶、京挺、的乳、召（石）乳、白乳、头金、蜡面、头骨、次骨。龙茶以供乘舆及赐执政、亲王、长主，馀皇族、学士、将帅皆得凤茶；舍人、近臣赐金（京）挺、的乳，馆阁赐白乳。龙、凤、石乳茶皆太宗令造。江左有研膏茶供御，即龙茶之品也。丁谓为《北苑茶录》三卷，备载造茶之妙未（始末），行于世。《谈苑》〔同上〕

唐茶惟湖州紫笋入贡，每岁以清明日贡到，先荐宗庙，然后分赐近臣。紫笋生顾渚，在湖常二境之间。当采茶时，两郡守毕至，最为盛集。此《蔡宽夫诗话》之言也。蔡但知其一而不知其二。按陆羽《茶经》云："浙西以湖州上，常州次。湖州生长兴县顾渚山中。常州〔生〕义兴县〔生〕君山悬脚岭北峰下。"唐《义兴县重修茶舍记》云："义兴贡茶，非旧也。前此，故御史大夫李栖筠实典是邦，山僧有献佳茗者，会客尝之。野人陆羽以为芬香甘辣，冠于他境，可荐于上。栖筠从之，始进万两，此其滥觞也。厥后因之，征献浸广，遂为任土之贡，与常赋之邦侔矣。"故玉川子诗云："天子须尝阳羡茶，百草不敢先开花。"正谓是也。当时顾渚义兴皆贡茶，又邻壤相接。白乐天守姑苏，闻贾常州崔湖州茶山境会，想羡欢宴，因寄诗云："遥闻境会茶山夜，珠翠歌钟俱绕身。盘下中分两州界，灯前合作一家春。青娥递舞应争妙，紫笋齐尝各斗新。自叹花时北窗下，蒲黄酒对（对酒）病眠人。"唐袁高为湖州刺史，因修贡顾渚茶山，作诗云："《禹贡》通远俗，始图在安人。后王失其本，职吏不敢陈。亦有奸佞者，因兹欲求神

172

(伸)。动生(至)千金费,日使万姓贫。我来顾渚源,得与茶事亲。黎甿辍耕农,采掇实苦辛。一夫且当役,尽室皆同臻。扪葛上欹壁,蓬头入荒榛。终朝不盈掬,手足皆鳞皴。悲嗟遍空山,草木为不春。阴岭芽未吐,使曹牒已频。心争造化先,走挺麋鹿均。选纳无日夜,捣声昏系晨。众功何枯栌?俯视弥伤神。皇帝尚巡狩,东郊路多堙。周回绕天涯,所献惟艰勤。况减兵革用,兼兹困疲民。未知供御馀,谁合分此珍。顾省忝邦守,有惭复因循。茫茫沧海间,丹愤何由申!"此诗〔古〕雅得诗人讽谏之体,诚可尚也。《苕溪渔隐》〔同上〕

　　玉川子有《谢孟谏议惠茶歌》,范希文亦有《斗茶歌》,此二篇皆佳作也,殆未可以优劣论。然玉川歌云:"至尊之馀合王公,何事便到山人家!"而希文云:"北苑将期献天子,林下雄豪先斗美。"若论先后之序,则玉川之言差胜。虽然,如希文岂不知上下之分者哉!亦各赋一时之事耳。苕溪渔隐曰:《艺苑》以此("此"字作"卢范")二篇〔茶歌〕皆佳作,未可优劣论,今〔并〕录全〔篇〕。余谓玉川之诗优于希文之歌。玉川自出胸臆,造语稳贴,得诗人之句法。希文排比故实,巧欲形容,宛成有韵之文,是果无优劣耶?玉川《走笔谢孟谏议》《寄(惠)新茶》云:"日高丈五睡正浓,军将打门惊周公。自(口)云谏议送书信,白绢斜封三道印。开缄宛见谏议面,手阅月团三百片。闻道新年入山里,蛰虫惊动春风起。天子须尝阳羡茶,百草不敢先开花。仁风暗结珠琲瓃,先春抽出黄金芽。摘鲜焙芳旋封里(裹),至精至好且不奢。至尊之馀合王公,何当(事)便到山人家。柴门反关无俗客,纱帽挂(笼)头自煎吃。碧云引风吹不断,白花浮光凝碗面。一碗喉吻润,两碗破孤闷。三碗搜枯肠,惟有文字五千卷。四碗发轻汗,平生不平事,尽向毛孔散。五碗肌骨清,六碗通仙灵。七碗吃不得也,惟觉两腋习习清风生。蓬莱山,在何处？玉川子乘此清风欲归去。山上群仙司下土,地位清高隔风雨。安得知百万亿苍生命,堕在颠崖受辛苦！便为谏议问苍生,到头合得苏息否？"希文《和章岷从事斗茶歌》云:"年年春自东南来,建溪先暖冰微开。溪边奇茗冠天下,武夷仙人从古栽。新雷昨夜发何处,家家嬉笑穿云去。露芽错落一番营(荣),缀玉含珠散嘉树。终朝采掇未盈襜,唯求精粹不敢贪。研膏焙乳有雅制,方中圭兮圆中蟾。北苑将期献天子,林下雄豪先斗美。鼎磨云外首山铜,瓶携江上中泠水。黄金碾畔绿尘飞,碧玉瓯中(心)翠涛起。斗茶味兮轻醍醐,斗茶香兮薄兰芷！其间品第胡能欺,十目视而十手指。胜若登山(仙)不可扳,输同降将无穷耻。吁嗟天产石上英,论功不愧阶前蓂。众人之浊我可清,千日之醉我可醒。屈原试与招魂魄,刘伶却得闻雷霆。卢仝敢不歌？陆羽须作《经》。森然万象中,焉知无茶星。商山丈人休茹芝,首阳先生休采薇。长安酒价减千万,成都药市无光辉。不如仙山一啜好,泠然便欲乘风飞。君莫羡花间女郎只斗草,赢得珠玑满斗归。"〔同上〕

百家诗话总龟后集卷之三十

咏茶门

唐赵璘《因话录》载其家兵部君性尤嗜茶,能自煎,谓人曰:"茶须缓火炙,活水煎。"坡有"活水还须缓火煎",恐亦用此。《黄常明》〔《䂬溪诗话》卷七〕

五代时郑遨《茶诗》云:"嫩芽香且灵,吾谓草中英。夜臼和烟捣,寒炉对雪烹。维(罗)忧碧粉散,常〔一〕见绿花生。最是堪珍重,能令睡思清。"范文正诗云:"黄金碾畔绿尘飞,碧玉瓯中翠涛起。"茶色以白为贵,二公皆以碧绿言之,何耶?《三山老人语录》〔《渔隐丛话前集》卷四六〕

〔一〕"常",原作"尝",依明抄本改。

茶之佳品造在社前;其次则火前,谓寒食前也;其下则雨前,谓谷雨前也。佳品其色白,若碧绿者乃常品也。茶之佳品,芽蘖细微,不可多得;若此(取)数多者,皆常品也。茶之佳品,皆点啜之;其煎啜之者,皆常品也。齐己《茶诗》云:"甘传天下口,贵占火前名。"又曰:"高人爱惜藏岩里,白甀封题寄火前。"丁谓《茶诗》曰:"开缄试新火,须汲远山前(泉)。"凡此皆言火前,盖未知社前之品为佳也。郑谷《茶诗》曰:"入坐半瓯轻泛绿,开缄数片浅含香。"郑云叟《茶诗》曰:"维(罗)忧碧粉散,尝见绿花生。"沈存中论茶谓"黄金碾畔绿尘飞,碧玉瓯中翠涛起,宜改绿为玉,翠为素"。此论可也。而举"一夜风吹一寸长"之句,以为茶之精美不必以雀舌鸟嘴为贵。今案:茶至于一寸长,则其芽叶大矣,非佳品也。存中此论曲矣。卢仝《茶诗》曰:"开缄宛见谏议面,手阅月团三百片。"薛能《谢刘相公寄茶诗》曰:"两串春团敌夜光,名题天柱印维阳(扬)。"茶之佳品,珍输(逾)金玉,未易多得,而以三百片惠卢仝、以两串寄薛能者,皆下品可知也。齐己诗:"角开香满室,炉动绿凝铛。"丁谓诗曰:"末细烹还好,铛新味更全。"此皆煎啜之也。煎啜之者,非佳品矣。唐人于茶,虽有陆羽为之说,而评论未精。至本朝,蔡君谟《茶录》既行,则持论精矣。以《茶录》而核前贤之诗,皆未知佳味者也。《三山老人语录》〔《学林新编》〕

唐以前茶惟贵蜀中所产。孙楚歌云:茶出巴蜀。张孟阳《登成都楼诗》云:"芳茶冠六合,溢味播九区。"他处未见称者。唐茶品虽多,亦以蜀茶为重,然惟湖州紫笋入贡。每岁以清明日贡到,先荐宗庙,然后分赐近臣。紫笋生顾渚,在湖常二境之间。当采茶时,两郡守毕至,最为盛会。杜牧诗所谓:"溪尽停蛮棹,旗张卓翠苔。柳村穿窈窕,桃涧渡喧豗。"刘禹锡:"何处人间似仙境,春山携妓采茶时。"皆以此。建茶绝无贵者,仅得挂一名尔。至〔江〕南李氏时渐见贵,始有团圈之制;而造作之精,经丁晋公始大备。自建茶出,天下所产皆不复可数。今出处壑源沙溪土地相去丈尺之间,品味已不同,谓之外焙;况他处乎?则知虽草木之微,其显晦亦自有时。然唐自常衮以前,闽中未有读书者,自衮教之,而欧阳詹之徒始出,而终唐世亦不甚盛。今闽中举子常数倍天下,而朝廷将相公卿每居十四五。人物尚尔,况草

176

木微物也。顾渚涌金泉，每造茶时，太守先祭拜，然后水渐出；造贡茶毕，水稍减；至供堂茶毕，已减半；太守茶毕遂涸。盖常时无水也。或闻今龙焙泉亦然。苕溪渔隐曰：北苑，官焙也，漕司岁以入贡，茶为上。壑源，私焙也，土人亦入贡，茶为次。二焙相去三四里间。若沙溪，外焙也，与二焙相去绝远，自隔一溪，茶为下。山谷诗云："莫遣沙溪来乱真。"正谓此也。官焙造茶，常在惊蛰后一二日兴工采摘，是时茶芽已皆一枪。盖闽中地暖如此。旧读欧公诗有"喊山"之说，亦传闻之讹耳。龙焙泉即御泉也。水之增减亦随水旱，初无渐出遂涸之异。但泉水（味）极甘，正宜造茶耳。《蔡宽夫诗话》〔同上〕

蜀中数处蜀（产）茶，雅州蒙顶最佳。其生最晚，在春夏之交，其地即《书》所谓"蔡蒙旅平"者也。方茶之生，云雾覆其上，若有神物护持之。《东斋纪事》〔同上〕

茶，古不著所出，《本草》云出益州。唐以蒙山顾渚蕲门者为上品，尚杂以苏椒之类。故李泌诗云："旋沫翻成碧玉池，添苏散出琉璃眼。"遂以碧色为贵。止曰煎茶，不知点试之妙，大率皆草茶也。陆羽《茶经》统言福建泉、绍（韶）等十州所出者其味极佳而只（已）。今建安为天下第一。《遁斋闲览》〔同上〕

郑可简以贡茶进用，累官职至右文殿修撰，福建路转运使。其侄千里于山谷间得朱草，可简令其子待问进之，因此得官。好事者作诗云："父贵因茶白，儿荣为草朱。"而千里以从父夺朱草以予子，哓哓不已。待问得官而归，盛集为庆，亲姻毕集，众皆赞喜。可简云："一门侥幸。"其侄遽云："千里埋冤。"众皆以〔为〕的对。是时贡茶一方骚动故也。苕溪渔隐曰：余观东坡《荔支叹》注云："大小龙茶始于丁晋公而成于蔡君谟。欧阳永叔闻君谟进小龙团，惊叹曰：君谟士人也，何至作此事！今年闽中监司乞进斗茶,许之。"故其诗云:"武夷溪边粟粒芽,前丁后蔡相笼加。争新买宠各出意,今年斗品充官茶。"则知始作俑者,大可罪也。《高斋诗话》〔同上〕

《诗》云:"谁谓荼(茶)苦。"《尔雅》云"槚,苦荼",注:"树似栀子。今呼早采者为荼(茶),晚采者为茗,一名荈,蜀人名之苦荼(茶)。"故东坡《乞茶栽》诗云:"《周诗》记苦荼(茶),茗饮出近世。初缘厌粱肉,假此雪昏滞。"盖谓是也。六一居士《尝新茶》诗云:"泉甘器洁天色好,坐中拣择客亦佳。"东坡守维扬,于石塔寺试茶诗云:"禅窗丽午景,蜀井出冰雪。坐客皆可人,鼎器手自洁。"正谓谚云三不点也。《苕溪渔隐》〔同上〕

叶涛诗极不工,而喜赋咏,尝有《试茶诗》云:"碾成天上龙兼凤,煮出人间蟹与虾。"好事者戏云:"此非试茶,乃碾玉匠人尝南食也。"《西清诗话》〔同上〕

唐相李卫公好饮惠山泉,置驿传送,不远数千里。而近世欧阳少师作《龙茶录序》称,嘉祐七年,亲享明堂,致斋之夕,始以小团分赐二府,又(人)给一饼,不敢碾试,至今藏之,时熙宁元年也。吾闻茶不问团锊(銙),要之贵新;水不问江井,要之贵活。千里致水,真伪固不可知;纵令识真,已非活水。自嘉祐七年壬寅,至熙宁元年戊申,首尾七年,更阅三朝而赐茶犹在,此岂复有茶也(味)哉!苕溪渔隐曰:"壬午之春,余赴官闽中漕幕,遂得至北苑观造贡茶。其最精即冰(水)芽,细如针,用御泉水研造。社前已尝贡馀,每片计工直四万钱。分试,其色如乳,平生未尝曾啜此好茶,亦未尝尝茶如此之早也。"唐子西《斗茶记》〔同上〕

鲁直诸茶词,余谓《品令》一词最佳,能道人所不能言,尤在结尾三四句。词云:"凤舞团团饼。恨分破,教孤令。金渠休

（体）净。只轮慢碾，玉尘光莹。汤响松风，早减二分酒病。味浓香永。醉乡路，成佳境。恰如灯下，故人万里，归来对影。口不能言，心下快活对（自）省。"《苕溪渔隐》〔同上〕

东坡诗："春浓睡足午窗明，想见新茶如泼乳。"又云："新火发茶乳。"此论皆得茶之正色矣。至《赠谦师点茶》则云："忽惊午盏兔毫斑，打作春瓮鹅儿酒。"盖用老杜诗："鹅儿黄似酒，对酒爱鹅儿。"若是则色黄，乌得为佳茗矣？今《东坡前集》不载此诗，想自知其非，故删去之。同上〔同上后集卷一一〕

腊茶出于建剑，草茶盛于两浙，两浙之品，日注为第一。自景祐已后，洪州双井白芽渐盛。近岁制作尤精，囊以红纱，不过一二两，以常茶十数斤养之，用辟暑湿之气，其品远出日注上，遂为草茶第一。苕溪渔隐曰：醉翁又有《双井茶诗》云："西江水清江石老，石上生茶如凤爪。穷腊不寒春气早，双井芽生先百草。白毛囊以红纱碧（碧纱），十斤茶养一斤芽。长安富贵五侯家，一啜犹须三日夸。"蔡君谟好茗饮，又精于藻鉴，答程公辟简云："向得双井四两，其时人还，未识（试），叙谢不悉。寻烹治之，色香味皆精好，是为茗芽之冠，非日注宝云可并也。"涪翁尤誉双井，盖乡物也。李公择有诗嘲之，戏作《解嘲》云："山芽落硙风回雪，曾与尚书破睡来。勿以姬姜弃憔悴，逢时瓦釜亦鸣雷。"又《答黄冕仲索煎双井并简王扬休》诗云："江夏无双乃吾宗，同舍颇似王安丰。能浇茗碗湔祓我，风袂（神）欲挹浮丘公。吾宗落笔赏幽事，秋月下照澄江空。家山鹰爪是小草，敢与好赐云龙同。不嫌水厄幸来辱，寒泉汤鼎听松风。"同上〔同上〕

世言团茶始于丁晋公，前此未有也。庆历中，蔡君谟为福建漕，更制小团，以充岁贡。元丰初，下建州又制密云龙以献，其品高于小团，而其制益精矣。曾文昭所谓"莆阳学士蓬莱仙，制成月团飞上天",又云"密云新样尤可喜,名出元丰圣天子"是也。唐陆羽《茶经》于建茶尚云未详,而当时独贵阳羡茶,岁贡特盛。茶山居湖常二州之间,修贡则两守相会山椒,有境会亭,基尚存。卢仝《谢孟谏议茶诗》云"天子须尝阳羡茶,百草不敢先开花"是已。然又云:"开缄宛见谏议面,手阅月团三百片。"则团茶已见于此。当时李郢《茶山贡焙歌》云:"烝之馥(护)之香胜梅,研膏架动声如雷。茶神(成)拜表贡天子,万人争喊春山摧。"观研膏之句,则知尝为团茶无疑。自建茶入贡,阳羡不复研膏,只谓之草茶而已。《葛常之》〔《韵语阳秋》卷五〕

昨夜梦参寥师携轴诗见过,觉而记其《饮茶》两句云:"寒食清明都过了,石泉槐火一时新。"梦中问:"火固新矣,泉何故新?"答曰:"俗以清明淘井。"当续成诗,以记其事。东坡〔《渔隐丛话前集》卷四六〕

百家诗话总龟后集卷之三十一　壬集

格致门

《诗眼》：山谷言，文章必谨布置，每见后学，多言（告）以《原道》命意曲折。后予以此概考古人法度，如赠韦见素诗云："纨袴不饿死，儒冠多误身。"此一篇立意〔也〕，故使人静听而具陈之〔耳〕。自"甫昔少年日，〔早充观国宾〕"，"致君尧舜上〕，〔至〕再使风俗淳"，皆儒冠事业也。自"此意竟萧条"至"蹭蹬无纵鳞"，言误身如此也。则意举而文备，故已有是诗矣。然必言其所以〔见〕韦者，于是有厚愧真知之句，所以真知者，谓传诵其诗也。然宰相职在荐贤，不当徒爱人而已，士故不能无望，故曰："窃效贡□（公）喜，难甘原宪贫。"果不能荐贤，则去之可也，故曰："焉能心怏怏，只是走踆踆。"又将入海而去秦也。然其去也，必有迟迟不忍之意，故曰："尚怜终南山，回首清渭滨。"则所知不可以不别，故曰："常拟报一饭，况怀辞大臣。"夫如此，是可以相忘于江湖之外，虽见〔素〕亦不可得而见矣。故曰"白鸥波（没）浩荡，万里谁能驯"终焉。此诗前贤录为压卷，盖布置最得正体，如官府甲第，厅堂房室各有定处，不可乱也。韩文公《原道》与《书》之《尧典》如此，其他皆谓之变体可也。〔《渔隐丛话前

集》卷一〇〕

曲水修禊之会，人各赋诗，成两篇者，自右军安石而下才十一人。成一篇者，郗昙王鄷（鄷作"丰之"）而下十五人。诗不成罚觥者凡十六人。今观所传诗，数（类）皆四言五言，而又两韵者两（多），四韵者无几。四言二韵正（止）十六字耳，当时得预者往往皆知名士，岂献之辈终日不能措辞于十六字哉！窃意古人持重自惜，不欲率尔（然），恐贻久远讥议，不如不赋之为愈。《黄常明》〔《䂬溪诗话》卷一〇〕

白献晋公云："闻说风情筋力在，只如初破蔡州时。"虽叙其功业与寿康，其语缓而不迫，此可为作诗法也。《䂬溪》〔卷九〕

省题诗自成一家，非他诗比也。首韵拘于见题，则易于牵合；中联缚于法律，则易于骈对。非若游戏于烟云月露之形，可以纵横在我者也。王昌龄、钱起、孟浩然、李商隐辈皆有诗名，至于作省题诗则疏矣。王昌龄《四时调玉烛诗》云："祥光长赫矣，佳号得温其。"钱起《巨鱼纵大壑诗》云："方快吞舟意，尤殊在藻嬉。"孟浩然《骐骥长鸣诗》云："逐逐怀良驭，萧萧顾乐鸣。"李商隐《桃李无言诗》云："夭桃花正发，秾李蕊方繁。"此等句〔与〕儿童无异。以此知省题诗自成一家也。《丹阳集》〔《韵语阳秋》卷三〕

古辞云："藁砧今何在，山上复有山。何当大刀头，破镜飞上天。"藁砧，砆也，谓夫也。山上有山，出也。大刀头，刀上镮也。破镜，言半月当还也。此诗格非当时有释之者，后人岂能晓哉！古辞又云："围棋烧败袄，着子故依（衣）然。"陆龟蒙皮日休固（间）尝拟之，陆云："旦日思双履，明时愿早谐。"皮云："莫言春茧薄，犹有万重思。"是皆以下句释上句，与《藁砧》异矣。《乐府解题》以此格为风人诗，取陈诗以观民风，示不显言之意。至东坡《无题》诗云:"莲子擘开须见薏,秋(楸)枰着尽更无棋。破彩(衫)却有重缝处,一饭何曾忘却匙!"是文与释普(并)见于一句中,与风人诗,又小异矣。《丹阳集》〔同上卷四〕

老杜歌行与长韵律诗,后人莫及。而苏黄用韵下字用故事处,亦古所未到。晋宋间人造语题品,绝妙今古。近世苏黄帖题跋之类,率用此法,尤为要妙。《吕氏童蒙训》

学退之不至,李翱皇甫湜。然翱湜之文,足以窥测作文用力处。近世欲学诗,则莫若先考江西诸派。同上

老杜歌行,最见次第出入本末。而东坡长句波澜浩大,变化不测。如作杂剧,打猛诨入却打猛诨出也。《吕氏童蒙训》〔《渔隐丛话前集》卷四二〕

读《古诗十九首》及曹子建诸诗,如"明月入高楼(我牖),流光正徘徊"之类,诗皆思深远而有馀意,言有尽而意无穷也。学者当以此等诗常自涵养,自然下笔高妙。〔同上卷一〕

大概学诗须以《三百篇》、《〔楚〕辞》及汉魏间人诗为主,方见古人妙处,自无齐梁间绮靡气味也。〔同上后集卷一〕

少游过岭后诗严重高古,自成一家,与旧作不同,〔学者亦宜详味。〕文潜诗自然奇逸,非他人可及。如"秋明树外天","客灯青映壁,城角冷吟霜","浅山寒带水,旱日〔白〕吹风","川坞半夜雨,卧冷五更秋"之类,迥出时流,虽是天姿,亦学可及。学者若能常玩味此等语,自然有变化处也。〔同上前集卷五〇、五一〕

今人作诗,自述则称我,谓人则称君,往往相习皆然。杜子美《送孔巢父诗》云:"道甫问信今何如!"《坠马诸公携酒相看诗》云:"甫也诸侯老宾客。"《遇王倚饮》云:"在于甫也何由羡!"则自述乃称名。《送樊侍御》云:"至尊方旰食,仗尔布嘉惠。"《寄李太白》云:"昔年有狂客,号尔谪仙人。"《送窦九》云:

183

"非尔更持节,何人符大名!"则谓人乃称尔。若谓尊之甚则称名,则前三人皆非通贵之士;若谓卑则甚之(之甚则)称尔,则后三人皆非稚孺之列。盖其诗格变态如是,恐不系重轻也〔《韵语阳秋》卷二〇〕

效法门

退之:"心讶近(愁)来惟贮火,眼知别后自添花。"临川云:"发为感伤无翠葆,眼从瞻望有玄花。"〔又〕"久钦江总文才妙,自叹虞翻骨相屯。"王(又)云:"久谙郭璞言多验,老比颜含意更疏。"韩:"我今罪重无归望,直去长安路八千。"永叔:"今日始知予罪大,夷陵去此更三千。"柳:"十年憔悴到秦京,谁料今为岭外行。"王:"十年江海别常轻,岂料今随寡嫂行。"柳:"直以疏慵招物议,休将文字占(趁)时名。"王:"直以文章供润色,未应风月负登临。"〔柳〕:"十一年前南渡客,四千里外北归人。"又:"一身去国六千里,万死投荒十二年。"苏:"七千里外二毛人,十八滩头一叶身。"黄:"五更归梦三千里,一日思亲十二时。"皆不约而合,句法使然故也。《黄常明》〔《碧溪诗话》卷五〕

老杜《雨诗》云:"紫崖奔处黑,白鸟去边明。"而"江碧鸟逾白,山青花欲燃"之句似之。《赠王侍御》云:"晓莺工迸泪,秋月解伤神。"而"感时花溅泪,恨别鸟惊心"之句似之。殆是同一机轴也。《葛常之》〔《韵语阳秋》卷四〕

刘叉诗酷似玉川子,而传于世者二十七篇而已。《冰柱雪车》二诗虽作语奇怪,然议论亦皆出于正也。《冰柱》诗云:"不为四时雨,徒于道路成泥渣;不为九江浪,徒能汩没天之涯。"《雪车》诗谓:"官家不知民馁寒,尽驱牛车盈道载屑玉。载载欲

何之,秘藏深当(宫),以御炎酷。"如此等句,亦有补于时,与玉川《月蚀诗》稍相类。《丹阳集》〔同上卷三〕

张籍云:"爱养无家客,多传得力方。"坡《赠金山元老》云:"蒜山幸有闲田地,招此无家客任居(一房客)。"葛常之〔《碧溪诗话》卷八〕

白云:"趁凉行绕竹,引睡卧看(观)书。"坡:"引睡文书信手翻。"书引睡魔,诚人人所同也。同上〔同上〕

诗病门

学者须做有用文字,不可尽力虚言。有用文字,所(议)论文字是也。议论文字须以董仲舒刘向为主;《礼记》《周礼》及《新序》《说苑》之类,皆当贯穿熟考;则做一日便有一日工夫。近世文字,如曾子固诸序尤须详味。〔一〕学古人文字,须得〔其〕短处,如杜子美诗颇有近质野处,如《封主簿亲事不合诗》之类是也。东坡诗有汗漫处,鲁直诗有太新奇太巧处,皆不可不知。东坡诗如"成都画手开十眉","楚山固多猿,青者黠而寿",皆穷极思致,出新意于法度之表,前贤所未到。然学者专力于此,则亦失古人作诗之意。〔《渔隐丛话前集》卷四八〕

〔一〕《渔隐丛话前集》卷四八引《吕氏童蒙训》无上段文字。

《刘禹锡嘉话》载杨祭酒《赠项斯》诗曰:"度(几)度见诗诗总好,今观标格胜于诗。平生不解藏人善,到处相逢说项斯。"斯集中绝少佳句,如《晚春花》云:"疏与香风会,细将泉影移。"《别张籍》云:"子城西并宅,御水北同渠。"拙恶有馀,宜祭酒公谓标格胜于诗也。祭酒乃敬之也。其赠斯诗鄙俗如此,与斯亦奚远哉!《葛常之》〔《韵语阳秋》卷四〕

乐府门

周美成为江宁府溧水令。主簿之室有色而慧,美成每款洽于尊席之间。世有(所)传《风流子》词盖所寓意焉:"新绿小池塘。风帘动,碎影舞斜阳。羡一作见。金屋去来,旧时巢燕;土花缭绕,前度高(莓)墙。绣阁凤帷深处(几)许,听得理丝黄(簧)。欲说又休,虑乖芳信;未歌先噎,愁转清商。暗想新妆了,开朱户,应自待月西厢。最苦梦魂,今霄(宵)不到伊行。问甚时却与,佳音密耗,痴(拟)将秦镜,偷换韩香。天便教人,霎时厮见何妨!"新绿待月皆簿厅亭轩之名也。俞羲仲云。〔《挥麈录》馀话卷二〕

徐幹臣伸,三衢人。政和初以知音律为太常典乐,出知常州。尝自制《转调二郎神》之词云:"闷来弹鹊,又搅碎,一帘花影。谩试着春衫,还思纤手,薰彻金虬烬冷。动是愁端,如何向,但怪得新来多病。嗟旧日沈腰,如今潘鬓,怎堪临镜!重省。别时泪滴,罗襟犹凝。为我厌厌,日高慵起,长托春酲未醒。雁足不来,马蹄难驻,门掩一亭芳景。空伫立,尽日栏干倚遍,昼长人静。"既成,会开封尹李孝寿来牧吴郡。李以严治京兆,号李阎罗。道出郡下,幹臣大合乐燕劳之。喻群娼令讴此词,必待其问乃止。娼如戒,歌至三四,李果询之。幹臣蹙頞云:"某顷有一侍婢,色艺冠绝,前岁以亡室不容逐去。今闻在苏州一兵官处。屡遣信欲复来,而今之主公靳之,感慨赋此。词中所叙,多其书中语。今焉适有天幸,公拥麾于彼,不审能为我之地否?"李云:"此甚不难,可无虑也。"既次无锡,宾赞者请受谒次第,李云:"郡官常(当)至枫桥。"桥距城十里而远,翌日舣舟其所,官吏上下望风股栗。李一阅刺字,忽大怒云:"都监在法不许出城,乃亦至此!使郡中万一有火盗之虞,岂不殆哉?"斥都监下阶,荷校送狱。又数日,取其供牍判"奏"字。其家震惧求援,宛转哀鸣致恳。李笑云:"且还徐典乐之妾了,来理会。"兵官者解其指,即日承命。然后舍之。〔同上〕

曾文肃十子,最钟爱外祖空青公,有寿词云:"江南客,家有宁馨儿。三世文章称大手,一门兄弟独良眉。籍甚众多推。千里足,来自渥洼池。莫倚善题《鹦鹉赋》,青山须待健时归。不似傲当时。"其后外祖果以词翰名世,可谓父子为知己也。《挥麈录》〔同上卷一〕

世传温公有《西江月》一词,今复得《锦堂春》云:"红日迟迟,虚廊转影,槐阴迤径(逦)西斜。彩笔工夫,难状晚景烟霞。蝶尚不知春去,漫绕幽砌寻花。奈猛风过后,纵有残红,飞向谁家! 始知青鬓无价,叹飘零宦路,荏苒年华。今日笙歌丛里,特地咨嗟。席上青衫湿透,算感旧,何止琵琶!怎不教人见老,多少离愁,散在天涯。"《东皋杂录》〔《渔隐丛话后集》卷二二〕

〔欧阳永叔〕送刘贡父守维扬,作长短句云:"平山栏槛倚晴空。山色有无中。"平山堂望江右(左)诸山甚近,或以谓永叔短视,故云"山色有无中"。东坡笑之,因赋快哉亭道其事云:"长记平山堂上,欹枕江南烟雨,杳杳没孤鸿。认取醉翁语,'山色有无中。'"盖"山色有无中",非烟雨不能然也。《艺苑雌黄》〔同上卷二三〕

方回词有《雁后归》云:"巧剪合欢罗胜子,钗头春意翩翩。艳歌浅笑拜嫣然。愿郎宜此酒,行乐驻华年。 未至文园多病客,幽襟凄断堪怜。旧游梦挂碧云边。人归落雁后,思发在花前。"山谷守当涂,方回过焉,人日席上作也。腔本《临江仙》,山

187

谷以方回用薛道衡诗,故易以《雁后归》云。唐刘悚《传记》云:隋薛道衡聘陈,为《人日》诗曰:"入春才七日,离家已二年。"南人嗤之。及云:"人归落雁后,思发在花前。"乃曰:"名下无虚士。"《复斋漫录》〔同上卷二五〕

《后山诗话》谓:"退之以文为诗,子瞻以诗为词,如教坊雷大使之舞,虽极天下之工,要非本色。"余谓后山之言过矣。子瞻佳词最多,其间杰出者,如:"大江东去,浪淘尽千古风流人物",赤壁词;"明月几时有,把酒问青天",中秋词;"落日绣帘卷,庭下水澄(连)空",快哉亭词;"乳燕飞华屋,悄无人,桐阴转午",初夏词;"明月如霜,好风如水,清景无限",夜登燕子楼词;"楚山修竹如云,异材秀出千林表",咏笛词;"玉骨那愁瘴雾,冰肌自有仙风",咏梅词;"东武南城,新堤固,涟漪初溢",宴流杯亭词;"冰肌玉骨,自清凉无汗",夏夜词;"有情风万里卷潮来,无情送潮归",别参寥词;"缺月挂疏桐,漏断人初静",秋夜词;"霜降水痕收,浅碧鳞鳞露远洲",九日词。凡此十馀词,皆绝去笔墨畦径间,直造古人不到处,真可使人一唱而三叹。若谓以诗为词,是大不然。子瞻自言平生不善唱曲,故间有不入腔处,非尽如此。后山乃比之教坊雷大使舞,是何每况愈下?盖其缪耳!

〔同上卷二六〕

百家诗话总龟后集卷之三十二

乐府门

翰林学士聂冠卿,尝于李良定公席上赋《多丽》词云:"想人生,美景良辰堪惜。问其间,赏心乐事,就中谁(难)是并得。况东城,凤台沁苑,泛晴波,浅照金碧。露洗华桐,烟霏丝柳,绿阴摇曳,荡春一色。画堂迥,玉簪琼珮,高会尽词客。清欢久,重燃绛蜡,别就瑶席。 有翻(翩)若惊鸿体态,暮为行雨标格。逞珠喉(唇),缓歌妖丽,似听流莺乱花隔。慢舞萦回,娇鬟低嚲,腰支纤细困无力。忍分散,彩云归后,何处更寻觅?休辞醉,明月好花,莫谩轻掷。"蔡君谟时知泉州,寄良定公书云:"新传《多丽》词,述宴游之娱,使病夫举首增叹耳。又近者有客至自京师,言诸公春日多会于元伯园池,因念昔游,辄形篇咏:绿渠春水走潺湲,画阁峰峦映雪(碧)鲜。酒令已行金盏侧,乐声初认翠裙圆。清游胜事传都下,《多丽》新词到海边。曾是尊前沉醉客,天涯回首重依然。"苕溪渔隐曰:冠卿词有"露洗华桐,烟霏丝柳"之句,此正是中(仲)春天气。下句乃云:"绿阴摇曳,荡春一色。"其时未有绿阴,真语病也。《复斋漫录》〔《渔隐丛话后集》卷三九〕

吾昔自杭移高密，与杨元素同舟，而陈令举、张子野皆从余过李公择于湖，遂与刘孝叔俱至松江。夜半月出，置酒垂虹亭上。子时（野）年八十五，以歌词闻于天下，作《定风波令》，其略云："见说贤人聚吴分。试问。也应旁有老人星。"坐客欢甚，有醉倒者。此乐未尝忘也。今七年耳，子野孝叔令举皆为异物。而松江桥亭，今岁七月九日，海风驾湖（潮），平地丈馀，荡尽无馀（复）孑遗矣。追思曩时，真一梦耳。苕溪渔隐曰："吴兴郡圃今有六客亭，即公择、子瞻、元素、子野、令举、孝叔，时公择守吴兴也。东坡又（有）云：'余昔与张子野、刘孝叔、李公择、陈令举、杨元素会于吴兴，时子野作《六客词》，其卒章〔云〕：尽道贤人聚吴分。试问。也应旁有老人星。凡十五年，再过吴兴，而五人者皆已亡矣。时张仲谋与曹子方、刘景文、苏伯固、张秉道为坐客，仲谋请作《后六客词》，云：月满苕溪照夜堂，五星一老斗光芒。十五年间真梦里。何事。长庚对月独凄凉。　绿发苍颜同一醉。还是。六人吟笑水云乡。宾主谈锋谁得似。看取。曹刘今对两苏张。'"《东坡》〔同上〕

柳三变字景庄，一名永，字耆卿。喜作小词，然薄于操行。当时有荐其才者，上曰："得非填词柳三变乎？"曰："然。"上曰："且去填词。"由是不得志，日与儇子纵游倡馆酒楼间，无复检率，自称云，奉圣旨填词柳三变。乌乎，小有才而无德以将之，亦士君子之所宜戒也。柳之乐章，人多称之，然大概非羁旅穷愁之辞，则闺门淫媟之语。若以欧〔阳〕永叔、晏叔原、苏子瞻、黄鲁直、张子野、秦少游辈较之，万万相辽。彼其所以传名者，直以言多近俗，俗子易悦故也。皇祐中，老人星现，永应制撰词，意望厚恩。无何始用渐字终篇，有"太液波翻"之语，其间"宸游凤辇何处"与仁庙挽词暗合，遂〔致〕忤旨。士大夫惜之。余谓柳作此词,借使不忤〔旨〕,亦无佳处。如"嫩菊黄深,拒霜红浅",竹篱茅舍〔间〕何处无此景物?方之李谪仙夏英公等应制词,殆不啻天冠地履也!世传永尝作《轮台子》早行词,颇自以为得意。其后张子野见之云:既言"匆匆策马登途,满目淡烟衰草",则已辩色矣。而后又言"楚天阔,望中未晓"何也?抑(柳)何语意颠倒如是?《艺苑雌黄》〔同上〕

先君尝云,古词《绛都春》有"鳌山彩构蓬莱岛"之句,当云彩缔。余前集误以古词为柳词,今正是之。《苕溪渔隐》〔同上〕

先君顷尝丐祠,居射村,作《感皇恩》一词云:"乞得梦中身,归栖水云(云水)。始觉精神自家底。峭帆轻棹,时与白鸥游戏。畏途都不管,风波起。 光景如梭,人生浮华(脆)。百岁何妨尽沉醉。卧龙多事。谩说三分奇计。算来争似我,长昏睡。"又尝江行阻风,作《渔家傲》一词云:"几日北风江海立。千车万马鏖声急。短棹峭寒欺酒力。飞雨息。琼花细细穿窗隙。 我本绿蓑青箬笠。浮家泛宅烟波逸。渚鹭沙鸥都旧识。行未得。高歌与尔相寻觅。"同上〔同上〕

《颜氏家训》云:"别易会难,古人所重。江南饯送,下泣言离。北间风俗,不屑此事。歧路言离,欢笑分首。"李后主盖用此语耳。故长短句云:"别时容易见时难。"《复斋漫录》〔同上〕

旧词高雅,非近世所及,如《扑胡蝶》一词,不知谁作。非惟藻丽可喜,其腔调亦自婉美。〔同上〕

冯延巳著乐章百馀阕,其《鹤冲天》词云:"晓月坠,〔宿〕云披,银烛锦屏帏。建章钟动玉绳低。宫漏出花迟。"又《归国谣》词云:"江水碧。江上何人吹玉笛。扁舟远送潇湘客。芦花千里霜月白。伤行色。明朝便是关山隔。"见称于世。元宗乐府词云:"小楼吹彻玉笙寒。"延巳有"风乍起,吹皱一池春水"之句,皆为警策。元宗尝戏延巳:"'吹皱一池春水',干卿何事?"延巳曰:"未如陛下'小楼吹彻玉笙寒'。"元宗悦。苕溪渔隐曰:《古今诗话》云,江南成文幼为大理卿,词曲妙绝,尝作《谒金门》云:"风乍起,吹皱一池春水。"中〔主〕闻之,因案狱稽滞,召诘之,且谓曰:"卿职在典刑,一池春水,又何干于卿!"文幼顿首。又《本事曲》云:南唐李国主尝责其臣曰:"吹皱一池春水,干卿何事!"盖赵公所撰《谒金门》词有此一句,最为警策。其臣即对曰:"未如陛下小楼吹彻玉笙寒。"若《本事曲》所记但云赵公,初无其名,所传必误。惟《南唐书》、《古今诗话》二说不同,未详孰是。《南唐书》〔同上〕

李(王)感化善讴歌,声韵悠扬,清振林木,系乐部为歌板色。元宗尝作《浣溪沙》二阕,手写赐感化曰:"菡萏香消翠叶残。西风愁起碧波间。还与容光共憔悴,不堪看。　细雨梦回鸡塞远,小楼吹彻玉笙寒。簌簌泪珠多少恨,倚阑干。""手卷真珠(珠帘)上玉钩。依前春恨锁重楼。风里落花谁是主,思悠悠。　青鸟不传云外信,丁香空结雨中愁。回首绿波三峡暮,接天流。"后主即位,感化以其词札上之,后主感动,赏赐感化甚优。苕溪渔隐曰:"元宗即嗣主李璟,尝作此二词,《古今词话》乃以为后主作,非也。后主名煜。"《南唐书》〔同上〕

东坡"大江东去"赤壁词,语意高妙,真古今绝唱。近时有人和此词,题于邮亭壁间,不著其名。语虽粗豪,亦气概可取(喜),今谩笔之。词曰:"炎精中否,叹人材委靡,都无英物。戎马长驱三犯阙,谁作连城坚壁!楚汉吞并,曹刘割据,白骨今如雪。书生钻破,简编说甚英杰!　天意眷我中兴,吾君神武,小曾孙周发。海岳封疆俱效职,狂虏何劳追灭!翠羽南巡,叩阍无路,徒有冲冠发。孤忠耿耿,剑锋冷浸秋月。"《苕溪渔隐》〔同上

前集卷五九〕

孙觌字济师,尝作《落梅词》甚佳:"一声羌管吹呜咽。玉溪半夜梅翻雪。江月正茫茫。断桥流水香。　含章春欲暮。落日千山雨。一点着枝酸。吴姬先齿寒。"同上〔同上〕

汪彦章舟行汴中,见岸旁画舫有映帘而观者,甚(止)见其额。有词云:"小舟帘隙。佳人半露梅妆额。绿云低映花如刻。恰似秋宵,一半银蟾白。　结儿梢朵香红扐。钿蝉隐隐摇金碧。春山秋月(水)浑无迹。不露墙头,些子真消息。"寄《醉落魄》。同上〔同上〕

词句欲全篇皆好,极为难得。如贺方回"淡黄杨柳带栖鸦",秦处度"藕叶清香胜花气"二句,写景咏物,可谓造微入妙,若其全篇皆不逮此矣。徐幹臣"雁足不来,马蹄难驻,门掩一庭芳景",驻字当作去字,语意乃佳。周美成:"水亭小,浮萍破处,檐花帘影颠倒。"按杜少陵诗"灯前细雨檐花落",美成用此檐花二字,全与出处意不相合,乃知用字之难矣。赵德麟:"重门不锁相思梦,随意绕天涯。"徐师川:"柳外重重叠叠山,遮不断,愁来路。"二词造语虽不同,其意绝相类。古词:"水竹旧院落,樱笋新蔬果。"一本是:"水竹旧(田)院落,莺引新雏过。"不然"樱笋新蔬果",则与上句有何干涉?董武子"畴昔寻芳秘殿西,日厌(压)金铺,宫柳垂垂。"然秘殿岂是寻芳之处?非所当言也。〔同上〕

侯元功蒙,密州人。自少游场屋,年三十有一始得乡贡,人以其年长邈(貌)寝,不之敬。有轻薄子画其形于纸鸢上,引线放之。蒙见而大笑,作《临江仙》词题其上曰:"未遇行藏谁肯信?如今方表名踪。无端良匠画形容。当风轻借力,一举入高空。　才得吹嘘身渐稳。只疑远赴蟾宫。雨馀时候夕阳红。

193

几人平地上,看我碧霄中。"蒙一举即登第。年五十馀遂为执政。《夷坚志》〔同上〕

曾端伯慥编《乐府雅词》以秋月词《念奴娇》为徐师川作,梅词《点绛唇》为洪觉范作,皆误也。秋月词乃李汉老,梅词乃孙和仲冲,冲(和仲)即正言谔之子也。又世传《江城子》、《青玉案》二词皆东坡所作,然《西清诗话》谓《江城子》乃叶少蕴作,《桐江诗话》谓《青玉案》乃姚进道作。四词皆佳,今并录之。《念奴娇》词云:"素光练浮(净),映秋山,隐隐修眉横绿。鸂鶒楼高天似水,碧瓦寒生银粟。千丈斜晖,奔云涌露(雾),飞过卢(广)同屋。更无尘气,满庭风碎梧竹。　谁念鹤发仙翁,当年曾共赏,紫岩飞瀑。对饮(影)三人聊痛饮,一洗离愁千斛。斗转参横,翩然归去,万里骑黄鹄。满天霜晓,叫云吹断横玉。"《点绛唇》词云:"流水泠泠,断桥斜路梅枝亚。雪〔花〕初下。全似江南画。　白璧青钱,难买春无价。归来也。风吹芊(平)野,一点香随马。"《江城子》云:"银涛无际卷蓬瀛。落霞明。暮云平。曾见青鸾紫凤下层城。二十五弦弹不尽,空感概(慨),有馀情。　苍梧烟水断归程。卷霓旌。为谁迎。空有千行,流泪寄幽贞。舞罢鱼龙云海晚,千古恨,入江声。"《青玉案》词云:"三年枕上吴中路。遣黄耳,随君去。若到松江呼小渡。莫惊鸥鹭。四桥尽是,老子经行处。　《辋川图》上看春暮。长记高人右丞句。作个归期天已许。春衫犹是,小蛮针线,曾湿西湖雨。"汉老《念奴娇》词中有"满天霜晓,叫云吹断横玉"之句,乃用崔鲁《华清宫》诗:"银河漾漾月辉辉,楼碍天边织女机。横玉叫云清似水,满空霜逐一声飞。"或云叫云乃笛名,非也。又端伯所编《乐府雅词》中有《汉宫春》梅词云是李汉老作,非也。乃晁冲之叔用作,政和间作此词献蔡攸,是时朝廷方典(兴)大晟府,蔡攸携此词呈其父云:"今日于乐府中得一人。"京览其词喜之,即除大晟府丞。今载其词曰:"潇洒江梅,白(向)竹梢稀处,横两三枝。东君也不爱惜,雪压风欺。无情燕子,怕春寒,轻失佳期。惟是有南来归雁,年年长见开时。　清浅小溪如练,问玉堂何似,茅舍疏篱。伤心故人去后,冷落新诗。微云淡月,对孤芳,分付他谁。空自倚,清香未减,风流不在人知。"此词中用玉堂事,乃唐人诗云:"白玉堂前一树梅,今朝忽见数枝开。儿家门户重重闭,春色因何得入来。"或云玉堂乃翰苑之玉堂,非也。《苕溪渔隐》〔同上〕

元丰间,都人李婴调蕲水县令,作《满江红》一曲往黄州上东坡,东坡甚喜之。其词云:"荆楚风烟,寂寞近、中秋时候。露下冷,兰英将谢,苇花初秀。归燕殷勤辞巷陌,鸣蛩凄楚来窗牖。又谁念,江边有神仙,飘零久。　横琴膝,携筇手。旷望眼,闲吟口。任纷纷万事,到头何有。君不见凌烟冠剑客,何人气貌长依旧。《归去来》一曲为君吟,为君寿。"《苕溪渔隐》〔同上〕

《古乐府》诗云:"今世褦襶子,触热到(向)人家。"褦襶,《集韵》解之云:不晓事。余素畏热,乃知人触热来人家,其谓不晓事宜矣。尝爱王逐客作夏词《送将归》,不用浮瓜沉李等事,而天然有尘外凉思。其词云:"百尺清泉声陆续。映萧洒,碧梧翠竹。面千步回廊,重重帘幕,小枕欹寒玉。　试展绞(鲛)绡看画轴。见一片、潇湘凝绿。待玉漏穿花,银河穿(垂)地,月上栏干曲。"此语非触热者之所知也。苕溪渔隐曰:余尝爱李太白《夏日山中》诗:"脱巾挂石壁,露顶洒松风。"其清凉可想也。《漫叟诗话》〔同上〕

贾耘老旧有水阁在苕溪之上,景物清旷。东坡作守时屡过之,题诗画竹于壁间。沈会宗又为赋小词云:"景物因人成胜概。满目更无尘可碍。等闲帘幕小栏干,衣未解。心先快。明月清风如有待。　谁信门前车马隘。别是人间闲世界。坐中无物不清凉,山一带。水一派。流水白云长自在。"其后水阁屡易主,今已摧毁久矣。遗址正与余水阁相近,同在一岸,景物悉如会宗之词。故余尝有鄙句云:"三间小阁贾耘老,一首佳词沈会宗。无限当时好风月,如今总属续(绩)溪翁。"盖谓此也。《苕溪渔隐》〔同上〕

晏叔原工小词,如"舞低杨柳楼心月,歌尽桃花扇底风",不愧六朝宫掖到(体)。荆公小词云:"揉蓝一水萦花草。寂寞小桥千嶂抱。人不到。柴门自有清风扫。"略无尘土思。山谷小词云:"春未透。花枝瘦。正是愁时候。"极为学者所称赏。味秦湛处度尝有小词云"春透水波明,寒峭花枝瘦",盖法山谷也。《雪浪斋日记》〔同上〕

孙洙字巨源,元丰间为翰苑,名重一时。李端愿太尉世戚里,折节交搢绅间,而孙往来尤数。会一日锁院,宣召者至其家,则已出;数十辈踪迹之,得于李氏。时李新纳妾,能琵琶。孙饮不肯去。而迫于宣命,李不敢留,遂入院,几二鼓矣。草三制罢,复作长短句寄恨恨之意。迟明遣示李。其词曰:"楼头尚有三通鼓。何须抵死催人去。上马苦匆匆。琵琶曲未终。　回头凝望处。那更帘纤雨!漫道玉为堂。玉堂今夜长。"《夷坚志》〔同上〕

武才人出庆寿宫,色最后庭。裕陵得之。会教坊献新声,为作词号《瑶台第一层》。《后山诗话》〔同上〕

柳三变游东都南北二巷,作新乐府,骩骳从俗,天下咏〔之〕,遂传禁中。仁宗颇好其词,每对酒,必使侍伎歌之再三。三变闻之,作宫词号《醉蓬莱》,因内官达后宫,且求其助。〔后〕

仁宗闻而觉之，自是不复歌其（此）词矣。会改京官，乃以无行黜之。后改名永，仕至屯田员外郎。苕溪渔隐曰：先君尝云柳词"鳌山彩构蓬莱岛"，当云"彩缔"。坡词"低绮户"当云"窥绮户"。二字既改，其词益佳。《后山诗话》〔同上〕

荆公问山谷云："作小词曾看李后主词否？"云："曾看。"荆公云："何处最好？"山谷以"一江春水向东流"为对。荆公云："未若'细雨梦回鸡塞远，小楼吹彻玉笙寒'。又'细雨湿流光'最妙。"《雪浪斋日记》〔同上〕

南唐李后主归朝后，每怀江国，且念嫔妾散落，郁郁不自聊。尝作长短句云："帘外雨潺潺。春意阑珊。〔罗〕衾不暖五更寒。梦里不知身是客，一晌贪欢。　独自莫凭栏。无限关山。别时容易见时难。流水落花何处也，天上人间。"含思凄惋，未几下世。《西清诗话》〔同上〕

李后主词云："三十馀年家国，数千里地山河……几曾惯〔见〕干戈？　一旦归为臣虏。沈腰潘鬓消磨。最是苍黄辞庙日，教坊犹奏别离歌。挥泪对宫娥。"后主既为樊若水所卖，举国与人，故当恸哭于九庙之外，谢其民而后行。顾乃挥泪宫娥，听教坊离曲哉！《东坡诗话》〔同上〕

南唐后主围城中作长短句，未就而城破。"樱桃落尽春归去，蝶翻金粉双飞。子规啼月小楼西。曲阑金箔，惆怅卷金泥。门巷寂寥人去后，望残烟草低迷。"余尝见残稿，点染晦昧，心方危窘，不在书耳。艺祖云："李煜若以作诗工夫治国事，岂为吾虏也？"苕溪渔隐曰：余观《太祖实录》及《三朝正史》云：开宝七年十月诏曹彬潘美等率师伐江南。八年十一月拔升州。今后主词乃咏春景，决非十一月城破时作。《西清诗话》云后主作长短句未就而城破，其言非也。然王师围金陵凡一年，后主于围

城中春间作此词,则不可知。是时其心岂不危窘?于此言之乃可也。《西清诗话》〔同上〕

前人评杜诗云"红豆啄残鹦鹉粒,碧梧栖老凤凰枝",若云"鹦鹉啄残红豆粒,凤凰栖〔老〕碧梧枝"便不是好句。余谓词曲亦然。李璟有曲:"手卷真珠上玉钩",或改为"珠帘"。舒信道有曲云:"十年马上春如梦。"或改云"如春梦"。非所谓遇知音。《漫叟诗话》〔同上〕

吴越后王来朝,太祖为置宴,出内妓弹琵琶。王献词曰:"金凤欲飞遭掣搦。情脉脉。看□(即)玉楼云雨隔。"〔太〕祖起拊其背曰:"誓不杀钱王。"《后山诗话》〔同上〕

百家诗话总龟后集卷之三十三

乐府门

　　政和元年,尚书蔡嶷为知〔贡〕举,尤严挟书。是时有街市词曰《侍香金童》方盛行,举人因以其词只(加)改十五字作《怀挟词》云:"喜叶叶地,手把怀儿摸。甚恰限(恨),出题厮撞着。内臣过得不住脚。忙里只是看班驳。　〔骇〕这一身冷汗,都如云雾薄。比似年时头势恶。待检又还猛相度。只恐根底,有人拎(寻)着。"《上庠录》〔《渔隐丛话后集》卷三九〕

　　苏子瞻守钱塘,有官妓秀兰,天性黠慧,善于应对。湖中有宴会,群妓毕至,惟秀兰不来。遣人督之,须臾方至。子瞻问其故,具以:"发结沐浴,不觉困睡,忽有人叩门声急,起而问之,乃乐营将催督也。非敢怠忽,谨以实告。"子瞻亦恕之。坐中倅车属意于兰,见其晚来,恚恨未已,责之曰:"必有他事,以此晚至。"秀兰力辩,不能止倅之怒。是时榴花盛开,秀兰以一枝藉手告倅,其怒愈甚。秀兰收泪无言。子瞻作《贺新凉》以解之,其怒始息。其词曰:"乳燕飞华屋。悄无人,桐阴转午,晚凉新浴。手弄生绡白团扇,扇手一时似玉。渐困倚,孤眠清熟。门外谁来推绣户,枉教人梦断瑶台曲。又却是,风敲竹。　石榴半吐红巾蹙。待浮花浪蕊都尽,伴君幽独。浓艳一枝细看取,芳心千[里]重似束。又恐被西风惊绿。若待得君来向此,花前对酒不忍触。共粉泪,雨(两)簌簌。"子瞻之作皆纪目前事,盖取其沐浴新凉,曲名《贺新凉》也。后人不知之,误为《贺新郎》,盖不得子瞻之意也。子瞻真所谓风流太守也,岂可与俗吏同日语哉!苕溪渔隐曰:野哉,杨湜之言,真可入《笑林》。东坡此词冠绝古今,托意高远,宁为一娼而发耶?"帘外谁来推绣户,枉教人,梦断瑶台曲。又却是,风敲竹。"用古诗"卷帘风动竹,疑是故人来"之意,今乃云:"忽有人叩门声急,起而问之,乃乐营将催督。"此可笑者一也。"石榴半吐红巾蹙,待浮花浪蕊都尽,伴君幽独。浓艳一枝细看取,芳心千[里]重似束。"盖初夏之时,千花事退,惟榴花独芳,因以写幽闺之情。今乃云:"是时榴花盛开,秀兰以一枝藉手告倅,其怒愈甚。"此可笑者二也。此词空(腔)调寄《贺新郎》,乃古曲名也。今乃云:"取其沐浴新凉,曲名《贺新凉》,后人不知之,误为《贺新郎》。"此可笑者三也。《词话》中可笑者甚众,姑举其尤者。第东坡此词,深为不幸,横遭点污,吾不可无言一雪其耻。宋子京云:"江左有文拙而好刻石者,谓之诗嗤符。"今杨湜之言俚甚,而锓板行世,殆类是也。《古今诗话》〔同上〕

张仲宗有《渔家傲》一词云:"钓笠披云青嶂绕。绿蓑雨细春江渺。白鸟飞来风满棹。收纶了。渔童拍手樵青笑。 明月太虚同一照。浮家泛宅忘昏晓。醉眼冷看城市闹。烟波老。谁能认得闲烦恼。"余往岁在钱唐,与仲宗从游甚久。仲宗手写此词相示,云旧所作也。其词第二句元是"橛头细雨(雨细)春江渺。"余谓仲宗曰:"橛头虽是船名,今以雨衬之,语晦而病。因为改作'绿蓑细雨(雨细)'。"仲宗笑以为然。《苕溪渔隐》〔同上〕

邹志完徙昭,陈莹中贬廉,间以长短句相谐乐。"有个胡儿模样别。满额髭须,生得浑如漆。见说近来头也白。髭须那得长长黑。〔逸〕忘句。镊子摘来,须有千堆雪。莫向细君容易说。恐他嫌你将伊摘。"此莹中语,谓志完之长髭也。"有个头陀修苦行,头上头发氉氉。身披一副黟裙衫。紧缠双脚,苦苦要游南。闻说度牒朝夕到,并除颔下髭髯。钵中无粥住无庵。摩登伽处,只恐却重参。"此志完语,谓莹中之多欲也。广陵马推官往来二公间,亦尝以诗词赠之:"有才何事老青衫,十载低徊北斗柄(南)。肯伴雪髯千日醉,此心真与古人参。""不见故人今几年,年来风物尚依然。遥知闲望登临处,极目登临(江山)万里天。"志完语也。"一尊薄酒。满酌劝君君举手。不是亲朋。谁肯相从寂寞滨。　人生似梦。梦里惺惺何处〔用〕?盏到休辞。醉后全胜未醉时。"莹中语也。初,志完自元符间贬新州。徽宗即位,以中书舍人召。未几谪零陵别驾,龙水安置,未几徙昭焉。同上〔同上〕

东坡云:"龙丘子自洛之蜀,载二女侍,戎装骏马,至溪山佳处,辄驻终(留数)日,见者以为异人。后十年,筑室黄冈之北,号静庵居士,作《临江仙》赠之云:细马远驮双侍女,青巾玉带红靴。溪山好处便为家。谁知巴峡路,却见洛城花。　回旋落英飞玉蕊,人间春日初斜。十年不见紫云车。龙丘新洞府,铅鼎养丹砂。"龙丘子即陈季常也。秦太虚寄之以诗,亦云:"侍童双擢玉,鬒发光可照。骏马锦障泥,相随穷海峤。暮年更折节,学佛得心要。鸎马放阿樊,幅巾对沉燎。"《西清诗话》云:"季常自以为饱禅学,而妻柳颇悍忌。季常畏之。故东坡因诗戏之,有'忽闻河东狮子吼,拄杖落手心茫然'之句。"观此,则知季常载二侍女以远游,及暮年甘于枯寂,盖有所制而然,亦可悯笑也。

同上〔同上〕

《古今词话》以古人好词世所共知者,易甲为乙称其所作,仍随其词牵合为说,殊无根蒂,皆不足信也。如秦少游《千秋岁》"水边沙外,城郭春寒退",末云"春去也,飞红万点愁如海"者,山谷尝叹其句意之善,欲和之而以海字难押。陈无己言此词用李后主"问君都(那)有几多愁,恰似一江春水向东流",但以江为海耳。洪觉范尝和此词《题崔徽真子》云:"多少事,都随恨远连云海。"晁无咎亦和此词吊少游云:"重感概,惊涛自卷珠沉海。"观诸公所云,则此词少游作明甚,乃以为任世德作。又《八六子》"倚危亭,恨如芳草,萋萋刬尽还生"者,《浣溪沙》"脚上鞋儿四寸罗"者,二词皆见《淮海集》。乃以《八六子》为贺方回作,以《浣溪沙》为涪翁作。晁无咎《盐角儿》"开时似雪,谢时似雪,花中奇绝"者为晁次膺作,汪彦章《点绛唇》"新月娟娟,夜寒江静山衔斗"者为苏叔党作,皆非也。同上〔同上〕

唐初歌词,多是五言或七言诗,初无长短句。自中叶以后至五代,渐变成长短句,及本朝则尽为此体,今所存者止《瑞鹧鸪小秦王》二阕是七言八句诗并七言绝句诗而已。《瑞鹧鸪》犹依字易歌,若《小秦王》必须杂以虚声乃可歌耳。其词云:"碧山影里小红旗。侬是江南踏浪儿。拍手欲嘲山简醉,齐声争唱浪婆词。　西兴渡口帆初落,渔浦山头日未欹。侬送潮回歌底曲,樽前还唱使君诗。"此《瑞鹧鸪》也。"济南春好雪初晴,行到龙山马足轻。使君莫忘雪溪女,时作《阳关》肠断声。"此《小秦王》也。皆东坡所作。同上〔同上〕

东坡别参〔寥〕长短句云:"有情风万里卷潮来,无情送潮归。问钱塘江上、西兴浦口,几度斜晖!不用思量今古,俯仰昔人非。谁似东坡老,白首忘机。　记取西湖西畔,正暮山好处,空翠烟霏。算诗人相得,如我与君稀。约他年东还海道,愿谢公雅志莫相违。西州路,不应回首,为我沾衣。"《晋书》:"谢安虽受朝寄,然东山之志始末不渝,每形于言(颜)色。及镇新城,尽室而行。造泛海之装,欲须经略粗定,自海道还东。雅志未就,遂遇疾笃。"还都寻薨。羊昙"为安所爱重。安薨后,辍乐弥年,行不由西州路。尝因大醉,不觉至州门。左右曰(白)曰:'此西州门。'昙悲感,以马策扣扉,诵曹子建诗曰:'生存华屋处,零落归山丘。'因恸哭而去。"东坡用此故事。若世俗之论,必以为〔成〕谶矣。然其词石刻后东坡自题云:"元祐六年三月六日。"余以《东坡先生年谱》之考(考之),元祐四年知杭州,六年召为翰林学士承旨,则长短句盖此时作也。自后复守颍,徙扬,入长礼曹,出帅定武,至绍圣元年,方南迁岭表。建中靖国元年北归至常,乃薨。凡十一载,则世俗成谶之论,安可信耶?同上〔同上〕

钱思公谪汉东日,撰《玉楼春》词曰:"城上风光莺语乱。城下烟波春拍岸。绿杨芳草几时休,泪眼愁肠先已断。　情怀渐变成衰晚。鸾镜朱颜惊暗换。往年多病厌芳樽,今日芳樽惟恐浅。"每酒阑歌之则泣下。后阁有白发姬,乃邓王歌鬟惊鸿也。遽言,先王将薨,预戒挽铎中歌《木兰花》引绋为送,今相公亦将亡乎?果薨于随州。邓王旧曲亦尝有"帝乡烟雨锁春愁,故国山川空泪眼"之句。《侍儿小名录》〔同上〕

曹元宠本善作词,特以《红窗迥》戏词盛行于世,遂掩其名。如《望月婆罗门》一词,亦岂不佳?词云:"涨云暮卷,漏声不到小帘栊。银河淡扫澄空。皓月当轩高挂,秋入广寒宫。正金波不动,桂影朦胧。佳人未逢。叹此夕,与谁同?　望远伤怀对景,霜满愁红。南楼何处,想人在长笛一声中。凝泪眼,立尽西

风。"此词语病在"霜满愁红"之句,时太早耳。曾端伯编《雅词》,乃以此词为杨如晦作,非也。《苕溪渔隐》〔同上〕

凡作诗词要当如常山之蛇,救首救尾,不可偏也。如晁无咎作中秋《洞仙歌》词,其首云:"青烟幕(幂)处,碧海飞金镜。永夜闲阶卧桂影。"固已佳矣。其后云:"待都将许多明付与金樽,投晓共流霞倾尽。更携取胡床上南楼,看玉做人间,素秋千顷。"若此,可谓善救首尾者也。至朱希真作中秋《念奴娇》词,则不知出此。其首云:"插天翠柳,被何人推上一轮明月。照我滕(藤)床凉似水,飞入瑶池(台)银阙。"亦已佳矣。其后云:"洗尽凡心,满身清露,冷浸萧萧〔发〕。明朝尘世,记取休与(向)人说。"此两句全无意味,收拾得不佳,遂弃(并)全篇〔其〕气索然矣。同上〔同上〕

中秋词,自东坡《水调歌头》一出,馀词尽废。然其后亦岂无佳词?如晁次膺《绿头鸭》一词殊清婉,但樽俎间歌喉以其篇长惮唱,故湮没无闻焉。其词云:"晓(晚)云收,淡天一片琉璃。烂银盘,来从海底,皓色千里澄辉。莹无尘,素娥淡伫;净可数,丹桂参差。玉露初零,金风未凛,一年无似此佳时。向(回)坐久,疏星时度,乌鹊正南飞。瑶台冷,栏干凭暖,欲下迟迟。念佳人,音尘隔后,对此应解相思。最关情,漏声正永;暗断肠,花影潜移。料得来宵,清光未减,阴晴天气又争知?共凝恋,如今别后,还是隔年期。人纵健,清樽素月,长愿相随。"同上〔同上〕

东坡在黄州,中秋夜对月独酌,作《西江月》词曰:"世事一场大梦,人生几度秋(新)凉。夜来风叶已鸣廊。看取眉头鬓上。　酒贱常愁客少,月明多被云妨。中秋谁与共孤光?把盏凄然(凉)北望。"坡以谗言谪居黄州,郁郁不得志,凡赋诗缀词,必写其所怀。然一日不负朝廷,其怀君之心,末句可见矣。

苕溪渔隐曰：《聚兰集》载此词，注云寄子由。故后句云"中秋谁与共孤光？把盏凄然（凉）北望"。则兄弟之情见于句意之间矣。疑是倅（在）钱唐时作，子由时为睢阳幕客。若《词话》所云则非也。《古今诗话》〔同上〕

百家诗话总龟后集卷之三十四

伤悼门

长庆四年,退之为吏部侍郎,薨于静(靖)安里第。李翱《行状》载属圹之语云:"伯兄德行高,晚(晓)〔方药,食必视《本草》〕年止四十二。某位为侍郎,年出伯兄十五岁,且获终于牖下,幸不失大节以下见先人,可谓荣矣。"翱《祭文》曰:"人心乐生,皆恶其凶。兄之在病,则齐其终。顺化以尽,靡憾于中。"张籍祭诗亦曰:"公有旷远(达)识,生死为一纲。及当临终辰,意色亦不荒。赠我珍重言,傲然委衾裳。"盖其聪明之所照了,德力之所成就,故于生死之际,超然如此。《宣室志》载威粹骨菹国世与韩氏为仇,神人以帝命召公计事。愈曰:"臣愿从大王讨之。"未几而愈卒。公《神道墓志行状》俱不载,而止见于小说者如此。岂东坡所谓"其生也有自来,其死也有所为"乎?李肇《国史补》谓愈登华山绝顶,度不可返,至于发狂恸哭。今观易簀之际,神色不乱如此,不应于此而至于发狂恸哭也。《葛常之》〔《韵语阳秋》卷五〕

太白:"辞粟卧首阳,屡空饥颜回。当代不饮酒(乐饮),虚名安在(用)哉?""君不见梁王池上月,曾照梁王尊酒中。梁王已去明月在，黄鹂怨解（愁醉）啼春风。分明感激眼前事，莫惜醉卧桃园东。"又："平原君安在，科斗生古池。坐客三千人，而今知有谁。""君不见孔北海，英风豪气今何（安）在？君不见裴尚书，土坟三尺蒿藜居。"此类者尚多。愚谓虽千万篇只是此意。非如少陵伤风忧国，感时触景，忠诚激切，蓄寓深远，各有所当也。《黄常明诗话》〔《䂮溪诗话》卷三〕

曾文肃，熙宁初为海州怀仁令。有监酒使臣张者，小女甫六七岁，甚为惠黠。文肃之室魏夫人怜之，教以诵诗书，颇通解。其后南北睽隔。绍圣初，文肃柄事枢时，张氏女已入禁中，虽无名位，以善笔札，掌命令之出入。忽与夫人相闻。夫人以夫贵，疏封瀛国，称寿禁庭，始相见叙旧。自后岁时遣问。夫人没，张作诗以哭云："香散帘帏寂，尘生翰墨闲。空传三壸誉，无复内朝班。"从此绝迹矣。后四十年，靖康之变，张从昭慈圣献南渡至钱塘，朱忠靖《笔录》所记昭慈遣其传导反正之议张夫人者，即其人也。年八十馀终。《挥麈录》〔三录卷二〕

东汉李固忠直鲠亮，志在许国，不为身谋。争立清河，遂忤梁冀，以致身首异处。当时有提铁上章乞收固尸如汝南郭亮者；有星行至洛守卫尸丧如陈留杨羌者：亦可见固以忠获罪矣。唐李华尝观《党锢传》，抚卷而悲之，且作诗曰："古坟襄城野，斜径横秋陂。况不禁樵采，茅莎无孑遗。"乌乎，生不能保其身，死又不能保其藏骨之地，天之不相善人，何至是耶？梅圣俞诗云："汉家诛党人，谁与李杜死？死者有范滂，其母为之喜。喜死名愈彰，生荣同犬豕。"故史臣以胡广赵戒为粪土，而马融真犬豕哉！《韵语阳秋》〔卷八〕

宋彭城王义康忌檀道济之功，会文帝疾动，乃矫诏送廷尉诛之，故时人歌云："可怜《白浮鸠》，枉杀檀江州。"当时人痛之盖如此,奈何王纲下移,主威莫立! 洎魏军至瓜步,帝方登石头以思之,又何补哉! 刘梦得尝过其墓而悲之曰:"万里长城坏,荒云野草秋。秣陵多士女,犹唱《白浮鸠》。"盖伤痛之深,虽历三百年而犹不泯也。《韵语阳秋》〔同上〕

苕溪云:李、杜画象,古今诗人题咏多矣。若子美,其诗高妙,固不待言,要当知其平生用心处,则半山老人之诗得之矣。诗云:"吾观少陵诗,谓与元气侔。力能排天斡九地,壮颜毅色不可求。浩荡八极中,生物岂不稠? 丑妍(妍)巨细千万殊,竟莫见以何雕锼! 惜哉命之穷,颠倒不见收。青衫老见(更)斥,饿走半九州。瘦妻僵前子仆后,攘攘盗贼森戈矛。吟哦当此时,不废朝廷忧。尝愿天下(子)圣,大臣各伊周。宁令吾庐独破受冻死,不忍四海赤子寒飕飕。伤屯悼屈止一身,嗟时之人我所羞。所以见公象,再拜涕泗流。推公之心古亦少,愿起公死从之游。"《苕溪》〔《渔隐丛话前集》卷一一〕

渊明非畏枯槁,其所以感叹时化推迁者,盖伤时之急于声利也。〔杜老〕非畏乱离,其所以愁愤于干戈盗贼者,盖以王室元元为怀也。俗士何以识之?〔《苕溪诗话》卷七〕

《七哀诗》起曹子建,其次则王仲宣、张孟阳也。释诗者谓病而哀、义而哀、感而哀、悲而哀、耳目闻见而哀、口叹而哀、鼻酸而哀,谓一事而七者具也。子建之《七哀》,哀在于独栖之思妇;仲宣之《七哀》,哀在于弃子之妇人;张孟阳之《七哀》,哀在于已毁之园寝。唐雍陶亦有《七哀诗》,所谓:"君若无定云,妾作不动山。云行出山易,山逐云去难。"是皆以一哀而七者具也。老杜之《八哀》则所哀者八人也。王思礼、李光弼之武功,苏源明、李邕之文翰,汝阳郑虔之多能,张九龄、严武之政事:皆不复见矣。盖当时盗贼未息,叹旧怀贤而作者也。司马温公亦有《五

208

哀诗》,谓楚屈原,赵李牧,汉晁错、马援,齐斛律光,皆负才竭忠,卒困于谗而不能自脱。盖有激而云尔。《葛常之诗话》〔《韵语阳秋》卷四〕

白乐天、元微之皆老而无子,屡见于诗章。乐天五十八岁始得阿崔,微之五十一岁始得道保。同时得嗣,相与酬唱喜甚。乐天诗云:"腻剌(剃)新胎发,香绷小绣襦。玉牙开手爪,苏颗点肌肤。"微之云:"且有承家望,谁论得力时。"又云:"嘉名称导(道)保,乞姓号崔儿。"〔后崔儿〕三岁而亡,白赋诗云:"怀抱〔又空天默默,依前重作邓攸身。"伤哉!微之五十三而〕亡。按《墓志》"有子道护,年三岁而卒",以岁月考之,即道保也。孟东野连产三子,不数日皆失之,韩退之尝有诗假天命以宽其忧。三人者皆人豪,而不能忘情如此,信知割爱为难也。若使学(前补"空"起十九字,错简于此)道者遭此,则又何必黑衣巾者闯然入其户而后喻哉!同上〔同上卷一〇〕

韩退之作《李干墓志》云:"余不知服食之说自何起,杀人不可计,而慕尚之益至,临死乃悔其为。"而退之乃躬自蹈之,以至于死。白天乐(乐天)所谓"退之服硫黄,一病讫不痊"是也。陈后山作《嗟哉行》云:"张生服石〔为石〕奴,下潦上干如渴乌。韩子作《志》还自屠,白(自)笑未竟人复吁。"盖为此也。然乐天《与刑部李侍郎诗》云:"金丹周(同)学都无益,姹女丹砂烧即飞。"则乐天深知服食之无验,其肯以身试药以自毙乎?则"白(自)笑未竟人复吁"之句,未必然尔。山谷在贬所,曾公衮有书劝其勿服金石药,谷报云:"公衮疽根在旁,乃不可食。庭坚服之,如晴云之在川谷,安得有霹雳文(火)也。"则知服金石者,尤当屏去粉白黛绿之辈。或者用以资色力,其毙宜哉!《丹阳集》〔同上卷六〕

百家诗话总龟后集卷之三十五

伤悼门

《复斋漫录》云:"农桑不扰岁常登,边将无功吏不能。四十二年如梦觉,东风吹泪过(洒)昭陵。"此诗题于寝宫,不著名氏,宜表而出之。〔《渔隐丛话后集》卷一九〕

《许彦周诗话》云:杨舜韶名友夔,长仆十馀岁。向同在姑苏时,盗发孙坚墓,杨作诗云:"阖庐城边荒古丘,昔谁葬者孙豫州。久无行客为下马,时有牧童来放牛。"呜呼,舜韶今亡矣,他诗皆工,必传于世也。〔同上卷三六〕

《雪浪斋日记》云:《吊辩才诗》云:"沧海尽头人灭度,乱峰深处塔孤圆。忆登夜阁天连雁,同看秋崖月上烟。"刘侗云:天连雁,前人有"古戍天连雁"之句。〔同上前集卷五〇〕

张南轩《挽刘观文诗》:"忆昨登廊庙,忠言达帝聪。听(所)思惟尽瘁,敢复计成功。半世江湖上,千忧瘖瘵中。汗青谁秉笔?请放(考)众言公。"一"国耻臣当死,公家三世心。忍看谁(垂)绝笔,谁续断弦音?精爽今如在,衣冠恨更深。却嗟蜉与志,处世漫侵寻。"二"平日多奇节,中间似富公。天从庐墓请,人说救荒功。辛苦培邦本,雍容遏乱锋。人(文)传遗奏切,更过子囊忠。"三"曾是南荆地,他年竹马迎。旌旗严骑士,弧矢盛民兵。细考规摹旧,还知节制明。思公如岘首,同我泪纵横。"四〔《南轩文集》卷五〕

南轩《挽王詹事词》:"大节原无玷,中心本不欺。排奸力扛鼎,忧国鬓成丝。方喜三旌召,俄兴一鉴悲。西风吹泪眼,夫岂哭吾私!"一"睿主能(龙)飞日,如公旧学臣。忠言关国计,清节映廷绅。岁月身多外,江湖泽在民。当年遗直叹,千古更如新。"二〔同上〕

东莱《挽王詹事》:"诸老收声尽,佳城又到公。苍天不(那)可问,吾道竟成穷!旌卷莆田雨,箫横雪浦风。今年襟上泪,三哭万夫雄。"一"太史交旃际(日),元戎卷(解)甲秋。先鸣惊众寐,孤愤厌(压)群咻。羽翼新鸿鹄,声华旧斗牛。断桥无恙否?落月照寒流。"二〔《吕东莱文集》卷一一〕

东莱《挽汪端明》:"异时忧世士,叹息恨才难。每见公身健,犹令我意宽。凋零竟何极,合(回)复岂无端。此理终难解,天风大隧寒。"一"四海膺门峻,亲承二纪中。论交由父祖,受学(教)自儿童。山岳千寻上(出),江湖(河)万折东。徽言藏肺腑,欲吐与谁同?"二〔同上〕

王龟龄《悼张安国舍人》:"天上张才子,少年观国光。高名一枝桂,遗爱六州棠。出世才成佛,修文遽作郎。长沙屈贾谊,宣室竟凄凉。"〔《梅溪集》后集卷一八〕

王龟龄《挽赵氏诗》:"全节忠臣配,崇宁宰相家。哀能变国俗,实(贵)不御铅华。学佛穷三昧,然松教五车。遗芳载《彤管》,名寿两俱遐。"〔同上〕

东莱《挽魏国录》:"麻衣见天子,拜疏不知休。落落山林气,拳拳畎亩忧。极知千载遇,政用一身酬。绕舍闽溪水,朝宗日夜流。""群公祖疏傅,多士送阳城。短棹非前约,长亭及此行。深留移白日,〔共〕语只苍生。会绮(续)山阳赋,邻人笛未横。"〔《吕东莱文集》卷一一〕

东莱《挽萧祭酒》:"摩揣诚斯薄,雕镌质亦(自)消。平生但真朴,直上绝枝条。氛雾终澄霁,丘山亦动摇。〔朝〕阳旧时凤,声入舞(舜)箫韶。"〔同上〕

王龟龄《悼亡》:"燕寝焚香老病身,细君相对坐如宾。而今一榻维摩室,唯与无言法喜亲。"—"偕老相期未及期,回头人事已成非。逢春尚拟风光转,过眼忽惊花片飞。"二〔《梅溪集》后集卷一七〕

《文昌杂录》云:梁均帝晋天福中始葬,故妃张氏独存。考功员外殷鹏为志,文曰:"七月有期,不见望陵之妾;九疑无色,空馀泣竹之妃。"后唐武皇师还渭北,不获入觐,幕客李袭告(吉)作《违离表》云:"穴禽有翼,听舜乐以犹来;天路无梯,望尧云而不到。"五代之季,工翰墨者无以过此也。〔《渔隐丛话后集》卷一八〕

《许彦周诗话》云:外祖父邵安简公,布衣时上《平元吴(昊)策》,又尝劝仁庙早立太子。晚年自枢府出知越州,又移知郓州。其薨也,岐公作《挽词》云:"披褐曾陈定(破)羌策,汗青犹著立修(储)书。春风泽国吟笺落,夜雨溪堂燕豆疏。"前辈诗不独语言精炼,且是着题。〔同上卷二一〕

《冷斋夜话》云:余问山谷:"今之诗人谁为冠?"曰:"无出陈无己。""其佳句可得闻乎?"曰:"吾见其作《温公挽词》一联,便知其才不可敌。曰:政虽随日化,身已要人扶。"〔同上前集卷五一〕

《王直方诗话》云:邢居实字惇夫,年少豪迈,所与游皆一时名士。方年十四五时,尝作《明妃引》,末云:"安得壮士霍嫖姚,缚取呼韩作编户?"诸公多称之。既卒,余收拾其残草,编成一集,号曰《呻吟》。惇夫自少便多憔悴感慨之意,其作《秋怀》诗云:"高歌感人心,心悲将奈何?"其作《枣阳道中》诗云:"有意问山神,此生复来否?"已而果卒于汉东。惇夫之卒也,山谷以诗哭之云:"诗到随州更老成,江山为助笔纵横。眼看白璧埋黄壤,何况人间父子情!"盖谓惇夫与其子(父)歆何(向)也。蔡天启亦有诗云:"人物于今叹眇然,孤坟宿草已生烟。日暮行人道旁舍,应逢年少共谈玄。"其馀作者甚众,皆载于《呻吟集》后。
〔同上卷五二〕

寓情门

《古今诗话》云:牧之为御史,分司洛阳。时李司徒罢镇闲居,声妓为当时第一。一日开筵,朝士臻赴,以杜尝持宪,不敢邀饮。杜讽坐客达意,愿预斯会。李驰书,杜闻命遽来(遂赴)。会中女妓百馀,皆绝色殊艺。杜独坐南行瞪目注视,满引三卮,问李曰:"闻有紫云者孰是?"李指示之,杜凝睇良久,曰:"名不虚得,宜以见惠。"李俯首而笑,诸妓亦皆回首破颜。杜又自引三爵,朗吟而起曰:"华堂今日绮筵开,谁唤分司御史来。忽发狂言惊满座,两行红粉一时回。"意气闲逸,旁若无人。苕溪渔隐曰:"东坡闻李公择饮〔余〕傅国傅(博)家,大醉,有诗云:'不肯醒醒骑马回,玉山知为玉人颓。紫云有语君知否?莫唤分司御史来。'即此事也。又《侍儿小名录》云:'兵部李尚〔书〕乐妓崔紫云,词华清峭,眉目端丽。李公为尹东洛,宴客将酣,杜公轻骑而来,连饮三觥,谓主人曰:"尝闻有能篇咏紫云者,今日方知名不虚得,倘垂一意(惠),无以加焉。"诸妓回头掩笑,杜作前□(诗),诗罢,上马而去。李公寻以紫委(云)送赠之。紫云临行献诗曰:"从来学制斐然诗,不料霜台御史知。愁(忽)见便教随命去,恋恩肠断出门时。"《侍儿小名录》不载此事出于何书,疑好事者附会为之也。"〔《渔隐丛话后集》卷一五〕

东坡《续丽人行》〔诗注云〕:"李仲谋家有周昉画背面欠伸内人,极精,戏作此诗云:深宫无人春昼长,沉香亭北百花香。美人睡起薄梳洗,燕舞莺啼空断肠。画工欲画无穷意,背立春风初破睡。若教回首更嫣然,阳城下蔡俱风靡。"子苍用此意《题伯时所画宫女》云:"睡起昭阳暗淡妆,不知缘底背斜阳?若教转〔眄〕一回首,三十六宫无粉妆(光)。"终不及坡之伟丽也。〔同上卷三四〕

《艺苑雌黄》云:朝云者,东坡侍妾也,尝令就秦少游乞词,少游作《南歌子》赠之云:"霭霭迷春态,溶溶媚晓光。不应容易下巫阳。只恐翰林前世是襄王。暂为清歌驻,还因暮雨忙。瞥然归去断人肠。空使兰台公子赋《高唐》。"〔同上卷二九〕

《王直方诗话》云:无己尝作《小放歌行》两篇,其一云:"春风永巷闭娉婷,长使青楼误得名。不惜卷帘通一顾,怕君着眼未分明。"其二云:"当年不嫁惜娉婷,傅白施朱作后生。说与旁人须早计,随宜梳洗莫倾城。"山谷云:"无己他日诗语极高古。至于此篇,则顾影徘徊,炫耀太甚。"〔同上前集卷五一〕

游宴门

《蔡宽夫诗话》云:文忠与赵康靖公概同在政府,相得欢甚。康靖先告老归睢阳,文忠相继谢事归汝阴。康靖一日单〔骑〕车特往过之,时年已(几)八十矣。留剧饮逾月,日于汝阴纵游而后返。前辈挂冠后能从容自适未有若此者。文忠□(尝)赋诗云:"古来交道愧难终,此会今时岂易逢。出处三朝俱白首,凋零万木见青松。公能不远来千里,我病犹堪醻一钟。已胜山阴空兴尽,且留归驾为从容。"因榜其游从之地为会老堂。明年文忠欲往睢阳报之,未果〔行〕而薨。两公名节固师表天下,而风流襟度又如此,诚可以激薄俗也。〔同上后集卷二三〕

人间佳节惟寒食,天下名园重洛阳。金谷暖横宫殿碧,铜驼晴合绮罗光。桥边杨柳细垂地,花外秋千半出墙。白马蹄轻草如剪,烂游于此十年狂(强)。康节《春游吟》〔《击壤集》卷二〕

《东皋杂录》云:孔常甫言唐人诗有:"城头椎(催)鼓传花枝,席上抟拳握松子。"乃知酒席藏阄为戏,其来也(已)久。〔《渔隐丛话后集》卷一六〕

《复斋漫录》云:仲至使辽回,谒恭敏李公,席中赋诗云:"穹庐三月已淹留,白草黄云见即愁。满袖尘埃何处洗,李家池上海棠洲。"〔同上卷三三〕

《许彦周诗话》云:退之诗"酪酊马上知为谁",此七字用意哀悲(悲哀),过于痛哭。又诗云:"银烛未消窗送曙,金钗半醉坐添春。"殊不类其为人,乃知能赋梅花不独宋广平〔耳〕。〔同上卷一〇〕

阮户部《游紫微观诗》:"春来犹未到金庭,桃杏离披柳已青。直待斜阳方兴尽,一筇独立紫微亭。"

百家诗话总龟后集卷之三十六

怨嗟门

孟郊诗云:"借车载家具,家具少于车。借者莫弹指,贫穷何足嗟!"可见其素窭。后有诗云:"宾秋(秩)已觉厚,私储常恐多。"是古人恐富求归之义,则贫亦何足怪! 按郊为溧阳尉,县有投金濑平陵城,林薄蓊蔚。郊往来其间,曹务都废。至遣假尉代之而分其半俸,则安得有私储哉! 退之《赠郊》诗云:"陋室有文史,高门有笙竽。何能辩荣辱,且欲分贤愚。"盖言贫者文史之乐,贤于富者笙竽之乐也。《葛常之》〔《韵语阳秋》卷四〕

司马迁游江淮汶泗之境,绅金匮石室之书,而作《史记》。上下数千年殆如目睹,可谓孤拔。初遭李陵之祸,不肯引决而甘腐刑者,实欲效《离骚》、《吕览》、《说难》之书以摅(抒)愤悱。故荆公诗云:"嗟子刀锯间,悠然止而食。成书与后世,愤悱聊自释。"观《史记》评赞于范睢、蔡泽则曰:"二子不困厄,乌能激乎?"于季布则曰:"彼自负才,故受辱而不羞。"于虞卿则曰:"虞卿非穷愁,则不能著书以自见。"于伍员则曰:"隐忍以就功名。"至于作《货殖游侠》二传,则以家贫不能自赎,左右亲戚不为一言而寄意焉。则荆公释愤悱之言,非虚发也。《韵语阳秋》〔卷八〕

晨牝妖鸲，索家生乱，自古而然。故夏姬乱陈，费无极乱楚。李义山咏北齐云："小怜（莲）玉体横陈夜，已报周师入晋阳。"东坡："城（成）都画手开十眉，横云却月争新奇。游人指点小鼙处，中有渔阳胡马嘶。"熟味此诗，则"吴人何苦怨西施"，岂足称咏史哉！等而下之，凡移于尤（此）物〔者〕，皆可以为戒。《黄常明》〔《碧溪诗话》卷一〇〕

杜牧、张祜皆有《春申君绝句》。杜云："烈士思酬国士恩，春申谁与快冤魂！三千宾客总珠履，欲使何人杀李园？"张云："薄俗何心议感恩，谄容卑迹赖君门。春申还道三千客，寂寞无人杀李园。"二诗语意太相犯。乌乎，朱英之言义（尽）矣，而春申不能必用；李园之计巧矣，而春申不能预防；春申之客众矣，而无一人为春申杀李园者：所以起二子之论也。余亦尝有二绝云："朱英意（若）在强黄歇，黄歇如何弱李园？一旦棘门奇祸作，自贻伊戚向谁论！"又："先秦岂谓嬴为吕，东晋那知马作牛！不悟春申亦如许，敢凭宫掖妻邪谋！"同上〔《韵语阳秋》卷七〕

唐淄青李师道倚蔡为重，称兵不轨。洎蔡平，师道乃始震悸。宪宗命削其官，诏诸军进讨。于是六节度之兵兴矣。故刘梦得尝为《天齐行》二篇以快师道之死。夫师道猖獗狂悖，反噬其主，人怨神怒，岂能居覆载之中乎？故梦得云："牙门大将有刘生，夜半射落欃枪星。"又云："太山沉寇六十年，旅祭不飨生愁烟。今逢圣君欲封禅，神使阴兵来助战。"夫刘悟，本军之将也，力为师道屯阳谷以当魏博，乃倒戈以攻其主；太山，本土之神也，宜福其地，而乃以阴兵助敌：则人怨神怒可知矣。将叛其君，神叛其主，岂非以此始者以此终乎？天之所报速矣。同上〔同上卷八〕

杜子美身遭离乱，复迫衣食，足迹几半天下。自少时游苏及越,以至作谏官,奔走州县,既皆载《壮游》诗矣。其后《赠韦左丞》诗云:"今欲东入海,即将西去秦。"则自长安之齐鲁也。《赠李白》诗云:"亦有梁宋游,方期拾瑶草。"则自东都之梁宋也。《发同谷县》云:"贤有不黔突,圣有不暖席。""姑来兹山中,休驾喜地僻。奈何物迫(迫物)累,一岁四行役。"则自陇右之剑南也。《留别章使君》云:"终作适荆蛮,安排用庄叟。随云拜东皇,挂席上南斗。"则自蜀之荆楚也。夫士人既无常产,为饥所驱,岂免仰给于人,则奔走道途,亦理之常尔。王建云:"一年十二月,强半马上看圆缺。百年欢乐能几何,在家见少行见多。不缘衣食相驱遣,此身谁愿长奔波。"李颀亦云:"男儿在世无产业,行子出门如转蓬。"皆为此也。同上〔同上卷二〇〕

陶渊明《乞食》诗云:"饥来驱我去,不知竟何之。"而继之以"感子漂母惠,愧我韩才非(非韩才)",则求而有获者也。杜子美《上水遣怀》云:"驱驰四海内,童稚日糊口。"而继之以"但遇新少年,少逢旧知友",则求而无所得者也。山谷《贫乐斋诗》云:"饥来或乞食,有道无不可。"《过青草湖》云:"我虽贫至骨,犹胜杜陵老。忆昔上岳阳,一饭从人讨。"由是论之,则杜之贫甚于陶,如(而)山谷之贫尚优于杜也。同上〔同上〕

老杜避乱秦蜀,衣食不足,不免求给于人,如《赠高彭州》云:"百年已过半,秋至转饥寒。为问彭州牧,何时救急难?"《客夜》诗云:"计拙无衣食,途穷仗友生。老妻书数纸,应悉未归情。"《狂夫》诗云:"厚禄故人书断绝,常饥稚子色凄凉。"《答裴道州》诗云:"露(虚)名但蒙寒温问,泛爱不救沟壑辱。"《简韦十》诗云:"因知贫病人须弃,能使韦郎迹也疏。"观此五诗,可见其艰窘而有望于朋友故旧也。然当时能期(赒)之者几何人哉?刘长卿云:"世情薄恩义,俗态轻穷厄。"山谷云:"持饥望路人,

谁能颜色温?"余于子美亦云。《葛常之》〔同上〕

李翱赋:"众嚣嚣而杂处〔兮〕,咸叹老而嗟卑。顾予心独不怨兮,虑行道之犹非。"文忠常称之。观老杜"汉阴有鹿门,沧海有灵槎。焉能学众口,咄咄空咨嗟",正同此意。同上〔《苕溪诗话》卷五〕

乐天谪浔阳,〔积〕寄左降诗云:"残灯无焰影幢幢,此夕闻君得(谪)九江。垂死病中惊起坐,暗风吹雨入寒窗。"白谓此句他人尚不可闻,况仆心哉!至今每吟,犹恻恻耳。复贻三韵云:"忆昔封书与君夜,金銮殿后欲明天。今夜封书在何处?庐山庵里晓灯前。"去来乃士之常,二公不应如此戚戚也。子瞻《送文与可》云:"夺官遣去不自觉,晓梳脱发谁能收!"推之前诗,厥论尚(高)矣。然居易《答元书》以"三太"为报,且云可以乐之终身者。悲叹之语,恐特伤离索耳。《苕溪》〔卷八〕

"诗有(者)人之情性也,非强谏争于庭,怨詈于道,怒邻詈坐之所为也。"余谓怨(怒)邻詈坐固非诗本指,若《小弁》亲亲,未尝无怨;《何人斯》"取彼谮人,投畀豺虎",未尝不愤。谓不可谏争,则又甚矣,箴规刺诲何为而〔作〕?古者帝王尚许百工各执艺事以谏,诗独不得与工技等哉?故讽谏而不斥者,惟《风》为然。如《雅》云:"匪面命之,言提其耳。""彼童而角,实讧(虹)小子。""忧心惨惨,念国之为虐。""乱匪降自天,生自妇人。"忠臣义士欲正君定国,惟恐所陈不激切,岂尽优柔婉媚(晦)乎?故乐天《寄唐生诗》云:"篇篇无空文,句句必尽规。"子建称孔北海文章多杂以嘲戏,子美亦戏效俳谐体,退之亦有"寄诗杂谈(诙)俳",不独文举为然。自东方生而下,祢处士张长史颜延年辈,往往多滑稽语。大抵才力豪迈有馀,而用之不尽,自然如此。韩诗"浊醪沸入口,口角如衔钳";"试以(将)

219

《诗》义授,如以肉贯串";"初食不下喉,近亦能稍稍":皆谑语也。坡类集(集类)此不可胜数。《寄蕲簟与蒲传正》云:"东坡病叟长羁旅,冻饥饿吟如饥鼠。倚赖东风先(洗)破衾,一夜雪寒披故絮。"《黄州》云:"自惭无补丝毫事,尚费官家压酒囊。"《将之湖州》云:"吴儿脍薄(缕)薄欲飞,未去先说馋涎垂。"又"寻花不论命,爱雪长忍冻。天公非不怜,听饱即喧哄。"《食笋》云:"纷然生喜怒,似被狙公卖。"《种茶》云:"饥寒未已(知)免,已作太饱计。""平生五千卷,一字不救饥。""寒来凭空案,一字不可煮。"皆斡旋其语而弄之,信恢刃有馀,与血指汗颜者异矣。《黄常明》〔同上卷一〇〕

《诗眼》云:山谷常言,少时曾诵薛能诗云:"青春背我堂堂去,白发欺人故故生。"孙莘老问云:"此何人诗?"对曰:"老杜。"莘老云:"老杜诗不如此。"后山谷语传师云:"庭坚因莘老之言,遂晓老杜诗高雅大体。"传师云:"若薛能诗,正俗所谓叹世耳。"〔《渔隐丛话前集》卷一四〕

《后湖集》云:余每读苏州"漠漠帆来重,冥冥鸟去迟"之语,未尝不茫然而思,喟然而叹!嗟乎,此余晚泊江西十年前梦耳。自余奔窜南北,山行水宿,所历佳处固多,欲求此梦了不可得。岂兼葭莽苍无三湘七泽之壮,雪篷烟艇无风樯阵马之奇乎?抑吾且老矣,壮怀销落,尘土坌没,而无少日烟霞之想也?庆长笔端丘壑固自不凡,当为余图苏州之句于壁,使余隐几静对,神游八极之表耳。〔同上卷一五〕

百家诗话总龟后集卷之三十七

讥诮门

坡《游武昌寒溪》(《次韵乐著作》)云:"楚雨遂昏云梦泽,吴潮不到武昌宫。"又(《武昌西山》云):"周(同)游困卧九折(曲)岭,褰衣独上(到)吴王台。"〔失〕于一时笔快,遂以上(王)宫目之。继而有李成伯〔题〕云:"嗟嗟汉鼎久倾东,肉食曾无智与忠。孟德仲谋(挟君)交号令,本初窃地抢奸雄。武侯偶失三分策,孙氏俄成一战功。寂寞西山旧巢穴,庸儿犹道帝王宫。"语几乎訾矣。但渠不记其家太白曾作《武昌韩侯(宰)去思颂》:"黄金之车,大吴天子,武昌鼎据,实为帝里。"其罪大矣。《碧溪》〔卷六〕

永叔"万钉宝带烂熳(腰)环",人谓此带几度道着。观子美绯鱼以(亦)及之,"扶病垂朱绂","挈带看朱绂","银章付老翁",世未尝讥之者,岂以其人〔品〕不止宜此服耶?固尝有云"朱绂负平生",又云:"居然绾章绂,受性本幽独。"同上〔同上〕

唐窦常、牟、群、庠、巩兄弟五人,四人擢进士,独群客隐毗陵,因韦夏卿屡荐始入仕,皆诗人也。牟晚从昭义卢从史,从史浸骄,牟度不可谏,即移疾归东都,故其《秋夕闲居》诗云:"燕燕辞巢蝉蜕枝,穷居积雨坏藩篱。"群尝为黔中观察使,故其诗云:"佩刀看日晒,赐马旁江调。言语多重译,壶觞每独谣。"而巩诗中乃有《自京师将赴黔南之〔任〕》所谓:"风雨荆州二月天,问人初顾峡中船。西〔南〕一望云和水,犹道黔南有四千。"此诗疑群所作而误置巩集中尔。常历武陵、夔、江、抚四州刺史,所谓"看春又过清明节,算老重经癸巳年"者,将之武陵到松滋渡之所作也。庠诗不见,其《巡内》一绝云:"愁云漠漠草离离,太液钩陈处处疑。薄暮毁垣春雨里,残花犹发万年枝。"亦可谓秀整矣。兄弟中独群诗稍低,又不得举进士,而位反居上。巩诗有《放鱼》诗云:"好去长江千万里,不须辛苦上龙门。"岂非为群而言乎?史载巩平居与人言若不出口,世号嗫嚅翁,乃肯为是耶?《葛常之》〔《韵语阳秋》卷四〕

  谢灵运在永嘉临川作山水诗甚多,往往皆佳句。然其人浮躁不羁,亦何足道哉!方景平天子践阼,灵运已扇摇异同非毁执政矣。暨文帝召为秘书监,自以名辈应参时政,而王昙首王华等名位逾之,意既不平,多称疾不朝,则无君之心已见于此时矣。后以游放无度,为有司所纠。朝廷遣使收之,而灵运有"韩亡子房奋,秦帝鲁连耻"之咏,竟不免东市之戮。而白乐天乃谓:"谢公才廓落,与世不相遇。壮志郁不用,须有所泄处。泄为山水诗,逸韵谐奇趣。"何也?武帝文帝两朝遇之甚厚,内而卿监,外而二千石,亦不为不逢矣。岂可谓"与世不相遇"乎?少须之,安知不至黄散?而褊躁至是,惜哉!其作《登石门》诗云:"心契九秋干,目玩三春荑。居常以待终,处顺故安腓。"不知桃墟之泄,能处顺耶?五羊之祸,能待终耶?亦可谓心语相违矣。《韵语阳秋》〔卷八〕

  荆公作《商鞅》诗云:"今人未可非商鞅,商鞅能令政必行。"

余窃疑焉。孔子论为君难有曰："如其善而莫予违也，不亦善乎？如不善而莫予违也，不几乎一言而丧邦乎？"盖人君操生杀之权，志在使人无违于我，其何所不至哉！商鞅助秦为虐，而乃称其使政必行，何耶？后又有《谢安》诗云："谢公才业自超群，误长清谈助世纷。秦晋区区等亡国，可能王衍胜商君！"则知前篇有激而云也。杜子美云："舜举十六相，身尊道何高！秦时用商鞅，法令如牛毛。"则知所去取矣。《韵语阳秋》〔卷八〕

荆公以诗赋决科，而深不乐诗赋，《试院中五绝》，其一云："少年操笔坐中庭，子墨文章颇自轻。圣世选才终用赋，白头来此试诸生。"后作详定官，复有诗云："童子常夸作赋工，暮年羞悔有扬雄。当年赐帛倡优等，今日论（抡）才将相中。细甚客乡（卿）因笔墨，卑于《尔雅》注鱼虫。汉家故事真当改，新咏知君胜弱翁。"熙宁四年，既预政，遂罢诗赋，专以经义取士，盖平日之志也。元祐五年，侍御史刘挚等谓治经者专守一家，而略诸儒传记之学；为文者惟务训释，而不知声律体要之词；遂复用诗赋。绍圣初，以诗赋为元祐学术，复罢之。政和中遂著于令。士庶传习诗赋者杖一百。畏谨者至不敢作诗。时张芸叟有诗云："少年辛苦校虫鱼，晚岁雕虫耻壮夫。自是诸生犹习气，果然紫诏尽驱除。酒间李杜皆投笔，地下班扬亦引车。唯有少陵顽钝叟，静中吟捻白髭须。"盖芸叟自谓也。《葛立之》〔同上卷五〕

黄鲁直云："陶渊明《责子》诗曰：'白发被两鬓，肌肤不复实。虽有五男儿，总不好纸笔。阿舒已〔二〕八，懒惰故无匹。阿宣行志学，而不爱文术。雍端年十三，不识六与七。通子垂九龄，但觅梨与栗。天运苟如此，且进杯中物。'观渊明此诗，想见其人慈祥戏谑可观也。俗人便谓渊明诸子皆不肖（慧），而渊明愁叹见于诗耳。"又："杜子美诗：'陶潜避俗翁，未必能达道。观其著诗篇,颇亦恨枯槁。达生岂是足,默识盖不早。生子贤与愚,何其挂怀抱。'子美困顿于三(山)川,盖为不知者诟病,以为拙于生事,又往往讥议宗文宗武失学,故聊解嘲耳。其诗名曰《遣兴》可解也。俗人便为讥病渊明,所谓痴人前不得说梦也。"
〔《渔隐丛话前集》卷三〕

作诗不知《风雅》之意,不可以作诗,诗尚谲谏,唯"言之者无罪,闻之者足以戒",乃为有补。〔若谏〕而涉于毁谤,闻者怒之,何补之有?观苏东坡诗,只是讥诮朝廷,殊无温柔崇(敦)厚之气,以此人故得而罪之。若是伯淳诗,闻者自然感动〔矣〕。因举伯淳《和温公诸人禊饮》诗云:"未须愁日暮,天际是(乍)轻阴。"又《泛舟》诗云:"只恐风花一片飞。"何其温厚也!《龟山语录》〔同上后集卷三〇〕

东坡云:"今《太白集》中有《归来乎》、《笑矣乎》及《赠怀素草书》数诗,决非太白作。盖唐末五代间学齐己辈诗也。余旧在富阳,见国清院太白诗,绝凡近。过彭泽兴唐院,又见太白诗,亦非是。良由太白豪俊,语不甚择,集中亦往往有临时率然之句,故使妄庸辈敢耳。若杜子美,世岂复有伪撰耶!余尝舟次姑孰堂下,读《姑孰十咏》,怪其语浅近,不类李白。王平甫云:'此李赤诗也。赤见《柳子厚集》。自比李白,故名赤。其后为厕鬼所惑以死。'今观其诗止此,而以太白自比,则其人心疾久矣,岂厕鬼之罪也?"苕溪渔隐曰:"东坡此语,盖有所讥而已(云)。"
〔同上前集卷五〕

元祐文章,世称苏黄,然二公当时争名,互相讥诮。东坡尝云:"黄鲁直诗文如蝤蛑江珧柱,格韵高绝,盘餐尽废。然不可多食,多食则发风动气。"山谷亦云"盖有文章妙一世而诗句不逮古人者",此指东坡而言也。二公文章自今视之,世自有公论,岂至各如前事(言)！盖一时争名之词耳。俗人便以为诚然,遂为讥诮(议),所谓"蚍蜉撼大树,可笑不自量"者耶？〔同上卷四九〕

《王直方诗话》云:文潜赋《虎图》诗,末云:"烦君卫吾寝,振此蓬荜陋。坐令盗肉鼠,不敢窥白昼。"或云,此却是猫儿诗也。又《大旱》诗云:"天边赵盾益可畏,水底武侯方醉眠。"时人以为几于汤烀右军也。〔同上卷五一〕

《东轩笔录》云:彭乘为翰林学士,文章诰命,尤为可笑。有边帅乞朝觐,仁宗许其候秋凉即途,乘为批答之诏曰:"当俟萧萧之候,爰兴靡靡之行。"王琪性滑稽,多所侮诮。及乘死也,琪为挽词云:"最是萧萧句,无人继后风。"盖为是也。〔同上卷五五〕

《后山诗话》云:杨蟠《金山》诗云:"天末楼台横北固,夜深灯火见扬州。"王平甫云:"庄宅牙人语也,解量四至。"吴僧《钱塘白塔院》诗曰:"到江吴地尽,隔岸越山高。"余谓分界堠子语也。〔同上卷五二〕

《隐居诗话》云:至和中,阮逸为王宫记室。王能诗,多与逸唱和。逸有句曰:"易立太山石,难枯上林柳。"有言其事者,朝廷方治之,会逸坐他事,因废弃(斥)之。〔同上卷五四〕

225

百家诗话总龟后集卷之三十八

箴规门

　　东坡《山村》诗云："烟雨濛濛鸡犬声,有生何处不安生。但教黄犊无人佩,布谷何劳也劝耕？"意言是时贩私盐者多带刀杖,故取前汉龚遂令人卖剑买牛卖刀买犊,曰："何为带刀（牛）佩犊？"意言但得盐法宽平,令民不带刀剑而买牛犊,则民自力耕,不劳劝督,以讥盐法太峻不便也。又云："老翁七十自腰镰,惭愧春山笋蕨甜。岂是闻《韶》解忘味？尔来三月食无盐。"意言山中之人饥贫无食,虽老犹自采笋蕨〔充〕讥（饥）。时盐法峻急,僻远之人无盐食用,动经数月,若古之圣贤,则能闻《韶》忘味,山中小民岂能食淡而乐乎？以讥盐法太急也。又云："杖藜裹饭去匆匆,过眼青钱□（转）手空。赢得儿童语音好,一年强半在城中。"意言百姓请得青苗钱,立便于城中浮费使却。又言乡村之人,一年两度夏秋税及数度请纳和预买钱,今来更添青苗助役钱,因此庄家幼小子弟,多在城市,不着次第,但学得城中人语音而已,以讥新法青苗助役不便也。〔《渔隐丛话前集》卷四二〕

　　东坡《开运盐河》诗云："居官不任事,消（萧）散羡长卿。胡不归去来？滞留愧渊明。盐事星火急,谁能恤农耕！薨薨晓鼓动,万指罗沟坑。天雨助官政,泫然淋衣缨。人如鸭与猪,投泥相溅惊。下马荒堤上,四顾但湖泓。线路不容足,又与牛羊争。归田虽贱辱,岂失泥中行？寄语故山友,谨勿〔厌〕藜羹。"是时卢秉提举盐事,擘画开运盐河,差夫千馀人,某于大雨中部役。其河只为般盐,既非农事而役农民,秋田未了,有妨农事。又其河中间有涌沙数里,意言开得不便。自叹泥雨劳苦,羡司马长卿居官而不任事;又愧陶渊明不早弃官归去也。农事未休,而役千馀人,故云:"盐事星火急,谁能恤农耕。"又言百姓已劳苦不易,天雨又助官政之劳民,转致百姓疲弊。役人在泥水中,辛苦无异鸭与猪。又言某亦在泥中与牛羊争路而行,若归田,岂失(至)此哉！故云寄语故山友,谨不可厌藜羹而思仕宦,以讥开运盐河不当,又妨农事也。〔同上卷四三〕

苏东坡《八月十五日观潮作》诗云:"吴儿生长狎涛渊,冒利忘生不自怜。东海若知明主意,应教斥卤变桑田。"时新有旨禁弄潮,故云:"吴儿生长狎涛渊,冒利轻生不自怜。"盖言弄潮之人,为贪官中利物,致其间有溺死者,故朝旨禁断。某为其时又(三字作"主上")好兴水利,因作此诗,言"东海若知明主意,应教斥卤变桑田",意言东海若知此意,当令斥卤地尽变桑田,此事之必不可成者,以讥兴水利之难成也。〔同上〕

子瞻任杭州通判日,转运司差往湖州相度堤岸利害,因与知湖州孙觉相见,作诗与孙觉云:"嗟余与子久离群,耳冷心灰百不闻。苦(若)对青山谈世事,当须举白便浮名(君)。"某是时约孙觉并坐客,如有言及时事者,罚一大盏。虽不指言时事是非,意言时事多不便,不得说也。又云:"天目山前渌浸裾,碧澜堂下看衔舻。作堤捍水非吾事,闲送苕溪入太湖。"某为先曾言水

利不便，却被转运司差相度堤岸。又云"作堤捍水非吾事"，意言本非兴水利之人，以讥讽水利之不便也。〔同上卷四四〕

王诜送韩幹画马十二匹求跋尾，子瞻作诗云："南山之下，汧渭之间，想见开元天宝年。八坊分屯隘秦川，四十万匹如云烟。骓駓骊骆骊骝騵。白鱼赤兔驿皇駇。龙颅凤颈狞且妍。奇姿逸德隐驽顽。碧眼胡儿手足鲜。岁时剪刷供帝闲。柘袍临池侍三千。红妆照日光流渊。楼下玉螭吐清寒。往来蹙踏生飞湍。众工甜（舐）笔和朱铅。先生曹霸弟子韩。厩马多肉尻脽圆。肉中画骨夸尤难。金羁玉勒绣罗鞍。鞭棰刻烙伤天全。不如此图近自然。平沙细草荒芊绵。惊鸿脱兔争后先。王良挟策飞上天，何必俯首服短辕。"意以骐骥自比，讥执政大臣无能尽我才如王良之御者，何必折节干求进用也！〔同上卷四三〕

子瞻《腊月游孤山诗》云："兽在薮，鱼在湖，一入池槛归期无。误随弓旌落尘土，坐使鞭棰环呻呼。追胥连保罪及孥，百日愁叹一日娱。白云旧有终老约，朱绶岂合幽（山）人纡。人生何者非蘧庐，故山鹤怨秋猿孤。何时自驾鹿车去，扫除白发烦菖蒲。麻鞋短褐（后）随猎夫，射弋狐兔供朝哺。陶潜自作《五柳传》，潘阆画入《三峰图》。吾年凛凛今几馀，知非不去惭卫蘧。岁荒无术归亡逋，鹄则画虎为（易画虎）难摹。"此诗云"误随弓旌落尘土，坐使鞭棰环呻呼"，以讥新法行后公事鞭棰多也。〔又云"追胥连保罪及孥"，以讥盐法收坐同保妻子移乡法太急也。又云："岁荒无术归亡逋，鹄则易画虎难摹。"意取马援言"画鹄不成犹类鹜，画虎不成反类狗"，言岁既饥荒，我欲出奇擘画赈济，又恐不从，恐似"画虎不成反类狗"也。〕〔同上卷四二〕

诙谐门

老杜《赠韦左丞》有"朝叩富儿门，暮随肥马尘"，至为残杯冷炙之语，及姜少府为清觞异味即云"新欢使（便）饱姜侯德"，王倚为沽酒割鲜，即云"故人情义晚谁似"：岂附炎老饕如是哉？盖托文字戏谑也。然又不可不虑，故有"褊性贪（合）幽栖"〔干谒伤〕，直耻事干谒〔之什〕，以自见其志。亦如《示侄佐》云："甚闻霜薤白，重惠意如何？""已应春得细，颇觉寄来迟。"皆戏言也。终虑痴人以梦为实，故《示侄济》云："所来为宗族，亦不为盘飧。小人利口实，薄俗难可论。"正如渊明《乞食》篇云："饥来驱我去，不知意何之。行行正（至）斯里，扣门拙言辞。"其卑污乃尔。不肯为五斗折腰，殆与（无）异矣。〔《苕溪诗话》卷二〕

〔坡有〕"试问高呼（吟）二十首，何如低唱两三杯。"又："譬如长大（鬣）人，不以长为苦。归来被上下，一夜着无处。"《天觉真赞》云："书生大抵多穷相，金眼除非是党公。"皆《笑林》语也。〔同上卷四〕

《北梦琐言》载：江陵〔在唐〕世，号衣冠薮泽，人言琵琶多如饭甑，措大多如鲫鱼。退之《酬崔少府伊阳》诗云："下言人吏希，惟足彪与戲"。余官辰溪时，士人皆可喜而不多得，近城人虎杂居，戏为对云："固（圆）冠思得多于鲫，〔士人〕刻木惟宜少似彪。〔吏人〕"〔同上卷五〕

某（尝）见同侪因行饮令，人索一鱼名。有浙人大唱云："周公鱼。"余谓客坐（坐客）："且喜召伯鲊有对矣。"满堂芦胡（胡卢）不止。因戏为足成其语云："京语鲊先夸召伯，浙音鱼或号周公。"《苕溪》〔卷八〕

文潜诗:"儿曹鞭笞学官府,翁怜儿痴旁笑侮。平明坐衙鞭复呵,贤于群儿能几何?儿曹鞭笞以为戏,翁怒鞭人血流地。一种戏剧谁后先?我笑为(谓)公儿更贤。"余谓此诗亦不可不令操权者知也。坡云:"不辞脱袴溪水寒,中水(水中)照见催租瘢。"等闲戏语,亦有所补。〔同上〕

《后山诗话》云:杨大年《傀儡诗》云:"鲍老当筵笑郭郎,笑他舞袖太琅珰。若教鲍老当筵舞,转更琅珰舞袖长。"语俚而意切,相传以为笑。〔《渔隐丛话前集》卷五五〕

《后山诗话》云:《乞猫诗》:"秋来鼠辈欺猫死,窥瓮翻盘搅夜眠。闻道狸奴将数子,买鱼穿柳聘衔蝉。"虽滑稽而可喜,千岁而下,读者如新。〔同上卷四七〕

《王直方诗话》云:《谢王炳之惠玉板纸》诗云:"王侯鬓若缘坡竹。"此出《髯奴传》,炳之大以为憾。《送零陵主簿夏君玉》诗末云:"因行访幽禅,头陀烟雨外。"盖君玉头甚大,故以此戏之。〔同上卷四八〕

《东轩笔录》云:陶穀久在翰林,意希大用,仍俾其党因事荐引,言谷在词禁,宣力实多,微伺上旨。太祖笑曰:"翰林草制,皆检前人旧本,改换词语,所谓依样画葫芦耳,何宣力之有?"谷闻之,作诗曰:"官职须由生处有,文章不管用时无。堪笑翰林陶学士,年年依旧(样)画葫芦。"太祖薄其怨望,遂决意不用矣。〔同上卷五五〕

《西清诗话》云:高英秀者,吴越国人,与赞宁为诗友,口给好骂,滑稽,每见眉目有异者,必噂短于其后,人号恶喙薄徒。尝讥名人诗病云:李山甫《览汉史》云"王莽弄来曾半破,曹公将去便平沉",定是破船诗。李群玉《咏鹧鸪》云"方穿诘曲崎岖路,又听钩辀格磔声",定见(是)梵语诗。罗隐云"云中鸡犬刘安过,月里笙歌炀帝归",定见〔是〕鬼诗。杜荀鹤云"今日偶题题似著,不知题后更谁题",此卫子诗也,不然安有四蹄?赞宁笑谢而已。〔同上〕

苕溪渔隐曰:刘义《落叶诗》云:"返蚁难寻穴,归禽易见窠。满廊僧不厌,一片俗嫌多。"郑谷《柳诗》云:"半烟半雨溪桥畔,间杏间桃山路中。会得离人无限意,千丝万絮惹春风。"或戏谓此二诗乃落叶及柳谜子。观者试一思之,方知其善谑也。〔同上〕

《隐居诗话》云:"昨夜阴山吼贼风,帐中惊起黑(紫)髯翁。平明不待全师出,连把金鞭打铁骢。"不知何人之诗,颇为边人传诵。有张师雄者,居洛中,好以甘言悦人,晚年尤甚。洛人目为蜜翁翁。会官于塞上,一夕,传胡骑犯边,师雄仓惶震恐,衣皮裘两重,伏于土穴中,神如痴矣。秦人呼土窟为土空,遂为无名子改前诗以嘲之曰:"昨夜阴山贼吼风,帐中惊起蜜翁翁。平明不待全师出,连着皮裘入土空。"〔同上〕

"许身一何愚,自比稷与契。""杜陵布衣老且愚,信口自比稷与契。"其平居趋超(造),自是唐虞上人。时夸仪秦,似不可晓。"飘飘苏季子,六印佩何迟!""敝裘苏季子,历国未知还。""季子黑貂敝,得无妻嫂欺!"战国奸民(臣),苏张为渠〔魁〕。此老不应未喻。及观"薇蕨饿首阳,裘马资历聘,贱子欲适从,疑误此二柄",其意甚明,前言盖戏耳。《 䂬溪》〔卷六〕

《许彦周诗话》云:"黄鲁直爱与郭功甫戏谑嘲调,虽不当尽信,至如曰:'公做诗费许多气力做甚?'此语切当,有益于学者,不可不知也。"

百家诗话总龟后集卷之三十九

神仙门

高尚处士刘皋谓：士大夫以嗜欲杀身，以财利杀子孙，以政事杀人，以学术杀天下后世。非神仙中人不能发（作）此言也。《复斋漫录》〔《渔隐丛话后集》卷三八〕

熙宁中，王迪为洪州左司理参军。一日，有道人来磨镜，因俾迪自照，乃见（有）星冠羽帔，缥缈见镜中。迪问其故，曰："此汝前身也。由汝误念堕此，勉自修证，勿沦苦海。"既去，迪具以告其妻，妻然之，遂弃官与妻隐去。郡僚挽留不可，皆作诗以饯行。时新建主簿刘纯臣有诗，虽〔非〕警拔，可以记其实，云："发如抹漆左参军，脱去青衫作（从）隐沦。世上更无羁绊事，壶中别有自由身。鼎烹玉兔山前药，花看金鳌背上春。莫怪少年能决烈，蓝田夫妇总登真。"后归姑苏，不知所终。同上〔同上〕

周贯自言胶东人，尝号木雁子。善属文，游于洪州西山。嗜酒不羁，布褐粗全，人或赠之钱，则诣酒家取醉，馀皆散坠不顾。西山之人见贯往来者五十馀年，而颜如初至。有以道术访之，则必报以恶声，使之亲近不得也。熙宁元年至豫章石头市，遇故人栖止张生为具酒食而宿。中夜，逆旅之主人闻户外有车马合沓声,起而视之,无有也,唯贯所卧室月止(户正)开,犹奄奄然喘息,就而察之,贯已死矣。明日告新建尉吴杲卿往按之,贯身洁如生,扶而转之,腹中汨汨如浪鸣焉。县主簿刘纯臣使人棺敛埋于地云。张生还家,其弟迎门曰:"周翁凌晨见遇(过),今往双岭矣。"众乃知贯非实死者也。贯所著《华阳》二(三)篇,坐卧不离怀袖,人莫得见。〔死之〕日,纯臣取而有之。纯臣梢(称)其文险绝而有条理,纯臣以诗记之曰:"八十西山作酒仙,麻鞋乱(孔)断布衣穿。形骸一脱尘缘尽,太极光阴不记年。"洪觉范《冷斋夜话》尝记之,然互有不同。同上〔同上〕

吾八岁入小学,以道士张易简为师。童子几百人,师独称吾与陈太初者。太初,眉山市井人子也。予稍长,学日益遂(邃),第进士制策,而太初乃为郡小吏。其后,予谪居黄州。有眉山道士陆推(惟)忠自蜀来云:"太初已尸解矣。"蜀人吴师道为汉州太守,太初往客焉。正旦日,见师道求衣食钱物且告别,持所得尽与市人贫者,反坐于戟门下,遂卒。师道使卒舁往野外焚之,卒骂曰:"何物道士,使我正旦舁死人!"太初微笑开目曰:"不复烦汝。"步自戟门,至金雁桥下趺坐而逝。焚之,城〔中〕人见烟焰上眇眇焉有一陈道人也。东坡〔同上〕

新安聂师道宗微,少事道士于方外发迹,游名山,数见异人。杨行密开府于扬州,宗微实辅佐之。盖为国师三十年。杨氏末解化而去,弟子葬之,举棺惟衣履存焉。顺义七年,杨溥赠问政先生。方外之兄德海为新安太守,乃于郡之东山筑室以居方外,号为问政山房。问政之名或得于此。苕溪渔隐曰:问政山去新安郡城十许里,岩谷幽邃,今有琳宇在焉。国初黄台留题诗云:"千寻练带新安水,万仞花屏问政山。自少云霞居物外,不多尘土到人间。壶悬仙岛吞舟(丹)罢,碗浸星宫咒水闲。草暗〔碧〕

坛思句曲,松昏紫气度函关。龟成钱甲毛犹绿,鹤化鼞翎顶更殷。阮洞神仙分药去,蔡家兄弟寄书还。笫枝挺(健)柱菖蒲节,笋帻高簪玳瑁斑。新隐渐闻侵月窟,旧邻犹说枕沙湾。黄精苗倒眠青鹿,红杏枝低挂白鹇。海上使频青鸟瞉,箧中藏久白驴顽。手疏俗礼慵非傲,肘后灵方秘不悭。室(宝)录匣垂金缕带,绛囊条(绦)锁玉连环。常寻灵穴通三楚,拟过流沙化百蛮。容易煮银供客用,辛勤栽果与猿扳。静张琴(棋)局铺还打,默考仙经注(补)又删。床并葛鞋寒兔伏,窗横桎几老龙跧。溪童乞火朝敲竹,山鬼听琴夜撼关(闩)。花气熏心香馥馥,涧声聆耳响潺潺。高坟自掩浮生骨,短晷难凋不死颜。早晚重逢萧坞客,愿随芝盖出尘寰。"余以《续仙传高道传》二书考之,诗中所用事多出师道本传。山谷〔同上〕

　　唐末有狂道士,不知何许人,又晦其名氏。游成都,忽诣紫极宫,谒杜光庭先生,求寓泊之所。先生诺之,而不与之进(通)。道士日货药于市,所得钱随多少,沽酒饮之,惟唱《感庭秋》一词,其意感蜀之将亡如秋庭之衰落。然人未之晓,但呼为感庭秋道士。凡半年,人亦不知其异。一夕,大醉归。夜将阑,尚闻唱声愈高。有讶之者,隔户窥之,见灯烛彩绣,筵具器皿,罗列甚盛。狂道士左右二青童立(应)侍,时斟酒而唱。窥者具以白先生,先生乃款其户曰:"光庭量识肤浅,不意上仙降鉴,深为罪戾。然不揆愚昧而匍匐门下,冀一拜光灵,以消尘障。"道士曰:"何辱勤拳之若是,当出奉见。"乃令二童收筵具器皿及陈设致(置)于前,揲之则随手而小,如符子状,置冠中;又将二童按之如木偶,可寸许,又置冠中。乃启户。光庭忻然而入,但空室而已。《高道传》〔同上〕

　　唐清远道士《同枕(沈)恭子游虎丘诗》曰:"余本长殷周,遭罹历秦汉。"计之,至唐则二千馀岁矣。颜鲁公爱而刻之,且有诗曰:"客有神仙者,于兹雅丽陈。"盖指为神仙也。李卫公《追和鲁公刻清远道士诗》曰:"逸人缀清藻,前哲留篇翰。"则逸人指清远而前哲谓鲁公也。其后,皮日休、陆龟蒙辈皆和之。仙耶鬼耶?则不必问。然仆独爱其〔诗中〕数句云:"吟挽(晚)川之阴,步上山(仙)之岸。山川共澄澈,光彩交陵乱。白云蓊欲归,青松忽消半。"乌乎,借使非神仙亦〔一〕才鬼也。《许彦周诗话》〔同上〕

《异闻集》载沈既济作《枕中记》云:开元中道者吕翁〔经邯郸道上邸舍中,以囊中枕借卢生睡事。此之吕翁〕非洞宾也。盖洞宾尝自序以为吕渭之孙,仕德宗朝,今云开元,则吕翁非洞宾无可疑者。苕溪渔隐曰:回仙尝有词云:"黄粱(梁)犹未熟,梦惊残。"尚用《枕中记》故事,可见其非吕翁也。《灵怪集》载《南柯太守传》与《枕中记》事绝相类。浮世荣枯,固已如梦矣,此二事又于梦中作梦,既可笑亦可叹已。《复斋漫录》〔同上〕

回仙于京师景德寺僧房壁上题诗云:"明月斜,秋风冷。今夜故人来不来?教人立尽梧桐影。"相传此诗(词)自国初时即有之。柳耆卿词云:"愁绪终难整(罄),又(人)立尽,梧桐碎影。"用回仙语也。《古今词话》语(乃)云:"耆卿作《倾杯》秋景一阕,忽梦一妇人云:'妾非今世人,曾作前诗,数百年无人称道,公能用之。'梦觉记(说)其事,世传乃鬼谣也。"此语怪诞,无可考据,盖不曾见回仙留题,遂妄言耳。〔同上〕

予兄子瞻,尝从事扶风,开元寺多古画,而子瞻少好画,往往匹马入寺,循壁终日。有一老僧出揖之曰:"小院在近,能一相访否?"子瞻欣然从之。僧曰:"贫道平生好药术,有一方能以朱砂化淡金为精金。老当传人,而患无可传者。知公可传,故欲一见。"子瞻曰："吾不好此术，虽得之将不能为。"僧曰："此方知而不可为，公若不为，正当传矣。"是时陈希亮少卿守扶风，而平生溺于黄白，尝于此僧求方而僧不与。子瞻曰："陈卿求而不与，吾不求而得，何也？"僧曰："贫道非不悦陈卿，畏其得方不能不为耳。贫道昔尝以方授人矣，有为之即死者，有遭丧者，有失官者，故不敢轻以授人。"即出一卷书曰："此中皆名方，其一则化金方也。公必不肯轻作，但勿轻以授人。如陈卿，谨勿传也。"子瞻许诺。归视其方，每淡金一两，视其分数，不足一分，辄以丹砂一钱益之。杂诸药入甘锅中煅之，熔即倾出，金砂俱不耗，但其色深浅斑斑相杂，当再烹之，色匀乃止。后偶见陈卿，语及此僧，遽应之曰："近得其方矣。"陈卿惊曰："君何由得之？"子瞻具道僧不欲轻传人之意，不以方示之，陈固请不已，不得已与之。陈试之良验。子瞻悔曰："某不惜此方，惜负此僧耳。公谨为之。"陈姑应曰："诺。"未几，坐受邻郡公使酒，以赃败去。子瞻疑其以金故，深自悔恨。后谪居黄州，陈公子恺在黄，子瞻问曰："少卿昔竟（时）尝为此法否？"恺曰："吾父既失官，至洛阳，无以买宅，遂大作此。然竟病指痈而没。"乃知僧言诚不妄也。后十年，余谪居筠州。有蜀僧仪介者，师文事（事文）禅师，文之所至，辄为修造，所费不赀，而莫知钱所从来。介秘其术，问之，不以告人。介以（与）聪禅师善，密为聪言其方，大类扶风开元寺僧所传者。然介未尝以一钱私自利，故能保其术而无患。苕溪渔隐曰：《洞微志》载叶生者与前事相类。其（亦）以得干银术妄费而受祸。故回仙谓沈东老云："闻公自能黄白之术未尝妄用。"盖嘉之也。此真可为贪者之戒。《龙川略志》〔同上〕

吴兴之东林沈东老能酿十八仙白酒。一日，有客自号回道人，长揖于门曰："知公白酒新熟，远来相访，愿求一醉。"实熙宁元年八月十九日也。公见其风骨秀伟,跫然起迎,徐观其碧眼有光,与之语,其声清圆,于古今治乱、老庄浮图氏之理,无所不通,知其非尘埃中人也。因出酒器十数于席间曰:"闻道人善饮,欲以鼎先为寿,如何?"〔回〕公曰:"饮器中惟钟鼎为大,屈卮螺杯次之,而梨花蕉叶最小。请戒侍人次第速斟,当为公自小至大以饮之。"笑曰:"有如顾恺之食蔗,渐入佳境也。"又约周而复始,常易器满斟于前,笑曰:"所谓杯中酒不空也。"回公兴至即举杯举(浮)白。常命东老鼓琴,回乃浩歌以和之。又尝围棋以相娱,止弈数子辄拂去,笑曰:"只恐棋终烂斧柯。"回公自日中至暮已饮数斗,〔了〕无酒(醉)色。是夕月微明,秋暑未退,蚊蚋尚多,侍人秉扇驱拂,偶灭一烛。回公乃命取竹枝,以馀酒噀之,插于远壁。须臾蚊蚋尽栖壁间,而所饮之地洒然。东老欲有所叩,先托以求驱蚊之法。回云:"且饮,小术乌足道哉!闻公自能黄白之术,未尝妄用,且笃于孝义,又多阴功。此予今日所以来寻访而将以发之也。"东老因叩长生轻举之术。回公曰:"以四大假合之身,未可离形而顿去,惟死生去住为大事。死知所住(往),则神生于彼矣。"东老摄衣起谢:"有以喻之。"回公曰:"此古今所谓第一最上极则处也。此去五年,复遇今日,公当化去,然公之所钟爱者子阶(偕)也。治命时不得见之。当此之际,公亦先期而知(致),谨勿动怀,恐失丧公之真性。"东老颔而悟之。饮将达旦,则瓮中所酿止留糟粕,而无馀沥矣。回公曰:"久不游浙中,今日为公而来,当留诗以赠。然吾不学世人用笔书。"乃就擘席上榴皮画字,题于庵壁。其色微黄,而渐加黑。故其言有《回仙人〔题〕赠东老诗》:"西邻已富忧不足,东老虽贫乐有馀。白酒酿来缘好客,黄金散尽为收书。"凡三十六年(字)。已而告别,东老启关送之,天渐明矣。握手并行,笑约异

237

时之集。至舍西石桥，回公先度，乘风而去，莫知所适。后四年中秋之吉，东老微恙，乃属其族人而告之曰："回公熙宁元年八月十九日尝谓予曰：'此去五年，复遇今日，当化去。'予意明年，今乃熙宁之五年也。子阶（偕）又适在京师干荐，回公之言其在今日乎？"及期捐馆。凡回公所言，无有不验。陆元光《回仙录》〔同上〕

吾乃京兆人，唐末，累举进士不第，因游华山，遇钟离传授金丹大药之方；复遇苦竹真人，方能驱使鬼神；再遇钟离，尽获希夷之妙旨。吾得〔道〕年五十，第一度郭上灶，第二度赵仙姑。郭性顽钝，只与追钱延年之法；赵性通灵，随吾左右。吾惟是风清月白，神仙会聚（聚会）之时，尝游两浙京汴谯郡。尝着白襕〔衫〕角带，右（左）眼下有痣，如人间使者箸头大。世言吾卖墨，飞剑取人头，吾闻乃（哂）之。实有三剑：一断烦恼，二断贪嗔，三断色欲，是吾之剑。世有传吾之神，不若传吾之法；〔传吾之法〕不若传吾之行。何以故？为人若反是，虽携手接武，终不成道。苕溪渔隐曰：回仙有《沁园春》一阕，明内丹之旨，语意深妙，惜乎世人但歌其词，不究其理，吾故表显之。云："七返还丹，在人先须，炼己待时。正一阳初动，中宵漏永；温温铅鼎，先（光）透帘帏。造化争驰，虎龙交合，进火工夫尤斗危。曲江上，看月华莹净，有个乌飞。　　当时自饮刀圭。又谁信，无中养就儿。辨水源清浊，木金间膈（隔），不因师指，此事难知。道要玄微，天机深远，下手速修犹太迟。蓬莱路，远（仗）三千行满，独步云归。"〔同上〕

百家诗话总龟后集卷之四十　癸集

神仙门

陈东,靖康间尝饮于京师酒楼。有倡打坐而歌者,东不愿(顾)。乃去倚栏独立,歌《望江南》词,音调清越,东不觉倾听。视其衣服皆故弊,时以手揭衣爬搔,肌肤绰约如雪。乃复呼使前再歌之。其词曰:"阑干曲,红飐绣帘旌。花嫩不禁纤手捻,被风吹去意还惊。眉黛蹙山青。""铿铁板,闲引步虚声。尘世无人知此曲,却骑黄鹤上瑶京。风冷月华清。"东问何人制,曰:"上清蔡真人词也。"歌罢,得数钱,下楼,亟遣仆追之,已失矣。出《夷坚志》〔《渔隐丛话前集》卷五八〕

"心事数茎白发,生涯一片青山。空林有雪相待,野路无人自还。"李主好书神仙隐遁之词,岂非遭罹多故,欲脱世网而不得者耶?东坡〔同上〕

葛稚川《神仙传》载王方平,麻姑降蔡经家。方平谓曰:"不见姑已百年矣。"擘麟脯行酒,而蔡经窃视麻姑手如鸟爪,心念曰:"背痒时正可爬背。"方任(在)念,而方平已知,责经曰:"麻姑神人,汝何忽谓其手可爬背!"于是鞭经背。皇祐中,江西有一事正类此,或《题麻姑坛记》以嘲之曰:"五百年来别恨多,东

征重得见青蛾。擘麟方拟穷欢喜,不禁闲人背痒何!"《隐居诗话》〔同上〕

刘跛子者,青州人也,拄一拐,每岁必一至洛中看花,馆范家园。春尽即还京师。为人谈噱有味,范家子弟多狎戏之。有大范者,见之即与二十四金,曰:"跛子吃半角。"小范者,即与十(一)金吃碗羹。于是以诗谢伯仲曰:"大范见时二十四,小范见时吃碗羹。人生四海皆兄弟,酒肉林中过一生。"张丞相召自荆湖,时跛子与客饮市桥。客闻车骑〔过〕甚盛,起观之。跛子挽其衣使且饮,作诗曰:"迁客湖湘召赴京,轮蹄迎送一何荣!争如与子市桥饮,且免人间宠辱惊?"陈莹中甚爱之,作长短句赠之曰:"槁木形骸,浮云身世,一年两到京华。人(又)还乘兴,闲看洛阳花。闻道鞓红最好,春归后,终委泥沙。忘言处,花开花谢,不似我生涯。　　年华。留不住,饥餐困寝,触处为家。这一轮明月,本自无瑕。随分冬裘夏葛,都不会赤水黄芽。谁知我,春风一拐,谈笑有丹砂!"余政和春见于兴国〔寺〕,以诗戏之曰:"相逢一拐大梁间,妙语时时见一班。我欲从公蓬岛去,烂银坑里看青山。"予姻家许中复之内,乃赵概参政之孙,云:"我十许时见刘跛子来觅酒饮,笑语而去。"计其寿百四五十许。尝书(馆)于京师新门张婆店三十年,日坐相国寺东书邸中,人无识之者。《冷斋夜话》〔同上〕

范致虚居方城,有高士馆于家,自言昔乃白发社翁,遇师授以神药,今年逾下寿,颜渥如丹,有孺子色。既久〔告〕归,留一绝,末句云:"莫讶杖藜归去早,旧山闲却一溪云。"《西清诗话》〔同上〕

卖墨者潘谷,余不识其人,然闻其所为,非市井人也。墨既精妙,而价不二。士或不持钱求墨,不计多少与之。此岂徒然者哉！余尝与诗云："一朝入海寻李白，空看人间画墨仙。"一日，忽取欠墨钱券焚之，饮酒三日，发狂浪走，遂赴井死。人下视之，盖趺坐井中，手尚持数珠也。见张元明说如此。东坡〔同上〕

近有人游罗浮，留[一]宿岩谷间。中夜见一人，身无衣而绀毛覆体，意必仙也，乃再拜问道，其人了不顾，但长啸数声，响震林木。歌诗云："云来万岭动，云去天一色。长啸两三声，空山秋月白。"《西清诗话》〔同上〕

张寔，熙宁中梦行[人]入空中，闻天风海涛，声振林木。徐见海中楼阙金碧，琼琚琅佩者数百人，揖寔出纸请赋诗，细视笔砚皆碧玉色。且戒之曰："此间文章要似隐起鸾凤，当与织女机杼分巧，过是乃人间语耳。"寔成一绝句云："天风吹散赤城霞，染出连云万树花。误入醉乡迷去路，旁人应笑忘还家。"有仙人曰："子诗佳绝，未免近凡。"酌酒一杯，极甘寒。忽觉身堕万仞山而寤。同上〔同上〕

虔州布衣赖仙芝言，运州有黄损仆射者，五代时人，仆射盖事南汉，未老退归，一日忽遁去，莫知其存亡。子孙画象事之，凡三十二年复归，坐阼阶上，呼家人；其子适不在，孙出见之，索笔书壁上云："一别人间岁月多，归来人事已消磨。惟有门前鉴池水，春风不改旧时波。"投笔竟去，不复(可)留。子归问其状貌，孙云："甚似影堂老人也。"无异(运人)相传如此，后颇进仕(二字作"有仕进")者。"东坡〔同上〕

太学体远斋饶州一士(同)人遇游道士，道士本里人，化去已多年。一日，来客位相访，约士(同)人请假，归斋，假簿中有诗一绝，乃道士所书也。诗云："相别来来一百秋，幻泡重作故人游。紫泥白雪寻常事，何苦人间诗不休。"《今是堂手录》〔同上〕

钟弱翁帅平凉，一方士通谒，从牧童牵黄犊立于庭下。弱翁异之,指牧童曰:"道人颇能赋此乎?"笑曰:"不烦我语,是儿能之。"牧童乃操笔大书云:"草铺横野六七里,笛弄晚风三四声。归来饱饭黄昏后,不脱蓑衣卧月明。"既去,郡人见方士担两大瓮,长歌出郭,迹之不见。两瓮乃二口,岂洞宾耶?《西清诗话》〔同上〕

回先生过湖州东林沈氏饮醉,以石榴〔皮〕书其家东老庵之壁云:"西邻已富忧不足,东老虽贫乐有馀。白酒酿来缘好客,黄金散尽为收书。"东老,沈氏之老自谓也。余次其韵云:"世俗何知贫是病,神仙可学道之馀。但知白酒留佳客,不问黄公觅素书。""符离道士晨兴际,华岳先生尸解馀。忽见《黄庭》丹篆句,犹传青纸小朱书。""凄凉雨露三年后,仿佛尘埃数字馀。至用榴皮缘底事?中书君岂不中书?"山谷云:"秋风吹渭水,落叶满长安。黄尘车马道,独清闲。自然炉鼎,虎绕与龙盘。九转丹砂就,琴心三叠,蕊珠看舞胎仙。　便万钉宝带貂蝉,富贵欲熏天。黄粮炊未熟,梦惊残。是非海底(里),直道作人难。袖手江南去,白苹红蓼,再游溢浦庐山。往(住)三〔十〕年。"有人书此曲于州东茶园酒肆之柱间。或爱其文指趣而不能歌也。中间乐工或按而歌之,辄以俚语窜语(入),晬然有市井气,不类神仙中人语也。十年前有醉道士歌此曲广陵市上,童儿和之,乃合其故时语。此道士去后,乃以物色迹〔逐〕之,知其为吕洞宾也。苕溪渔隐曰:近时吴江长桥垂虹亭屋山壁上草书一词,人亦以为吕仙作,其果然耶?词曰:"飞梁歆水,虹影清光晓。橘里渔乡半烟草。看来今往古,物是人非,天地里,惟有江山不老。雨衣风帽,四海谁知道。　一剑横空几番到。按玉龙,嘶未断,月冷波寒归去也,琳宇洞天无锁。指云屏烟嶂是吾庐,但满地苍苔,年年不扫。"东坡〔同上〕

知制诰李大临,西川人。有门人,背伛不能仰视。因〔以〕药市罢,见一道士云:"秀才有钱,丐一二百为酒资。"书生云:"家贫无钱,所居有薄酿,同一醉可乎?"道士欣然便往,酒半,道士问何故背伛,书生言不幸遇此疾,无如之何。道士因出药三十粒云:"来日五更,面东以新汲水下,觉微燥不足怪。"书生如所教,既服药,燥甚,不可胜,展转于榻上,亦甚悔之。然每一伸缩,渐觉舒快,比明,身已直矣。蜀人重药市,盖常有神仙之遇焉。
《文昌杂录》〔同上后集卷三八〕

余治平末,溯峡还蜀,泊舟仙都山下。有道士以阴真君《长生金丹诀》石本相示,予问之曰:"子知金丹诀耶?"道士曰:"不知也。然士大夫过此,必以问之,庶有知之者。"予佳其意,试问以烧炼事,对曰:"养生有内外,精气,内也,非金石所能坚凝;四支百骸,外也,非精气所能变化。欲事内,必调养精气极而后内丹成,则不能死也。然隐居人间,久〔之〕或托尸解而去,求变化轻举,不可得也。盖四大本外物和合而成,非精〔气〕所能易也,惟外〔丹〕成,然后可以点瓦砾、化皮骨,飞行无碍矣。然内丹未成,内无以交之,则服外丹者多死。譬积枯草弊絮而置火其下,无不焚者。"予甚善其说,告之曰:"昔人有服金丹,不幸赴井而死,既而五脏皆化为黄金者,又有服玉屑死于盛夏而尸不败坏者,皆无内丹以主之也。子之说信然哉!"后十馀年,官(馆)于南京张公安道家,有一道人,陕人也。为公养金丹,其法用紫金丹砂,费数百千,期年乃成。公喜告予曰:"吾药成,可服矣。"予谓公何以知其药成。公曰:"《抱朴子》言药既成,以手握之如泥出指间者,药〔功〕真成也。今吾药如是,以是知其成无疑也(矣)。"予为公道仙都所闻,谓公曰:"公自知内丹成,则此药可服;若犹未也,姑俟之若何?"公笑曰:"我姑俟之。"《龙川略志》〔同上〕

百家诗话总龟后集卷之四十一

歌咏门

熙宁间,奉诏定蜀楚秦民(氏)三家所献书,得一弊纸,所书花蕊夫人诗〔共〕三十二首,乃夫人亲笔,而辞甚奇,与王建《宫词》无异。自唐至今,诵者不绝口,而此独遗弃不见取。前受诏定三家书者,又斥去之,甚可惜也。谨令缮写入三馆而归,口诵数篇于丞相安石。明日〔与〕中书语及之,而王珪冯京愿传其本,于是盛行于世。夫人,伪蜀孟昶侍人,事具《国史》。苕溪渔隐曰:余阅此词,如:"龙池九曲远相通,杨柳丝牵两岸风。长似江南好风景,画船来往碧波中。""梨园弟子簇池头,小乐携来候宴游。试炙银笙先按拍,海棠花下合《梁州》。""月头支给买花钱,满殿宫人近数千。遇着唱名多不语,含羞走过御床前。""内人追逐采莲时,惊起沙鸥两岸飞。兰〔棹〕把来齐拍水,并船相斗湿罗衣。""厨船进食簇时新,侍坐无非列近臣。日午殿头先(宣)索脍,隔花催唤打鱼人。"皆清婉可喜。花蕊又别有逸诗六十六篇(首),有(乃)近世好事者旋加搜索续之,篇次无伦,语意与前诗相类者极少,诚为乱真矣。聊摘其一二云:"罗衫玉带最风流,斜插银篦慢裹头。闲向殿前骑御马,掉鞭横过小红楼。"

"春日龙池小宴开,岸边亭子号流杯。沉檀刻作神仙女,对捧金杯水上来。"王平甫〔《渔隐丛话后集》卷四〇〕

周世宗时,陶尚书榖奉使江南,韩熙载遣家妓〔以〕奉盥匜,及旦,有书谢,略云:"巫山之丽质初临,霞侵鸟道;洛浦之妖姿自至,月满鸿沟。"举朝不能会其辞。熙载因召家〔妓〕讯之,云,是夕忽当浣濯焉。《缃素杂记》〔同上〕

唐高宗燕群臣,《赏双头牡丹诗》,上官昭容一联云:"势如连璧友,情若臭兰人。"计之,必一英奇女子也。《许彦周诗话》〔同上〕

《东坡后集》有《题织锦图上回文》〔三首〕。其一云:"春晚落花馀碧草,夜凉低月半枯桐。人随远马(雁)边城暮,雨映疏帘绣阁空。"其二云:"红手素丝千字锦,故人新曲九回肠。风吹絮雪愁萦骨,泪洒缣书恨见郎。"其三云:"羞看一首《回文锦》,锦似文君别恨深。头白自吟悲赋客,断弦(肠)愁是断弦琴。"《淮海集》载东坡《跋》云:"余少时见一江〔南〕本,其后有人题诗十馀首,皆奇绝,今记其三首。"然则此诗非东坡所作也。少游又云:"子瞻记江南所题诗本不全,余尝见之,记其五绝,今以补子瞻之遗。"即《丛话前集》所载《回文诗》五首是也。世以为少游所作,亦非也。《苕溪渔隐》〔同上〕

苏蕙《织锦回文诗》,所传旧矣。故少常沈公复传其画,由是若兰之才益著,然其诗回旋书之,读者唯晓外绕七言,至其中方则漫弗可考矣。若沈公之博古,亦谓辞句脱〔略〕读不成文。殊不知此诗织成,本五色相宣,因以别三四五七言之异。后人流传,不复施采,故迷其句读,非辞句之脱略也。政和初,予在洛阳,于王晋玉许得唐程士南效此〔诗〕,并申诫之(所)释,而后晓然。是诗初不舛脱,盖沈公未尝见此本耳。然申诫所释,但依士

245

南之设色,其七言数火,其色反黄;四言数金,其色反绿:于五行为弗类。意苏氏诗图之色为不耳(尔)。今因冠诗于画,遂别而正之。三四五七言之诗,各随其[所]行而为之色。观者见其色,则诗之言数可知已。至于士南之文,既有释者,则赋采自从其旧,而并录于其(弁)首云。《东观馀论》〔同上〕

载《璇玑图序》云:"前秦安南将军窦滔有宠姬赵阳台,歌舞之妙,无出其右。滔置之别所。妻苏知之,求而获焉,苦加挞辱,滔深恨之。阳台又专伺苏之短,谗毁交至,滔益忿。苏氏年二十一,滔镇襄阳,与阳台之任,绝苏氏之音问。苏悔恨自伤,因织锦回文题诗二百馀首,计八百馀字,纵横反复,皆为文章,名曰《璇玑图》,遣苍头赍至襄阳,滔览锦字,感其妙绝,因送阳台之关中,而具车从迎苏氏,恩好愈重。"苕溪渔隐曰:王初寮有《点绛唇》一词,送韩济之归襄阳云:"岘首亭空,劝君休堕《羊碑》泪。宦游如寄。且伴仙(山)翁醉。 说与鲛人,莫解江皋佩。将归思。晕红萦翠。袖(细)织回文字。"初寮用[前]事以其汉上故〔事〕,然于送人之词,似难用也。《侍儿小名录》〔同上〕

南齐杨侃性豪侈。舞人张静婉腰围一尺六寸,能掌上舞。唐人作《杨柳枝》辞曰:"认得杨〔家〕静婉腰。"后人却除家字,只使杨静婉,误矣。李太白云:"《子夜吴歌》动君心。"李义山云:"莺有(能)《子夜歌》。"晋有子夜女善歌,非当时可及也。《许彦周诗话》〔同上〕

古今诗人咏妇人者,多以歌舞为称。梁元帝《妓应令诗》云:"歌清随涧响,舞影向池生。"刘孝绰看《妓诗》云:"燕姬臻妙舞,郑女爱清歌。"北齐萧放《冬夜对妓诗》云:"歌还《团扇》后,舞出妓行前。"弘执恭《观妓诗》云:"学(合)舞俱回雪,分歌共落尘。"陈阴铿《侯司空宅咏妓诗》云:"莺啼歌扇后,花落舞衫前。"陈刘删亦云:"山边歌两(落)日,池上舞《前溪》。"庾信《赵王看妓诗》:"绿珠歌扇薄,飞燕舞衫长。"江总《看妓诗》云:"并歌时转黛,息舞暂分香。"隋卢思道《夜闻邻妓诗》:"怨歌声易断,妙舞态难收(双)。"陈元瓛《春园听妓诗》云:"红树摇歌扇,绿珠飘舞衣。"释法宣《观〔妓〕诗》云:"舞袖风前举,歌声扇后娇。"王绩《咏妓诗》云:"早时歌扇薄,今日舞衫长。"刘希夷《春日闺人诗》云:"池月怜歌扇,山云爱舞衣。"以歌对舞者七,以歌扇对舞衣者亦七。虽相缘以起,然详味之,自有工拙也。杜子美取以为艳曲云:"江清歌扇底,野旷舞衣前。"《复斋漫录》〔同上〕

绿珠井在白州双角山下。昔梁氏之女有容貌,石季伦为交趾采访使,以真珠三斛买之。梁氏之居,旧井存焉。耆老云:汲饮此井者,诞女必多美。里闾以美色无益于是(时),遂以巨石填之。苕溪渔隐曰:山谷诗云:"欲买娉婷供煮茗,我无一斛明月珠。"用此事也。《太平广记》〔同上〕

石季伦《王明君辞》云:"延我以(于)穹庐,加我阏氏名。"阏氏,单于妻也。上乌前,下章移切。《前汉匈奴传》曰:"冒顿后有爱阏氏生少子。"颜注:"阏氏,匈奴皇后号。"刘贡父云:"匈奴单于号其妻为阏氏耳。颜便以皇后解之,大俚俗也。"《西河旧事》云:"失我祁连岭,使我六畜不蕃息;失我焉支山,使我妇女无颜色。"盖北方有焉支山,山多〔作〕红蓝,北人采其花染绯,取其英鲜者作胭脂,妇人妆时,用此(作)颜(颊)色,殊鲜明可爱。匈奴名妻阏氏,言可爱如胭脂也。钱昭度作《王昭君诗》云:"阏氏才闻易妾名,归期长似俟河清。"则误读氏字为姓氏之氏矣。《艺苑雌黄》〔同上〕

古今辞人作《明妃辞曲》多矣。意皆一律。惟吕居仁独不蹈袭,其诗云:"人生在相合,不论胡与秦。但取眼前好,莫言长

苦辛。君看轻薄儿，何殊胡地人。"《苕溪渔隐》〔同上〕

韩子苍《题昭君图诗》："寄语双鬟负薪女，炙面谨勿轻离家。"余考《唐逸士传》云："昭君〔村〕至今生女必炙其面。"白乐天诗："至今村女面，烧灼成瘢痕。"乃知炙面之事，乐天已先道之也（矣）。《复斋漫录》〔同上〕

《汉书》竟宁元年，呼韩邪来朝，言愿婿汉氏。元帝以后宫良家子王昭君字嫱妃（配）之，生一子。株累立，复妻之，生二女。至范晔书始言入宫久不见御，积怨，因掖庭令请行。单于临辞大会，昭君丰容靓饰，顾影徘徊，竦动左右。帝惊悔，欲复留，而重失信夷狄。然晔不言呼韩邪愿婿，而言赐以宫女，又言字昭君，生二子，与前书皆不合。其言不愿妻其子而诏使从胡俗，此自（是）乌孙公主，非昭君也。《西京杂记》又言："元帝使画工图宫人，〔宫人〕皆赂画工，而昭君独不赂，乃恶图之。既行，遂〔按〕诛毛延寿。"《琴操》〔之按〕又言："本齐国王穰女，端正闲丽，未尝窥看门户。穰以其〔有〕异，人求之不与。年十七，进之帝。以地远不幸。欲赐单于美人，嫱对使者越席请往。后不愿妻其子，吞药而卒。"盖其事杂出，无所考正。自信史书尚不同，况传记乎？要之，《琴操》最牴牾矣。按昭君，南郡人。今秭归县有昭君村，村人生女，必灼艾炙其面，虑以色选故也。昭君卒，葬匈奴，谓之青冢。晋以文王讳昭，〔故〕号明妃云。"韩子苍《昭君图叙》〔同上〕

百家诗话总龟后集卷之四十二

鬼神门

昔年陈州有女妖,自云孔大娘。□(每)昏夜于鼓腔中与人语言,尤知未来事。时晏元宪(献),守陈,方制小词一阕,修改未定,而孔大娘已能歌之矣。亦可怪也。〔《渔隐丛话后集》卷三八〕

长安慈恩寺有数女仙夜游,题诗云:"黄子陂头有(好)月明。强踏华筵到晓行。烟波山色翠黛横。折得落(荷)花远恨生。"化为白鹤飞去。明夜又题一首:"湖水团团夜如镜。碧树红花相掩映。北斗阑干移晓柄。有似佳期常不定。"亦婉约可爱。《许彦周诗话》〔同上〕

请紫姑神,大抵能作诗,然不甚过人。旧传一士人家请之,既降,偶书院中子弟作雨诗,因率尔请赋,顷刻书满纸。其警句云:"帘卷滕王阁,盆翻白帝城。"诚可喜也。同上〔同上〕

《云斋广录》载,司马槱官于钱塘,梦苏小小歌《蝶恋花》词一阕,其词颇佳,词云:"妾在钱塘江上住。花开花落,不记流年度。燕子却衔(衔将)春色去,黄昏几度消消(潇潇)雨。　蝉鬓犀梳云欲(半)吐。檀板新声,唱彻《黄金缕》。酒醒梦回无觅

处。凄凉明月生秋圃。"《苕溪渔隐》〔同上〕

鲁直记江亭鬼所题词有"泪眼不曾晴"之句,余以此鬼剽东坡乐章有"秋雨晴时泪不晴"之语。《复斋漫录》〔同上〕

东坡记秦少游言,宝应民有嫁娶会客者,酒半,客一人径赴水曰:"有妇人以诗招我,诗云:'长桥直下有兰舟,破月冲烟任意游。金玉满堂何所用,争如年少去来休!'"余读张君房《脞说》:进士谢朏寓居宝应。晚至县桥,忽见女郎自舟中出曰:"某,楚小陂(波)也,可见访舟中。"怀中出诗二首,其一云:"画桥直下是兰舟,破月冲烟任意游。金玉满堂无用处,早随年少去来休。"其二云:"妾貌君才两不常,君今休苦更思商(量)。儿家自有清溪水,饮着方知气味长。"前篇与少游所言不同者数字,更有二首为异。至谓宝应亦同。君房著《脞说》在真庙时,不应东坡少游之忘(忘之)也。《复斋漫录》〔同上〕

余读《江南录》:丘孟阳有赋名,尝梦一官人延入一第中,具饮,其旁几上有书一卷,孟阳展读谓曰:"斯乃吾所述赋稿,何至兹乎?"其人曰:"昔公焚之时,吾得之矣。"孟阳因就求之。答曰:"它日若至衡山,必当奉还。"后官至衡州茶陵令,乞致仕,卒于衡州。今世〔言〕焚故书,必毁而燔之,盖可信也。《文昌杂录》〔同上〕

吕申公夷简尝通判蜀中,忘其郡名。廨宇中素有鬼物,号榆老姑,乃榆木精,其状一老丑妇。常出厨间,与群婢相(为)偶,或时不见。家人见之久,亦不以为怪。公呼问之,即下阶拜〔之〕云:"妾在宅日久,虽非人然不〔敢〕为祸。"公亦置而不问。常谓公他日必大贵。一日忽怀妊,群婢戏之,自言非久当产,遂月馀〔忽〕不见。〔忽〕出云:"已产矣,请视之,后园榆木西南生大赘乃是。"视之果然。《见闻录》〔同上〕

东坡记徐州通判李绚,有子年十七八,不善作诗,忽咏《落花》云:"流水难穷目,斜阳易断肠。谁同䂵光帽,一曲舞《山香》。"人惊问之,若有物凭者,云是谢中舍。问其䂵光帽事,自云:"西王母宴群仙,有舞者戴䂵光帽,帽上簪花,舞《山香》一曲,未终,花皆落去。"余读唐《羯鼓录》,〔见〕汝阳王琎,明皇爱之,乃(每)随游幸。琎常戴䂵绡帽子打曲。上有(自)摘红槿花一朵置之帽上,遂奏舞《山香》一曲,花不落坠,上〔大〕笑。此事与前极相类。《复斋漫录》〔同上〕

陈甲为成都守李西美璆馆客,舍于治事堂东偏之双竹斋。绍兴二(三)十一年四月,西美浣花回得疾,旬日间,甲已寝,闻堂上妇人语笑声,即起映门窥观。有女子十馀〔人〕,皆少艾有容色,而衣〔服〕结束颇与世俗异。或坐或立,或步庭中。甲犹疑其为帅家人以主人翁病辄出,但怪其多也。顷之,一人曰:"中夜无以为乐,盍赋诗乎?"即口占曰:"晚雨帘纤梅子黄,晚云卷雨月侵廊。〔树〕阴把酒不成饮,识着无情更断肠。"一人应声答之曰:"旧时衣服尽云霞,不到迎仙不是家。今日楼台浑不识,只因古木记宣华。"馀人方缀思,甲味其诗语不类人,方悟为鬼物。忽寂无所见。后以语蜀郡父老,皆云:孟氏有国时,尝造宣华殿于摩诃池上,今郡堂乃其故址。所见之鬼,〔盖宫〕妾云。西美病遂不起。《夷坚志》〔同上前集卷五八〕

鲁直自黔安出峡,登荆州江亭,柱间有词曰:"帘卷曲阑独倚。江展暮天无际。泪眼不曾晴,家在吴头楚尾。　数点雪花乱委。扑漉沙鸥惊起。诗句始(恰)成时,没入苍烟丛里。"鲁直读之,凄然曰:"似为予发也。不知何人所作,所题笔势妍软欹斜,类女子,而有眼泪不曾晴之句,不然,则是鬼诗也。"是夕,有女子绝艳,梦于鲁直曰:"我家豫章吴城山,附客舟至此,堕水

251

死,不得归,登江亭有感而作,不意公能识之。"鲁直惊寤,谓所亲曰:"此必吴城小龙女也。"《冷斋夜话》〔同上〕

长安南山下,一书生作小圃,莳花木。一日,有金犊车,从数女奴,皆艳丽,下饮于庭,邀生同坐,甚款洽。将别,出小碧笺题诗曰:"相思无路莫相思,风里杨花一(只)片时。惆怅深闺独归处,晓莺啼断绿杨枝。"《侯鲭录》〔同上〕

张确尝游雪上白蘋洲,见碧衣女子携手吟咏,一篇云:"碧水色堪染,白莲香正浓。分飞俱有恨,此别几时逢。藕隐玲珑玉,花藏缥缈容。何当假双翼,声影暂相从。"确逐之,化为翡翠飞去。《树萱录》〔同上〕

番禺郑仆射尝游湘中,宿于驿楼。夜遇女子诵诗云:"红树醉秋色,碧溪弹夜弦。佳期不可再,风雨杳如年。"顷刻不见。《树萱录》〔同上〕

"明月清风,良宵会同。星河易翻,欢娱不终。绿樽翠杓,为君斟酌。今时(夕)不饮,何时欢乐!"此《广记》所载鬼诗也。山谷云:"当是鬼中曹子建所作。"翰林苏公以为然。又一篇云:"玉户金缸,愿陪君王。邯郸宫中,金石丝簧。郑女卫姬,左右成行。纨绮缤纷,翠眉红妆。王欢转盼,为王歌舞。愿得君欢,长无灾苦。"苏公以为"邯郸宫中,金石丝簧",此两句不惟人少作,而知之者亦极难得耳。醉中为余书此。张文潜见坡谷论说鬼诗,忽曰:"旧时鬼作人语,如今人作鬼语。"二公大笑。《王直方诗话》〔同上〕

东坡作《虔州八境诗》曰"山中木客解吟诗"。《十道四番志》记虔州上洛山有木客鬼,与人交甚信,未尝言能作诗也。后得《续法帖》记木客诗云:"酒尽君莫沽,壶倾我当发。城市多嚣尘,还山弄明月。"方知得句之因。徐铉谓鄱阳山中有木客,自言秦时造阿房宫采木者。岂铉未尝见《十道四番志》也(耶)？
《漫叟诗话》〔同上〕

"春草萋萋春水绿,野棠开尽飘香玉。绣岭宫前白发人,犹唱开元太平曲。""忽然湖上片云飞,不觉舟中雨湿衣。折得荷〔花〕浑忘却,空将荷叶盖头归。""浦口潮来初渺漫,莲舟溶漾采花难。芳心不惬空归去,会待潮回再摘看。""爷娘送我青枫根,不记青枫几回落。当时手刺衣上花,今日为灰不堪着。""惆怅金泥扑蝶裙,春来犹见伴行云。不教布施刚留得,恰似知逢李少君。""卜得上峡日,秋江风浪多。巴陵一夜雨,肠断《木兰歌》。"余与鲁直寿朋天〔启〕会于伯时斋舍,此一卷皆仙鬼所作或梦中所作也。又记《太平广记》中有人为鬼物所引入墟墓,皆华屋洞户。忽为劫墓者所惊出,遂失所见,但云:"芫花半落,松风晚清。"吾每爱此两句。东坡〔同上〕

《酉阳杂俎》载鬼诗两篇,山谷喜道之,其一曰:"长安女儿踏春阳,无处春阳不断肠。舞袖弓弯浑忘却,娥眉空带九秋霜。"其二曰:"流水涓涓芹弩芽,织乌双飞客还家。荒村无人作寒食,殡宫空对棠梨花。"《洪驹父诗话》〔同上〕

李真言字希古,尝梦至一宫殿,有数百妓抛球,人唱一诗,觉而记三首云:"侍宴黄昏未肯休,玉阶夜色月如流。朝来自觉承恩最,笑倩旁人认绣球。""隋家宫殿锁清秋,曾见婵娟飐绣球。密钥玉箫俱寂寂,一天明月照高楼。""堪恨隋家几帝王,舞腰挼尽绣鸳鸯。如今重到抛球处,不是金炉旧日香。"《今古(古今)诗话》中载此诗只有二首,不及此详备,故尽录之。《侯鲭录》〔同上〕

百家诗话总龟后集卷之四十三

释氏门

坡《赠辨才》云:"我比陶令愧,公为远公优。"时辨才退居,未尝出入,坡往见之,遂出至风篁岭。又云:"如(聊)使北(此)山人,求(永)记二老游。"用老杜《寄赞上人》"与子成二老,来往亦风流",皆一儒一释也。又《寄参寥问少游失解》云:"底事秋来不得解,[之]定中试与问诸天。"盖刘禹锡《和宣上人贺王侍郎放榜后诗》云:"借问至公谁可印(印可),支郎天眼定中观。"不惟兼具儒释,又正属科场事,其不泛如此。《碧溪诗话》〔卷八〕

梦得送僧君素云:"去来皆是道,别此(此别)不消魂。"坡云:"古今正自同,岁月何必书?"此等语皆通彻无碍。释氏所谓具眼也。同上〔卷七〕

端师子始见弄师子者,发明心要,则以彩帛像其皮,时时著之,因以为号。秦少游闻其高道(道高),请申(升)座。端以手自指曰:"天上无双月,人间只一僧。一堂风冷笑(淡),千古意分明。"少游首肯之。能诵《法华经》,必得钱五百乃开秩(帙),日诵数句,即持钱地坐,去其缺薄者,易之而去。好歌《渔父词》，月夕必歌之达旦。有狂僧回头和尚，以左道鼓动流俗，士大夫亦安其妄。方对丹阳吕公肉食，端径至，指曰："正当与么时，如何是佛？"回头不能遽对，端捶其头，推倒乃行。又有妖人号不托，掘秀州城外地，有佛像，建塔其上，倾城敬信。端见堪（揕）住曰："如何是佛？"不托拟议，端趯之而去。章相子厚请升座，使余（俞）秀老撰疏叙其事曰："推倒回头，趯翻不托。七轴之《莲经》未诵，一声之《渔父》先闻。"端听僧官宣至此，以手揶揄曰："止。"乃引声吟曰："本是潇湘一钓客，自东自西自南北。"大众杂然称善。端顾大笑曰："我观法王法，法王法如是。"下座。《僧宝传》〔《渔隐丛话后集》卷三七〕

"钓鱼船上谢三郎。双鬓已苍苍。莎衣未必清贵，不肯换金章。　汀草畔，浦花旁。静鸣榔，自来〔往〕。好个渔父家风，一片潇湘。"金华俞秀老作此篇，道人多传之。非道意岑寂，其语不能如是。苕溪渔隐曰：《传灯录》云：玄沙，福州闽县人，姓谢氏。幼好垂钓，泛小艇于南台江，狎诸渔者。年甫三十，忽慕出尘，乃弃钓艇，投芙蓉山训禅师落发。〔秀老〕用此事也。山谷〔同上〕

《冷斋夜话》谓道潜作诗，追法渊明，其诗有逼真处，曰："数声柔橹苍茫外，何处江村人夜归？"又曰："隔林仿佛闻机杼，知有人家住翠微。"余细味之，句格固佳，但〔不〕异（类）渊明语，岂得谓之逼真处？若东坡《和陶诗》"前山正可数，后骑且勿驱"，此方是逼真处。德（惠）洪不善评诗，此（其言）岂足凭哉！《苕溪渔隐》〔同上〕

师住天台〔山〕梅子真旧隐。一僧入山迷路，问曰："和尚在此山多少时也？"师曰："只见四山青又黄。"又问："出山路什么处去？"师曰："流水可随（四字作"随流"）去。"僧归说似盐官，

255

盐官令僧去请〔师〕出山。师有偈云："摧残枯木倚寒林,几度逢春不变心。樵客遇之犹不顾,郢人那得苦追寻?"大寂闻师住山,乃令一僧到问曰:"和尚见马师得个什么,便住此山?"师云:"马师向我道即心是佛,我便向这里住。"僧云:"马师近日佛法又别。"师云:"作么生别?"僧云:"近日又道非心非佛。"师云:"这老汉惑乱人,未有了日。任汝非心非佛,我只管即心即佛。"其僧回,举似马祖,祖云:"大众,梅子熟也。"苕溪渔隐曰:韩子苍《送僧住梅山诗》云:"寺闻(门)岑寂知何许?想到(对)千岩万壑开。待得梅山梅子熟,不辞先寄一枝来。"用前事也。《传灯录》〔同上〕

"梵志翻着袜,人皆道是错。乍可剌尔眼,不可隐我脚。"一切众生颠倒,皆类如此。乃知梵志是大修行人也。昔茅容季伟,田家子尔,杀鸡饭其母,而以草具饭郭林宗。林宗起拜之,因劝使就学,遂为四海名士。此翻着袜法也。今人以珍馔奉客,以草具奉其亲;涉世合义则与己,不合义则称亲:万世同流,皆季伟之罪人也。《山谷王梵志》〔同上前集卷五八〕

明州妙音僧法渊,为人阳狂,日饮酒市肆,歌笑自如。丐钱于人,得一钱即欣然以为饮(足),得之多,复与道路废疾穷者。能言人祸福无不验,人疑其精于术数,故号渊三命。发言无常,及问之,掉头不答(顾),惟云去,去。有丧之家,必往哭之,葬则送之,无贫富皆往,莫测其意。人以其狂,又号颠僧。大觉禅师初住育王,开堂,僧偓然出问话,人莫不窃笑。大觉问:"颠僧是颠了僧,僧了颠?"答曰:"大觉是大了觉,觉了大?"大觉默然,众皆惊愕。一日忽于市相别,携酒一壶,至郡守宅前据地而饮,观者千馀人。酒尽,怀中出颂一首欲化去,众皆引声大呼云:"不可于此。"遂归妙音,跌坐而化。颂曰:"咄,咄,平生颠蹶。欲问

临行,炉中大雪。"真相至今存焉。《三山老人语录》〔同上后集卷三七〕

蓬州道士贾善翔字鸿举,能剧谈,善琴嗜酒,士大夫喜与之游。东坡尝过之,献(戏)书问曰:"身如芭蕉,心如莲花,百节疏通,万窍玲珑。来时一,去时八万四千。"末云:"鸿举下语。"贾答曰:"老道士这里没许多般数。"张天觉跋其后云:"去时八万四千,不知落在那边。若不斩头觅活,谁知措大参禅。"《东皋杂录》〔同上〕

太白《夜怀》有句云:"宴坐寂不动,大千入毫发。"潘佑《独坐》有句云:"凝神入混茫,万万(象)成虚空。"予爱二才子吐辞精敏之力等,入道深密之状同。合而书之,聊资己用。《法藏碎金》〔同上〕

近时僧洪觉范颇能诗,其《题李愬画象》云:"淮阴北面师广武,其气岂止吞项羽!公得李祐不肯诛,便知元济在掌股。"此诗当与黔安并驱也。顷年仆在长沙,相从弥年,其他诗亦甚佳,如云:"含风广殿闻棋响,度日长廊转柳阴。"颇似文章巨公所作,殊不类衲子。又善作小词,情思婉约似秦少游,至如仲殊参寥,虽名世,皆不能及。《许彦周诗话》〔同上〕

"城外土馒头,馅草在城里。一人吃一个,莫嫌没滋味。"己且为土馒头,尚谁食之!今改"预先着酒浇,使教有滋味"。《山谷王梵志》〔同上前集卷五六〕

余在(住)临川景德寺,与谢无逸辈升阁,得禅月所画十八应真象甚奇,而失第五轴。予口占嘲之曰:"十八声闻解唾(埵)根,少丛林汉乱山门。不知何处罗斋去,不见云堂第五尊。"明日,有女子来拜,叙曰:"儿,南营兵妻也,寡而食素。夜梦一僧来言曰:'我本景德僧,因行失队,烦相引归寺可乎?'既觉而邻

257

家邀饭,入其门,见壁间有画异僧,形象(状)了然梦中所见也。"时朱世英守临川,异之,使迎还阁藏之。《冷斋夜话》〔同上〕

元丰间尝久旱,裕陵禁中斋祷甚力。一夕梦有僧乘马驰空中,口吐云雾,既觉,而雨大作。翌日,中贵人道梦中所见,物色于相国寺山(三)门五百罗汉中,至第十三尊略仿佛,即迎入内观之,正所梦也。王丞相禹玉作《喜雨诗》云:"良弼为霖幸所(宿)望,神僧吐雾应精求。"元参厚之云:"仙骥簫云穿仗下,佛花吹雨布(匝)天流。"盖记此事。相国寺罗汉,本江南李氏时物,在庐山东林寺。曹翰下江州,尽取其城中金帛宝货,连百馀舟,私盗以归。无以为名,乃取罗汉每舟载十许尊献之。诏因赐相国寺,当时谓之"押纲罗汉"。《石林诗话》〔同上〕

鲁直使予对句云"呵镜云遮月",对曰:"啼妆露看(着)花。"鲁直罪予于诗深刻见骨,不务含蓄。予竟不晓此论。《冷斋夜话》〔同上〕

《僧宝传》,觉范所撰也。但欲驰骋其文,往往多失事实。至于作赞,又杂以诗句,此岂史法示褒贬之意也哉?其诗云:"行尽湘西十里松,到门却立数诸峰。崇公事迹无寻处,庭下春泥见虎踪。"又云:"庐山殿阁如生成,食堂处处禅床折。我自三门如冷灰,尽日长廊卷风叶。"又为奇语云:"如月照众水,波波顿见而月不分;如春行万国,处处同时而春无迹。"但其才性竟爽见于言语文字间,若于禅门本分事则无之也。《苕溪渔隐》〔同上后集卷三七〕

前辈好称僧悟清〔诗〕"鸟归花影动,鱼没浪痕圆",以为句意皆新。然余读后梁沈君攸《临水诗》云:"花落圆纹出,风急细流翻。"乃知"鱼〔没〕浪痕圆"之句出于此也。《复斋漫录》〔同上〕

泉州僧庆老有诗云:"交情老去淡如水,病骨秋来瘦作(似)

松。"真方外语也。《诗说》〔同上〕

　　汪彦章《龙溪集》有《霜馀溪上四绝》,癞可《东溪集》亦有《霜馀溪上五绝》,内四绝即《龙溪集》中诗,但一绝不是,所谓"故人江北江南岸"者,馀皆同之,不知竟谁作邪?四绝中,其一云:"水似秋蛇巧作蟠,山如浓翠拥高鬟。清风明月原无主,乞我烟萝茅数间。"味(殊)清驶可爱。《苕溪渔隐》〔同上〕

百家诗话总龟后集卷之四十四

释氏门

予谪海外,上元,椰子林中渔火三四而已。中夜闻猿声凄动,作词曰:"凝祥宴罢闻歌吹。画毂走,香尘起。冠压花枝驰万骑。马行灯闹,凤楼帘卷,陆海鳌山对。　　当年曾看天颜醉。御杯举,欢声沸。时节虽同悲乐异。海风吹梦,岭猿啼月,一枕思归泪。"又有《怀京师诗》云;"十分春瘦缘何事?一掬归心未到家。"苕溪渔隐曰:忘情绝爱,此瞿昙氏之所训,惠洪身为衲子,词句有"一枕思归泪"及"十分春瘦"之语,岂所当然?又自载之诗话,矜炫其言,何无识之甚耶?《冷斋夜话》〔《渔隐丛话前集》卷五六〕

往年余宰分宁,觉范从高安来,馆之云岩寺。寺僧三百,各持一幅纸求诗于觉范,觉范斯须立就。余见之不怪,曰:"诗当少加思,岂若是容易乎?"觉范笑曰:"取笑(快)吾意而已。"相别十年,览其遗编,追记平生,不觉陨泪。余欲删去冗长,定取精深数十百首,仍为作序以示世人,老懒未暇也。僧中初无具诗眼者,已刻板〔于〕书肆,每以为恨。韩子苍〔同上〕

〔洪觉范诗云〕:"已收一霎挂龙雨,勿(忽)起千岩撷鹬风。"挂龙对撷鹬皆方言,古今人未尝道。又云:"丽句妙于天下白,

260

高才俊似海东青。"又云："文如水行川,气如春在花。"皆奇句也。《雪浪斋日记》云〔同上〕

余至琼州,刘蒙叟方饮于张守之席,三鼓云(矣),遣急足来觅长短句,欲问(问欲)叙何事,蒙叟视烛有蛾,扑之不去,曰："为赋此。"急足反走,持纸曰："急为之,不然获谴也。"余口授吏书之曰："密(蜜)烛花光清夜阑。粉衣香翅绕团团。人犹认假为真实,蛾岂将灯作火看。　方叹息,为遮拦。也知爱处实难拚。忽然性命随烟焰,始觉从前被眼瞒。"蒙叟醉笑首肯之。既北渡,夜发海津,又赠行,为之词曰："一段文章种性。更谪仙风韵。画戟丛中,清香凝宴寝。落日清寒落(勒)花信。愁似海洗光词锦。后夜归舟,云涛喧醉枕。"《冷斋夜话》〔同上〕

东坡长短〔句云〕："村南村北响缲车。"参寥诗云："隔林仿佛闻机杼,知有人家在翠微。"秦少游："菰蒲深处疑无地,忽有人家笑语声。"三诗大同小异,皆奇句也。《高斋诗话》〔同上〕

吴僧道潜有标置,常自姑苏归西湖,经临平道中作诗云："风蒲猎猎弄轻柔,欲立蜻蜓不自由。五月临平山下路,藕花无数满汀洲。"东坡赴官钱塘,过而见之,大称赏,已而相寻于西湖,一见如旧相识。及坡移守东徐,潜往访之,馆于逍遥堂,士大夫争识之。东坡馔客罢,与〔之〕俱来,红妆拥随之。东坡遣一妓前乞诗,潜援笔而成曰："寄语巫山窈窕娘,好将魂梦恼襄王。禅心已作沾泥絮,不逐春风上下狂。"一坐大惊,自是名闻海内。然性褊,憎凡子如仇。尝作诗曰："去岁春风上国行,烂窥红紫厌平生。而今眼底无姚魏,浪蕊浮花懒问名。"士论以此少之。道潜作诗追法渊明,其语有逼真处。曰："数声柔橹苍茫外,何处江村人夜归。"又曰："隔林仿佛闻机杼,知有人家在翠微。"时从东坡在黄州,士大夫以书抵坡曰："闻日与诗僧相从,岂非'隔

林仿佛闻机杼'者乎？真东山胜游也。"坡以书示潜，诵前句，笑曰："此吾师七字师号。"《冷斋夜话》〔同上〕

华亭船子和尚有偈曰："千尺丝纶直下垂，一波才动万波随。夜静水寒鱼不食，满船空载月明归。"丛林盛传，想见其为人。山谷倚曲音歌成长短句曰："一波才动万波随，蓑笠一钩丝。金鳞正在深处，千尺也须垂。　吞又吐，信还疑。上钩迟。水寒江静，满目青山，载月明归。"《冷斋夜话》〔同上〕

灵彻诗僧中第一，如："海月生残夜，江春入暮年。""窗风枯砚水，山雨慢瑟（琴）弦。""经来白马寺，僧到赤乌年。"前辈评此诗云："转石下千仞江。"《雪浪斋日记》〔同上〕

唐李憕之子源，以父死王难，不仕，居洛阳惠林寺，与僧圆泽游。一日，相约游峨嵋山，源欲溯峡，泽欲取斜谷路。源不可，曰："吾已绝世事，岂可复道京师哉！"舟次南浦，见妇人锦裆负瓮而汲者，泽望而泣曰："吾不欲由此者，为是也。"源惊问之，泽曰："妇人姓王氏，吾当为子，孕三岁矣，吾不来，故不得乳。今既见，无可逃者。三日浴儿时，愿公临我，以一笑为信。后十二年，杭州天竺寺外当与公相见。"至暮泽亡。妇乳三日，源往视之，儿见源果笑。源后适吴赴其约。闻葛洪川畔有牧童扣牛角而歌曰："三生石上旧精魂，赏月吟风不要论。惭愧情人远相访，此身虽异性长存。"问："泽公健否？"答曰："李公真信士。"又〔歌〕曰："身前身后事茫茫，欲话因缘恐断肠。吴越山川寻已遍，却回烟棹上瞿塘。"遂去，不知所之。东坡诗云："欲向钱塘访圆泽，葛洪波（陂）畔带秋深。"即此事也。《甘泽谣》〔同上〕

远法师居庐山下，持律精苦，过中不受密（蜜）汤；而作诗换酒饮陶彭泽。送客无贵贱，不过虎溪，而与陆道士行，过虎溪数百步，大笑而别。故禅月作诗云："爱陶长官醉兀兀，送陆道士行迟迟。买酒过溪皆破戒,斯何人斯师如斯!"故效之:"留陶渊明把酒碗,送陆修静过虎溪。胸次九流清似镜,人间万事醉如泥。"山谷〔同上〕

文殊问无著:"近离甚处?"著云:"南方。"殊云:"南方佛法如何多少?"著云:"或三百,或五百。"著问:"此〔间〕如何住持?"殊云:"凡圣同居,龙蛇浑杂。"著云:"多少众?"殊云:"前三三,后三三。"雪窦《颂》曰:"千峰盘屈色如蓝,谁谓文殊是对潭(谈)!堪笑清凉多少众,前三三与后三三。"《传灯录》〔同上〕

大觉怀琏,禅学外工诗,荆公与之游,尝以其诗示欧公。曰:"此道人作肝脏馒头也。"荆公不悟其戏,问其意。欧公曰:"是中无一点菜气。"琏蒙仁庙赏识,留住东京静(净)因禅院甚久。尝作诗进呈乞还山林曰:"千簇云山万壑流,闲身归老此峰头。殷勤愿祝如天寿,一炷清香满石楼。"又曰:"尧仁况是如天阔,乞与孤云自在飞。"《冷斋夜话》〔同上卷五七〕

东坡言僧诗要无蔬笋气,固诗人龟鉴。今时误解,便作世网中语,殊不知本分家风,水边林下气象,盖不可无。若尽洗去清拔之韵,便(使)与俗同科,又不(何)足尚?齐己云"春深游寺客,花落闭门僧",惠崇云"晓风飘磬远,暮雪入廊深"之句,华实相副,顾非佳句耶?天圣间,闽僧可士有《送僧诗》云:"一钵即生涯,随缘度岁华。是山皆有寺,何处不为花(家)?笠重吴天雪,鞋香楚地花。他年访禅室,宁惮路途(歧)赊?"亦非食肉者能到也。《西清诗话》〔同上〕

西湖僧清顺,怡然清苦,多佳句。尝赋《十竹诗》曰:"城中寸土如寸金,幽轩种竹只十个。春风慎勿长儿孙,穿我阶前绿苔破。"又有:"久服林下游,颇识林下趣。从渠绿阴繁,不碍清风度。闲行石上眠,落叶不知数。一鸟忽飞来,啼破幽绝处。"荆

公游湖上爱之,乃称扬其名。坡晚年亦与之游,甚多酬唱。《冷斋夜话》〔同上〕

东吴僧惠诠,佯狂垢污而诗语清婉。尝书湖上一山寺壁曰:"落日寒蝉鸣,独归林下寺。柴扉夜来(未)掩,片月随行屦。惟闻犬吠声,更入清萝去。"东坡一见而和其后曰:"但闻烟外钟,不见烟中寺。幽人行未已,草露湿茫屦。惟应山头月,夜夜照来去。"诠竟以此诗知名。《冷斋夜话》〔同上〕

东坡元丰末年得请归耕阳羡,舟次瓜步,以书抵金山了元禅师曰:"不必出山,当学赵州平等接人。"元得书径来,东坡迎笑问之,曰(元)以偈为献曰:"赵州当日少谦光,不出三门见赵王。争似金山无量相,大千都是一禅床!"东坡拊掌称善。《僧宝传》〔同上〕

王荆公丁家艰,阅内典于蒋山,与赞元禅师游从如兄(昆)弟。公尝问祖师意旨,元不答。公益扣之,〔元曰〕"公般若有障三,有近道之质一。更两生来恐纯熟。"公曰:"愿闻其说。"元曰:"公世缘深,怀经济之志;用舍不能必,心未平,又多怒;而学问尚理,于道为所知愚:此其三也。特视利名如脱发,甘淡薄如头陀,此为近道,且当以教乘滋茂之可也。"公再拜受教。元为人闲靖寡言,客来无贵贱,寒温外无别语。公后罢相居定林,稍觉烦动即造元,相向默坐终日而去。有诗题觉海方丈赠之云:"往来城府住山林,诸法修(翛)然但一音。不与物为(违)真道广,每随缘起自禅深。舌根已净谁能坏,足迹如空我得寻。岁晚北窗聊寄傲,蒲萄零落半床阴。"人以为实录。《僧宝传》〔同上〕

雪窦显禅师尝作偈云:"三分光阴二早过,灵台一点不揩磨。贪生日(逐)日区区去,唤起(不)回头争奈何!"世人贪着爱境,以妄为真,迷而弗返。读此偈者,宜如何哉?《雪窦语录》〔同上〕

百家诗话总龟后集卷之四十五

释氏门

王绩作《被召谢病诗》云:"横裁桑节杖,直剪竹皮巾。鹤警琴停(亭)夜,莺啼酒瓮春。颜回惟乐道,原宪岂伤贫!"观此数语,又岂以招聘为喜乎?坐独(《独坐》)诗:"寄(托)身千载下,聊游万物初。欲令无作有,翻觉实成虚。"《咏怀诗》云:"故乡行处是,虚室坐间同。日落西山暮,方知天下空。"《赠薛收诗》:"赖此北(有此)山僧,教我似(以)真如。使我视听遗,自觉尘累祛。"问有(则又)知绩有得于佛氏者甚深也。《西清诗话》〔《韵语阳秋》卷一一〕

不立文字见性成佛之宗,达磨西来方有之,陶渊明时未有也。观其《自祭文》则曰:"陶子将辞逆旅之馆,永归于本[归于本]宅。"其《拟挽词》则曰:"有生必有死,早终非命促。"其作《饮酒诗》则曰:"采菊东篱下,悠然见南山。""此中有真意,欲辨已忘言。"其《形》、《影》、《神》三篇皆寓意高远,盖第一达磨也。而老杜乃谓"渊明避俗翁,未必能达道",何耶?东坡论陶子《自祭文》云:"出妙语于纩息之馀,岂涉生死之流哉?"盖深〔知〕渊明者。同上〔同上卷一二〕

世称白乐天学佛,得佛光如满时(旨)趣,观其"吾学空门不学仙","归则须归兜率天"之句,则岂解脱语耶?元微之诗虽不及乐天远甚,然其得处,岂乐天所能及哉?其《遣病诗》云:"况我早师佛,屋宅此身形。复舍彼(舍彼复)就此,去留何所縈?前身为过迹,来世即前程。蜕骨龙不死,蜕皮蝉自鸣。"则与贾谊"忽然为人,何足控持(抟),化为异物,又何足患"之语何远耶?孟郊未尝留意于此,而吊元鲁山诗有"苟含天地秀,皆是天地身"之句,亦可嘉矣。同上〔同上〕

许浑《送栖元弃释奉道诗》云:"仙骨本微灵鹤远,法心潜动毒龙惊。"《送勤尊师自边将入道诗》云:"苍鹰出塞胡尘灭,白鹤还乡楚水深。"《送李生弃官入道》云:"水深鱼避钩(钓),云迥鹤辞笼。"皆奖之也。至《送僧南归诗》〔则〕云:"送师不得随师去,已戴儒冠事素王。"岂浑亦有逃禅之意也(耶)?同上〔同上〕

钱起《投南山佛寺》云:"洗足解尘缨,忽觉天地(形)宽。庶将镜中象,尽作无主(生)观。"盖知百骸九窍,本非天形。至《悟真寺诗》云:"更闻东林磬,九窍本非一(可听不可说)。兴中寻觉花,寂尔诸象灭。"盖知妙明真心,不关诸象。起于是理亦可谓超然者矣。同上〔同上〕

子由诵《楞严经》,悟一解六亡之义,自言于此道更无疑,然其作《风痹诗》乃有"数尽吾则行,未应堕冥漠"之句,则于理尚有碍矣(也)。而东坡乃谓"子由闻道先我",何耶?东坡《奉新别子由》诗云:"何以解我忧,粗了一事大。"《哭遁儿》诗云:"中年忝闻道,梦幻讲已详。"故《赠钱道人》诗:"首断故应无断者,冰消那复有冰知。主人若(苦)苦令侬认,认主人人竟是谁?"又云:"有主还须更有宾,不如(知)无镜自无尘。只从半夜安心后,失却当年觉痛人。"《赠东林总老》诗云:"溪声便是广长

舌，山色岂非清净身？夜来八（四）万四（八）千偈，他日如何举似人？"如此等句，虽宿禅老衲，不能屈也。同上〔同上〕

柳展如，东坡甥也，不问道于东坡而问道于山谷，山谷作八诗赠之。其间有"寝兴与时俱，由我屈伸肘；饭羹自知味，如此是道否"之句，是告之以佛理也。其曰："咸池浴日月，深宅养灵根。胸中浩然气，一家同化元。"是教（告）之〔以〕道教也。"圣学鲁〔东〕家，恭惟同出自。乘流去本远，遂有作书肆。"是告之以儒道也。同上〔同上〕

欧〔阳〕永叔素不信释氏之说，如《酬净照师》云："佛说吾不学，劳师忽款关。吾方仁义急，君且云水（水云）闲。"《酬惟吾师》云："子何独吾慕，自忘夷其身。韩子亦〔尝〕谓，收敛加冠巾。"是也。既登二府，一日被病亟，梦至一所，见十人冠冕环坐。一人云："参政安得至此，宜速反舍。"公出门数步，复往问之："公等岂非释氏所谓十王者乎？"曰："然。"因问："世人饭僧造经为亡人追福，果有益乎？"答云："安得无益。"既寤，病良已。自是遂信佛法。文康公得之于陈去非，去非得之于公之孙恕，当不妄。叶少蕴守汝阴，谒见永叔之子棐，久〔之〕不出。已而棐持数珠出谢曰："今日适与家人共为佛事。"叶问其所以，棐曰："先公无恙时，薛夫人已如此，公弗之禁［止］也。"〔同上〕

远师作白莲社，与谢灵运、陆修静等十八人为社客，独渊明不肯入社，视众人固已高矣。无为子杨次公又从而笑之，其作《庐山五笑》，于陶有曰："我笑陶彭泽，闻钟暗皱眉。篮舆急回去，已是出山迟。"视彭泽又高一着矣。俱《丹阳集》〔同上〕

佛氏《经律论》合五千四十八卷，置之《大藏》，所以传佛心印作将来眼，所补大矣。乐天诗词，其间何所不有，而置《大藏》何耶？东都圣善寺、苏州南禅院各有之，自且（且自）著《集序》，李公垂作诗美之曰:"永添《鸣(鸿)宝集》,莫杂《人(小)乘经》。"所谓盗憎主人者耶?又观《题文集柜》云:"身是邓伯道,世无王仲宣。只应分付女,留与外甥传。"于是(身)后名亦太孜孜矣。同上〔同上〕

大观中,吴兴郡有邵宗益者,剖蚌将食,中有珠现罗汉象,偏袒右肩,矫首左顾,衣纹毕具。僧俗创见,遂奉以归慈感寺。之(寺)临溪流,建炎间,宪使杨应诚与客传玩之次,不觉越槛跃入水中。亟祷佛求之,于烟波渺茫之中一索而获。噫,亦异矣。叶少蕴有诗云:"九渊幽怪舞垂涎,游戏那知我独尊。应迹不辞从异类,藏身何意恋穷源。归来自说龙宫化,久住方知鹫岭存。此话须逢老摩诘,圆通无碍本无门。"曾公衮云:"不知一壳几由旬,能纳须弥不动尊。疑是吴兴清霅水,直通方广古灵源。月沉浊水圆明在,莲出污泥实性存。隐现去来初一致,莫将虚幻点空门。"一时名公和篇甚众,今藏慈〔感〕寺。同上〔同上〕

有唐中叶浮屠中有四澄观。架支提以舍僧伽者,洛中之澄观也。故退之元和五年为洛阳令与之诗云:"火烧水转扫地空,突兀便高三百尺。""洛阳穷秋厌穷独,丁丁啄门疑啄木。有僧来访呼使〔前,伏〕犀插脑高频权(颧)"者也:参元(无)名大师为《华严疏》主译经润文者,会稽之澄观也。故裴休为其塔铭云:"元和五年授僧统印,历九宗圣世,为七帝门师,俗寿一百二"者也。《传灯录》有镇国大师澄观《答皇太子问心要》,有"心心作佛,无一心而非佛心;处处成道,无一尘而非佛国"之句。所造超诣,岂若前二澄观有(布)金植福、算沙穷海者之比哉?又有曹谿别出第二世五台山华严澄观大师,既有华严二字,又有无名禅〔师〕法嗣之言,似即会稽(之)澄观。然续(录)云无机缘语句可录,则又非也。〔同上〕

《金光明经》载,流水长者子以象负水救十千鱼,生忉利天,可谓悲济之极,报验之速矣。厥后现(见)于记传,有放蝼得金放龟得印者,其类甚多。遂使上机生无缘之慈,下士冀有因之果,皆流水长〔者〕子之慈意〔也〕。余居泛金溪上,暇日率同志挐小舟载鱼鳖虾蟹,命五比丘诵宝胜佛名,若十二因缘法作梵呗,舍之溪中。坐间有请作诗以纪一时之事者,余辄为书云:"渔师竟日渔,水族作斤卖。小捐使鬼兄,满载获鳞介。鲲鲸未易罗,所得亦殊态。青蛙尽公私,朱鲔兼小大。霜鲈尚贯针(钩),土负或粘块。轮囷积文螺,郭索走苍蟹,湿沫相煦濡,自分煮姜芥。岂知恻隐人,规作江湖贷。因呼小青翰,放溜舞澎湃。跌坐延黑衣,号佛指青濑。经翻(飞)《流水篇》,梵起鱼山呗。倾盆带寒藻,圉圉看于迈。惊疑或依蒲,喜濯或生喝。快若鹰辞(避)韝,欢如囚破械。定非校人池,恐是馀不派。愿汝藉佛力,永脱钩网债。口腹聊尔耳,香饵莫渠爱。"并同上〔同上〕

百家诗话总龟后集卷之四十六

释氏门

韦应物《奉酬〔谢〕处士叔诗》云:"高斋乐宴罢,清夜道相存。"东坡次王巩韵云:"那能废诗酒,亦未妨禅寂。"子由《春尽》诗云:"《楞严》十卷几回读,法酒三升是客同。"道贵冲寂,寞(宴)主欢畅,二者恐不能相兼也。白乐天延乐命醴之时不忘于佛事,至今达者(达者至今)讥之。《葛常之》〔《韵语阳秋》卷四〕

衡州花光仁老以墨为梅花,鲁直观之叹曰:"如嫩寒春晓,行孤山篱落间,但欠香耳。"余因为赋长短句曰:"碧瓦笼晴香雾绕。水殿西偏,小驻闻啼鸟。风度女墙吹语笑。南枝破腊应开了。　道骨不凡江瘴晓。春色通灵,医得花多(重)少。抱瓮酿寒春杳杳。谯门画角催残照。"又曰:"入骨风流国色,透尘种性真香。为谁风鬓涴啼妆?半树水村春暗。　雪压低枝篱落,月高影动池塘。高情数笔寄微茫。小寝初开雾帐。"前《蝶恋花》,后《西江月》也。《冷斋夜话》〔《渔隐丛话前集》卷五六〕

余自并州还故里,馆延福寺,寺前〔有〕小溪,风物类斜川,余儿童时戏剧之地也。尝春深独行溪上,作小诗曰:"小溪倚春涨,攘我夜月湾。新晴为不平,约束晚见还。银梭时拨剌,破碎波中山。整钓背落日，一叶嫩红间。"又尝莫寒归见白鸟，作诗曰："剩水残山惨淡间，白鸥无事小舟闲。个中着我添图画，便是华亭落照湾。"鲁直曰："观君诗说烟波漂渺处，如陆忠州论国政，字字坦夷。前身非篙师沙户种类耶？"有诗，其略云："吾年六十子方半，槁项颠（顶）螺度（忘）岁年。""脱却衲衣着蓑笠，来伴涪翁刺钓船。"尝对渊材诵之〔曰〕，渊材曰："此退之《澄观》'我欲收敛加冠巾'换骨句也。"《冷斋夜话》〔同上〕

余还自珠崖，馆于高安大愚山。陈莹中自台州载其家来漳浦，过九江，爱庐山因家焉。以书督余兼程来，余以三日至滠城。莹中曰："自此公（宜）可禁作诗，无益于事。"余曰："敬奉教。然余儿时好食肉，母使持斋，余叩头乞先饫餐肉一日。母许之。今日当准食肉例，先吟两诗，喜吾二人死而更生，何如？"莹中许焉。曰："雁荡天台看不足，尽般儿女寄篷窗。往来漳水谋二顷，偶爱庐山家九江。名节适真如醉白，生涯领略似湘庞。向来万事都休理，且听楼钟一夜撞。""与公灵鹫曾听法，游戏人间知几生？夏口瓮中藏画象，孤山月下认歌声。翳消已觉〔花无〕蒂，矿尽方知珠自明。数抹夕阳残雨外，一番飞絮满江城。"莹中喜而谓余曰："此岐山猪肉，虽美无多食。"后三年，余客漳水，见莹中侄胜柔自九江来，出诗示余："仁者难逢思有常，平居慎勿恃何妨。争先世路机关恶，近后语言滋味长。可口物多偏（终）作疾，快心事过必为伤。与其病后求良药，不若病前能自防。"余谓胜柔曰："公痴〔叔〕诗，如食鲫鱼，惟恐遭骨刺，与岐山猪肉不可同日而语也。"《冷斋夜话》〔同上〕

陈莹中谪合浦时，余在长沙，以书抵余为负《华严经》入岭，有偈曰："大士游方兴尽回，家山风月绝纤埃。杖头多少闲田地，挑取《华严》入岭来。"余和之曰："因法相逢一笑开，俯看人世过飞埃。湘南岭外休分别,圆寂光中共往来。"又闻岭外大雪,作二偈寄之曰:"传闻岭外雪,压倒千年树。老儿抍手笑,有眼未曾睹。故应润物材,一洗瘴江雾。寄语牧牛人,莫教头角露。"又曰:"偏(遍)界不曾藏,处处光皎皎。开眼失踪由,都缘太分晓。园林忽生春,万瓦粲一笑。遥知忍冻人,未悟安心了。"《冷斋夜话》〔同上〕

余观志公《十二时颂》,自非深悟上乘同佛知见,岂能作此语也？是时达磨犹未西来,志以("以"作"公已")明此理,所谓先得我心之所同然者。志公没于天监十三年,而达磨以普通八年至金陵,由此之魏,传佛心印,禅宗方兴。近世学佛者,往往忽此颂而弗观,盖贵耳而贱目矣(耳)。余尝手书此颂,置之座右,朝夕味之,尤爱其最后一首,云:"鸡鸣丑,一颗圆珠明(明珠圆)已久。内外推寻觅总无,境上施为浑大有。不见头,又无手,世界坏时终不朽。未了之人听一言,只这如今谁动口？"以至二(三)祖《信心铭》、永嘉《证道歌》,皆禅学之髓,初地之人,其可弗观乎？《苕溪渔隐》〔同上后集卷三七〕

陈体常答黄冕仲二书,叙学佛之旨,深切著明。余尝三复其言,叹其有理,恨未能尽行也。体常又有颂六首,今录二首,其一云:"密坐研究有细微,到头须是自忘机。应无祖佛能超越,岂有冤亲更顺违！历历孤明犹认影,巍巍独露(步)尚披衣。翻嗟会得昭灵者,也道寻师〔得〕旨归。"其二云:"个中端的有谁知,知者归来到者稀。即见即闻还错会,离声离色转乖违。山青水绿明玄旨,鹤唳猿啼显妙机。有意觅渠终不遇,无心到处尽逢伊。"《冷斋夜话》云:陈莹中北归过南昌,言邹志完在韶州极精进,闭门诵《华严经》,舍利生袖间,此真入信位。日诵《华严》于观音象前,有修竹三根生象之后。志完揭茅出之不可,乃垂枝覆象，如世所画宝陀岩竹，今犹无恙。韶人扃锁之，以为过客游观。北还至永州，淡山岩有驯狐，凡贵客至则鸣。志完将至而狐辄鸣，寺僧出迎，志完怪之，僧以狐鸣为言。志完作诗曰："我入幽岩亦偶然，初无消息与人传。驯狐戏学仙伽客，一夜飞鸣报老禅。"《苕溪渔隐》〔同上〕

余读刘兴朝《悟道经（发）真集》，其言曰："余少治儒术，长登仕版，盖未尝信佛也。三十有二岁，见东林长老总公，与之语七日，始生信焉。即取其书读之三年，盖恨其信之之晚也。然循其理而体会，则似悟还迷；依其法而行持，则暂静还扰。既而阅《传灯录》，始知佛有法眼妙心，密相付嘱。而达磨西来单传此事，众生悟者，可以见性而了心。其后发明此事，但觉境界非常。取《证道歌》读之，句句尽是吾之心地。读至'六般神用空不空，一颗圆光色非色'，如是希奇之事，吾今已得现前。任是千圣出来，已（也）须退步始得。示人以偈曰：'世间多少英灵（雄）汉，终是（日）迷头唤（没）人唤。可怜眼底黑漫漫，不见骊珠光灿烂。过今晡，又来旦，不觉年华暗中换。急抬头，高着眼，径寸不容（在）蚌中产。灵利男儿荐得时，好笑交（教）渠肠欲断。'又诗云：'今士（古）堂堂此事同，归因处处获圆通。片心豁去沧溟窄，双眼开来宇宙空。出海银蟾光动地，离弦金簇疾追风。须知佛祖埋藏后，坐断千差（崖）是此翁。'"《苕溪渔隐》〔同上〕

百家诗话总龟后集卷之四十七

丽人门

铜雀伎,古人赋咏多矣。郑愔云:"舞馀依帐泣,歌罢向陵看。"张正见云:"云惨当歌日,松吟欲舞风。"贾至云:"灵儿临朝奠,空床卷夜衣。"王勃云:"妾本深宫妓,曾城闭九重。君王欢爱尽,歌舞为谁容?"沈佺期云:"昔年分食鼎(鼎地),今日望陵台。一旦雄图尽,千秋遗令开。"皆佳句也。罗隐云:"强歌强舞竟难胜,花落花开泪满缯。只合当年伴君死,免教憔悴望西陵。"似比诸人差有意也。魏武阴贼险狠,盗有神器,实窃英雄之名。而临死之日,乃遗令诸子,不忘于葬骨之地,又使伎人看(着)铜雀台上以歌舞其魂,亦可谓愚矣。东坡云:"操以病亡,子孙满前,而咿嘤涕泣,留连妾妇,分香卖履,区处衣物。平生奸伪,死见真性。"真名言哉!《葛常之》〔《韵语阳秋》卷一九〕

人君不能制欲于妇人,以至溺惑废政,未有不乱亡者。桀奔南巢,祸阶妹喜;鲁桓亡国(灭身),惑始齐姜。妲己、褒姒以至杨妃、张孔(张孔、杨妃)之徒,皆是也。吴〔之〕于西施,王之耽惑不减于诸后,一夕,越兵至,而王不知也。郑毅夫诗云:"十重越甲夜城围,燕罢君王醉不知。若论破吴功第一,黄金只合铸西施。"谓非西施则吴不亡,吴不亡,则安得以黄金而铸〔范蠡〕之容哉!〔而〕东坡《范蠡诗》云:"谁将暗矢射(射御教)吴儿,长笑申公为夏姬。却遣姑苏有麋鹿,更令(怜)夫子得西施!"言楚申公欲弱楚而强吴者,以夏姬之故,曾不如范蠡灭吴霸越而坐得西施也。同上〔同上〕

韩康公上元召从官数人,出家妓侍饮。其专宠者曰鲁生,偶中蜂螫,少顷,持扇就东坡乞诗。诗中有"鱼吹细浪歌摇日,舞罢花枝蜂入怀"之句。上句记姓,下句记事。《侯鲭录》〔《渔隐丛话前集》卷六〇〕

东坡尝饮一豪士家,出侍姬十馀人,皆有姿伎。其间有一善舞者名媚儿,容质颇丽而躯干甚伟,豪士特所宠爱。命乞诗于公,公戏为四句云:"舞袖蹁跹,影摇千尺龙蛇动;歌喉宛转,声撼半天风雨寒。"妓赧然不悦而去。《遁斋闲览》〔同上〕

王晋卿都尉既丧蜀国,贬均州,姬侍尽逐。有一号(歌)者号啭春莺,色艺两绝,平居属念,不知流落何许。后二年内徙汝阴,道过许昌市旁小楼,闻泣声甚悲。晋卿异之,问乃啭春莺也。恨不可复得,因赋一联:"佳人已属沙咤利,义士今无古押衙。"晋卿每话此事,客有足成章者,晋卿览之尤怆然。其词曰:"几年流落向天涯,万里归来两鬓华。翠袖香残空浥泪,青楼云渺定谁家?佳人已属沙咤利,义士今无古押衙。回首音尘两沉绝,春莺休啭沁园花。"《西清诗话》〔同上〕

蔡持正谪新州,侍儿名琵琶。尝养一鹦鹉,持正每呼琵琶,即和(扣)一响板,鹦鹉传言呼之。琵琶卒后,误触响,犹传言呼之。持正感伤成疾不起。尝为诗云:"鹦鹉言犹在,琵琶事已非。伤心瘴江水,同渡不同归。"苕溪渔隐曰:持正守安州,夏日登车盖〔亭〕作十绝句,为吴处厚笺注,得罪谪新州。其间一绝

云："纸屏石枕竹方床,手倦抛书午梦长。睡起莞然成独笑,数声渔笛在沧浪。"殊有闲适自在之意。《侯鲭录》〔同上〕

回纹两读（续）必遍,独此五诗不然。其一曰："红窗小泣低声怨,永日春寒斗帐空。中酒落花飞絮乱,晓莺啼破梦匆匆。"其二曰："同谁更倚〔闲〕窗绣,落日红扉小院深。东复西流分水岭,恨兼愁续断弦琴。"其三曰："寒信风飘霜叶黄,冷灯残月照空床。看君寄忆回纹锦,字字紫愁写断肠。"其四曰："前堂画烛残凝泪,半夜清香旧染衾。烟锁竹枝寒宿鸟,水沉天色霁横参。"其五曰："娥翠敛时闻燕语,泪珠弹处见鸿归。多情妾似风花乱,薄幸郎如露草晞（晞）。"《漫叟诗话》〔同上〕

曾子宣夫人魏氏作《虞美人草行》云："鸿门玉斗纷如雪,十万降兵夜流血。咸阳宫殿三月红,霸业已随烟烬灭。刚强必死仁义王,阴陵失路非天亡。英雄本学万人敌,何用屑屑悲红妆。三军散尽旌旗倒,玉帐佳人坐中老。香魂夜逐剑光飞,青血化为原上草。芳心寂寞寄寒枝,旧曲闻来似敛眉。哀怨徘徊愁不语,恰如愁听楚歌时。滔滔逝水流今古,汉楚兴亡两丘土。当时遗事久成空,慷慨樽前为舞谁（谁舞）?"苕溪渔隐曰:此诗乃许彦国表民作。表民,合肥人。余昔随侍先君守合肥,尝借得渠家集,集中有此诗。又合肥老儒郭全美,乃表民席下旧诸生,云亲见渠作此诗。今曾端伯编《〔诗〕选》,亦列此诗于表民诗中,遂与余所见所闻〔暗〕合,览者可以无疑,亦知冷斋之妄也。《冷斋夜话》〔同上〕

费氏,蜀之青城人,以才色入蜀宫,后主嬖之,号花蕊夫人。效王建作《宫词》百首。国亡,入备后宫。太祖闻之,召使陈诗诵其国亡,诗云："君王城上竖降旗,妾在深宫那得知。十四万人齐解甲,宁无一个是男儿?"〔太〕祖悦,盖蜀兵十四万而王师

才数万尔。《后山诗话》〔同上〕

仆七岁时见眉州老尼姓宋(朱),忘其名,年九十馀。自言尝随其师入蜀主孟昶宫中。日大热,蜀主与花蕊夫人夜起避暑摩诃池上,作一词,朱具能记之。今四十年来(朱)已死矣,人无知此词者。独记其首两句云:"冰肌玉骨,自清凉无汗。"暇日寻味,岂《洞仙歌令》乎?乃为足之云。苕溪渔隐曰:《漫叟诗话》所载《本事曲》云,钱唐一老尼能诵后主诗首章两句,与东坡《洞仙歌序》全然不同,当以序为正也。东坡《洞仙歌序》〔同上〕

杨元素作《本事曲》,记《洞仙歌》:"冰肌玉骨,自清凉无汗。水殿风来暗香满。绣帘开,一点明月窥人,人未寝,欹枕钗横〔云〕鬓乱。　起来携素手,庭户无声,时见疏星渡河汉。试问夜如何,夜已三更,金波淡,玉绳低转。细屈指西风几时来,又不道流年暗中偷换。"钱唐有一老尼能诵后主诗首章两句,后人为足其意以填此词。余尝见一士人诵全篇云:"冰肌玉骨清无汗,水殿风来暗香暖。帘开明〔月〕独窥人,欹枕钗横云云(鬓)乱。起来琼户〔启无声〕,时见疏星渡河汉。屈指西风几时来,只恐流年暗中换。"《漫叟诗话》〔同上〕

太和初,有为御史分务洛京者,有妓善歌。时太尉李逢吉留守,求一见。既不敢辞,盛妆以往。李命与众姬相见,李姬四十馀辈皆出其下。既入,不复出。顷之,李亦辞以遂疾(疾遂)罢坐。信宿耗绝,但怨叹不能已已,为诗两篇投献。明日李但含笑曰:"大好诗。"遂绝。诗曰:"三山不见海沉沉,岂有仙踪尚可寻?青鸟去时云路断,姮娥归去月宫深。纱窗暗想春相忆,书幌谁令(怜)夜独吟!料得此时天上月,只应偏照两人心。"一篇亡。苕溪渔隐曰:余观《刘宾客外集》有《忆妓四首》,内有一首即前诗也。其馀三首亦是前诗之意〔也〕。《古今诗话》中既不

云（志）御史姓名，则此诗岂非梦得为之假手乎？《古今诗话》〔同上〕

《何彼秾矣》之诗，美王姬而作也。周，姬姓，故皇女皆称姬，如陈妫、楚芈、齐姜之类是也。后世凡妇人皆称姬，误矣。南朝人士皆谓姬人，如萧绎《见姬人》诗所谓"狂夫不妒妾，随意〔晚〕还家"；刘孝绰《咏姬人未出》诗所谓"帷开见钗影，帘动闻钏声"，梁王僧孺《为姬人怨》诗所谓"还君与妾扇（珥），归妾与君裘"；江总《为姬人怨服药（散）》诗所谓"妾家邯郸好轻薄，持（特）忿仙童一丸药"是也。《丹阳集》〔《韵语阳秋》卷六〕

《后山诗话》：退之诗云："长安众富儿，盘馔罗膻荤。不能（解）文字饮，惟解（能）醉红裙。"而老有二妓号绛桃柳枝。故文昌张籍云"为出二侍女，合弹琵琶筝"也。又为《李于志》，叙当世名贵服金石药欲生而死者数辈，着之石，藏之地下，岂为一世戒耶？而竟以药死！故白乐天云"退之服硫黄，一病竟不痊"也。〔《渔隐丛话前集》卷一六〕

《唐语林》：退之二侍妾，一曰绛桃，二曰柳枝，皆能歌舞。初使王庭凑，至寿阳驿，绝句云："风光欲动别长安，春半边城特地寒。不见园桃（花）并巷柳，马头唯有月团圆（团）。"盖寄意二姝。逮归，柳枝逾垣遁去，家人追获。故《镇州初归》诗云："别来杨柳汀（街）头树，摆乱春风只欲飞。惟有小园桃李在，留花不发待郎归。"自是专宠绛桃矣。《碧溪》〔同上〕

百家诗话总龟后集卷之四十八

丽人门

陈筑字梦和,莆田人。崇德(宁)初登第,为福州古田尉。既至官,惑一倡周氏。周能诗,尝有诗赠筑曰:"梦和残月过楼西,月过楼西梦已迷。唤起一声肠断处,落花枝上鹧鸪啼。"首句盖寓筑字也。又有《春时(晴)诗》曰:"瞥然飞过谁家燕,蓦地香来甚处花?深院日长无个事,一瓶春水自煎茶。"《夷坚志》〔《渔隐丛话前集》卷六〇〕

往时青幕之子妇,妓也,善为诗词。同府以词挑之。妓答〔之〕曰:"清词丽句,永叔子瞻曾独步。似恁文章。写得出来当甚强?"《后山诗话》〔同上〕

杭妓胡楚龙(靓)靓皆有诗名,胡云:"不见当年(时)丁令威,年来处处是相思。若将此恨同芳草,却恐青青有尽时。"张子野老于杭,多为官妓作词而不及靓。靓献诗云:"天与群(碧)芳十样葩,独分颜色不堪夸。牡丹芍药人题遍,自分身如鼓子花。"子野于是为作词也。同上〔同上〕

苏子瞻通判钱唐,尝权领郡事,新太守将至,营妓陈状,以年老乞出籍从良。公即判曰:"五日京兆,判状不难;九尾野狐,从良任便。"有周生者，色艺为一郡之最，闻之，亦陈状乞嫁，公惜其去，判云："慕《周南》之化，此意诚可嘉；空冀北之群，所请宜不允。"其敏捷喜（善）谑如此。《渑水燕谈录》〔同上〕

韩魏公为陕西安抚，开府长安。李待制师中过之。李有诗名，席间使为官妓贾爱卿赋诗，云："愿得貔貅十万兵，犬戎巢穴一时平。归来不用封侯印，只问君王乞爱卿。"《后山诗话》〔同上〕

李元膺丧妻，作长短句云："去年相逢深院宇。海棠下，曾歌《金缕》。歌罢花如雨。翠罗衫上，点点红无数。　今岁重寻携手处。空物是人非春暮。回首青门路。乱红飞絮，相逐东风去。"元膺寻亦卒。《冷斋夜话》〔同上〕

杜大中自行伍行（为）将，与物无情，西人呼为杜大虫。虽妻有过，亦公杖杖之。有爱妾，才色俱美，大中笺表皆此妾所为。一日，大〔中〕方寝，妾至，见几间有纸笔颇佳，因书一阕寄《临江仙》，有"彩凤随鸦"之语。大中觉而视之云："鸦且打凤。"于是掌其面，至项折而毙。《今是堂手录》〔同上〕

东坡在丰城，有老人生子，为具召东坡，且求一诗。东坡问："翁年寿几何？"曰："七十。""翁之妻几何？"曰："三十。"东坡即席戏作八句，其警联云："圣善方当而立岁，乃翁已及古希年。"《遁斋闲览》〔同上〕

治平中，钱忠道过吴江，爱其风物清佳，留恋不能去，〔终日〕讽咏游赏。遇一女子，小舟独棹于烟波浩渺间。忠悦之，作诗赠女子，其警句云："满目生涯千顷浪，全家衣食一轮（纶）竿。"女子得诗，携之归，呈其父，其父盖隐沦客也。喜忠此诗，遂以女子奉忠箕帚，泛舟同入烟波，不知所往。《青琐集》〔同上〕

"白藕作花风已秋，不堪残睡更回头。晚云带雨归飞急，去作西窗一夜愁。"此赵德麟细君王氏所作也。德麟既鳏居，因见

280

此篇,遂与之为亲,余以为乃二十八字媒也。德麟名令畤。东坡作《秋阳赋》云:"越王之孙,有贤公子。宅于不土之里,而咏无言之诗。"盖畤字也。坡云:"且教人别处使不得。"苕溪渔隐曰:德璘(麟)小词有"脸薄难藏泪,眉长易觉愁"之句,人多称之。乃全用[也]《香奁集》"桃花脸薄难藏泪,柳叶眉长易觉愁"一联诗,但去其上四字耳。《王直方诗话》〔同上〕

毛达可未第时,其内以一诗寄之云:"剔烛亲〔封〕锦字书,拟凭归雁寄天隅。经年未报干秦策,不识如今舌在无?"《寄斋录》〔同上〕

近时妇人能文词,如李易安,颇多佳句。小词云:"昨夜雨疏风骤。浓睡不消残酒。试问卷帘人,却道海棠依旧。知否?知否?应是绿肥红瘦。""绿肥红瘦",此言(语)甚新。又《九日词》云:"帘卷西风,人似黄花瘦。"此语亦妇人所难到也。易安再适张〔汝〕舟,未几反目,有启事与綦处厚〔云〕:"猥以桑榆之晚景,配兹驵侩之下材。"传者争("争"字作"无不")笑之。《苕溪渔隐》〔同上〕

朝奉郎丘舜[中]诸女皆能文词,每兄弟内集,必联咏为乐。其仲尝作寄夫诗云:"帘里孤灯觉晓迟,独眠留得宿[得]妆眉。珊瑚枕上惊残梦,认得萧郎马过时。"《苕溪渔隐》〔同上〕

近世妇人多能诗,往往有臻古人者。王荆公家能诗者最众。张奎妻长安县君,荆公之妹也,佳句为最:"草草杯盘供笑语,昏昏灯火话平生。"吴安持妻蓬莱县君,荆公之女也,有句云:"西风不入小窗纱,秋意应怜我忆家。极目江山千万恨,依前和泪看黄花。"刘天保妻,平甫女也。句有"不缘燕子穿帘幕,春去春来可得知"。荆公妻吴国夫人亦能文,尝有小词约诸亲游西池,有"待得明年重把酒。携手。那知无雨又无风"。皆脱洒可喜之

句也。《隐居诗话》〔同上〕

作诗押韵是一巧。《中秋夜月》诗押尖字，数首之后，一妇人云："蚌胎光透壳，犀角晕盈尖。"《许彦周诗话》〔同上后集卷四〇〕

广汉营妓小名僧儿，秀外惠中，善填词。有〔姓〕戴者忘其名，两作汉守，宠之，既而得请玉局之祠以归。僧儿作《满庭芳》见意云："团菊包金，丛兰减翠，画成秋幕风烟。使君归去，千里倍潸然。两度朱幡雁水，全胜得陶侃当年。如何见，一时盛事，都在送行篇。　　愁烦。梳洗懒，寻思陪宴，花月湖边。有多少风流，往事萦牵。闻道霓旌羽驾，看看是玉局神仙。应相许，冲云破雾，一到洞中天。"《苕溪渔隐》〔同上〕

姑苏官妓姓苏名琼，行第九。蔡元长道过苏州，太守召饮，元长闻琼之能词，因命即席为之，乞韵，以九字。词云："韩愈文章盖世，谢安情性风流。良辰美景在西楼。敢劝一卮芳酒。

记得南宫高过（第），弟兄争占鳌头。金炉玉殿瑞烟浮。高占甲科第九。"盖元长奏名第九也。《复斋漫录》〔同上〕

夏均父尝言诗之比类，直要相停。常与客泛舟载肥妓而饮浊酒，其诗曰："蚁浮金碗浊，妓压画船低。"《诗说隽永》〔同上〕

文潞公守洛，富郑公致仕（政），司马温公宫祠，范蜀公自许下来，同过郡会。出四玉杯劝酒，官妓不谨，碎其一。潞公将治之，温公请书牒尾云："玉爵弗挥，典礼虽闻于往记；彩云易散，过差可恕于斯人。"乃笑而释之。〔同上〕

东坡自钱塘被召，过京师（口），林子中作守，郡有会。坐中营妓出牒，郑容求落籍，高莹求从良。子中命呈东坡。东坡索笔为《减字木兰花》书牒后云："郑庄好客。容我樽前先堕帻。落笔生风。籍籍声名不负公。　　高山白早。莹骨冰肌那解老？从此南徐。良夜清风月满湖。"暗用此八字于句端也。苕溪渔

隐曰:《聚兰集》载此词乃东坡赠润守许仲涂,且以"郑容落籍,高莹从良"为句首,非林子中也。同上〔同上〕

江宁章文虎,其妻刘氏名彤,文美其字也。工诗词,尝有词寄文虎云:"千里长安名利客,轻离轻散寻常。难禁三月好风光。满阶芳草绿,一片杏花香。　记得年时临上马,看人泪眼汪汪。如今不忍更思量。恨无千日酒,空断九回肠。"又云:"向日寄去诗曲,非敢为工,盖欲道衷肠万一耳。何不掩恶,辄示他人,适足取笑文虎也。本不复作,然意有所感,不〔能〕自已,小诗(草)二章章四句奉〔寄〕。"其一云:"碧纱窗外一声蝉,牵断愁肠懒昼眠。千里才郎归未得,无言空拨玉炉烟。"其二云:"画扇停挥白日长,清风细细袭罗裳。女童来报新篘酒(篘熟),安得良人共一觞?"《苕溪渔隐》〔同上〕

祭文,唐人多用四六,韩退之亦然。故李易安《祭赵湖州文》云:"白日正中,叹庞翁之机捷;坚城自堕,怜杞妇之悲深。"妇人四六〔之〕工者。《四六谈麈》〔同上〕

今代妇人能诗者,前者曾夫人魏,后有易安李。李在赵氏时,建炎初,从秘阁守建康,作诗云:"南来尚怯吴江冷,北狩应悲易水寒。"又云:"南渡衣冠少〔王导〕,北来消息欠刘琨。"《诗说隽永》〔同上〕

山谷《戏闻喜(善)遣侍儿来促诗》云:"日遣侍儿来报嘉,草鞋十里踏堤沙。鸠盘荼样施丹粉,只欠一枝莴苣花。"其丑陋可想,山谷亦善戏也。《苕溪渔隐》〔同上〕

刘伟明既丧爱妾而不能忘,为《清平乐词》云:"东风依旧。着意隋堤柳。搓得鹅儿黄欲就。天色清明时候(厮勾)。　去年紫陌青城(朱门)。今朝雨魄云魂。断送一生憔悴,知他几个黄昏?"与唐阿灰之词有间矣。《复斋漫录》〔同上〕

陆敦礼藻有侍儿名美奴,善缀词,出侑樽俎,每丐韵于坐客,顷刻成章。《卜算子》云:"送我出东门,乍别长安道。两岸垂杨锁暮烟,正是秋光老。　一曲古《阳关》;莫惜金樽倒。'君向潇湘我向秦',鱼雁何时到?"《如梦令》云:"日暮马嘶人去。船逐清波东注。后夜最高楼,还肯思量人否?无绪。无绪。生怕黄昏疏雨。"《苕溪渔隐》〔同上〕

王定国岭外归,出歌者劝东坡酒。坡作《定风波》,《序》云:"王定国歌儿曰柔奴,姓宇文氏,眉目娟丽,善应对。家世住京师。定国南迁归,余问柔:'广南风土应是不好?'柔对曰:'此心安处便是〔吾〕乡。'因为缀此词云。""常羡人间琢玉郎。天教分付点苏(酥)娘。自作清歌传皓齿。风起。雪飞炎海变清凉。

万里归来年愈少。微笑。笑时犹带岭梅香。试问岭南应不好?却道。此心安处是吾乡。"《东皋杂录》〔同上〕

余观《古今诗话翰府名谈》皆载寇莱公侍儿蒨桃诗二首,和章一首并同。《翰府名谈》仍益以怪辞,吾所不取。今但笔其诗云。公自相府出镇北门,有善歌者至庭下,公收(取)金钟独酌,令歌数阕。公赠之束彩,歌者未满〔意〕,蒨桃自内窥之,立为诗二章呈公,云:"一曲清歌一束绫,美人犹自尚(意)嫌轻。不知织女莹(萤)窗下,几度抛梭织得成。"其二云:"夜冷衣单手屡呵,幽窗轧轧度寒梭。腊天日短不盈尺,何似妖姬一曲歌?"公和云:"将相功名终若何,不堪急景似奔梭。人间万事君休问,且向樽前听艳歌。"同上〔同上〕

百家诗话总龟后集卷之四十九

饮食门

唐御食,红绫饼餤为上。光化中,放进士裴格、卢延孙(逊)等二十八人,燕于曲江,敕太官赐饼餤止二十八枚而已。延逊后入蜀,颇为蜀人所易,尝有诗云:"莫欺零落残牙齿,曾吃红绫饼餤来。"其为当世所贵重如此。《酉阳杂俎》载,今衣冠家有萧家馄饨、庾家粽子、韩约樱桃饆饠,又有胡突脍、獐皮索饼之类,号为名食。不至于甚侈而美有馀,亦红绫饼餤之类也。〔《韵语阳秋》卷一九〕

《晋史》称何劭骄奢简贵,衣裘服玩,新故巨积,食必尽四方珍异,一日之供,以钱二万为限。而曾所食不过万钱,是劭之自奉侈于父也。而劭《赠张华》诗乃云:"周旋我陋圃,西瞻广武庐。既贵不忘俭,处约能存无。镇俗在简约,塞门焉足摹!"是以姬孔为法,以管氏为戒也。审能如是,则史所书又如何哉!以史为正,则劭所言诬矣。东坡《撷菜诗》云:"秋来霜露满东园,卢服生儿芥有孙。我与何曾同一饱,不知何苦食鸡豚!"苟能如此,则岂肯纵嗜欲于口腹之间哉!〔同上〕

《酉阳杂俎》载,郑〔公〕悫尝于使君林避暑,取莲叶以簪刺其心，令与柄通，〔其〕屈茎如象鼻，传酒吸之，名为碧筒，盖取莲叶芳馨之气杂于酒中为可喜也。故东坡诗云"碧筒时作象鼻湾，白酒微带荷心苦"是已。大抵醪醴之妙，借外而发其中，则格高而味奇（可），如大宛之葡萄，大官之挏马，皆借他物以成者。赵德麟以黄柑酿酒，东坡尝作《洞庭春色赋》遗之，所谓"命黄头之千奴，卷震泽而俱还"。坡亦以松明酿酒，所谓"味甘馀而小苦，叹幽姿之独高"。二酒至今有用其法而为之者。至坡在黄州自作蜜酒，惠州自作桂酒，皆一世（试）而止，盖出于一时之戏剧，未必皆中节度尔。同上〔同上〕

酒之种〔类〕多矣。有以绿为贵者，白乐天所谓"倾如竹叶盈樽绿"是也。有以黄为贵者，老杜所谓"鹅儿黄似酒"是也。有以白为贵者，乐天言（"言"作"所谓"）"玉液满（黄）金卮"是也。有以碧为贵者，老杜所谓"重碧酣春（沽新）酒"是也。有以红为贵者，李贺所谓"小槽酒滴珍珠红"是也。今闽广间所酿酒谓之红酒，其色殆类胭脂。《酉阳杂俎》载，贾琳家苍头能别水，常乘小艇于黄河中以瓠匏接河源水以酿酒，经宿色（酒）如绛，名为昆仑觞，是又红酒之尤者也。同上〔同上〕

张衡曰："客赋醉言归，〔主〕称露未晞。"王式曰："客歌《骊驹》，主人歌〔客无〕庸归。"宾主之情，可谓粲然者。至李太白、陶渊明则不然。各常（二字作"李尝以陶语"）为诗曰："我醉欲眠君且去。"虽曰任真之言，然亦太无主人之情矣。司马温公《独乐园（北园乐）饮》云："浩歌纵饮任天机，莫使欢娱与性违。玉枕醉人从独卧，金羁倦客听先归。"其亦二子之意也。白乐〔天〕《招客饮》云："客告暮将归，主称日未斜（昃）。又命小青娥，长跪谢贵客。"其视张衡、王式尤为有委曲相者。然《置酒送李（吕）漳州诗》〔乃〕曰："独醉似无名，借君作题目。"又何与

《招客饮》之诗异乎？东坡《醉眠亭诗》云："醉中对客眠何害,须信陶潜未苦（若）贤。"山谷云："欲眠不遣客,佳处更难忘。"如是则不失宾主之礼,〔而〕又〔有〕可以通（适）我之情,是宾主之情两得矣（也）。同上〔同上〕

贤者豹隐墟落,固当和光同尘,虽舍者争席何病,而况于杯酒之间哉？陶渊明、杜子美皆一世伟人也,每田父索饮,必使之毕其欢而尽开（其）情而后去。渊明诗云："清晨闻叩门,倒裳往自开。问子为谁欤？田父有好怀。壶浆远见候,疑我与时乖。"老杜诗云："田翁逼社日,邀我尝春酒。""叫妇开大瓶,盆中为吾取。"二公皆有位者也,于田父何拒焉。至于田父有"一世皆尚同,愿君汩其泥"之说,则姑守陶之介。"久客惜人情,如何拒邻叟。"则何妨杜之通乎？《阳秋》〔同上卷二〇〕

《复斋漫录》云：唐李敬方《欢（劝）醉诗》云："不向花前醉,花应解笑人。只因连夜雨,又过一年春。日日无穷事,区区有限身。若非杯酒里,何以寄天真？"杜子美《绝句》云："二月已破三月〔来〕,渐老逢春能几回？莫思身外无穷事,且尽生前有限杯。"二诗虽相缘,而杜则尤其工者也。世所传"相逢不饮空归去,洞口桃花也笑人"之句,盖出于方敬（敬方）。〔《渔隐丛话后集》卷一六〕

《诗说隽永》云：福州岭〔口有〕蛤蛎（属）号西施舌,极甘脆。其出时天气正热,不可致远。吕居仁有诗云："海上凡鱼不识名,百（千）年生命一杯羹。无端更号西施舌,重与儿曹起妄情。"〔同上卷二四〕

《艺苑雌黄》云：河豚,《所（新）附本草》云味甘温〔无毒〕,《日华子》云有毒。予按《倦游杂录》云：河豚鱼有大毒,肝与卵人食之必死。暮春柳花飞,此鱼〔能〕大肥,江淮人以时为（为）

时)珍,更相赠遗,腐(脔)其肉杂蒌〔蒿〕荻芽瀹而为羹,或不甚熟,亦能害人,岁有被毒而死者。〔然〕南人嗜之不已。故梅圣俞诗:"春洲生荻芽,春岸飞杨花。河豚当此时,贵不数鱼虾。"而其后又云:"炮煎苟失所,转喉为莫邪。"如此,则其毒可知,《本草》以为无毒,〔盖〕误矣……或云河豚子不可食,其大才一粟,浸之,经宿如弹丸。人有中其毒者,以水调炒槐花末及龙脑皆可解。予尝见其渔者说其所〔以〕取之〔之〕由曰:"河豚盛气善(易)怒,每伏水底,必设网于上,故以物就而触之,彼将奋怒而上,遂为所获。"吴人珍之,以其腹腴〔目〕为西施乳。予尝戏作绝句云:"蒌蒿短短荻芽肥,正是河豚欲上时。甘美远胜西子乳,吴王当日未曾知。"虽然,甚美必甚恶,河豚,味之美也,吴人嗜之以丧其躯;西施,色之美也,吴王好之以亡其国。兹可以为来者之戒。〔同上〕

器用门

舒王作《前元丰行》云"倒持龙骨挂屋□(敖)",《后元丰行》云"龙骨长干挂梁梠",龙骨,水车也。是岁丰稔,故龙骨挂而不用。又有《寄杨德〔逢〕》诗云:"遥闻青秧底,复作龟兆拆。""修修(翛翛)两龙骨,岂得长挂壁?"是岁亢旱,〔故〕反前咏尔。东坡亦有《水车》诗云:"翻翻联联衔尾鸦,荦荦确确蜕角(骨)蛇。分畦翠浪走云阵,刺〔水〕绿针抽稻芽。""天公不念老农泣,唤取阿香推雷车。"言水车之利,不及雷车所沾者广矣。《碧溪》〔《韵语阳秋》卷二〇〕

张景阳《七命》有"浮三翼,泛中汜"之句,故诗家多以三翼为轻舟,如梁元帝"日华三翼舸",元微之"光阴三翼过"是也。

按《越绝书》，《伍子胥水战兵法内经》曰：大翼一艘，广一丈五尺二寸，长十丈；中翼一艘，广一丈三尺五寸，长九[一]丈六尺；小翼一艘，广一丈二尺，长九丈。所谓三翼者，皆巨战船也。用为轻舟，误矣。〔同上〕

〔一〕"九"，原作"五"，《韵语阳秋》亦作"五"，据《文选》卷三十五李善注改。下小翼长九丈，《韵语阳秋》误作"长二丈"。

苕溪渔隐曰：苏叔党过《赋鼠须笔》云："太仓失陈红，狡穴得馀腐。既兴丞相叹，又发廷尉怒。磔肉喂饿猫，分（纷）鬛杂霜兔。插架刀槊健，落纸龙蛇骛。物利易未（理未易）诘，时来即所遇。穿墉何卑微，托此得佳誉。"其步骤气格，殊有父风[之类]也。〔《渔隐丛话前集》卷四一〕

《复斋漫录》云：东坡论子厚诗"盛时一失贵反贱，桃笙葵扇安可常"，不知桃笙为何物。偶阅《方言》：簟，宋、魏之间谓之笙。乃悟桃笙以桃竹为簟也。余按：唐万年尉段公路《北户录》云：琼州出红藤簟，《方言》谓之笙，或曰篷篨，亦曰行唐。沈约奏弹歔令仲文秀恣横云，令吏输六尺笙四十领。何东坡忘此耶？苕溪渔隐曰：刘梦得诗："香风蕙（薰风香）麈尾，月露濡桃笙。"〔同上后集卷一一〕

百家诗话总龟后集卷之五十

技艺门

东坡《与子由论书》云:"吾虽不善书,晓书莫如我。苟能通其意,常谓不学可。"故其子叔党跋公书云:"吾先君子,岂以书自名哉?特以其至大至刚之气,发于胸中而应之于手,故不见其有刻画妩媚之态,而端乎章甫若有不可犯之色。少年喜二王书,晚乃喜颜平原,故时有二家风气。俗子不知,妄谓学徐浩,陋矣。"观此,则知初未尝规规然出于翰墨积习也。《葛常之》〔《韵语阳秋》卷五〕

唐令狐相进李远为杭州,宣宗曰:"闻李远云'长日惟消一局棋',岂可使治郡哉?"对曰:"诗人之言,不足有(为)实也。"乃荐远廉察可任,此正说诗者不以辞害志也。《苕溪》〔卷七〕

房千里作《骰子选格序》云:以六骰双双为戏,以数多少为进身官职之序,而乃(且)条其选黜之目焉。〔东〕坡以流俗狂惑,经营倘来,惴惴惟恐后于他人,何异掷骰者心动于中而色形于外,〔也〕欲求胜人者哉?王逢原《彩选诗》云:"卒无及物效,徒有高人气。昏昏忘其(所)大,扰扰争其细。"其理信然。《黄常明》〔同上〕

裴度平淮西，绝世之功也；韩愈《平淮西碑》，绝世之文也。非裴之功，不足以当韩之文；非韩之文，不足以发裴之功。碑成，李愬之子乃谓没父之功，讼之于朝。宪宗使段文昌别作，此与舍周鼎而宝康瓠何异哉！李义山诗云："碑高三丈字如手（斗），负以灵鳌蟠以螭。句奇语重喻者少，谗之天子言其私。长绳百尺拽碑倒，粗砂大石相磨治。公之斯文若元气，先时已入人肝脾。"愈书愬曰："十月壬申，愬用所得〔贱〕贼将，自文城因天大雪，疾驰百二十里到蔡，取元济以献。"〔与〕文昌所谓"郊云晦冥，寒可堕指。一夕卷斾，凌晨破关"等语，岂不相万万哉！东坡先生责（谪）官过旧驿，壁间见有人题一诗云："淮西功业冠吾唐，吏部文章日月光。千古断碑人脍炙，世间谁数段文昌？"坡喜而录（诵）之。同上〔《韵语阳秋》卷三〕

陆希声隐居宜兴君阳山，今金沙寺其故〔他〕宅也。自著《君阳山记》，叙其景物亭馆如辋川，上（尚）可得其仿佛。初，僧瞽光从希声授（受）笔法，继以善书得幸于昭宗。希声祈使援己，以诗寄之云："笔下龙蛇似有神，天池雷雨变逡巡。寄言昔日不龟手，应念江湖洴澼人。"遂得召。隐操盖不足观也。尝著《易传》十卷，观其自序，以谓："梦在大河之阳，有三人偃卧东首，上伏羲，中文王，下孔子也。以《易》道畀予，遂悟八卦小成之位，质之象数如有符契。"且云："今年四十有七，已及圣人之年，于是作《易传》以授门人崔彻、王赞之徒，复自为注。"今观其书无可取者，而怪诞如此，其人亦可知。后避难死于道路，盖不能终君阳之居也。《韵语阳秋》〔卷八〕

〔老〕杜《刘少府画山水障歌》云："反思前夜风雨急，乃是蒲城鬼神入。元气淋漓障犹湿，真宰上诉天应泣。"应物《听嘉陵江声》云："水性自云静，石中本无声。如何两相激，雷转空山鸣？"《赠能吟（琴）李儋诗》云："丝桐本异质，音韵（响）合自然。吾观造化意，二物相因缘。"临川《咏鲁公坏碑》云："六书篆籀数变改，遂〔令〕后世多失真。谁初妄凿妍（好）与丑，坐令学士劳骸筋。堂堂鲁公勇且仁，岂亦以此夸常民？直疑技巧有天巧（德），不必强勉亦通神。"坡《咏歙砚》诗云："与天作石来几时，与人作砚初不辞。诗成鲍谢石何与？笔落钟王砚不知。"此〔皆〕穷本探妙，超出准绳外，不特状写景物也。《碧溪》〔卷六〕

拾遗门

退之《和刘使君》云："吏人休报事，公作送春诗。"梦得《送王司马之陕州》云："案牍来时惟署字，风烟入兴更（便）成章。"自俗吏观之，皆可坐不了事之目也。《韵语阳秋》〔《碧溪诗话》卷七〕

乐天云："报导前驱少呵喝，恐惊黄鸟不成啼。"坡云："鬟丝只好对禅榻，湖亭不用张旌旗。"蔡君谟云："因傍堤（低）松却飞盖，为闻山鸟撤（辍）鸣驺。"若俗士务此夸张俗眼，又岂识数公意。《黄常明》〔同上〕

林和靖诗："马从同事借，妻怕罢官贫。"颇能状寒廉态，抑又有意。所谓怕贫者，妇人女子耳。大丈夫之不移，何陨获之有？子美有"长贫任妇愁"，亦以男子未尝愁也。"让粟不谋妻"，以明谋及妇人则不得辞也。又云："浮生有分定（定分），饥饱岂能（可）逃。叹息谓妻子，我何随汝曹？"乐天云："妻孥不悦生怪问，而我醉卧方陶然。"退之曰："莫为儿女态，戚嗟忧贱贫。"《碧溪诗话》〔卷二〕

《〔老杜补遗〕》：肃宗至德初，子美为拾遗，岑参为补阙，或问二人孰贤。予曰："子美贤。"或曰："何以知之？"曰："以其诗知之。子美之诗云：'避人焚谏草，骑马欲鸡栖。'又曰：'明朝有封事，数问夜如何？'参之诗曰：'圣朝无阙事，自觉谏书稀。'至德初，安史之乱方剧，上皇在蜀，朝野骚然，果无阙事时耶？"《碧溪诗话》〔《渔隐丛话前集》卷六〕

李白《月下独酌》诗云："举杯邀明月，对影成三人。"而贾翁《玩月诗》亦云："但爱杉倚月，我倚杉为三。"《葛常之》〔待查〕

"文如翻水成，赋作叉手速。"乃《北梦琐言》记温庭筠才思艳丽，工于小赋，每入试押官韵作赋，凡八叉手而八韵成，多为邻铺假手，号曰救数人也。余尝以八叉手对三折肱。《碧溪诗话》〔卷九〕

老杜流落不偶，然已为〔当〕世所尊。尝有"杖藜还客拜"，又《有客》云："老病人扶再拜难。"则其"坐深乡曲敬"可见〔知〕矣。虽然，樊宗师见刘叉，尚为之独拜，况老杜乎？《黄常明》〔同上卷七〕

周美成晚归钱塘乡里，梦中得《瑞鹤仙》一阕："悄郊原带郭。行路永，客去车尘漠漠。斜阳映山落。敛馀红犹恋，孤城阑角。凌波步弱。过短亭，何用素约。有流莺劝我，重解绣鞍，缓引春[醉]酌。　不记归时早暮，上马谁扶，醒眠朱阁。惊飙动幕。犹残醉，绕红渠（药）。叹西园已是，花深无地，东风何事又恶。任流光过却。归来洞天自乐。"未几，方腊盗起自桐庐，拥兵入杭。时美成方会客，闻之，仓黄出奔，趋西湖之坟庵。次郊外，适际残腊，落日在山，忽见故人之妾徒步亦为逃避计，约下马小饮于道傍旗亭，闻莺声于木杪，分背，少焉抵庵中，尚有馀醺，因（困）卧小阁之上，恍如词中。逾月贼平，入城则故居皆遭蹂践，旋营缉而处。继而得请提举杭州洞霄宫，遂老焉。悉符前作。美成尝自记甚详。今偶失其本，姑〔追〕记其略以（而）书于

编。《挥麈》〔馀话卷二〕

余尝于王莹夫瑾处见王荆公手书集句诗一纸云："海棠乱发皆临水。君知此处花何似？凉月白纷纷。香风隔岸闻。啭枝黄鸟近。隔岸声相应。随意坐莓苔。飘零酒一杯。"今不知在何所。《挥麈》〔同上〕

莱公虽居相位，于（以上作"《莱公外传》记：公所得厚俸，惟务施予"）寝处一青帏三十年。有亲（厚）者求之，欲其易去。公笑而答曰："彼诈我诚，虽敝何害，实不忍以敝旧弃耳。"祈者愧之。故魏野诗云："有官居鼎鼐，无地起楼台。"及北使来，顾望缙绅而问迓者〔曰〕："'无地起楼台'相公安在？"其清望为人所景望（慕）如此。然永叔《归田录》颇论其侈汰，司马温公亦云。岂非奢外而俭内欤？《碧溪》〔卷九〕

昌黎《寄崔立之》云："傲兀坐试席，深丛见孤罴。四坐各低回，不敢揆眼窥。"可谓善言场屋事。若平居所养不厚，诚难傲兀也。同上〔同上〕

退之《韶州留别张使君》云："久钦江总文章（才）妙，自叹虞翻骨相屯。"翻放弃南方，自恨疏节骨鲠不媚，犯上获罪，当长没海隅，其刚褊方拙，凌突权势，出于天性，〔雅〕宜文公喜用。江总乃败国奸回，特引之何故？按《南史·孔奂传》：宋（陈后）主欲以总为太子詹事，奂曰："江有潘、陆之华，而无园、绮之实。"乃奏江总文华之人，宜求厚重之才。是时（诗）恐有讥云。杜云："远愧梁江总，还家尚黑头。"李商隐《赠杜牧之》云："前身恐是梁江总。"皆未可与言史也。同上〔同上〕

子美有"朱绂负平生"，乐天有"金带褪腰衫委地"、"紫绶相辉映（应）不恶"、"赤绂金章尽到身"，如此尚多。然亦有叹曰："实事渐消虚事在，银鱼金带绕腰光。"又有"簪缨假合虚名在，筋力消磨实事空",皆自作解嘲也。尝爱韦苏州云:"除书忽到门,冠带便拘束。"又有《谢〔东林〕居士寄松英丹》云:"一拜蓝峰送还使,腰间铜印与心违。"言与意皆自在也。〔同上卷七〕

"散员疏去未为贵,小邑陶休何足云。"惟乐天早退,乃可语此。《黄常明》〔同上〕

苏州《寄粲师》:"遥知寻(郡)斋夜,冻雪封松竹。时有山僧来,悬烛(灯)独自宿。"尝于(谓)暑月读〔之〕,亦有霜气。〔同上〕

〔张〕籍《赠令狐》云:"久为博士无人识,自到长安赁舍居。"未足为穷。其《寻时道士》云:"昨来官罢无生计,欲就专(师)求辟谷方。"其穷无以加矣。〔同上〕

唐王建以《宫词》名家,本朝王岐公亦作《宫词》百篇,不过述郊祀、御试、经筵、翰苑、朝见等事。至于宫掖戏剧之事,则秘不得传,故诗词中亦罕及。若建者乃内侍王守澄之宗侄,得宫中之事为详。如:"丛丛洗手绕金盘(盆),旋拭红巾入殿门。众里遥看(抛)新橘子,在前收得便承恩。"又云:"避脱(暑)昭仪(阳)不掷卢,井边含水喷鸦雏。内中数日多(无)呼唤,写得滕王《蛱蝶图》。"如此之类,非守澄说似,则建岂能知哉?初,守澄读建《宫词》,谓之曰:"宫掖之事而子昌言之,倘得罪,将奚赎?"建与之诗云:"三朝行坐镇相随,今上春宫见小时。脱下御衣先赐著,进来龙马每教骑。长承密旨归家少,独奏边机出殿迟。不是姓同(当家)亲说向,九重争得(遣)外人知?"自是,守澄不敢有言。花蕊夫人亦有《宫词》百篇,如"月头支给买花钱,满殿宫人近数千,遇着唱名多不语,含羞走(急)过御床前"之类,亦可喜也。〔《韵语阳秋》卷三〕

余尝赴京师,往辞伯父,坐中举兄弟送行诗云:"问人求稳店,下马过危桥。"及观《坡集》〔见〕《送侄安节诗》,序(言)其伯曾有送苏老(老苏)下第归蜀云:"人稀野店休安枕,路入灵关稳跨驴。"急难之诚,意皆相若,但字有多寡耳。余官辰沅逾年,族弟来相视,将行,率尔送之云:"就舍勿令人避席,渡江莫与马同船。"虽鄙近不工,亦可用于畏途也。《黄常明》〔《砦溪诗话》卷一〇〕

《荆公日(以上作"荆楚岁时")记》云:立春日悉剪彩为燕子以戴之。故欧〔阳〕永叔云:"不惊树里禽初变,共喜钗头燕已来。"郑毅天(夫)云:"汉阁(殿)斗簪双彩燕,并知春色上钗头。"皆春日贴子诗也。〔《渔隐丛话后集》卷三五〕

《艺苑雌黄》云:《修真入道秘言》曰:以立春日清晨北望,有紫缘(绿)白云者为三元者(君)三素飞云。三元君以是日乘八舆上诣天帝,子候见当再拜自陈,某乙乞得给侍轮毂,三过见元君之辇者白日登(升)天。《岁时广记》载此事云。臣锴按:举场尝试《立春日望三素云诗》,取此事。故苏子容作《皇太妃阁春帖子》云:"万年枝上看春色,三素云中望玉宸。"许仲尤(冲元)作《皇帝阁春帖子》云:"三素云飞归(依)北极,九农星粲(正)见南方。"〔同上〕

附　录

月窗本序跋

诗昉《关雎》，诗话即稗官野史之类。自王迹熄而诗寝微，变至于汉魏，极于盛唐。其遗韵馀音，直将与宇宙间山川为流峙也。《汉·艺文志》注稗为细米，王者欲知闾巷细琐之言，故立稗官，关系殆亦不小。淮伯王月窗嗜古学文，其志慕东平、河间而欲相揖逊于异代者。宫暇，乃取阮子《诗话总龟》，延庠生程珖校雠之，命工刊布，致言于予，以叙诸首。予披而阅之。诗之有话，言有繇也，诗话以《总龟》名，言有统也。龟千年五聚，问无不知。贺知章昔以为殷践猷博学之号。阮子之诗话，其殆谓博而足以资问者欤！阮子旧集颇杂，王条而约之，汇次有义，棼结可寻。首观其《圣制》等篇，破鲁恭之壁，科斗错陈也；次观其《咏物》等目，浴玉池之日，百宝争出也；又次观其《艺术》、《纪实》诸例，发骊山之冢，而彝鼎累累也；终而观其《谶梦》、《鬼神》诸简，燃牛渚之犀，而幽怪又无以遁其形也。夫殷之博，以韵学而成名；阮之博，盖勤诸诗与绪言而有得者。王约其博，合二家而一之，又不可以徒事于博语者。其何以见之哉？见之于凡例矣。是则可嘉也。是为序。

赐进士第中宪大夫奉敕整饬山东海道副使郴阳李易书。

白川子负谴婴疾，分牧芝城，居常怏怏弗乐也。乃月窗殿下时时遣贵侍觇之，间授二册曰："是为《诗话总龟》，是为宋阮一阅所编，是为今程子珧所校，是将寿诸文梓，期与好事者共，先生能无言乎？"余拜而受之。枕次快阅，曰：佳哉，月窗其披宝藏，而璆琳琅玕毕集吾目耶？其展武库，而戈矛剑戟震骇我心耶？其过陶朱、猗顿之室，百物充溢，足以拯急而切需者耶？是富且奇也。夫诗，胡为者也？宣郁达情、撷菁登硕者也。夫话，胡为者也？摘英指颣、标理斥迷者也。考诸三代而下，春秋列国以上，载诸经，杂出乎词宗孺妇之口，可征已。嗣是以来，作者非一家，不能指而数也；议者非一喙，不能群而听也。譬之凤毛豹斑，非不文彩炫耀，望者兴叹，有遗恨焉。盖未获总其龟耳。今月窗乃能逸尘远览，订古准今，与二三博雅君子冥罗约采，汇为全书。书有门，示别也；有类，示同也；有序，示次也。若有劝有规有慨有慕有愿学之意，则皆置之不言之表，而亦昭昭然灼灼然，无言而无弗言。孔子曰："其义，则某窃取之矣。"佳哉，月窗之用心也。昔河间以礼乐名，东平以乐善著。咸垂光汗青，馨香帝胄。至求述作，概乎未之前闻。月窗孝友不凡，文艺隽拔，而又嗜好清绝如此，方之二王，得无过乎！是书也，我国家宗室之盛，皇上风化之隆，贤士夫裁正之略，并可仰见，刻之宜。书凡九十八卷。月窗为我高皇六世孙。程珧修学楚楚，郡博弟子员，番阳人。

嘉靖甲辰孟秋，奉直大夫江西饶州府同知前进士南京刑部郎中海盐白川张嘉秀撰。

龙舒阮子《集百家诗话总龟》，前卷四十有八，后卷五十，实钞录未传之书也。月窗殿下乐善嗜古,见而珍爱,亟欲与四方风雅之士共之,延珖校雠讹舛,芟剔重冗,而寿诸梓焉。复俾采集近代及国朝诸大家者而续成之。第荒僻浅鲜,搜辑尚未成帙,姑识于卷末云。

时嘉靖岁次乙巳春三月吉旦番阳后学程珖谨识。

明钞本序跋

上林之苑,奇花异卉之所聚,游之者必曰:天下之春尽在是矣。昆丘之壤,良玉美璞之所钟,登之者必曰,天下之珍尽在是矣。呜呼,《诗话总龟》其亦奇花之上林,良玉之昆丘欤?览之者孰不曰:天下之奇篇妙什,可以组高谈之绮者,皆聚此书矣!戊辰春,余宦游闽川,因得书市诸家诗话与夫小史、僻书,补余之所无者。归于公宇,慨然患其丛帙之挐乘;退食之隙,编而类之,衰为一集,共二千四百馀诗,分为四十九门。其播扬人之隐慝,暴白事之暧昧,猥陋太甚、雌黄无实者,皆略而不取。至其本惟一诗而记取之意不同,如"栗爆烧毡破,猫跳触鼎翻","春洲生荻芽,春岸飞杨花";载所作之人或异,如"几夜碍新月,半江无夕阳","斜阳如有意,偏傍小窗明":如此之类,皆两存之。若爱其造语之意而举其一联,如"风暖鸟声碎,日高花影重",不知其全篇;亦徒喜其用事之当而论其一字,如"惠和官尚小,师达禄须干",不知所引自误:如此之类,咸辩证之。然皆今昔训言传于搢绅间,而著以为书,不可得而增损者也。噫!是书之成,上可以谏君父之尊,中可以示簪缨之贵,下可以谕诸门庭与夫闺闼之邃,以至山林之隐德,僧道之高流,亦皆有以讽咏而警戒之,其于干教化,励风俗,殊不浅浅,非若妖词艳曲,媟语淫言,入人肌骨，牢不可去，久而与之俱化者也。乃若苦吟之士得之，可以臻夺胎换骨之妙；好谈之士得之，可以擅垂河吐屑之敏；修进之士得之，可以激昂壮志，助饰文彩；闲居之士得之，亦可以陶冶灵襟，遣适光景：又非若读没字之碑，嚼无味之蜡，使人厌观，使人恐卧者也。一日示之博物，亢声曰："奇哉，斯书！胡不用殷践猷故事以'总龟'目之乎？否则，未见其称也。"余善其知言，遂以斯名冠于篇首。既而不欲秘藏，乃授诸好事者攻木以行，与天下共之，孰云其不可哉！

绍兴辛巳长至日，散翁序。

按阮阅字宏休，自号散翁，舒城人，尝为郴江守，见《苕溪渔隐丛话》。四库所收，《前集》四十八卷，四十五门；后集五十卷，六十一类，为明宗室月窗道人所刊。《天禄琳琅书目》载书凡百卷，前集五十卷，分四十五门；后集五十卷，分六十门，月窗本讹舛特甚，此本抄手极工云。今本与《天禄》卷数相同，惟《前集》多《苦吟》一类，《后集》多《御宴》一类。而抄手拙劣，鲁鱼成队，非精校不能悦目，特较之月窗本为善耳。

光绪癸巳冬日，丁丙识。

余藏月窗本《诗话总龟》，得诸海上吴申甫，《后集》缺末二卷，欲觅本补写，历久不获。光绪庚子后，常在岭表，吴下书贾，每有所收，辄摘其目以告。偶有此书明钞本《后集》，亟寓书先兄，收以致粤。时余从事黄埔武校，暇一勘读，知抄者有笔迹小误，而足以证刊本讹夺者良多。在韶阳日，乃据以补写旧藏本之缺焉。既丁丧乱，余粤装书卷，散失十九。流离江海，此本则仅存，而扃闭尘封，亦不遑及。顷来京师，江安傅君沅叔，招饮虎坊酒家。主人既至，挟书数种，盖过厂肆取观者。瞥见一册，入吾目中，如逢故物。亟展视，乃余昔收钞本之前编也。检题装订悉同。因道前事，诧为未有。顾索直贵，余不能得，劝沅叔取之，当作两合。越晨，沅叔见语，书已在董君授经许，校刻本溢出两卷。闻余有其半，亦欲见之，遂命儿子自海上包裹以来。他日不归于董，即属于傅，皆有延津、乐昌之美矣。念自海内倾覆，官私图书尚无江陵之厄，而楚弓鲁玉沦入沧桑者，亦复流传而不忍闻。独此一编之微，南分北析者曾不知几何时，而能从板荡之馀作天然之合，岂鬼神呵护不能及于重器，而但勤勤于小物耶？吁，可慨也已！而余一身收藏聚散之感，又何足云！卷中汪士钟印不真，吴贾所为也。

甲寅秋七月，独山莫棠记于宣武旅次。

胡仔《苕溪渔隐丛话》

绍兴丙辰，余侍亲赴官岭右，道过湘中，闻舒城阮阅昔为郴江守，尝编《诗总》，颇为详备。行役匆匆，不暇从知识间借观。后十三年，余居苕水，友生洪庆远从宗子彦章获传此集。余取读之，盖阮因《古今诗话》附以诸家小说，分门增广，独元祐以来诸公诗话不载焉。考编此《诗总》，乃宣和癸卯，是时元祐文章，禁而弗用，故阮因以略之。余今遂取元祐以来诸公诗话，及史传小说所载事实，可以发明诗句及增益见闻者，纂为一集。凡《诗总》所有，此不复纂集，庶免重复；一诗而二三其说者，则类次为一，间为折衷之；又因以余旧所闻见，为论以附益之。或者谓余不能分明纂集，如阮之《诗总》，是未知诗之旨矣。昔有诗客，尝以神圣工巧四品，分类古今诗句，为说以献半山老人，半山老人得之，未及观，遽问客曰："如老杜'勋业频看镜，行藏独倚楼'之句，当入何品？"客无以对。遂以其说还之，曰："尝鼎一脔，他可知矣。"则知诗之不可分门纂集，盖出此意也。余今但以年代人物之先后次第纂集，则古今诗话，不待检寻，已粲然毕陈于前，顾不佳哉？……

(《苕溪渔隐丛话前集》序)

闽中近时又刊《诗话总龟》，此集即阮阅所编《诗总》也，余于《渔隐丛话序》中已备言之。阮字闳休，官至中大夫，尝作监司、郡守，庐州舒城人。其《诗总》十卷，分门编集，今乃为人易其旧序，去其姓名，略加以苏黄门《诗说》，更号曰《诗话总龟》，以欺世盗名耳……闳休尝为钱塘幕官，眷一营妓，罢官去……

(前集卷十一)

闽中近时刊行《诗话总龟》，即舒城阮阅所编《诗总》也。余家有此集，今《总龟》不载此序，故录于此云：

"余平昔与士大夫游，闻古今诗句，脍炙人口，多未见全本及谁氏作也。宣和癸卯春，来官郴江，因取所藏诸家小史、别传、杂记、野录读之，遂尽见前所未见者。至癸卯秋，得一千四百馀事，共二千四百馀诗，分四十六门而类之。其播扬人之隐慝，暴白事之暧昧，猥陋太甚，雌黄无实者，皆略而不取。至其本惟一诗而记所取之意不同，如'栗爆烧毡破，猫跳触鼎翻'，'春洲生荻芽，春岸飞杨花'；载所作之人或异，如'几夜碍新月，半江无夕阳'，'斜阳如有意，偏傍小窗明'：如此之类，皆两存之。若爱其造语之工而举一联，如'风暖鸟声碎，日高花影重'，不知其全篇；亦有善其用字之当而论一字，如'惠和官尚小，师达禄须干',不知其所引自误:如此之类,咸辨证之。然皆前后名公、巨儒、逸人、达士,传诸搢绅间,而著以为书,不可得而增损也。但类而总之,以便观阅,故名曰《诗总》。倦游归田,幅巾短褐,松窗竹几,时卷舒之,以销闲日,不愿行于时也。世间书固未尽于此,后有得之者,当续焉。宣和五年十一月朔,舒城阮阅序。"

(后集卷三十六)

方回《桐江集》

阮休《诗总》旧本,余求之不能得,今所谓《诗话总龟》者,删改阮休旧序,合《古今诗话》与《诗总》,添入诸家之说,名为《总龟》,标曰"益都褚斗南仁杰纂集",前后续刊[一]七十卷,麻沙书坊捏合本也。

(《宛委别藏本》卷七《渔隐丛话考》)

《诗话总龟》前后续别[一]七十卷,改阮阮休旧序冠其首。阮休《诗总》不可得,而阮休旧序全文在《渔隐丛话后集》第三十六卷中可考。阮休谓宣和癸卯官郴江[二]类得一千四百余事分四十六门,而《总龟》今序删去此语,如"栗炮烧毡破,猫跳触鼎翻"所引六联,即今序犹袭用之。按今《总龟》又非胡元任所见闽本《总龟》矣。今余所见序,乃见用阮休语而文甚不佳、序之尾曰岁在屠维赤奋若,即当是绍定二年己丑书坊本也。书目引《南轩东莱集》,便知非乾道五年己丑。所谓作序人华阳逸老者,书坊伪名。所谓集录益都褚斗南仁杰者,其姓名不芳。中间去取不当,可备类书谈柄之万一,初学诗者,恐不可以此为准也。

(《宛委别藏》本卷七《诗话总龟考》)

〔一〕"刊"与"别"必有一误。

〔二〕"郴",原作"彬",径改。

《四库全书总目》

《郴江百咏》一卷浙江巡抚采进本　宋阮阅撰。阅字闳休,舒城人。赵希弁《读书附志》称其建炎初以中奉大夫知袁州,其事迹则未详也。所撰有《松菊集》,今佚不传。此《郴江百咏》,则其宣和中知郴州时作也。其诗多入论宗,盖宋代风气如是,而阅素留心吟咏,所作《诗话总龟》,遗篇旧事,采撷颇详,于兹事殊非草草。故尚罕陈因理障之语。如《东山》诗云:"藜杖芒鞋过水东,红裙寂寞酒樽空。郡人见我应相笑,不似山公与谢公。"又《乾明寺》诗云:"直松曲棘都休道,庭下山茶为甚红?"往往自有思致。又如《愈泉》一首,所谓"古来诗病知多少,试问从今疗得无"。语虽着相,然自为诗话一编而作,是亦诗中有人,异乎马首之络者矣。此本出自厉鹗家,百咏尚缺其八。考《郴州志》亦不载〔一〕。吴之振选《宋诗钞》,及曹庭栋选《宋诗存》,均未及收,存之亦可备一家。惟每题之下,不注本事,非对图经而读之,有茫不知为何语者,或传写佚之欤?《袁州府志》载其《宣风道上》诗一首,《题春波亭》诗一首,鲍氏《知不足斋本》录于此集之末,以补《松菊集》之遗。今亦从鲍本,并录存之焉。

(集部别集类一○)

〔一〕按陈九韶《郴江百咏笺校》凡例云:"《提要》谓《百咏郴江志》亦不载,想当时偶未细检,其实《郴志》仅载阮一《序》并诗二十五首,馀悉久佚。"《提要》此说误。

《诗话总龟》前集四十八卷,后集五十卷两江总督采进本　宋阮阅撰,阅有《郴江百咏》已著录。案胡仔《苕溪渔隐丛话序》曰:"舒城阮阅,昔为郴江守,尝编《诗总》,颇为详备。盖因古今诗话,附以诸家小说,分门增广,独元祐以来诸公诗话不载焉。考编此《诗总》,乃宣和癸卯,是时元祐文章禁而弗用,故阮因以略之。"云云。据其所言,则此书本名《诗总》,其改今名,不知出谁手也。此本为明宗室月窗道人所刊,并改名为阮一阅,尤为疏舛。其书《前集》分四十五门,所采书凡一百种。《后集》分六十一门,所采书亦一百种。摭拾旧文,多资考证。惟分类琐屑,颇有乖于体例。前有郴阳李易序,乃曰:"阮子旧集颇杂,月窗条而约之,汇次有义,棼结可寻。"然则此书已经改窜,非其旧目矣。

(集部诗文评类一)

《苕溪渔隐丛话前集》六十卷,《后集》四十卷江苏巡抚采进本　其书继阮阅《诗话总龟》而作,前有自序,称阅所载者皆不录。二书相辅而行,北宋以前之诗话大抵略备矣。然阅书多录杂事,颇近小说;此则论文考义者居多,去取较为谨严。阅书分类编辑,多立门目;此则惟以作者时代为先后,能成家者列其名,琐闻轶句则或附录之,或类聚之,体例亦较为明晰。阅书惟采摭旧文,无所考正;此则多附辨证之语,尤足以资参订。故阅书不甚见重于世,而此书则诸家援据,多所取资焉……

(同上)

《天禄琳琅书目》

《百家诗话总龟》一函十册　宋阮阅撰。阅字宏休,自号散翁，舒城人，尝为郴江守，见《苕溪渔隐丛话》。书百卷。《前集》五十卷、分四十五门，曰：圣制、忠义、讽谕、达理、博识、幼敏、志气、知遇、狂放、仕进、称赏、自荐、投献、评论、雅什、警句、留题、纪实、咏物、宴游、寓情、感事、寄赠、书事、故事、诗病、诗累、正讹、道僧、诗谶、纪梦、讥诮、诙谐、乐府、送别、怨嗟、伤悼、隐逸、神仙、艺术、俳优、奇怪、鬼神、佞媚、琢句。《后集》五十卷分六十门，曰：圣制、赓歌、荣遇、忠义、孝义、宗族、仁爱、友义、幼敏、志气、述志、求意、讽谕、达理、博议、狂放、称赏、称荐、投献、评论、评史、辨疑、正讹、隐逸、恬退、警句、句法、苦吟、留题、寄赠、故事、书事、感事、用事、纪实、用字、押韵、效法、节候、咏物、咏茶、格致、诗病、乐府、伤悼、寓情、游宴、怨嗟、讥诮、箴规、诙谐、神仙、鬼神、歌咏、丽人、释氏、饮食、器用、技艺、拾遗。在诗话中荟萃最为繁富。前有绍兴辛酉阅自序。是书明宗室月窗道人曾有刊本，讹舛特甚。此本抄手极工。

（后续卷二十明版集部明抄诸部）

缪荃孙《艺风堂文漫存》

《诗话总龟》前集五十卷、后集五十卷，宋阮阅撰。阅字宏休，自号散翁，舒城人；尝为郴州守，著有《郴江百咏》。散翁因古今诗话附以诸家小说，分门增辑，分四十七门《提要》作四十五门，所集书一百种；《后集》六十四门《提要》作六十一门，所采亦一百种。撷拾旧文，多资考证。北宋诸名家诗集，佚事，搜采无遗。先名《诗总》，后改此名。明宗室月窗道人刊本止九十八卷，《前集》中缺《寄赠》中下两卷，即每卷各有脱佚，共数十条。月窗为明太祖六世孙，珧楚郡弟子员[一]。前有山东海阳副使郴阳李易序,又嘉靖甲辰江西饶州府同知海盐张嘉秀序及珙后跋。提行空格,原出自宋。又得一明钞本,前五十卷门类与月窗本同。后五十卷多《御宴》一门,少《效法》、《节候》、《咏物》三门,月窗本缺者全行补足。惟引及《辍耕录》刻本无,决是后人羼入。门类之颠倒,编次之互异,亦互有得失。再考《渔隐丛话序》云,阅所编《诗总》,类颇为详备,独元祐诸公诗话不载焉,遂谓此书成于宣和癸卯,是时禁元祐文字,因而未采。《提要》一仍其语。细读一过,内采二苏黄秦诗话,卷卷有之。并录《玉局遗文》、《东坡诗话》,并采《百斛明珠》,亦东坡手笔,岂元任未见之耶?馆臣亦未见之耶?又云,阅书惟采旧文,无所考正,此则多附考证之语,尤足以资参订。然此书有辨证者多与《丛话》同。又元任序云,《诗总》所载皆不录,是元任撰书在散翁之后,何以两书相同者甚多,并有标《苕溪渔隐》云云?又似互相采摭,殊不可解。疑此集残缺,后人取《渔隐丛话》补之,即月窗本不足据,钞本亦如此,不知天壤间尚有善本以决吾疑否也?

〔一〕"珙楚郡弟子员",此误读张嘉秀序文"程珙修学楚楚,郡博弟子员"。

(卷五《诗话总龟跋》)